KB237197

분열하는 감각들

소영현 비평집
분열하는 감각들

펴 낸 날 2010년 4월 30일
지 은 이 소영현
펴 낸 이 홍정선 김수영
펴 낸 곳 ㈜문학과지성사
등록번호 제10-918호(1993. 12. 16)
주   소 121-840 서울 마포구 서교동 395-2
전   화 02)338-7224
팩   스 02)323-4180(편집) 02)338-7221(영업)
전자우편 moonji@moonji.com
홈페이지 www.moonji.com

ISBN 978-89-320-2046-4

* 저자는 2009년 대산문화재단이 지원하는 창작지원금을 수혜했습니다.

::소영현 비평집

분열하는 감각들

문학과지성사
2010

준서에게

도래할 문학의 얼굴

지난겨울, 눈이 왔다. 많이 왔다. 수십 년의 기록을 깬 눈이었다. 바둑이도 껑충 뛰는 눈이 아니라 일상을 순식간에 마비시키는 그런 눈이었다. 일상이 되어버린, 애써 쌓아올린 수많은 것들이 단숨에 허공으로 흩어져버리는 경험이 눈에서만 오는 건 아니다. 과거의 시간으로 뚜벅뚜벅 걸어가는 듯한 기시감에 가슴이 죄어오는 시절이다. 그런 시절이여서일까. 문명의 이기들을 단박에 무용지물로 만들어버리는 눈의 위력에 놀라면서 지나간 눈들을 떠올렸다. 내가 아는, 기억하는, 꿈꾸던 눈들에 대해서.

언제부터였을까. 내가 알고자 했던, 알았던, 안다고 믿었던 '문학'이 어쩌면 그 '문학'이 아닐지도 모른다는 질문이 시작된 때는. 문학이 무엇이고 비평이 무엇인가에 대한 질문은 문학 주변부를 서성이는 이들에게 피하고 싶지만 끝내 그럴 수 없는 어떤 것이다. 돌아보면 지난 10여 년은 유독 나를 포함한 많은 이들에게 문학이 그리고 비평이 무엇인가를 곱씹게 했던 혼란스러운 시간이었던 듯하다.

문학에 관한 한 모든 질문/답안은 결국에는 폐기되어야 할 잘못된 질문/답안이다. 인류이든 사랑이든, 진리든 일상이든, 삶을 이루고 있는 주요한 요소들에 대한 문답의 도정 위에 있는 것이 문학이라면, 결국에 찾을 수 없는 답안으로 남는 실패의 기록들이 또한 문학이다. 그 길이 만들어지고 기록이 행해지는 방식에 어떤 틀이 있어야 한다고 말하기는 어렵다. 때문에 나는 제도화된 문단 시스템 안에서의 글쓰기만이 그 '문학'은 아니라고 생각한다. 어떤가 하면, 주변부적인 것, 비주류적인 것, 하위적인 것을 돌아보면서 매번 '문학' 범주와 개념은 다시 마련되어야 하며, 다른 생을 꿈꾸기 위해서라면 문학과 비평에 대한 깊은 고민이 문학과 비평의 심장부를 겨눠야 한다고 생각하는 편이다. 문학의 범주 자체와, 문학의 형질 변경 그리고 문학과 문화의 상관성으로 관심이 이동해간 것은 그래서일 것이다.

*

이 책에 실린 글들은 무작정 읽고 쓰는 것이 좋았던 시절을 지나, 내내 문학과 비평이 무엇인가를 고민하던 시간의 기록들이다. 개별 글들은 포스트모던한 소비사회로, 자본의 글로벌화로, 문학의 생존을 말해야 하는 시대로, 권력이 폭력으로 이해되는 시절로 움직이고 있던, 이른바 변화하는 시대를 보여주는 기록들이기도 하다. 초조하고 심란하거나 조급하고 절박한 심정으로 혼란스러운 변화의 국면들을 추적하고 가늠해본 기록들은, 하나의 글이 던진 해소될 수 없는 질문들이 다른 글들에서 반추되고 재질문되면서 문학과 비평에 대한 두꺼운 질문지의 형국을 이루게 되었다. 그리고 두꺼워지는 그 질문의 갈피에서, 장소에 깃들어 있는 시간의 층차들이나, 점유하거나 배제된 자들에 의해 다르게 이해되는 장소 자체의 속성과 조우하게 되었다. '다른 것the other,' '다르게 하는 것difference'의 물질성에 주목하게 된 것이다. 그리하여 시작과 끝이 따로 없는 개별 글들에서 다른 사유와 상상을 요청한 근원지라고 할 수 있는 분열하는 감각들을 아로새기게 되었다.

분열하는 감각들 사이에는 예로부터 있어왔으나 많은 이들에게 새롭게 보이는 것들이 있으며 대개의 사람들에게 전적으로 낯설게 느껴지는 것들도 있다. 여전히 그것들 사이에 그어진 실금보다는 그것들을 관통하는 공통의 몇 가지가 더 강조되는 세상이라서인지, 분열이 달팽이처럼 더디기 때문이다. 생각해보면 실금을 지우거나 흐릿하게 만드는 것은 '다른 것the others'을 볼 수 없게 하는 어떤 힘이다. 그러니 '다르게 하는 것'을 막는 그 힘은 어떤 종류든 개별적인 것이 아니다. 의식이든, 이념이든, 감각이든, 이 모든 것이 단지 개별적인 것만은 아니다. 비평은 그것들을 개별화하는 이면을 들여야 보아야 한다. 하여, 이 책에서는 그 분열과 희미한 실금들이 만들어내는 파동의 정치학에 기대어 미래의 문학을 가늠해보고자 했다. 개별적인 것의 특이성sigularity은 좀더 오랫동안 소중하게 다루어져야 할 '도래할' 문학의 얼굴이라 믿기 때문이다. 그러하니 '다른 것,' '다르게 하는 것'과 관계하는 문학과 비평을 어떻게 이해하고 판단할 것인가, 비평가의 눈을 믿지 않는 시대의 비평이 무엇을 할 수 있으며 또 해야 하는가, 문학과 비평의 미래는 어떻게 가늠될 수 있는가에 대한 고민은 앞으로도 지속될 것이다. 분열하는 감각들이 어디로 향하는가에 대해서도 마찬가지이다.

*

어떤 글이든 써야 할 방향이 미리 정해진 채로 시작되고 진행되어 끝난 경우는 거의 없는 것 같다. 글의 힘을 믿는 사람들이 대개 그렇듯 무엇을 쓰려고 했는가를 점점 더 모르게 되거나 안다고 하더라도 한참이 지난 뒤에야 석양 무렵의 깨달음처럼 뒤늦게 오는 편이라고 해야 할까. 글의 힘이 글을 자극하고 예기치 않았던 사유/상상의 세계로 이끄는 것이라고 말할 수도 있다. 그러나 나중에 오는 깨달음이란 내 것이지만 결코 내 것이 아니며, 언제나 내 것이 아닌 것들로 이루어질 수밖에 없는 글 자체의 존재론에 대한 것이다. 허공을 떠돌던 언어들이 하나의 문장이 되어 나에게 온다. 떠도는 언어들은 내가 접하고 있는 세계 혹은 대상과의 관계로부터 오는 것이자 과거의 사유/상상으로부터 온 것이다. 시공을 초월하여 피부로, 머리로, 문자로, 대화로 만난 모든 것이 실패의 기록일 뿐인 보잘것없는 이 책에 담겨 있다. 그들 혹은 그것들 모두에 감사한다. 여전히 접하지 못한 그들 혹은 그것들이 우주만큼 넓고 깊다. 그 막막한 우주 안에서 뒤늦게 온 깨달음이 차가운 새벽을 떠도는 언어가 되어 사라지기를, 어딘가에 가닿기를 염원한다. 두려운 설렘으로, 겸허한 열망으로 문학을 둘러싼 문답 놀이를 다시 시작해야 하는 이유가 여기에 있다.

*

이 책이 나오기까지 감사한 분들이 많다. 먼저 비평집이 나올 수 있도록 도와주신 문학과지성사 선생님들께 고개 숙여 감사를 드린다.

더 좋은 글로 보답하기 위해 노력할 것이다. 그녀들은 이미 잊었을지 모르지만 내가 비평에 새롭게 눈뜬 것은 1990년대 중반의 한 모임을 통해서이다. 그녀들의 질타에 지금껏 감사한다. 『문예중앙』 시절의 그들, 『작가세계』와 《뿔》의 선생님들과 동료들, 매번 나를 돌아보게 하고 문학에 대한 어떤 책임의식을 일깨워주는 그분들께 감사의 마음을 전한다. 비평을 통해 남은 생을 함께할 벗들을 얻었다. 커다란 기쁨이자 나의 자랑이다. 헤어진 연인들처럼 만나면 반갑고 늘 고마운 인생의 벗들에게 안부를 청한다. 첫번째 비평집을 함께 만든 유희경 씨와 문학과지성사 편집부에 감사드린다. 가족에게도 미안하고 고마운 마음을 전한다. 따져보면 이 책은 그들의 것에 더 가깝다. 진심을 다해 감사를 표한다.

2010년 어느 봄날

소영현

차례

I. 사유―상상하는

~이 불가능한 ……을 위한 소설 '들,'
트랜스–문학 시대의 타자/윤리

0. 프롤로그: 비평의 성좌화에 관한 단상

0. 1

새로운 상상력의 활약은 전방위적이다. 이를테면, 비평 장르가 진화 중이라는 명백한 징후는 다음과 같은 진술 속에서도 발견된다. 2000년대 문학에 관한 비평적 지도그리기는 "새로운 소설 쓰기에 대한 사례 보고" 혹은 "2000년대 이후 등장한 여러 작가들의 새로움을 짚어보는 것"[1]으로 치환될 수 있으며, 이것은 더 이상 거대 담론이 불가능할 것만 같은 "지금 상황에서 당분간 비평가가 할 수 있는 최선"[2]일 수 있다는 진술. 또는 "비평이라는 건 텍스트에 대해 긍정적인 것이든 비판적인 것이든 과장되게 호명하는 것"을 뜻하며 "비평가

---

1) 김형중, 「소설의 제국주의, 혹은 '미친, 새로운' 소설들에 대한 사례 보고」, 『변장한 유토피아』, 랜덤하우스중앙, 2006, p. 100.
2) 김형중, 「기어라, 비평!」, 『문예중앙』 2005년 겨울호, p. 25.

는 자신의 문학적 정체성을 걸고 비평적 선택을 하는 것이고, 그건 일종의 문학적 베팅"[3]에 해당한다는 진술. 그렇다면 이런 경우는 어떠한가. 텍스트를 읽는다는 것은 "기존의 기호계에 적응시켜 순치"시키기를 거부하고 "해석의 촘촘한 포위망을 뚫고 달아나는 의미의 도주선을 그려내는 일, 말하자면 방정식의 해(解)를 구하기보다는 문제 자체를 구하는 일"[4]이라는 진술 등등.

윤성희와 강영숙, 백가흠과 김중혁은 물론이거니와 이기호와 한유주, 편혜영과 박형서, 박민규와 김태용 등에 이르는 2000년대 소설의 이질적 스펙트럼 혹은 잡다함, 언제나 그렇기 마련인, 지형도를 그리는 작업의 지난함 그리고 맹위를 떨치는 소비자본주의의 강고함, 대중문화의 득세와 문학 영역의 위축 등, 2000년대 문학에 한정하지 않더라도, 실상 소소한 문학적 단절의 시기마다 이런 진술들의 알리바이는 수다했다고 해야 한다.

그럼에도 '판단과 평가'를 부인하는 것처럼 보이는 이 같은 비평적 진술들은 인정투쟁으로서의 세대론적 비평론 이상의 함의를 갖는다. 이들 진술들은 진술의 당사자들을 포함한 당대의 비평가에게 두루 '비평이란 무엇인가'라는 근원적 질문을 던지고 비평의 형질 변경을 실질적으로 요청하기 때문이다. 물론, 엄밀하게 말하면, 비평의 정의에 대한 질문을 가능하게 한 것은 진술 자체라기보다 그 이론적 기반, 즉 1990년대 이래의 사회문화적 변화의 맥락, 무엇보다 정신분석학과 해체론으로 대표되는 '탈-' 담론이라는 이론적 지평이라고 해야 한다.

---

3) 이광호, 「좌담—'문학의 시대' 이후의 문학비평」, 『문학동네』 2006년 가을호, p. 156.
4) 박진, 「달아나는 텍스트들」, 『문예중앙』 2005년 가을호, pp. 48, 53.

모더니티에 대한 논의가 본격화되었던 1990년대 이후 부정할 수 없는 시대적 지향 가운데 하나를 탈중심화, 탈주체화 경향으로 요약할 수 있다면, 장르적 굴곡이 가장 심대했던 영역은 어쩌면 비평이었는지도 모른다. 다수의 비평가들이 문학적 지형 변화에 우두망찰하며 개별 텍스트들 사이를 떠돌거나 순식간에 텍스트를 초월하면서 스스로 기원이 되고자 한 시도들도 비평의 정의를 둘러싼 이러한 혼돈과 무관하지 않을 것이다. 어쨌든 소설, 문학, 비평에 관한 고정된 모든 것을 '진부한 틀'이자 '지난 세대의 것'으로 돌리게 했던 탈중심화, 탈주체화의 경향에 힘입은 이른바 '새로운' 비평은 어떤 의미에서 문학의 위기 담론을 잠재우는 활기를 문학장에 불어넣은 것이 사실이다. 개별 서사와 캐릭터에 대한 깊은 이해의 가능성을 열어주었으며, 작품을 이해하기에 앞서 고정된(그래서 획일적이기 쉬웠던) 틀에 맞추어 판단하곤 했던 비평의 고질적 한계를 극복할 해법을 제안한 것으로 보이기도 했다. 이렇듯, 긍정적이든 부정적이든 "작품들의 은하 속을 헤매면서 어떻게든 별자리 하나라도 그리고자 노심초사"[5]하는 방식, 비평의 성좌화constellation는 가속화되고 있는 듯하다. 소설 생존의 역사가 잡식성/혼종성의 영역 확장 방식이었음을 떠올린다면 텍스트의 존재 방식 변화가 컨텍스트의 폐기와 조정, 재구축으로 나아가야 하는 것은 당연한 것이었다고도 할 수 있다.

0. 2

바야흐로 2000년대 비평은 진화하는 중이다. 그러나, 반드시 그러

---

5) 김형중, 「기어라, 비평!」, 앞의 책, p. 29.

한가. 본격 논의에 앞서 비평 영역에서 일어나는 변화에 관해 언급해 두고 싶은 것은 두 가지 정도이다. 일단 '새로운' 비평(가)의 등장이 불러온 변화는 단지 '단순 논법과 의도 확대의 오류'나 '역설의 어법'과 같은 "서술 방법과 문체적 효과"[6]의 층위에서 폐기될 수 없으며, 비평(의식)의 존폐 여부가 걸려 있는 근대적 글쓰기 방식에 대한 보다 근본적인 문제제기라고 해야 한다. 말하자면 2000년대 이후 등장한 소설/비평을 둘러싼 논의는 (예컨대, '탈-'의 문제의식이 문학 고유의 범주를 부인하는 작업을 넘어서서 개별 텍스트 간의 우위를 논할 수 없는 상대주의로 귀결하는 듯한 경향이 말해주듯) '탈-' 담론의 실질적인 공과, 현실/세계/사회와의 정합(/절합) 여부 등과 같은 보다 심층적인 지점에서 검토되어야 한다.

더불어 바로 그렇기 때문에 '새로운' 비평이 새 영토를 마련하면서 미처 청산하지 못한 '낡은 것들'(충분히 해명하지 않으면서 봉합해버린 것들)을 돌이켜 검토할 필요가 있다.[7] 물론 여기서 '탈-' 담론 일반이 남긴 아쉬움, 모든 고정된 틀을 거부하는 방식이 문학의 경우에는 현실과 가상, 픽션과 논픽션의 세계를 손쉽게 등치시키는 결과로 이어진 현상에 대한 아쉬움을 토로하려는 것은 아니다. 오히려 이 글의 제안은 판단하지 않는 방식으로 판단하는 비평적 글쓰기가 누락시키는 혹은 봉쇄하는 질문들에 대해 온당한 해명이 필요하다는 점을 새

---

6) 임규찬, 「비판의 윤리성과 최근의 비평」, 『창작과비평』 2006년 겨울호, p. 259.
7) 김태환, 「문학, 비평, 이론」, 『문학과사회』 2006년 겨울호. 이 글에서 김태환은 문학의 '고유성'을 문학의 핵심적인 가치로 보고, 문학언어와 비평언어의 환원 불가능한 이질성을 강조한다. 이런 입장에서 비평가는 설득력 있는 해석을 근거로 한 전문적 독자가 되어야 하며, 비평은 개념적이고 논리적인 언어로 문학의 고유성(/진리)을 드러내야 한다고 정리한다.

삼 환기하려는 것에 가깝다. 의미를 부여하든 가치를 평가하든, 작가/작품을 선택하고 해석하는 것 자체가 이미 간접화법으로 행해진 평가이자 판단이다. 근대 이래 '새것'을 둘러싼 논의가 매번 그래 왔듯 '이미 지난/아직 아닌' 시간 선분 위의 차이를 '낡은/새로운,' '나쁜/좋은'과 같은 가치 위계로 재배치할 때, 현재(2000년대 문학)를 중심으로 손쉽게 이전의 것의 종언을 선언할 때,[8] 여기서는 '자명한-과거의-낡은' 것들에 대한 무조건적 '위반'의 여부만이 유일한 판단기준으로 남겨지며, '새로움'의 내용적 실감에 대한 회의나 미시화되고 간접화된 평가와 판단의 정당성에 대한 문제제기 또한 충분히 논의되기도 전에 폐기되어버린다.

『종의 기원』의 꼼꼼한 독자라면 알고 있듯이, 진화가 곧 진보는 아니다. 진화의 여부는 환경 변화에 적응할 수 있는 형질 변경 여부에 달려 있다. 2000년대 문학/비평의 '진화/진보'를 둘러싼 문제에 대한 해답의 실마리는 일단, 1990년대 문학이 던진 문제제기에 대한 우리 시대 문학/비평의 답안을 검토하는 자리에서 발견될 수 있을 터,[9] 그 자리에서야 비로소 2000년대 문학/비평의 '새로움'에 대한 정당한 논의가 시작될 수 있을 것이다. 아마도 이 글에서 살펴보게 될 탈-경계의 상상력, 타자의 복원(/가능성) 등의 문제에 대해서라면 더욱 그러한 듯하다.[10]

---

8) 대표적인 경우로는 김영찬, 「1990년대 문학의 종언, 그리고 그후」, 『비평극장의 유령들』, 창비, 2006.

9) 서영인이 「비평의 안과 밖」(『충돌하는 차이들의 심층』, 창비, 2005, pp. 83~84)에서 지적했듯이, 1990년대 문학에 대한 비판과 논쟁이 첨예한 입장 충돌로 이어지지 않는 것은 문학의 가치가 시장의 논리에 의해 결정되는 현실과 무관하지 않다.

10) 이 글에서 다루어지는 작품은 다음과 같다. 정이현, 「1979년생」(『문학과사회』 2005년

1. 차이-만들기 혹은 위반-놀이의 문학

2000년대 이후 문학을 가로지르는 현저한 차별의 표식 가운데 하나는 분명 '탈-의 상상력'이다. 장르 뒤섞기 혹은 경계 넘기가 시도되고(한유주, 배수아, 김유진), 소설 범주에 대한 사유가 소설의 몸체로 완성되며(이기호, 김중혁), 동물, 시체, 유령을 넘나드는 인간 범주에 대한 새로운 사유가 활발하다(손홍규, 백가흠, 편혜영, 윤이형). 그러나 '탈-의 상상력'이 2000년대 문학만의 지표인가 하면, 반드시 그렇지는 않다. 과거로 조금만 거슬러 올라가도, 냉소와 허무의 태도로 개인주의를 지향했던 1990년대 신생 소설들이 '탈-의 상상력' 속에서 탄생했음을 곧바로 확인할 수 있다.[11] 그 시절에 일탈자와 패덕자, 범죄자와 미치광이로 대표되는 '비루한 것'이 출현했고,[12] 낯설고

가을호) ; 배수아, 『훌』(문학동네, 2006) ; 한유주, 『달로』(문학과지성사, 2006), 「우울한 발견」(《문장웹진》 2006년 4월호), 「유령을 힐난하다」(『창작과비평』 2006년 가을호), 「K에게」(『문학과사회』 2006년 겨울호) ; 김유진, 「늑대의 문장」(『문학동네』 2004년 가을호), 「마녀」(『문학동네』 2005년 봄호), 「목소리」(『문예중앙』 2006년 봄호), 「움」(『문학동네』 2006년 겨울호) ; 편혜영, 『아오이가든』(문학과지성사, 2005), 「퍼레이드」(『현대문학』 2006년 2월호), 「밤의 공사」(《문장웹진》 2005년 8월호), 「사육장 쪽으로」(『창작과비평』 2006년 여름호), 「동물원의 탄생」(『한국문학』 2006년 가을호), 「소풍」(『문예중앙』 2006년 겨울호) ; 윤이형, 「절규」(『문학사상』 2006년 4월호), 「피의일요일」(『현대문학』 2006년 4월호), 「셋을 위한 왈츠」(『문예중앙』 2006년 봄호), 「천둥도마뱀」(『한국소설』 2006년 5월호), 「점등인에게」(『세계의문학』 2006년 여름호), 「그녀의 향기」(『실천문학』 2006년 가을호), 「DJ 론리니스」(『문학 판』 2006년 겨울호), 「이지 라이더」(『한국문학』 2006년 겨울호). 앞으로 해당 작가의 작품을 인용할 때에는 작품명과 작품이 실린 책의 쪽수를 밝히는 것을 우선으로 하되, 필요에 따라 작가 이름을 밝히겠다.

11) 서영채, 「냉소주의, 죽음, 마조히즘」, 『문학의 윤리』, 문학동네, 2005, p. 111.
12) 황종연, 「비루한 것의 카니발」, 『비루한 것의 카니발』, 문학동네, 2001 참조.

기괴한 것으로 치부되었던 '욕망/육체/감성'이 발견되었다.[13] 1990년대 한국문학이 새롭게 개척한 땅은 여기 어디쯤이다.

적어도 2000년대 문학은 '탈–' 혹은 트랜스의 상상력이든 타자의 복원이든 1990년대 문학의 후폭풍 자장에서 그리 자유롭지 못한 것으로 보인다. 1990년대 문학이 제기한 질문들, 위반과 전복의 시도들과 그 성과 혹은 파급 효과에 좀더 깊이 파고들면서 2000년대 문학의 '새로움'의 실감을 1990년대 문학과의 연관 속에서 확인할 필요가 있는 것은 이 때문이다. 1990년대 문학의 종언을 선언하는 일은, 아직은 시기상조다.

1990년대 문학이 보여주었던 '탈–의 상상력'은, 위반의 진정성 문제와 뗄 수 없는 연관 속에 놓여 있었다. 1990년대 문학에서라면 다양하게 행해진 서사적 탈주가 문화적 지각 변동의 주요 계기가 될 수 있었다. '～에 대한' 위반이 의도와 지향을 갖는 하나의 결단 혹은 행위일 수 있었는 시대인 것이다. 1990년대 문학이 발명/발견한 것들을 타자의 하위 항목들로 분류할 수 있을 것이다. 하지만 '비루한 것'과 '푸줏간에 걸린 고기'의 가치는 타자의 발견과 복원이라는 문맥보다는 일탈과 전복을 가능하게 했던 위반(충동)의 진정성 자체로부터 마련된 것이었다.

예술사가 말해주듯이 아방가르드 이후의 아방가르드적 시도는 대개 실패로 끝난다. 저항은 손쉽게 일상화될 수 있고 위반의 제스처는 빠르게 상품성의 표식으로 전환될 수 있다. IMF 사태와 같은 현실 변화와도 무관하지 않겠지만, 1990년대 후반에 이르러 이른바 '신세

13) 신수정, 「푸줏간에 걸린 고기」, 『푸줏간에 걸린 고기』, 문학동네, 2003 참조.

대' 문학이 생기를 잃어갔던 것은 예술 원칙에 대한 인식론적 저항이 점차 기법이나 소재의 차원으로 침잠해갔던 경향과 깊이 연루되어 있다. 그리고 지금-여기의 문학에서 위반이라는 말 자체는 독자적 지시 내용 없이 도처에서 사용되는 중이다.

2000년대 문학에서 자명한 모든 것을 회의하는 위반과 전복의 상상력은 보다 일상화되고 전면화된 경향이 있다. 그러나 과연 그 세계가 보다 확장되고 자유로워졌다고 단언할 수 있을까. 2000년대 문학이 성취한 다원주의는 문학의 파편화/게토화와는 얼마나 다른 것일까. 위반의 의식마저 희미해진 위반의 상상력은 위반일까 유희일까. 어쩌면 2000년대 문학에서 위반은 차이-만들기 혹은 위반-놀이에 가까워진 것은 아닐까. 사정이 이러하다면 차이-만들기 혹은 위반-놀이로서의 문학이 이전의 문학사가 발견할 수 없었던 신개지를 지시한다고 말하는 것이 과연 가능할까.[14] 대상 없는 위반의 진리가는 어디에 놓여 있는 것일까. 지금 현재, 1990년대 문학이 고통스런 위반의 대가로 획득한/발견한 억압된 것의 통칭, 타자는 과연 2000년대 문학에서 어떻게 다루어지고 있는 것일까.

---

14) 이런 의혹이 고루하고 퇴행적이며 보수적인 과거 지향적 비평가에 의해서만 제기되는 건 아니며, 이런 문제제기가 2000년대 문학에 대한 폄훼로 귀결하는 것도 물론 아니다. 가령 진은영이 젊은 시인들에게 스스로 가하는 냉정한 평가가 젊은 시를 살찌우는 진지한 자기반성임에 분명한 것처럼 말이다. 진은영, 「소통을 넘어서, 정동affect의 문학을 향하여」, 『문학 판』 2006년 겨울호, p. 83.

2. 사라졌으나 되돌아온, 큰 이야기(/의 흔적)

대체로 현실 변화와 일상적 실감 사이에는 간극이 있기 마련이지만, 극단적인 가공의 세계로 무한히 질주하는 듯한 2000년대 이후의 문학 공간에서 그 간극은 해소할 길 없는 곤란함(혹은 공포 체험)으로 다가오는 듯하다. 예컨대, "세계는 현재를 그대로 간수하려는 오랜 습관이 있다. 세계의 의지대로 달라진 것은 아무것도 없었다. 단지 어느 인간이, 이 좌표에서 저 좌표로, 몸을 조금 움직인 것뿐이었다"(『달로』, p. 31)는 한유주의 고백에서, 기민한 현실감각의 소유자인 정이현의 주인공들에게서 우리가 경험하게 되는 것은 쉽게 해소되지 않는 간극 혹은 그것에 대한 감각이다.

정이현의 「1979년생」은 '당신'을 수신자로 설정한 편지 형식의 소설이다. 소설에서 '당신'은, 문면에 의하면, '박씨 성의 부하의 총을 맞고 피를 흘리며 아주 오래전에 절명한' 전직 대통령이면서 동시에 '나'의 아파트 위층에 사는 '노인'이다. 행간의 내포까지 고려하면, '당신'은 지칭할 수 없으며 형체도 없지만 여전히 현재에도 힘을 행사하는 어떤 존재 혹은 영향력에 가깝게 된다. 소설에서 그녀는 편지 형식을 통해 '노인'이 '당신'인가를 묻고자 한다. 그러나 부치지 않은 편지 형식이 말해주듯, 그녀가 정작 묻고자 한 것은 '노인=당신'의 여부가 아니다. "당신, 도대체 누구야? 나는 왜, 당신이 아직도 여기 살아 있는 것처럼 느껴지는 거지? 왜"(「1979년생」, p. 126)라고 물을 때, 그녀에게 절박한 질문은 '당신'이 생존했을 시대에나 있었을 법한 문제들, 그러나 현재에도 전혀 해소되지 않은 문제들, 가령 '경제우선 정책'이나 '먹고사는 문제의 시급함'과 같은 것이었다.

따라서 그녀에게 엄습하는 공포는 기민하게 감지된 음모론의 형태로 출몰하는 대타자의 그림자에서 연유한다. 남자친구와의 관계가, 부하 사병과의 성 스캔들에 휘말려 자살한 아버지를 국가 유공자로 둔갑시키는 거짓말 위에서 유지될 수 있는 것처럼, 거짓말이 그저 생계를 위한 수단에만 그치는 게 아닐지도 모른다는 두려움, 거짓말은 어쩌면 세계를 운영하는 숨겨진 원리일지 모른다는 의혹, 이런 의혹들 가운데에서 그녀는 자신이 거대한 사기극의 시대를 살고 있는 건지도 모르겠다는 두려움에 사로잡히게 되는 것이다. 그러니 "혹시, 우리가 모르는 무슨, 음모 같은 게 있을지도 모르"(「1979년생」, p. 118)며, 현실은 '당신'의 시대로부터 조금도 변하지 않았을지도 모른다는 작가의 의혹은 떨쳐지지 않는 불길함과도 같은 어떤 간극에 대한 기민한 포착인 것이다.

물론 이런 간극을 생활 세계에서만 경험하게 되는 건 아니다. 이론이 우위를 점하기 시작한 1990년대 이후 문학 공간에서도 이론과 문학적 실감 사이의 간극을 감지하기는 어렵지 않다. 예컨대, '탈-의 상상력'은 국적, 인종, 성별, 계층, 심지어 장르의 경계를 넘나들고 있다. 2000년대 소설들에서는 "엄마의 발목이 돌아왔다"는 문장과 함께 비-합리의 세계가 시작되고(김유진), 소설의 문법 전부가 예기치 못했던 반성적 사유의 기록으로 대치되며(한유주), 개구리 비가 쏟아지면서 출구 없는 악몽의 공간이 열리거나(편혜영), 컴퓨터 게임 캐릭터의 '정체성'을 둘러싼 실존적 고민이 시작된다(윤이형). 우리는 분명 트랜스-문학의 시대를 살고 있다. 그러나 과연 그러한가. 이렇게 단정 짓고 종결하고자 할 때 남는 미진함, 그것들을 「1979년생」의 그녀처럼 실감의 차원에서 되짚어보아야 하는 것은 아닐까.

2000년대 소설들 가운데서 예고도 징후도 없이 시작되는 '탈-의 상상력' 공간을 경험하기가 그리 어렵지 않다면, 그것은 '탈-의 상상력'의 연원이 1990년대 문학이 던져준 주요한 화두 가운데 하나인 타자에 대한 관심과 맞물려 있기 때문일 것이다. 탈중심화와 탈주체화 경향은 다른 문화를 존중하거나 차이를 인정해야 한다는 논리를 포함해서 타자를 둘러싼 복잡한 질문을 불러들이게 되었다. 그 가운데 하나가 타자의 정의 가능성과 복원 가능성에 대한 것이다. 폭넓은 의미에서 타자는, 주체 구성을 위해 배제되어야 하는 것이자 억압되고 은폐된 것이지만, 절대적 외부로 존재하는 말할 수 없는 것이기도 하다. 이런 정의들 사이에는 미묘한 결락들이 존재한다. 여기서 이 결락들을 넘어설 합의된 정의가 과연 가능한지를 묻게 되는데, 이는 타자에 관한 보다 근본적인 질문으로 이어진다. 타자는 발견되는 동시에 배제될 수밖에 없는가, 스스로 말하면서 타자로서의 타자성을 승인 받는 것은 과연 가능한가.

3. 인식 불가능한 뒷면 혹은 재현 불가능한……

'말할 수 없는 것'은 '말해질 수 없는 것'과 같은가 다른가. 주체의 자명성이 회의되면서 복원되어야 마땅했던 대상/공간이 타자였다면, 오늘날의 타자 이해 방식은 하나가 아니다. 2000년대 소설이 다루는 그(것)들, 타자와 이방인이 말해주듯이, 우리 시대의 타자는 (레비나스E. Levinas의 방식으로 혹은 크리스테바J. Kristeva의 방식으로) 절대적 외부에서 철저한 내부의 중간 어디쯤에 존재한다.

'나'의 고백 형식으로 이루어진 한유주의 에세이-소설에는 모든 것이 거짓된 레토릭일 뿐인 이곳 지옥이 있고, 세계의 뒷면, 달의 뒷면, 저 먼 강의 건너편, 생의 뒷면을 엿보고자 하는 '나'의 진리에 대한 열망이 있다. 프로크루스테스적 왜곡과 변형은 어른의 세계이자 거짓말을 강요하는 이곳에서 이루어지고(「유령을 힐난하다」), '나'들이 가닿고자 하는 비밀 혹은 세계의 "진실은 저 너머에 있다"(「죽음에 이르는 병」, p. 159). 그리고 그사이에 세계의 진실을 파악하고자 하는 나의 의식 작용 혹은 그 기록의 흔적인 글쓰기가 있다.

저 너머에 있는 진실은 사라져서 망각된, 결코 파악할 수 없는 어떤 것이며, 한유주의 고백적 성찰의 모럴은 바로 그 망각된 외부에 대한 사유에서 시작된다. 물론 감성적이고 직관적인 방식으로 '진실'을 찾고자 하는 주체의 열망이나 시대적 물음에 대한 성찰들은 종종 감상적이어서 부주의해 보이며, 때때로 익숙한 것이어서 진부해 보이기도 한다. 가령, "그래, 문밖에 누군가가 있다. 그는 나일지도, 너일지도, 그리고 당신일지도 모른다고, 그는 생각한다"(「유령을 힐난하다」, p. 130)고 읊조릴 때, 그게 너였고 그래서 나는 너였음을 깨달을 때(「유령을 힐난하다」, p. 127), 이 성찰이 '내 안의 타자' 확인과 같은 다소 진부한 발견만을 담고 있을 때, 여기서 우리는 우울한 고백과 비장미 어린 진술들마저 제스처이고 레토릭임을 (아쉽지만) 확인하게 된다.

그럼에도 한유주의 성찰의 미덕은, 파악할 수 없는 '뒷면'에 대한 열망이 말줄임표를 통해서만 실현될 수 있음을 아는 (아니 그것을) 고백하는 자리에서 생겨난다. 한유주의 글쓰기는 '~의 뒷면'에 대한 인식 불가능성을 고백하고, 인식 불가능한 것(타자)의 인식 가능성을 타진해보는 자리에서 시작된다.[15] 한유주가 원하는 "나 자신에 대한 글"(「K에게」, p. 161)이 '내 안의 뒷면'까지도 드러낼 수 있는 하나의 삶, 하나의 이야기가 되기는 쉽지 않다. 그런 글은 '나'의 의식이 닿을 수 없는 너무나 많은 사건들, "나를 구성하는 타인의 삶들, 타인의 기억들, 타인의 두려움, 타인의 사랑, 거짓말처럼 들리는 타인의 사실들"(「K에게」, p. 157)까지 필요로 한다. 그렇기에 한유주의 글쓰기는 실패한 사유를 통해 완성되고, 인식할 수 없는 것의 부재증명을 통해 존재하게 되며, 무엇보다 백과사전적 글쓰기를 지향하게 된다. 글로는 다할 수 없는 잉여, '~의 뒷면'에 대한 기록은 백과사전을 참조하고 "베끼고 자르고 붙여 만"(「K에게」, p. 156)드는 작업 속에서나 가능한 것이기 때문이다.

요컨대 실패를 통해 완성될 수밖에 없는 글쓰기, 이것이 한유주식 글쓰기의 피할 수 없는 역설이자 운명이다. 한유주의 글쓰기는 타자의 자리가 끝없이 유예되고 인식 주체-대상의 구도가 결코 변하지 않을 때, 바로 그때에만 계속되고 또 지속될 수 있다. 한유주의 글쓰기 주권은 바깥에 있는 예외를 인정하는 방식으로만 확립되고 행사될 수 있다.

실패에 실패를 거듭하면서도 한유주의 글쓰기가 낮의 기록으로 남을 수밖에 없다면, 사라진 것들과 보이지 않는 것들을 재현하고자 하는 김유진의 소설은 볼 수도 이해할 수도 없는 "꿈의 기록"이자 "밤의 기록"(「마녀」, p. 236)에 가깝다고 해야 한다. 말하자면 김유진의

---

15) 말하자면, 한유주의 글쓰기는 "상실의 대상chose 주위를 하염없이 공전하는 언어의 우울증적인 반복"이다. 박진, 「잉여의 글쓰기」, 『문예중앙』 2006년 가을호, p. 34.

소설 세계는 예고도 징후도 없으며 발병의 원인이나 숙주조차 알려지지 않은 폭사가 전염병처럼 번져가는 비-합리의 공간(「늑대의 문장」)이자 사라졌으나 돌아온 것들, '뿌리 내린' 나무의 방식을 '뿌리 뽑는' 돌풍의 방식으로 뒤흔드는 미-합리의 시간(「마녀」)이다.

여기에는 규칙과 징후를 찾으려는 인간-세계와 순응하고 따르려는 자연-세계, 크고 두려운 남성성과 작고 아늑한 모성성 사이의 대립이 있다. 김유진의 소설은 소설이기보다 차라리 음울한 고딕풍의 전설이거나 역사 이전의 신화 혹은 낭만적 동화에 가깝다. "한정된 시간과 한정된 공간에서 무한히 반복"(「목소리」, p. 207)되면서, 그의 소설은 근대를 구축하는 수많은 짝패들, 그 대립들 가운데 뒤편의 것들, 재현할 수 없으며 그렇기 때문에 사라져버린 것들에 생명력을 부여해주기 때문이다. 말하자면 인간의 말/글로는 현시될 수 없는 어떤 정경의 구현이 김유진의 소설 세계이다.

그렇기에 김유진의 소설에서는 죽음의 이미지나 늑대(「늑대의 문장」), 돌풍과 돌풍을 견디는 집(「마녀」), 저수지와 등(「목소리」)이 소설의 주연 자리를 차지하게 된다. 이 세계에서 인간들은 고작해야 언어가 아닌 울음으로나 사라지는 것들과 언젠가 사라지게 될 자신들을 애도할 수 있으며, "말하되, 의미를 전달하지 못하는 낯선 언어"(「목소리」, p. 212)로만 대화할 수 있다. 이 세계의 모든 것은 노래로 구전되는 이야기의 일부로나 우리에게 전해질 수 있을 뿐이다. 이 흐릿하고 불분명한 세계에서 특별히 주목해야 할 지점이 있다면, 매 소설마다 등장하는 '경계를 넘는' 존재들일 것이다. 늑대 새끼들을 품어 안는 '의사-엄마=이모'(「늑대의 문장」)나 생과 사를 가로지르면서 오랫동안 살아남아 출처 없는 아이를 낳았던 '언니=엄마,' 빛과 먼지로 이루어진 출처 없는 아이인 '나=목소리'(「목소리」), 몸의 반쪽이 홍반으로 뒤덮인 '움'(「움」)에 이르기까지, 경계를 가로지르는 이들 존재는 인간 세계의 논리로는 결코 이해할 수 없는 이방인이자 신인 절대적 타자라고 해야 한다. "단 한번도 본 적 없으면서, 의심해본 적도 없는, 늙지 않는 존재들," 신이라고도 "사라진 존재들"(「움」, p. 316)이라고도 불렸던 일족 가운데 하나였던 그, 그는 이름과 함께 고향과 고향의 방언을 버리고 사라졌다가 이방인이 되어 돌아와 이곳 에서 "이름 없는 남자"(「움」, p. 307)가 되었다.

동화되지 않는 이방인의 자격으로 이곳에 온 이주민인 그가 완전한 정주민이 되었는지를 가늠하기는 쉽지 않다. 타자의 타자성을 승인하기 위해서는 절대적 외부를 가정해야 하지만, 그 승인이 타자의 변형 없이 가능할 것인가의 여부는 철학자들에게도 여전히 해결 불능의 난제이기 때문이다. 이런 맥락에서 본다면, 김유진의 소설 세계는 환원 불가능한 타자의 영역에 근접하며 절대적 타자의 구현 가능성을 보여 준다. 여기서는 말 그대로 모든 것의 의미가 전복되고 개별성의 표지 가 사라진 시간, 인간중심주의를 넘어서는 독특한 공간이 창출된다. 그러나 김유진이 구현한 세계는 불가피하게도 재현 불가능성에 대한 승인이자 자기상실의 대가이다. 낯설고 두렵고 매혹적인 공간을 마련 하면서도 「움」이 기괴한 동화에 머물거나 이름에 얽힌 수많은 전설들 가운데 하나가 될 수밖에 없는 것은 이 때문이다.

사라지고 배제된 것들, 그것은 한유주에게는 인식 불가능한 것으로 김유진에게는 재현 불가능한 것으로 다루어진다. 한유주와 김유진의 소설 세계는 배제된 타자와 억압된 실재에 다가가려는 시도의 흔적들 이다. 이들의 소설은 실재 혹은 암흑지점에 대한 대결은 아니더라도,

적어도 거짓 사기극처럼 여겨지는 현실, 투명하고 매끄러운 현실 이면에서 감지되는 사기극의 냄새를 외면하지 않으려는 작가적 모럴의 실천이다. 그러나 동시에 한유주와 김유진의 소설은 타자와 글쓰기를 둘러싼 고통스러운 역설 위에 구축된 세계이다. 가령 한유주의 글쓰기는 '~의 뒷면'에 대한 인식−가능성을 전제할 때만 가능하다. 바꿔 말해 인식 불가능한 영역(타자)을 인식할 수 있다는 확신을 포기하지 않는 한에서만 계속될 수 있다. 정반대의 극단에 놓여 있다고 할 수 있는 김유진의 소설 세계는 억압된 것들과 사라진 것들에 대한 헌사이자 충실한 복원이다. 그러나 그렇기 때문에 김유진의 소설 세계는 절대적 외부로서의 타자의 재현 불가능함을 승인하고 타자의 영역으로 몸을 완전히 던질 때에나 가능한 세계 이전 혹은 이후의 공간이다.

4. 분열의 감각으로, 전복의 물질성으로

한유주나 김유진의 소설처럼 편혜영과 윤이형의 소설 역시 친절하지 않다. 이들 소설은 어떤 힌트도 없이 곧바로 리얼리티와 가상의 경계로 깊숙이 진입한다. 그 가운데서도 특히 편혜영의 텍스트만큼 낯익은 것들이 어느 한순간 낯선 것이 되고 마는 기묘한 미끄러짐의 시간(프로이트S. Freud의 '기묘한 낯섦uncanny')을 적절하게 보여주는 사례를 찾기도 쉽지 않을 것이다. 편혜영의 텍스트는 분명 "홀연히 사라져버"린, "흔적을 찾을 수 없는"(「저수지」, p. 9) 사라진 것과 폐기된 것들의 공간이다. 시의 외곽, 도시의 끝자락, 저수지의 뒤쪽, 사육장 쪽에서 유기된 시체와 썩어가는 냄새, 피할 수 없는 소음이 스며들듯 되돌아와서 기묘하고 불쾌하며 두려운 장면들을 만들어내지만, 귀환한 그것들은 도시와 문명, 일상이 은폐한 우리의 뒷면이다. 그러므로 편혜영의 텍스트가 우리에게 낯선 공포를 안겨준다면, 그것은 텍스트에 담겨 있는 "죽은 것들의 얘기"나 "죽어서 떠도는 혼령들 얘기"(「서쪽 숲」, pp. 171~72) 때문이 아니며, 아이들을 부주의하게 유기하고 살해하는 어머니들이나 육식동물의 피 냄새를 풍기는 아버지들 혹은 상습적인 폭력을 행사하는 남편들 때문이 결코 아니다. 진짜 공포가 있다면, 그건 어디에서 들려오는 누구의 목소리인지 확인할 길 없는,

> 산 사람이 사람인 것처럼 죽은 사람도 사람이야. 자기가 살아 있다거나 죽었다고 느끼는 건 어느 한순간이야. 그냥 평범하게 살아 있거나 죽어 있다가, 어느 날 불현듯 아, 내가 살았구나, 아, 참, 내가 죽었지, 이런 생각이 든다구. 그 순간을 제외한다면 산 사람이나 죽은 사람이나 똑같이 살고 있는 거야. (「문득,」, p. 110)

이런 읊조림이나, 경계가 무너진 자리 혹은 실재와의 대면에서 생겨난다. 이 공포의 실감은 삶과 죽음, 산 자와 죽은 자의 구분이 없는 불확실하고 모호한 이곳이 "왜가 없는 세상"(「누가 올 아메리칸 걸을 죽였나」, p. 118)이라는 인식 그리고 이런 세상이 이유도 계기도 없이 예기치 않은 순간에 시작되며 도처에 널려 있다는 깨달음에서 번져 나온다. 소문이 무성했으나 가본 적 없는 사육장이 우리가 사는 바로 이곳(「사육장 쪽으로」)이지만, 이런 사실을 안다 해도 달라질 건 없다. 여전히 이곳은 벗어날 길 없는 지옥이며 깰 수 없는 악몽이

다(「소풍」). 때문에 편혜영의 텍스트는, 정확하게 말하자면, 그저 악몽 같은 현실의 알레고리인 것만은 아니다. '우리가 바로 이방인들이며, 우리는 분열되어 있다'고 크리스테바가 말할 때,[16] 편혜영의 텍스트가 포착해낸 것이 바로 이 분열의 감각이다.

이 분열의 지점들을 감각적으로 포착하면서 편혜영의 텍스트는 필경 세계와 인간 주체의 안정성과 자명성을 조롱하게 되는데, 이 조롱이 겨냥하거나 새롭게 제기하는 질문들은 인간의 경계를 다각도로 검토하는 윤이형의 텍스트들에서 보다 명료하게 확인할 수 있다. 윤이형의 소설 주인공들은 대개 인간 범주를 넘어서는 존재들이다. 환상의 동물인 '천둥도마뱀'(「천둥도마뱀」)이나 컴퓨터 게임 서사에 존재하는 캐릭터(「피의일요일」)의 의식 혹은 인간의 심장 안에 사는 성별도 인칭도 없는 (비)존재(「DJ 론리니스」), 작가 윤이형은 이들을 앞세우면서 인간다움의 가치를 결정하는 이러저러한 세목들을 목록화하고 인간의 인간다움을 새삼 묻는다.

말하자면, 고통의 감각(「절규」), 고독과 희망, 질투와 죄의식의 감정들(「그녀의 향기」, 「셋을 위한 왈츠」, 「점등인에게」), 기억의 작용(「피의일요일」), 내 안의 낯선 것에 대한 경험(「DJ 론리니스」, 「천둥도마뱀」) 등의 세목들을 통해 인간이란 무엇인가, 정체성은 어떻게 구축되는가라는 고전적 주제를 다소 낯선 방식으로 질문하고 중심과 주변의 관계를 뒤집고 인간중심주의적 시각을 상대화한다. 물론 작가의 전복적 시선이 무차별적인 폭로와 부정으로만 일관되지는 않는다. SF적 상상력을 보여주는 「그녀의 향기」에서처럼, 윤이형은 과학자와

---

16) 리처드 커니, 『이방인, 신, 괴물』, 이지영 옮김, 개마고원, 2004, p. 137.

소설가의 의미가 완전히 퇴색한 미래에도 여전히 인간의 내면(마음)에서 벌어지는 작용들과 영혼에 새겨진 감정들을 독해하는 일의 지난함을 말하며, 이런 방식으로 균형감 있는 인간관을 유지한다.

한눈에도 간파할 수 있겠지만, 윤이형 소설의 특이점은 정체성을 둘러싼 고전적이고도 원론적인 질문들을 재맥락화하는 방식 자체에 놓여 있다. 윤이형의 소설은 카프카적 상상력에 기반한 전도된 세계에서 돌연하게 시작되며, 동성애와 이성애, 인간과 동물, 현실과 가상 등 다양한 위계들이 뒤집힌 낯선 세계를 제시한다. 예컨대, "누군가가 우리에게 접속해주기를. 그리하여 존재의 거대한 무채색 질문이 도사리고 있는 던전에 혼자 던져지는 두려움 없이 256가지 빛깔로 삶이라는 게임이 지속되기를"(「피의일요일」, p. 193) 기원하는 '우리,' "당신은 짐작조차 못했겠지만, 꿈에서라도 상상해본 적 없겠지만, 나는 28년 동안 당신의 몸속에서 살아왔어. 처음에는 많이 당황했지. 이 방이 당신의 몸 어디쯤에 붙어 있는지 도무지 알 수 없었으니까. 〔……〕 이곳은 작고 붉은 방이야. 내 몸에 딱 맞게 짠 단백질의 관(棺)이지. 끈적거리는 붉은 연못이 방의 절반을 채우고 있어서 허리까지 몸을 담그고 있는 내 존재는 마치 반으로 뚝 잘린 것 같"(「DJ 론리니스」, pp. 242~43)다고 고백하는 '나'와 '당신,' 이 '우리'와 '나'/'당신'은, 결코 지금껏의 '우리'와 '나'/'당신'이 아니다.

'외부'의 누군가와 '접속'할 때에만 살거나 죽고 기억하거나 싸울 수 있는 가상의 존재를 '나'와 '우리'로 명명하는 것은 불가능한 일이 아니다. 그러나 그 '나'와 '우리'가 '외부'에 맞서 독립적인 정체를 주장할 때, 등 뒤에 놓여 있는 '외부'와 정면으로 맞설 때, 존재를 건 이들의 투쟁을 자기-소외된 현대인의 비유로만 보는 것은 부적절하다.

이는 온전한 개체로서의 가치를 주장하는 한 여자의 분열된 정체를 가리키는 「DJ 론리니스」의 '당신'과 '나'에 대해서도 마찬가지인데, 가상의 캐릭터와 (비)존재인 이 '우리'와 '나'들은 의식과 행위를 스스로 주관할 수 없다고 해도 외부세계라는 매트릭스에 갇힌 기투된 존재만은 아니다. 그들이 정체성의 혼란으로 고통받는다면 게임의 캐릭터로서 혹은 가시화될 수 없는 (비)존재로서 그러하며, 무엇보다 그(것)들의 정체는 게임 조정자와 (비)존재의 주인, 즉 (결코 볼 수 없으며 피할 수도 없는) 외부와의 관계 속에서만 선언되고 주장되고 구축되는 것이기 때문이다.

구체적 실감의 차원에서 말해보더라도, '외부'의 존재들이 의식과 행위를 장악하고 있는 꽉 찬 영혼의 소유자라는 관념은 오늘날에는 망상 혹은 착각이거나 기시감에 가깝다고 해야 한다. 가상공간에서든 현실에서든, 진실은 미디어가 창조하고 권력은 자본이 행사한다. 차이를 무한히 인정하는 무차별의 세계를 사는 '외부'의 익명적 존재들, 그들이 바로 우리들인데, 우리는 현재 희미해지는 존재감을 아이디와 아바타 혹은 게임 캐릭터로 보충하는 중이다. 의식하지 못한 사이에 이미 우리는 존재적 실감을 가상공간이나 억압하고 배제한 것들(되고 싶었던, 버리지 못했던……)에서나 발견할 수 있는 시대를 살고 있는 건지도 모른다.

윤이형 소설의 주인공들은 '외부'에 의해서만 존재할 수 있다. 그러나 외부 '와의 관계'를 통해 존재하며, 역설적으로 '외부'를 존재하게 한다. 윤이형은 훼손될 수 없는 인간의 가치 혹은 특별한 자질에 대해 말한다. 그러나 말할 수 없는 혹은 말해질 수 없는 것들을 가로지르며 등장하는 그 인간/그 동일자는 분명 지금까지와는 다른 가치이자 존재이다.

에필로그: '다른' 동일자를 찾아서

경계만 넘으면 억압된 모든 것들이 귀환하는가. 하이브리드적 상상력은 과연 타자를 복원하는가. 이 시대가 허용하는 경계 넘기 의식의 최대치를 보여주는 배수아의 『훌』에서 우리는, 자명한 모든 것들이 의심에 부쳐지는 자리에서 역설적으로 정신으로서의 주체가 더욱 강고해지며 타자의 공간이 오히려 사멸하고 마는 장면과 만나게 된다. 일반적으로 과거가 기억을 통해, 현재가 경험의 이름으로, 그리고 미래가 예기의 형식으로 하나의 서사로 완성될 수 있다면, 배수아의 『훌』에서 이런 서사 전개 방식을 기대하기는 어렵다. 선형적 시간 논리를 거부하면서 새로운 서사 모형을 제시하는 「회색 時」나 언어에서 성별 지표를 지우거나 공간과 시간의 구체성을 제거함으로써 좌표화할 수 없는 공간을 만들어내는 「훌」에서 작가 배수아가 결국 강조하게 되는 것은 경계 넘기의 가능성이 아니라 자기 세계의 고립이 불러오는 경계 자체의 무의미화이기 때문이다.

배수아의 경계 넘기 시도들은 결코 해소될 수 없는 경계들의 강고함을 역설적으로 확인하게 한다. 예컨대, 「훌」에 등장하는 세 명의 '훌'(동료 훌, 친구 훌, 나 훌)은 각기 다른 개성을 가진 존재들이 아니다. '훌'이 세 명이든 열 명이든 혹은 그들이 누구라도 상관없으며, "모두들 합창하듯이 똑같은 모양으로 입을 벌리고 "난 말이야, 특별한 사람이니까""(「훌」, p. 95)라고 말한다 해도 그들은 다른 누군가와 쉽게 교체될 수 있는 익명의 누군가일 뿐이다. '훌'들이 나누는 대화가 자기반사적 독백일 수밖에 없는 것은 이 때문인데, 이 장면에서 우리가 보게 되는 것이 아무도 상대의 이야기를 듣지 않으며 대화하려 하지 않는 소통 불능 시대의 한 단면만은 아니다. 오히려 우리는 우리들의 모든 대화가 이렇다는 것, 존재방식 혹은 타인과 만나는 방식이란 것이 결국 '추상하면' 이러하다는 사실을 알게 된다. "왜냐하면 우리는 모두 그들 타인을 일생 동안 단 한 번도 실제로는 만난 일이 없기 때문이다"(「회색 時」, p. 34).

마니페스토와 실감으로서의 내실은 엄연히 다르며 종종 불일치한다. 2000년대 문학이 '타자'를 어떻게 복원하는지, 과연 복원하는 것인지, 무엇보다 2000년대 문학이 과연 새로운지를 새삼 되묻지 않을 수 없는 것은 이 때문이다. 2000년대 문학에서 타자를 사유하는 스펙트럼은 매우 넓어졌다. 한유주와 김유진, 편혜영과 윤이형이 보여주는 바, 사라지거나 배제된 것, 그래서 인식할 수 없거나 말할 수 없는 것, 그럼에도 매번 돌아오거나 한번도 우리를 떠난 적 없는 것, 이(것)들을 다루는 범주와 방식은 다채로워졌다. 분명 1990년대 문학이 제기한 타자 문제는 다각도로 고찰되는 중이다.

그럼에도 2000년대 소설이 드러내는, 억압되거나 배제된 것들 혹은 전혀 이질적인 것에 대한 꽤 많은 관심에는 과연 과도한 이론으로 무장한 포즈 이상의 진릿값이 매겨져 있는 것일까. 바디우가 말했듯이, 도래하는 동일자에 대한 사유 없이 타자를 복원하는 방식은, 차이를 존중한다는 이름으로 모든 차이를 무한한 다양성 속에서 해소하는 것과 다를 게 없다.[17] 말할 수 없는 혹은 말해질 수 없는 그것들을 향한 질문이 동일성의 해체를 주장하는 자동반사적이고 무차별적인 위반을 가로질러 '도래해야 할' 우리(동일자)에게로 수렴하지 않을 때 타자에 대한 글쓰기는 거대한 사기극의 다른 버전으로 귀결하게 될지도 모른다. 한 시절이 가고 다른 시절이 오고 있다. 아마도 이번에는, 모든 동일자는 무조건 나쁘다는 단순 논리를 벗어나서 '다른' 동일자의 가능성을 진지하게 타진해보는 것도 가능할 듯하다. 이론과 비평 영역이 찾지 못했던 해답들이 종종 문학공간에서 발견된다. 여기에 문학 고유의 존재 이유가 있다고 한다면, 2000년대 문학의 '새로움'(이런 명명이 가능한가에 대한 지속적인 회의가 요청되기는 하지만)은 이 시절의 요구에 대한 어떤 응답을 통해 가늠될 수 있을 것이다.

---

17) 알랭 바디우, 『윤리학』, 이종영 옮김, 동문선, 2001, 2장 참조.

낯익은 낯섦, 2000년대식 그로테스크

1. 다시 소환된 '새로움'의 코드

거대 서사가 붕괴된 1990년대 이후의 문화를 탈권위와 자본를 향한 노골적인 질주로 요약하는 것은 지나친 단순화일까. 엄숙성을 거부하는 '딴지일보'와 같은 인터넷 매체의 출현을 통해서도 단적으로 확인할 수 있듯이, 1990년대 이후의 문화는 전방위적 틀 깨기의 작업이었다. 현실을 비틀고 경계를 넘는 엽기적이거나 그로테스크한 취향들이 긍정적인 의미를 얻게 된 현상도 이와 무관하지 않다. 지식이 곧 권력이라는 푸코의 충격적인 선언은 그 효과로서 지적 패러다임의 전환을 가져왔으며, 우리에게 현상을 바라보는 보다 적나라한 시각을 제공했다. 물론 이러한 변화는 상품성의 유무가 가치판단의 절대 기준으로 등극하는 과정과 긴밀하게 조응한다. 문학의 영역 또한 예외일 수는 없는데, 작품의 생산이 상품성이라는 기준을 의식하는 자리에서 이루어진 지 이미 오래이다. 자본의 상품화 전략을 거부하는 자리에서 문학의 '진정성'이 논의될 수 있다는 식의 오해는 이로부터 연유한 것이다. 지식 시장과 문학적 상황의 변동 과정에 대한 이런 문화적 스케치가 요청되는 것은 최근 문학장에 소환된 '새로움'의 담론을 문학장 내부의 논의로 한정시키는 오류를 피할 수 있게 해주기 때문이다.

2000년대 이후 각 문예지들은 기획, 특집 등을 통해 문학적 신경향을 '새로움'의 코드로 범주화하려는 작업에 주력해왔다.[1] 다채로운 문학적 현상을 범주화하고 평가하는 작업이 비평 본연의 임무임은 분명하지만, 최근의 비평 작업은 기존의 문법에 따르면 '낯설거나 이질적인' 문학적 현상을 질적 '새로움'의 코드로 독해하려 한다는 점에서 특징적이다. 이 자리에서 그 논의들을 세세하게 언급할 필요는 없겠으나, 예컨대, 2000년대 이후 등장한 문학의 특질을 '거대한 망상 체계로 이루어진, 핍진성과 개연성의 구속을 벗어던진 자기증식적 이야기'[2] 혹은 '대타의식이 불러오는 강박과 포즈에서'[3] '상대적으로 자유로운 세대들의 혼종적 글쓰기'[4]로 명명하거나 '사회적이거나 미학적인 모라토리엄 따위와는 근본적으로 다른 외계인의 제국을 건설하는'[5] 작업으로 요약하는 논의들은, 그 지시 내용의 타당성 여부와 무

---

1) 직접적인 논의의 대상으로 삼고 있지는 않지만, '새로움'의 담론이 시작되는 기미를 포착한 하나의 글로『문학동네』2005년 가을호에 실린 김미정의 「연속과 불연속, 그리고 비평」을 들 수 있다.
2) 김형중, 「소설의 제국주의, 혹은 '미친 새로운' 소설들에 대한 사례 보고」, 『문예중앙』 2005년 봄호.
3) 심진경, 「미저러블 개인주의, 단자 윤리의 생태학」, 『문예중앙』 2005년 봄호.
4) 이광호, 「혼종적 글쓰기 혹은 무중력 공간의 탄생―2000년대 문학의 다른 이름들」, 『문학과사회』 2005년 여름호.
5) 이장욱, 「외계인 인터뷰」, 『문예중앙』 2005년 가을호.

관하게, 관습적 틀을 비트는 낯선 문학적 현상을 질적 차별성으로 확정하려는 작업들이며, 낯선 것에서 '새로움'의 내용을 찾고자 하는 적극적 노력에 다름 아니다.

2. '새로움'의 새로움?

문학장의 새로운 경향을 '새로움'의 코드로 범주화하는 작업은 '문학의 위기' 담론을 넘어선 발생론적 고찰로의 패러다임적 전환임이 분명하다. 그러나 엄밀하게 말한다면 문학적 현상을 해명하는 자리에서 작품의 경향 변화만이 '새로움'의 코드를 동원하게 하는 것은 아니다. 이는 문화적 지각 변동이나 비평적 지형 변화와 같은 보다 복합적인 메커니즘 속에서 이해되어야 한다. 오랜 연원을 지닌 '신구 담론'이 입증하고 있듯이, '새로움'은 시대적 단절과 역사적 결별의 논리에서 출현하며, '새로움'의 지시 내용은 언제나 또 다른 단절점을 통해 완성된다. '새로움'을 선취하는 것이 곧 모더니티의 경험 구조를 파악하는 것임은 일시적이고 순간적인 것과 영원하고 불변하는 것이 모더니티의 주된 구성 성분임을 선언한 보들레르 이래 의문의 여지없는 것이 되었기 때문이다. 그러므로 현재의 '새로움'의 담론이 불러올 의미 체계가 전 지구적 자본화에 의한 자기소외의 심화와 현대적 삶의 보편적 물화에 대한 다른 방식의 모색과 응답인지, 하나의 아방가르드에서 다른 아방가르드로 변주되어가는 이행기적 산물인지, 시대 문턱의 전조인지는 사후 종결을 통해서만 확인할 수 있을 뿐이다.

다만 여기서 분명하게 지적할 수 있는 것은 최근의 '새로움' 담론이

'예술과 삶의 일치에 대한 동경'의 사유틀에서 움직이고 있다는 점이다. 문학, 영화, 만화 등 다양한 문화 예술 장르 간의 대대적인 혼융이 일어나는 현상은 예술과 삶 사이 혹은 그 불일치와 일치의 변증법적 메커니즘 속에서 이해될 수 있다. 이는 '새로움'을 둘러싼 최근의 논의가 대체로 새로운 감수성의 등장과 그 표현의 상관성을 문제 삼는다는 점을 통해 충분히 확인할 수 있다. 그렇다면 '낯설거나 이질적인' 문학적 현상이 '새로움'을 담보하는가의 여부나 역사적 관점에서 볼 때 계승이냐 단절이냐의 여부를 묻는 것은 최근 다시 소환된 '새로움'의 논의에 대한 정당한 질문법이 아닌 것이다. 2000년대 문학이 '1990년대 문학의 성과와 결여를 동시에 낳았던 나르시시즘이 열성유전되고 있는 형국'[6]이라거나 역사적 트라우마나 부채의식이 없는 전혀 새로운 영역의 출현이라는 진단은 현 상황에 대한 징후적 독해이자 밀착된 지형도라는 점에서 비판적 거리를 유지하면서 본격적인 논의를 시작하기 위한 기초작업에 가깝다고 해야 한다.

오히려 2000년대 판 '새로움'의 담론을 두고 우리가 질문해야 하는 것은, '왜' '다시' 지금 이곳에서 '새로움'의 논의가 '시작'되는가 하는 점이다. '시작beginning'이라는 말이 환기하는 것은 최근의 '새로움'의 논의가 만들어내는 차이와 그 재생산 구조이다. 이는 정적인 지점을 지시하는 '기원origin'에 대한 탐사와는 다른 것이다.[7] 그러나 사실 우리는 1990년대 초반에 격렬한 논쟁을 불러일으켰던 '신세대론'을 통해 "그냥 '신'이라는 평범한 접두사만"[8]으로 새로운 세대를 맞이

---

6) 김영찬, 「2000년대, 한국문학을 위한 비판적 단상」, 『창작과비평』 2005년 가을호.
7) Edward W. Said, *Beginnings*, New York: Columbia University Press, 1985, p. 6.
8) 김병익, 「신세대와 새로운 삶의 양식, 그리고 문학」, 『새로운 글쓰기와 문학의 진정성』,

하는 방식을 이미 경험한 바 있다. 다시 등장한 '새로움'의 담론이 감수성의 형질변경에 기초한 세대교체론의 성격과 무연한 것도 아니므로, '새로움'의 코드로 낯선 것을 읽는 방식 자체가 새삼 새롭다고 말하기는 어려울 듯하다. 세대적 감수성의 차이는 생기게 마련이고, 문학적 경향은 매번 갱신은 아니더라도 적어도 '계승과 극복'의 구도 속에서 달라져왔을 것이며, 그 미묘하고도 사소한 차이들이 문학장을 보다 풍부하게 만들었을 것임이 분명하다.

그렇다면 신구 교체의 진행이 더욱 가속화되어 모든 것이 등장하자마자 낡은 것이 되어버리는 이 시대에, 문학 관련 종사자를 제외하고, 아니 종사자들조차 문학에 철저하게 무관심한 이 시대에, '새로움'의 논의가 등장하는 이유는 무엇이며, 이런 논의가 가지는 의미는 무엇인가. 한정적으로 말하자면, 왜 소설은 점점 왜소해지고 고립되어 음습한 세계로 숨어들어가며, 소설의 이런 경향은 왜 '새로움'의 코드로 포착되어야 하는가. 무엇이 그들을 '시작beginning'의 자리에 위치 짓는가. '새로움'의 논의가 이끄는 의미 체계와 인식 구조는 무엇인가. 요컨대, 문학장의 신경향을 '새로움'의 코드로 읽으려는 시도는 무엇을 의미하는가.

'새로움'의 논의를 메타화하려는 이 작업에서 중요한 것은, '새로움'에 대한 강박의 이모저모를 고찰하기 위해 우리가 돌아가야 할 곳, 우리의 이해와 판단의 근거지이자 출발지는 구체적인 소설 세계여야 한다는 점이다. 덧붙여서 소설 세계를 고립된 단자 혹은 텍스트 일반으로 이해할 것인가의 문제보다 우선되어야 할 점은, '새로움'의 코드

문학과지성사, 1997, p. 14.

를 소환하는 것이 단지 미학적 혁신에의 열망만은 아니라는 점, '새로움'의 담론이 문학 내부의 자생적 기원을 가진다고 여기는 것은 허위의식에 포박되는 것이라는 점에 대한 냉철한 인식이다. 당연하게도 소설 세계를 통해 문학장에서의 변화를 '총체적으로' 이해하거나 전체적으로 '조감'할 수 있는 것은 아니다. 그러나, 그럼에도 우리가 '새로움'을 논의하기 위해서 소설 세계를 근거지로 삼아야 하는 것은, '새로움'의 논의를 메타적으로 도해하고 이를 통해 문화와 문학 간의 날카로운 충돌의 지점들을 표면화함으로써, 문학/소설이 여전히 지평 전환의 가능성을 예감할 수 있는 대안적 공간인지에 대한 탐문을 시작할 수 있기 때문이다. 말하자면 이는 협소해지는 대신 깊어짐으로써 문학/소설이 문화 예술 영역의 변화를 감지하고 선취할 수 있는 예민한 촉수로서의 역할을 여전히 담당할 수 있을 것인가에 대한 사실 확인 작업인 것이다. 다시 소환된 '새로움'의 논의가 표명해야할 득의의 영역은 이 부근이 아닐까 싶다. 그렇다면 일단, 그 가능성을 타진해보기 위해 최근 논의들이 지시하는 '새로움'의 일면으로 깊이 침잠해보아야 할 듯하다.

3. 충돌하지 않는 악몽들의 가상 위성

문학 내·외부를 둘러싼 변화 과정과 맞물려서, 최근 젊은 작가들의 소설에서 엽기적이고 그로테스크한 장면을 만나는 것은 그리 어려운 일이 아니다. 현실과 환상이 뒤얽힌 영역에서 사도-마조히즘(SM)이 일상적으로 행해지고 절단된 발목이 돌아오며, 피·고름이 난무하고 시취(屍臭)가 떠다닌다. 잔혹하거나 끔찍한 장면 혹은 엽기적인 살인 행각을 다룬 다큐멘터리나 르포들이 널린 상황에서 소설 속의 추하고 역겨운, '낯설고 새로운' 것들은 어떤 의미를 갖는가. 왜 우리는 다큐멘터리나 르포가 아니라 문학/소설의 영역에서 육체적으로 혐오스럽고 역겨운 요소들과 일그러진 시체와 해부학적 혐오감과 만나야 하는가. 이 질문은 최근 젊은 작가들의 소설에 등장하는 '낯설고 새로운' 것들의 의미를, 문학을 포함한 문화 영역 전반의 지각 변동 상황과 겹쳐놓고 보아야 한다는 점을 환기시킨다. 요컨대, '새로움'을 둘러싼 논의는 이 시대의 소설과 소설가의 위상과 역할에 대한 인식 혹은 그 변화를 검토하는 자리에서 시작되어야 하는 것이다.

사실, 그 말도 맞다. 우리 아이들은 부모도 없고, 학교 근처에 가본 적도 없으니까. 하지만 이제 사람들은 그런 사실조차 믿으려 들지 않는다. 모두 우리 아이들이 번듯한 부모도 있고 조기 유학이라도 다녀온, 그런 버릇없는 아이들과 별반 다르지 않다고 여기는 것 같다. 사람들이 알고 있는 불행이란 뻔하지 않은가. 이제 뻔한 불행은, 그게 아무리 사실이라 하더라도 더 이상 불행 취급을 받지 못하는 것 같다. 사람들은 미처 자신들이 생각해내지 못한 불행, 좀더 불행한 불행에 약해지는 법이다. 우리의 문제는, 우리가 사람들이 생각하고 있는 뻔한 불행밖에 당해보지 못했다는 사실에 있었다. 그 불행만을 되풀이하고 있으니 돈이 나올 리 없는 것이다. (이기호, 「옆에서 본 저 고백은」, 『최순덕 성령충만기』, 문학과지성사, 2004, p. 90)

현실의 진부함을 성토하면서 진부하지 않은 것에 대한 열망이 경험

세계를 벗어나게 한다는 점을 슬쩍 내비치는 위의 인용문은 작금의 소설/소설가가 처한 상황에 대한 몇 가지 시사점을 제공한다는 점에서 흥미롭다. 최근 소설 가운데 드물게 '독자'를 의식하는 면모를 보여주는 이기호의 소설 「옆에서 본 저 고백은」은 내면과 개별적 경험, 즉 현실이 더 이상 언표될 수 없는 것이 되어버린 상황을 경쾌한 문체로 그려낸다. 그러니까 현재의 우리는 경험, 특히 낯설고 이질적인 경험이 상품으로서의 가치를 인정받고 대중화되어 곧 진부한 것으로 치부되는 상황 속에 놓여 있으며, 우리 시대의 소설가는 개별적 경험뿐 아니라 경험의 표현마저 관습화되어버리는 경험 빈곤의 시대, 내면을 가진 존재의 개별적 경험을 포착할 수도 그려낼 수도 없는 난국에 직면해 있는 것이다.

반복되는 일상이 '싸이질'로 대체되고 개인의 정체성이 ID와 아바타로 치환되는 현실, 존재하지만 존재증명이 불가능한 현실, 이기호의 소설은 우리가 사는 이곳이 백색의 악몽임을 불현듯 깨닫게 한다. 우리의 악몽 같은 현실은 때때로 알 수도 피할 수도 없는 매트릭스의 연쇄로 그려지기도 하고, 자본주의 체제라는 비교적 구체적인 틀로 포착되기도 하며, 동시에 암울한 악몽 자체로 펼쳐지기도 한다. 예컨대, 자본주의 체제가 거대한 위력을 행사하며 지구적 삶을 뿌리까지 관장하고 있다고 냉정하게 말하는 박민규의 소설에서 우리의 현실은 무조건적인 '적응'과 '체념'의 논리를 체득해야 하는 출구 없는 매트릭스이다. '생존'이 가장 절박한 문제이므로, 최근작인 「핑퐁(2)」을 통해 확인할 수 있듯이, 이 세계의 존재들은 "그사이 또 다른 일이 있었고—어떤 이유가 있겠지, 〔……〕 고개를 끄덕이며 세계를 체념"[9] 해야 할 뿐이다. 그럼에도 백색의 공포 앞에서 엄숙하거나 비장한 태도를 버리고 가볍게 위반하는 윤성희의 소설과 마찬가지로, 박민규의 소설은 출구 없는 매트릭스에 갇혀 있음을 명료하게 아는 존재들에게 종종 '의식'이나 '꿈' 혹은 '소설'을 통해 자본주의 체제가 지배하는 '지구'를 떠나게 하기도 하고, '헬리'와 같은 무언가를 '유쾌하게' 꿈꾸게 하기도 한다.

이들이 판타지와 코믹스를 불러들이는 방식으로 직면한 현실을 살짝 다른 맥락으로 옮겨놓는다면, 백색의 악몽을 있는 그대로 그려내면서 역설적이게도 기투된 존재로서의 우리가 처한 상황을 객관적으로 바라보게 하는 소설들이 있다. 예컨대, 자신의 절체절명의 생존을 위해 살인행위를 용인하는 '긴급피난'의 상황이 벌어지는 박성원의 소설 「긴급피난」의 '이상한 나라'는 낯설게 재현된 우리의 현실, 우리가 사는 바로 이곳이다. 박성원의 소설들이 분명하게 말해주듯이, '이상한 나라'에서 우리가 꿈꾸는 모든 것은 악몽일 뿐이다.

"제 생각에는 말입니다, 닥터 김의 치료 방법이 마음에 들지 않습니다. 제가 뭐 의사는 아니지만 말입니다. 생각해보세요. 그 사람들이 왜 악몽에 시달립니까? 그게 다 현실의 고통에서 비롯된 것 아니겠습니까? 그런데도 닥터 김은 실제적인 치료를 하기보다는 꿈을 치료한다니 어디 그게 말이나 되는 소리입니까?" (박성원, 「꿈 조정사」, 『우리는 달려간다』, 문학과지성사, 2005, p. 103)

"현실에서 그들이 어떤 일을 저질렀건, 당했건 그건 내가 치료할 수

---

9) 박민규, 「핑퐁(2)」, 『창작과비평』 2005년 가을호, p. 253.

있는 게 아니야. 나는 저들이 현실에서 하지 못한 행복한 꿈들을, 저들이 원하는 꿈들을 꾸게 만들어주고 싶을 뿐이야. 비록 잠자리에서라도 저들이 주인이 되어 행복을 느끼게 하고 싶을 뿐이야."(박성원, 「꿈 조정사」, 앞의 책, p. 105)

그렇다면 이 디스토피아에서 소설/소설가가, 할 수 있는/해야 하는 일은 무엇인가. 악몽을 꾸는 환자들에게 행복한 꿈을 안겨주기 위해 분투했던 「꿈 조정사」의 인물들을 통해 충분히 예견할 수 있듯이, 박성원식으로 말하자면, 이 시대의 소설가들에게 현실은 피할 수 없는 악몽이며, 그러므로 문학/소설은 악몽의 현실을 사는 존재들을 향한 위무와 치유의 공간이 되어야 한다. '합리적인 괴수'의 세계를 사는 존재들에게 악몽을 조절하게 하고 행복한 꿈을 꿀 수 있게 하는 것, 이것이 바로 소설가의 임무인 것이다.

그런데 사실 소설가에 대한 이러한 위치 설정방식은 우리를 현실로부터 더욱 멀어지게 하는 것이기도 하다. 박성원의 소설에 빗대어 말하자면, '꿈 조정자'는 환자들의 '생존'을 위해 최선을 다해야 하고 또 다하지만, 결과적으로 꿈이 조정되는 과정, 즉 치유의 과정은 환자들로 하여금 그들이 살던 비루한 현실 세계를 떠나게 하고 영원히 깨어나지 않을 단꿈에 빠지게 만들어 심지어 자신들이 꿈속에 있다는 사실조차 망각하게 하는 과정이다. 이러한 방식은 '기투된' 존재들에게 현실 바깥의 세계를 경험할 수 있는 통로를 열어주지만, 한편으로 더 강력하게 '환자' 혹은 독자들을 헤어날 길 없는 악몽에 가둔다. 이를 통해 소설은 현실과의 연관 관계를 끊고 완결된 체계를 갖춘 가상세계를 정초하게 된다.

경험이 빈곤한 시대를 사는 작가들에게는 소설이 '지도제작가'의 작업으로 이해되고 있는 것이다. 대필작가ghostwriter임을 선언하는 작가 김연수의 육성과 변성(/소설)이 단적으로 말해주듯이, 최근 젊은 작가들에게 소설가의 작업은 그리기 전까지 완벽한, 그러나 완성되는 순간 거짓이 되는 지도제작가의 작업으로 이해되고 있다.[10]

소설/소설가에 대한 이런 인식 변화는 최근 젊은 작가들이 현실과 문학의 상관성을 드러내는 방식 혹은 '태도'를 통해서도 확인할 수 있다. 이즈음의 작가들은 문학이 직면한 경험 빈곤의 시대 상황에 결코 엄숙함의 태도를 취하지 않으며, '경쾌한' 반응을 보인다는 점에서 특징적이다.

물론 이때의 '경쾌한' 반응이란 소설 속에 코믹스의 요소를 즉물적으로 도입하는 것만을 의미하지 않으며, 눈앞에 펼쳐진 견고한 경계를 손쉽게 넘나드는 경쾌함, 일종의 태도로서의 가벼움을 지시한다. 때때로 이 '경쾌한' 위반 의식은 장르 구분, 현실/비현실, 인간/동물, 문명/야만의 경계를 무차별적으로 무화시키거나 해체한다. 그렇기 때문인지 '경쾌한' 태도가 낳은 결과는 코믹스, 판타지, 디스토피아, 몽상, 악몽, 끝없는 '믿거나 말거나'식 이야기가 부분적으로 결합하거나 뒤엉킨 다채롭고도 무규정적인 세계로 펼쳐진다. 앞으로 살펴보고자 하는 백가흠, 김숨, 편혜영의 작품들은 '경쾌한' 위반 의식과 '지도제작가'의 정신을 실천하면서 그로테스크한 가상세계를 구현하는 대표적 사례들이다. 악몽적 현실에 직면해서 이들이 구축한 가상세계는 '새로움'의 논의와 맞물린 지평 전환의 거점으로서의 소설의 가능

---

10) 김연수, 「좌담: 작가-되기, 혹은 사라진 매개자 찾기」, 『문학동네』 2005년 가을호, p. 87.

성을 돌이켜 생각하게 한다.

4. 그로테스크한 가상이 구축되는 법

저년은 꼭 맞아야지 눈앞에서 사라져요. 넌, 또 어디 가? 시발년아.

여자가 슬금슬금 남자 눈을 피해 밖으로 나가려다가 얼음처럼 굳어버립니다. 〔……〕

절로 안 가?

사내가 달려들어 귀뺨 한 대를 날립니다. 여자가 두툼한 볼을 매만지며 허겁지겁 마루 위로 올라갑니다. 사내가 술을 들고 방 안으로 들어갑니다. 〔……〕

자, 막걸리 먹었으니까, 옷 좀 벗어봐잉.

여자가 윗옷을 젖가슴 위까지 들어올립니다. 사내는 아이처럼 여자의 무릎을 베고 젖을 먹습니다. 사내는 밥상을 밀어내고 여자를 누이고 몸뻬바지를 벗겨냅니다. 한쪽 발목에 누런 속옷과 몸뻬바지가 매달립니다. (백가흠, 「배꽃이 지고」, 『귀뚜라미가 온다』, 문학동네, 2005, pp. 216~17)

셋째는 쥐의 배를 가르는 일을 계속했다. 셋째가 던져준 과자 부스러기를 받아먹고 자란 쥐는 살이 통통하게 올랐다. 셋째는 녹이 슨 칼로 쥐의 배를 갈랐다. 가른 배에서는 붉은 피와 내장에 휩쓸려 새끼 쥐 몇 마리가 튀어나왔다. 피를 묻힌 맨살의 죽은 쥐들이 방 안을 솜처럼 떠다녔다. 사방의 벽에서 떨어진 벌레들이 쥐를 피해 갈라진 틈으로

숨었다. 숨을 곳을 찾지 못한 벌레들은 아이들의 벌린 입속으로 드나
들었다. 둘째의 귀로 꼬물거리는 구더기가 몇 마리 숨었다. 구더기들
은 둘째 몸에 기생하며 목숨을 부지했다. (편혜영, 「저수지」, 『아오이가
든』, 문학과지성사, 2005, pp. 31~32)

그로테스크가 근본적으로 양가적이거나 대립적인 것들이 만들어내
는 긴장감을 통해 존재와 현실의 문제적 성격을 표현하게 된다고 해
도, 인용문이 말해주듯, 백가흠, 김숨, 편혜영 등 최근 젊은 작가들
의 소설에서 그로테스크한 장면이 연출되는 방식은 각기 다르다. 무
자비한 폭력의 세계를 냉정한 문체나 아름다운 동화의 문법으로 그려
내기도 하고(백가흠), 무료하며 느리고 암울한 이미지가 반복되는 강
박의 세계를 보여주기도 하며(김숨), 암울한 디스토피아적 상상력을
드러내기도 한다(편혜영). 이들의 소설은 종종 강간과 성폭력 등 도
착적 성관계를 보여주고(백가흠), 유폐된 무의식의 세계를 펼쳐 보이
며(김숨), 더럽고 혐오스러운 시체들, 좀비들, 지하세계의 생활자들
을 그린다(편혜영).

그 세계는 개구리 비가 내리고 쓰레기로 채워져 있는 역병의 도시
이며 도살과 엽기적인 살인과 선홍색 피가 튀는 암울하고 더럽고 혐
오스러운 공간이다. 이런 공간에서 인간 따위는 주인공도 중심 소재
도 그 무엇도 아니다. 때문에 이들의 소설은 얼핏 현실과 맺는 관계
의 미약성을 두드러진 특징으로 드러내는 듯하다. 기사화된 실제 사
건을 토대로 구성되거나 혹은 가상적인 반(反)현실을 통해 '부정의
부정' 방식으로 현실을 환기하면서도 악몽적 현실에 직접 개입하지는
않는 것처럼 보이는 것이다. 그러나 사실 현실과의 미약한 연관성은

표면적으로만 그럴 뿐이라고 해야 한다.

리는 산부인과에서 암암리에 자행되는 일들을 알고 있었다. 산부인과의 수술실을 머릿속에 떠올리던 리는 한 환자를 기억해냈다. 그녀는 죽은 태아를 난관에 임신한 채 30여 년을 살아왔다. 길이 7~15센티미터로 자궁에 이어지는 난관은 점차 팽대하여 깔때기 모양이 되고, 이어서 꽃잎 모양으로 되어 복강과 연결되는 부분이었다. 발견 뒤 곧바로 수술이 있었고 죽은 태아는 난관과 함께 떼어내졌다. 3개월…… 30여 년 전에 죽은 태아는 3개월에 접어들고 있었던 것으로 추측되었다. 만약 그 여자가 자궁암에 걸리지 않았다면, 그래서 자궁 쪽 정밀검사를 받지 않았다면 태아는 발견되지 않았을 것이고, 그 여자는 죽은 태아를 난관에 간직한 채 늙어갔을 것이다. (김숨, 「질병통제(疾病統制)」, 『투견』, 문학동네, 2005, p. 221)

예컨대, 위의 인용문이 기이하거나 섬뜩한 분위기를 자아낸다면, 그것은 단지 죽은 태아를 30여 년 동안 난관에 간직한 채 살아왔던 그 여자의 사연 때문만은 아니다. 오히려 질병통제센터가 발표하는 내용과 대비될 때, 질병이 통제되어감에 따라 인간의 삶의 질이 향상되었다는 보고와 통계지수들의 허위성과 대비될 때, 바로 이때에 출산을 원하는 수은중독자 '편'의 경우와 마찬가지로 '그 여자'의 사연은 우리가 사는 현실의 그로테스크한 일면으로서의 성격을 분명하게 드러내게 된다. 그러므로 현실에의 개입 여부가 불분명하거나 전혀 이질적인 세계로 그려진다고 해도, 이들의 소설은 그로테스크한 상상력에 의탁하면서 우회적으로 현실에 대한 관심을 표출하게 되는 것이다.

앞선 시기의 문학 경향으로 잠깐 눈을 돌려보더라도, 우리는 1990년대에 장정일, 배수아, 백민석 등의 소설을 통해 엽기적인 살인과 폭력, 피와 살점이 난무하는 악몽의 세계를 경험한 바 있다. 백민석이 『목화밭 엽기전』의 그로테스크한 상상력으로 우리의 정서에 가한 충격 효과와 '한창림'과 '박태자'의 행위가 유발한 윤리적 임계치를 넘어선 혐오감을 상기해볼 수 있을 것이다. 세세하게 따지자면 젊은 작가들의 그로테스크한 상상력이 백민석식의 세계와 만나거나 겹치는 지점들이 적지 않다. 예컨대, 젊은 작가들의 소설에서 인간은 동물적 성욕의 소유자로 환원되고, 여자들이 폭력의 무차별적인 희생물로 선택되며 사도-마조히즘적 폭력의 장면들이 지나치게 과장되어 다소 연극적으로 그려지기도 한다.

이것은 어쩌면 이른바 계몽주의의 낙관적 믿음에 대한 반발을 핵심으로 하는 '초과excess에 대한 열광'[11]일지도 모른다. 그로테스크한 상상력은 일상화된 폭력과 끔찍한 현실을 끔찍하게 그려내는 것만으로도 현실을 새로운 시선으로 바라볼 수 있게 하며, 필립 톰슨Philip Thomson적 의미에서 일종의 낯설게하기 효과를 유발할 수 있다.[12] 작품 속의 '추한 것'이 현실을 탄핵할 수 있는 것이다.

---

11) 황종연, 「소설의 악몽」, 『비루한 것의 카니발』, 문학동네, 2001, pp. 330~33.
12) Philip Thomson, 『그로테스크』, 김영무 옮김, 서울대출판부, 1986, p. 82.

5. 관습적 이미지가 만드는 모호함의 블랙홀

그런데 매매춘, 안마시술소, 외도, 살인, 강간, 낙태, 동성애, SM 등 자극적인 소재들이 편재해 있음에도, 최근의 그로테스크한 소설들은 백민석식 그로테스크와는 달리 별다른 불쾌감을 유발하지도 충격을 가하지도 않는다. 이는 그로테스크한 상상력에 호소하는 최근 소설들의 두드러진 특질 가운데 하나이기도 하다. 이들의 소설이 심각한 윤리적 불쾌감을 유발하지 않는 것은 일차적으로 이런 공간과 장면들이 우리의 경험 감각에서 반드시 낯선 것만은 아니라는 점 때문이다. 물론 이는 우리가 현실을 즉물적으로 보여주는 다양한 영상물을 통해 그로테스크한 장면들을 매일, 매순간 대면하기 때문만은 아니다. 오히려 그것은 이 소설들이 관습화된 이미지의 직조물이라는 점과 긴밀하게 연관된다.

어항 속에서 저 홀로 헤엄을 치고 있는 금붕어를 망연히 들여다볼 때마다 나는 스스로가 금붕어라도 되어버린 듯하다. 지느러미와 주둥이까지 검은 금붕어가 되어 어항 속에 갇혀버린 기분이다. (김숨, 「중세의 시간」, 앞의 책, pp. 42~43)

원인을 알 수 없는 유폐의 상황과 '오후 두 시면 어김없이 울어대는 자명종 소리'와 같은 감각 이미지의 반복이 불러오는 환각적 긴장감은 김숨의 소설이 보여주는 그로테스크한 상상력의 진앙지이다. 그러나 위의 인용문을 통해 확인할 수 있듯이, 분절된 이미지의 한 단면은 의외로 매우 진부하고 관습화된 것들이다. 가령, 새장에 갇힌 새(김숨, 「새」)의 경우와 마찬가지로, 엄마에 의해 강제로 유폐된 자신의 삶을 어항 속에 갇힌 금붕어에 의탁하는 방식은 너무나 익숙해서 독자에게 어떤 불편함도 고통도 안겨주지 않는다.

백가흠이나 편혜영의 소설에서도 관습화된 이미지를 만나는 일은 그리 어렵지 않다. 예컨대, 전나무숲, 바다, 해일과 같은 자연의 영역이 검고 두렵고 거대한 공간으로 그려지기도 하고(백가흠), 그로테스크한 분위기를 연출하기 위해 고양이나 박쥐, 개구리나 쥐 등의 공포스럽고 더럽거나 혐오스러운 동물들이 출몰하기도 한다(김숨, 편혜영). 거대한 자연의 세계는 동물적이거나 원시적인 공포의 세계 혹은 회귀할 수 없는 순수의 세계로 그려지며, 그 세계는 어둡고 음습한 어머니의 자궁 혹은 죽음과 재생의 세계로 환치되기도 한다. 그러나 이것들은 충분히 예견 가능한 이미지들의 재활용에 가깝다고 해야 한다.

여타의 문화 예술을 통해 이미 경험된 이미지들은 '돌연한 충격' 효과를 상실한, 어떤 의미에서 친숙한 것에 가깝다고도 할 수 있다. 때문에 이들의 소설에는 충격적 효과가 제거된 무성(無聲), 무채색의 공간이 펼쳐져 있다. 그러므로 독자 스스로 엽기적이거나 그로테스크한 장면들을 상상하기 위해 여분의 노력을 기울일 필요가 없다. 이를 통해 우리는 그로테스크한 공간과 장면들이 끔찍하면서도 익숙하고 심지어 편한 것일 수 있음을 경험하게 된다. 요컨대, 소설에 대한 인식의 차이가 2000년대식 그로테스크한 가상공간을 만들어내고 있음을 확인하게 되는 것이다. 이들의 소설은 '현실' 자체에 무심한 태도를 취하면서, 소설이라는 가공의 세계를 완결된 것으로 직조하는 데에 보다 많은 관심을 기울인다. 이들 소설의 내적 목표는 현실의 재구가 아니라 익숙한 이미지로 구축된 장면들을 잇대어 미적으로 완결시키는 것에 있다.

관습화된 이미지를 재활용해서 미적 구성물을 만들고자 하기 때문에, 이들의 소설에서 현실은 전면화되지 않는다. 예컨대, 내밀한 사적인 감정으로부터 거대한 역사의 흐름까지 다양한 소재를 다루고 있는데도, 백가흠의 소설에서 현실은 철저하게 간접화되고 후경화되어 있다.

당신이 마취에서 깨어 방바닥을 뒹굴고 있지 않을까 마음이 조급해진다. 칼로 광어의 등선을 따라 선을 긋고 그 선 사이로 칼을 집어넣는다. 광어의 하얀 살점이 보이기 시작한다. 가시에 살짝 살을 남기며 살과 가시 사이를 점점 벌린다. 칼의 느낌이 좋다. 이놈은 꽤 오래 살아 줄 것 같다. 한쪽 살을 다 바르고 뒤쪽의 나머지 살도 바른다. 내장을 건드리지도 않았고 보기 흉한 피도 한 방울 살점에 묻어나지 않았다. 기분이 좋아진다. 나는 가시와, 머리와, 흠집 낸 꼬리만 남은 광어를 접시에 담는다. 이제 마지막으로 신경 쓸 부분이 남았다. 비늘을 벗겨 내는 일이다. 비늘 쪽을 도마에 붙이고 꼬리 쪽 살을 흠집 내어 비늘 위에서 칼을 멈춘다. 이것도 마찬가지로 비늘 위로 살짝 살을 남겨놓아야 한다. (백가흠, 「광어」, 『귀뚜라미가 온다』, 문학동네, 2005, p. 12)

춘천역에 있는 유곽의 미스 정에 대한 '나' 혼자만의 사랑을 다루는 소설 「광어」는 1970년대부터 낯익은 서사인 창녀에 대한 순정과 배신을 다룬다. 이 소설에서 주목해야 할 것은 시각화되어 펼쳐진 인용문과 같은 장면들이다. 인용문은 회를 뜨는 장면을 카메라로 찍듯 어느 한순간도 놓치지 않고 포착한다. 물론 이 장면이 회 뜨는 장면 자체를 재현하는 것은 아니다. 도착적인 집착에 가깝다고도 여겨지지만 사랑하는 '당신'에게 줄 음식을 만들면서 거기에 쏟는 '나'의 정성이 회를 뜨는 장면의 사이사이에서 감지되기 때문이다. 이런 면에서 이 소설은 철저하게 '나와 당신'에 대한 사적인 이야기이자 나에게서 일어나는 '미묘한 감정의 교차'를 장면화한 것이다. 이러한 장면들로 인해 이 소설은 독자에게 '관음증적 시선'을 유도한다. 카메라처럼 이리저리 움직이고 세부와 동작을 포착하고 사물의 표면을 반영하면서 카메라의 시선은 각 장면들을 냉정하게 바라볼 수 있는 거리를 만들어준다.

이 소설에 내면의 고백이 있는가의 여부보다 중요한 것은, 이 소설이 고백의 형식을 취함으로써 독자로 하여금 다큐멘터리를 보는 듯한 착각을 불러일으킨다는 데 있다. 좁은 구멍을 통해 '나'의 내밀한 고백을 듣는 듯한, 혹은 암전된 객석에서 영화나 연극을 관람하는 듯한 느낌을 불러일으키는 것이다. 이렇게 해서 독자는 백가흠의 소설을 읽는 동안 구멍을 통해 보이는 세상 이외의 것에 대해 잠시 망각하게 된다. 관음증적 독법을 유도함으로써 백가흠의 소설은 픽션의 세계로 완결될 수 있으며, 독자인 우리는 하드고어 영화를 본 것처럼 아무런 윤리적 거부감 없이 상쾌하게 백가흠의 가상세계에서 빠져나올 수 있는 것이다.

현실이 후경화되는 과정이 이끄는 또 다른 효과로는 서사, 시공간 혹은 인물의 정체 등 모든 것들의 경계선이 흐릿해지면서 무규정적인 모호함을 지향하게 된다는 점이다. 당연하게도 백가흠, 김숨, 편혜영의 소설에서는 이렇다 할 만한 서사가 뚜렷하게 발견되지 않는다. 설사 서사가 드러난다고 해도 그것 역시 여타의 문화 예술 장르를 통해 이미 접해본 것이기 쉽다. 그래서인지 이들의 소설에는 상황이나 장면에 대한 설명, 즉 '왜'에 대한 친절한 설명이 없으며, 극적 상황만이 전면화되거나 소설 전체가 모호한 공간으로 뒤바뀌게 된다. 예컨대, 백가흠의 「배의 무덤」에서 주인공은 자신의 부인과 '놀아난' 남자의 부인들을 강간한 듯하고 처벌을 피해 외항선을 탄 듯하다. 그러나 이런 정황은 중요하게 다루어지지 않으며, 이 소설에서는 '열목이나 칠성장어'로 연상되는 회귀하는 행위와 고향에 죽기 위해 돌아왔을 때 벌어진 현재 상황 자체만이 전경화되어 있다. 의사-'모자(母子)' 관계로 보이는 여자와 남자, 달구 노모와 달구가 왜 한집에서 살게 되었는지, 달구는 왜 노모를 폭행하는지, 여자와 남자는 어떻게 만났는지에 대한 설명이 매우 희미하게 드러나 있으며, 성관계와 패륜적 폭력이 반복되던 상황이 귀뚜라미라는 이름의 해일로 허무하다 싶을 정도로 간단하게 종료되는 「귀뚜라미가 온다」의 경우도 그리 다르지 않다. 이러한 예는 이들의 소설에서 숱하게 발견된다. 김숨의 소설들, 고백투의 형식을 취하고 있음에도 고백하는 자에 대한 어떤 단서도 발견할 수 없는 「중세의 시간」이나 영원히 뜨개질을 하거나 검은 길 위를 헤매야 하는 저주받은 존재들의 이야기인 「지진과 박쥐의 숲」에서도 중요한 것은 인물들이 처한 상황과 출구 없이 유폐된 삶을 반복적으로 보여주면서 조성하는 그로테스크한 분위기이다.

낯익은 장면들과 진부한 이미지가 잇대어진 가상세계의 극단은 편혜영의 소설에서처럼 상황이나 장면에 대한 설명 없이 위계와 경계가 해체되면서 모든 것이 '흐릿하고 불분명하며 비현실적인' 모호함의 블랙홀로 빨려 들어가는 흥미로운 장면들을 만들어내게 된다. 정체성을 해체하고 무규정적인 존재를 만들어내거나, 산 자와 죽은 자의 세계를 이음새 없이 연결해서 그로테스크한 분위기를 조성하는 편혜영의 소설은 아직은 불임의 상상력을 재생산하고 있는 것처럼 보인다. 그러나 세계와의 대립을 낯익은 일상 속에서의 공포로 표현하거나 세계와의 화해의 제스처를 주관적이며 신비하고 서정적인 장면으로 대치하는 양극의 방식을 오가면서 편혜영의 소설은 고착되어 경화된 모든 것들에 대한 무한한 위반과 끝없는 와해의 과정 자체를 보여주고 있다.

6. 기로에 선 그로테스크

  역겹고 추하며 그로테스크한 것들은 극적 상황이 전면화되거나 모든 것이 모호하게 처리되는 자리에서 일반적으로 관조의 대상으로 전환된다. 넓게 보아 백가흠, 김숨, 편혜영 등의 작품들이 추하거나 역겹고 그로테스크한 것들을 하나의 닫힌 체계로 구축함으로써 관조의 대상으로 만들고 있는 것은 분명하다. 그러나 이들의 소설에서 그로테스크한 것들은 형식화되지 않으려는 적대적인 요소들이라기보다 관습화된 이미지에 가깝고, 때문에 이들의 그로테스크한 상상력에는 예술과 현실의 간극이 영속되리라는 막연한 체념이 내면화되어 있다. 이들의 문학/예술로서의 가능성과 그 체험의 강렬함은 현실에 대한 무차별성을 통해서만 순정함을 유지하고 있는 것이다. 그러나 이들의 의도와는 달리, 애써 무시했던 현실은 슬그머니 되돌아와 소설 속에 고착되어버리고 만다. 충격 효과를 상실한 그로테스크적 상상력은 오히려 악몽적 현실의 편재를 역설적으로 입증하게 되기 때문이다.

때때로 이들의 소설은 백민석식의 그로테스크한 세계로 회귀하려는 모습을 보여주기도 한다. 그러니까 이들의 소설은, 불쾌감을 유발하는 세계의 구축을 향해 한 발 내디딜 것인가, 완결된 체계로서의 모호함의 세계로 좀더 몰입해 들어갈 것인가의 기로에 서 있다고 말할 수 있다. 예컨대, 「밤의 조건」이나 「배꽃이 지고」(백가흠) 등의 소설은 불쾌감을 유발한다. 그 불쾌감은 폭력을 행사하는 주체들이 이유 없는 폭력을 행사하고 있음을 명료하게 알고 있음을 (우리가) 확인하는 데서 온다. 거기에는 현실과 우리의 윤리 감각을 뒤흔드는 지점이 있다. 그럼에도 이러한 모습에 대한 평가는 양가적일 수밖에 없다. 이러한 장면을 통해 현실에 대한 역설적이고 우회적인 개입이 시작되기도 하지만 동시에 이를 통해 악몽적 현실은 보다 견고한 것으로 고착될 위험도 적지 않다. 요컨대, 그로테스크한 상상력에 의탁한 이들의 소설은 순수주의적 부정과 사회-비판적 부정의 양자 사이에서 유동하고 있는 것이다.

그로테스크한 상상력이 미적인 영역을 확보하는 것은 원래 미적이지 않은 것들을 부정하고 미적인 것으로 변형시켜가는 과정procedure을 통해서이다.[13] 그로테스크의 이미지는 아직 완전히 끝나지 않은 변신metamorphosis 상태를 가리키는데, 따라서 그로테스크의 이미지를 통과하면서 삶은 미완성 자체이자 모순과 긴장의 연속체 자체가 된다.[14] 여기서라면 문학/소설은 지평 전환의 가능성을 예감할 수 있

---

13) Christoph Menke, *The Sovereignty of Art*, tr. Neil Solomon, Cambridge, Massachusetts: MIT Press, 1999, pp. 3~15.

는 대안적 공간이 될 수 있을 것이다.

지금껏 우리는 경험 빈곤의 시대를 사는 작가들이 진부함에 대한 인식을 소설작법으로 내면화하는 장면과 그 결과물로서 현실에 개입하지 않는 방식의 글쓰기가 보여주는 가능성과 한계를 확인할 수 있었다. 그렇다면 왜 지금 이 시점에서 '새로움'의 논의가 다시 소환되어야 하는가. 아마도 그것은 최근의 소설들이 보다 분명하게 깊어져야 한다는 우회적 질타의 목소리라고 해야 하지 않을까.

---

14) 미하일 바흐친, 『프랑수아 라블레의 작품과 중세 및 르네상스의 민중문화』, 이덕형·최건영 옮김, 아카넷, 2001, pp. 54~56.

캄캄한 밤의 시간을 거니는 검은 소 떼를 구해야 한다면
―비평의 형질변경 혹은 비평의 에세이화에 대하여

1. '랑시에르'라는 알리바이

2009년 상반기의 문단 풍경을 관통하는 키워드는 단연 '랑시에르 J. Rancière'다. 특히 2009년 봄호 계간지를 중심으로 문단은 어떤 활기를 보여주었는데, 그 활기의 진앙지에는 단언컨대 '랑시에르'라는 기호가 놓여 있다. 흥미롭게도 '랑시에르' 혹은 정치적인 것과 문학적인 것의 관계에 대한 관심은 문학과 현실에 대한 입장이나 지향과 무관하게 공통적이라는 점에서 이채롭다. 입장과 지향이 이질적인 계간지들이 모의라도 한 듯 '랑시에르'에 집중하게 된 연유는 무엇인가.[1] 왜 '랑시에르'인가. 너도나도 '랑시에르'에 기대어 비평적 입지

---

1) '랑시에르' 혹은 그의 입장을 전면에 내세운 논의만으로도 다음과 같은 목록을 작성할 수 있다. 가령, 『창작과비평』 2008년 겨울호에 실린 진은영의 「감각적인 것의 분배」, 2009년 봄호에 실린 이장욱의 「시, 정치 그리고 성애학」, 『문학수첩』 2009년 봄호에 실린 박기순의 「랑시에르: 민주주의에 대한 철학적 옹호」와 이택광의 「랑시에르의 미학론」, 『문학과사회』 2009년 봄호에 실린 랑시에르 인터뷰(「'문학성'에서 '문학의 정치'까지」), 그

를 마련하고자 하는 이러한 경향은 어디로부터 시작된 것일까. 갈 길을 잃고 우왕좌왕하는 문학, 아니 그렇다고 단언하는 위기 담론과 평단의 '랑시에르' 열광이라는 현상을 겹쳐 읽는 자리에서 시작해보자.

'랑시에르 현상'으로도 명명할 수 있을 이러한 경향은 비단 랑시에르가 아니더라도 2000년대 중반 이후에 평단을 휩쓸고 있는 경향성의 일면이라 할 수 있다. 물론 그것은 1990년대 중반을 전후로 본격화되었으며 문학의 위기와 비평의 위기로도 대변되었던 위기 담론 혹은 그에 대한 문단의 모색과 맞닿아 있다. 그간 위기 담론에 대한 하나의 해결책 혹은 염원하던 답안이 가라타니 고진의 '종언론'(『근대문학의 종언』)을 통해 제출되고 있었다면, 또 다른 (어떤 의미에서 매우 긍정적이고) 안전한 답안이 '랑시에르'의 작업에서 찾아지고 있다는 점에서 그러하다.

그러나 이 경향은 '랑시에르'의 논의 자체와는 간접적으로만 연관되어 있는 것일지도 모른다. 문단 혹은 근대적 의미의 작가와 비평가군이 구축된 이후로 한국에서 문학적 근거지에 대한 탐색이 새롭게 시작될 때에는 예외 없이 이전의 범주나 사유들과 결별한 단절면이 새로운 출발지가 된 경향이 있었다. 어쩌면 굴곡 많은 한국의 근대화 과정 자체가 문단과 비평사에서 튼실한 내적 참조틀을 수립하기에 앞서 외부의 자극에 수동적으로(때로 능동적으로도) 반응하게 하는 조건으로 작용한 건지도 모른다.[2]

<hr>

리고 『문학동네』 2009년 봄호의 좌담 「감각적인 것과 정치적인 것 사이에서」 등.

2) 1990년대 중반 이후에 본격화된 근대성 논의와 거기서 비롯된 문학의 범주에 대한 반성은 문학의 보편성에 대한 반성이자 한국적 문학에 대한 반성이었다고 할 수 있다. 문학의 자명성에 균열을 가하고자 했던 그러한 논의들은 문학을 둘러싼 어떤 것에 대해서도 고정적 틀을 수립할 수 없음을 인식하는 데에 이르렀으며, 이러한 작업은 현실과 사회에

물론 문단이 직면한 문제들과 관련해서 '랑시에르'의 작업 자체가 주는 매력을 부정할 수는 없을 것이다. 랑시에르가 그의 저작들의 번역을 맡았던 한 연구자와의 대담(「'문학성'에서 '문학의 정치'까지」)에서 자신에게 "문학은 무엇보다 문학성의 문제를 경유한 것"이고 이런 점에서 문학은 "처음부터 정치적인 문제였"다고 밝혔을 때, 그의 발언은 급박한 현실 변화가 현재의 문학에 대해 요구하는 실천에 대한 모색의 실마리를 제공해주는 것처럼 보이는 게 사실이다. 더구나 그가 강조하는 '정치'란 "문학이 세계에 참여engagement한다는 의미에서 정치적인 것"이 아니라, "문학이 사물들에 다시 이름을 붙이고, 단어들과 사물들 사이의 틈을 만들고, 단어들과 정체성 사이의 틈을 만듦으로써 결국 탈정체화, 즉 주체화의 형태, 해방 가능성, 어떤 조건에서 벗어날 수 있는 가능성을 만들어내는 데 개입한다는 의미"[3]의 정치로, 여기에는 문학과 정치 사이에 놓인 복잡다단한 매개에 대한 고민이 담겨 있다.

아감벤G. Agamben에 대한 열광이 아주 빠르게 랑시에르에 대한 열광으로 대치되고 있다면, 그 내적 논리를 단적으로 감지하게 해주는 것은 이러한 대목들이 아닐 수 없다. '랑시에르'의 정치에 대한 논의는 포스트모던 이론의 치명적 약점을 보완할 수 있는 새로운 지평

대한 문학의 과도한 권위를 해체한다는 점에서 유효한 작업이었던 것이 사실이다. 오해를 줄이기 위해 덧붙이자면, 이 자리에서 학제와 문단이라는 문학 제도의 근간이 마련된 해방 이후로부터 지금껏 축적된 문학사적 성취의 수준과 내실 전부를 부정하려는 것이 아니다. 여기서는 한국의 문단사가 의도적으로 축소하거나 과장했던 번역 층위의 문제들을 평단 내부의 문제들과의 상관성 속에서 거론해보고자 한다.
3) 자크 랑시에르, 「'문학성'에서 '문학의 정치'까지」(대담: 양창렬), 『문학과사회』 2009년 봄호, p. 448.

으로 받아들여진 측면이 있는 것이다. 그럼에도 그것은 어떤 낙관적 지향도 발견할 수 없는 절망적 국면에서 빠져나오고자 하는 문단의 즉물적인 생존 본능만은 아니라고 해야 하는데, 어쩌면 랑시에르의 작업에서 우리가 발견하고자 한 것은 위기 담론에 대한 답안이라기보다 위기 담론을 처리하는 '안전한' 방식 자체라고 해야 할지도 모른다. '랑시에르'를 전유하는 우리의 맥락에 주목해야 하는 것은 이러한 이유에서이다.[4]

문학성의 가치에 강박적으로 들려 있으며 그리하여 시대의 고조되는 강퍅함에서 문학성의 기치를 새롭게 드높일 수 있는 전기를 마련하고자 하는 쪽에서도, 문학과 현실의 상관성 문제에 대한 관심에서 이른바 '리얼리즘'이라는 사라져버린 환영에 집착하는 쪽에서도, 문학성을 강조하기 위한 논의로 혹은 정치성을 강조하기 위한 논의로 '랑시에르'의 전유를 시도한다. 그런데 이러한 경향성 속에서 우리가 만나게 된 장면은 그간 우리가 해체하고자 했던 '예술의 자율성'에 대한 우회적 복원 작업이며, '문학이냐 정치냐'의 틀로 덧씌워진 '리얼이냐 모던이냐 혹은 아방가르드냐'와 같은 탈역사화된 논의 구도이다.

위기 담론과 '랑시에르' 현상을 겹쳐놓고 보자면, '랑시에르'는 결국 위기 담론이 발견한 새로운 알리바이가 아닐 수 없다. 평단 내부

---

4) 문학의 정치성을 회복해야 한다는 표어로 무장하고 극단적 탈정체화의 과정에서 정치적인 것의 의미를 실현하고자 함에도 불구하고, 랑시에르의 논의는 이론적인 차원 혹은 글쓰기 차원에서의 진보성을 제안하는 방식으로, 유리 진열장 안의 안전한 진보성을 주장하는 프랑스식 이론의 존재 방식에서 그리 멀지 않은 곳에 놓여 있다. 더구나 최근에 소개되고 있는 랑시에르 논의의 대부분이 몇십 년의 시간적 간극을 가진 이질적 층위의 논의들이라는 점에서, 한국에 직접적으로 원용하는 것의 부적절성은 새삼 강조할 필요도 없을 것이다.

에서도 뼈아픈 자기성찰과 함께 근본적인 변화의 계기를 마련해야 함에도 불구하고, 현재의 비평은 랑시에르의 논의에서 실질적 변화 없는 혁신이라는 애매한 방책을 선택하고 있는 것으로 보인다. 그러니 익숙한 논의 판도를 둘러보면서 집중해야 할 것은 위기 담론의 중핵이 '문학이냐 정치냐'라는 대립 혹은 그에 대한 질문과 답변 사이에 놓여 있지 않다는 점일 것이다. '리얼이냐 모던이냐'라는 질문은 새삼 말할 것도 없거니와 '문학이냐 정치냐 혹은 미학이냐 윤리냐'라는 문답틀은 선차적으로는 '문학이란 무엇인가'라는 원론적 질문에 답하는 자리에서 마련된 매우 원론적인 논의 구도이다.

여기서 원론적인 질문 자체의 무용성을 주장하는 것은 아니다. 그러나 과연 위기 담론에 직면해서, 우리는 무엇보다 먼저 '문학이란 무엇인가'를 다시 물어야 하는 것일까. 그것이 문제의 중핵을 드러내는 방식일까. 그렇지는 않은 듯하다. 문학에 대한 원론적 질문이 다시 시작되어야 한다는 논리에는 '비평이 혹은 비평가가 위기 담론을 불러왔으며 호명의 주체가 그에 대한 적확한 답안도 제출할 수 있을 것'이라는 투명한 믿음이 전제되어 있다. 그러나 어쩌면 본질에 가닿는 회의의 시선이 향해야 할 곳은 자기반성 없이 유포되어 있는 비평의 투명성에 대한 신뢰 자체가 아닐까. '전문 독자 혹은 해석의 권위자로서의 지위를 상실하고 난 후 비평 혹은 비평가는 오늘날 과연 문학에 대해 무엇을 말할 수 있는가.' 이러한 질문에 대한 근본적 성찰 없이 '다시 문학이 무엇인가'를 묻는 것에서 새로운 문학과 비평이 시작될 수 있다고 말할 수 있는가.

2. 위기론에 대처하는 몇 가지 태도들

대중문화와의 거리두기에서 시작된

따져보면, 입장과 지향을 초월한 공통된 태도를 발견할 수 있는 곳은 '랑시에르'에 대한 열광의 지대만이 아니다. 문학 내적인 진보를 갈망하든 외적인 실천을 열망하든 입장과 지향의 차이에 기초한 문단의 이질적 경향들이 문학의 범주를 재고하는 자리에서 특정한 하나의 논의로 수렴되는 현상은 흥미로운 사태라 하지 않을 수 없다.[5]

가령, 최근 한국문학이 몇 겹의 난경에 처해 있다고 판단하는 박수연은, 「한국문학의 난경」(『실천문학』 2009년 봄호)에서 1990년대 중후반 이후의 문학 논의의 핵심 쟁점을 '어떤 위기 혹은 종언-죽음'과 그것에 대한 한국문학의 대응으로 이해한다. 지난 10여 년간 그런 대응이 뚜렷하고 유의미한 결과를 가져오지 못했다는 것이 그의 판단인데, 이를 통해 그는 진정성을 담보한 "한국문학의 구체에 대한 고민"의 필요성을 새삼 이끌어낸다. 그의 질문법을 빌려 말해보자. "그렇다면 무엇이 문제인가."

물론 그것은 개별 평론가의 차별적 능력 유무로 해결될 수 없는 복잡한 현실적 정황을 내포하는 질문이며, 따라서 윤곽이 뚜렷한 답안

---

5) 이런 맥락에서 보자면, 문학이 처한 현실의 변화라는 '사실 앞에서의 겸손'한 태도, '아직도 문학은 내 사랑'이라고 대답하는 한국의 비평가들을 향해 "그들의 태도가 현금의 문학 비평이, 한국문학의 도약을 위해 그리고 문학비평의 생존을 위해 취해야 할 가장 정직한 태도이자 불가피한 노선이라고 생각한"다고 말할 때, 정과리의 태도는 다른 해답을 알지 못하는 현재의 평단이 닿을 수 있는 가장 정직한 고백의 지점이 아닐까 싶다. 정과리, 「아직도 문학은 내 사랑」, 『문학과사회』 2009년 봄호, p. 500.

을 제출하기란 그리 쉬운 일이 아닐 것이다. 그것은 캄캄한 밤의 시간을 거니는 검은 소 떼를 가늠하는 것만큼 쉽지 않은 일이며, 그러니 이중 부정의 방식으로 말하자면 적어도 검은 소가 아닌 것으로부터 멀어지는 것에서만 검은 소 떼의 윤곽이 가늠될 수 있는 것인지도 모른다. 그러나 과연 이런 방법으로 캄캄한 밤을 거니는 검은 소 떼를 구별해낼 수 있을까.

박수연의 질문으로 돌아가보자. 스스로 던진 질문, "무엇이 문제인가"라는 질문에 대해 그는 대중문화와의 차별화가 해답 가운데 하나임을 밝힌다. 구체적으로 그는 "문학의 지위를 문화가 차지해버렸다는 식"으로 '대중문화'에서 위기론에 대처할 수 있는 해답을 찾고자 하는 방식은 "실제로는 답을 하지 않는 것과 같"[6]다고 일축한다. 문학으로부터 분리시키고자 하는 영역이 '대중문화' 영역임을 분명히 하고 있는 것이다.

'대중문화'로부터의 거리를 마련한다는 것은 무엇을 뜻하는가. 민주주의적 소통의 가능성을 되새기고자 하는 한 박수연은 위기 담론에 대한 답안을 다음과 같은 단호함 속에서 풀어놓는다. "답은 오히려 문학 내부에서 찾아져야" 하며, "문제의 원인은 문학 내부에, 그리고 그 내부가 외부와 관계 맺으며 구성하는 주름들, 즉 문학의 주름들에 있다고 해야"(p. 17) 한다고 말이다. 이러한 맥락에서 대중문화가 문학에 들어오는 현상의 긍정성을 의식하면서도, 그는 대중문화가 엄밀하게 말해 문학의 외부이며, 따라서 "대중문화를 활용한다는 것은 문학 외부의 관점이 문학에 적용"(p. 18)되는 것이라고 정리한다. 문학

---

6) 박수연, 「한국문학의 난경」, 『실천문학』 2009년 봄호, p. 16.

과 대중문화 사이에 넘을 수 없는 선이 있음을 강조하고자 하는 것이다.

소설로 범주를 좁혀보면 어떨까. 흥미롭게도 소통 가능성에서 소설의 정치성을 발견하고자 하는 차미령의 논의 역시 앞선 것과 그리 다르지 않다. 차미령은 「소설과 정치」(『문학동네』 2009년 봄호)에서 소설이 그리 대단한 것이 아니며 어쩌면 거대한 삶에 비해 너무나 미미한 것에 불과할지도 모른다는 사실을 인정한다. 물론 그럼에도 그가 강조하고자 하는 것은 그런 조건이 불러오는 소설의 역설적 가치이다. 가령 그는 "현재의 소설에 작고 소박한 것이라도 함께 대화하고 싶은 진실이 살아 있다는 것을 믿는 사람이라면, 아니 발견한 사람이라면" 고통스럽더라도 "미약한 목소리로나마 어떻게 스며들 수 있을까를, 어떻게 더 깊숙하게 소통할 수 있을까를 소설은 고민해야 한"다고 말한다. 왜 그래야 하는 것일까. 차미령은 소설이 독자적이고 자율적인 영역이자 대사회적 실천의 공간이기도 하다는(해야 한다는) 아이디얼한 논의에 기반해서 '교훈'과 '공감'의 사이 어디쯤에 놓여 있는 소설의 윤리를 강조하고자 하는 것일까.

사실적 차원에서 소설의 정치성에 대한 그의 논의는 손에 잡힐 듯한 실감을 획득하지 못한다. 반면 소설로부터 분리해내고자 하는 것이 대중문화임을 드러낼 때, 스스로 강조하는 소통이 "소설이 대중들이 여가시간에 부담 없이 찾을 수 있는 읽을거리로 탈바꿈해야 한다는 시장의 요구"[7]와는 전적으로 다른 것임을 강조할 때 그의 논의는 보다 구체적 형상을 얻는다. 그의 논의의 기반이 소설을 대중문화의

---

7) 차미령, 「소설과 정치」, 『문학동네』 2009년 봄호, p. 342~43.

범주로부터 철저하게 분리해야 한다는 당위로부터 마련되고 있기 때문이다. 차미령은 "미학적 갱신, 정치적 충돌, 윤리적 돌파를 꿈꾸며 의혹과 혼돈을 야기하고, 처음에는 더디게 읽히며 후에는 거듭 다시 들추어지고 마침내는 오래 기억"되는 소설을 "더 많은 재미 이상의 것을 추구하기 힘들며, 쉽게 끌어들인 만큼 쉽게 소비되고 그보다 더 쉽게 잊"히는 대중문화 산업으로부터 구원해내는 것에서 오늘날의 소설의 정치적 가능성을 가늠해보고자 하는 것이다.

물론 이들의 논의에는 마음을 울리는 호소력과 위기 담론에 대한 진지한 고민의 흔적이 담겨 있다. 일상화된 위기 담론 앞에서 좀더 차분하고 깊이 있는 성찰의 시간이 요청된다는 그들의 발언에 나 역시 전적으로 동감한다. 그럼에도 '소통의 민주주의'를 염원하든 문학의 '공공성' 문제를 고민하든 혹은 일상화된 위기 담론에 직면해서 '문학성의 역설적 가치'를 강조하든, 이들의 논의는 분명 어떤 공통적 지반 위에 놓여 있는 것이 사실이다. 그들의 논의는 공히 문학 혹은 문학성을 움직일 수 없는 고정된 범주로 보는 다분히 수세적인 태도로 지탱되고 있으며, 무엇보다 그 태도가 불러오는 것이기도 한, '텅 빈 기호'로서의 문학에 대한 윤리적 염결성으로 감싸여 있다. 더럽혀져서는 안 되는 문학의 범주 저 바깥에 대중문화의 위치를 설정함으로써, 아이러니하게도 그들의 논의가 명료한 테두리를 마련하게 되는 것은 문학이기보다 대중문화 쪽이다.[8]

---

8) 대중문화에 대한 그들의 입장은, 좀더 엄밀하게 말하자면 대중문화에 대한 무조건적인 배척에 기반한 것이라기보다 대중문화가 문학의 갱신을 위한 유용한 매개일 수 있으나 결코 문학 범주와 혼동되어서는 안 된다는 쪽에 가깝다고 해야 할 것이다.

문학주의로의 거대한 회귀

국문학계를 중심으로 이루어졌던 문학/문화의 경계를 둘러싼 꽤 많은 논의들이 입증해주는 바, 그런 분리선 자체의 실체를 입증하는 것이 불가능하며 실질적으로 문학과 문화 혹은 대중문화 사이의 그런 명확한 분할의 적확한 사례를 발견하기 쉽지 않다는 사실을 부기할 필요가 있을까. 그러나 논쟁적 개입을 시도하는 것보다 중요한 것, 문학과 문화 사이의 경계선에 대한 해묵은 논쟁의 재론보다 중요한 것은 '랑시에르' 열풍을 통해 분명하게 확인할 수 있는 바, 현 문단의 위기 담론을 둘러싼 논쟁이 입장이나 지향과 무관하게 문학주의라는 공통 지반 위에서 이루어지고 있음을 포착하는 일 자체일 것이다.

가볍고 피상적이며 소비를 통해 순식간에 사라지는 것 그리고 무엇보다 자본의 재생산에 긴밀하게 결합해 있는 영역과의 적대적 차별화를 통해 구축된 공간 즉 문학은, 이러한 논의의 자연스러운 귀결로서, 이미 오래전에 부관참시된 '표현할 수 없는 표현'이라는 숭고한 아우라를 다시 부여받게 된다. 이렇게 본다면 위기 담론이란 결국 문학주의라는 경계선 위에서 반복되었던 진자운동이 아니었을까. 그렇다면 '다음은 무엇?'을 모색하는 문학보다 먼저 살펴보아야 할 것은 가시적인 진자운동 자체와 함께 진자를 움직이게 하는 비가시적인 힘과 진자운동이 유발하는 효과가 아닐까.[9]

---

9) 물론 문학을, 소설을, 비평을, 답안 없는 이런 궁지에 몰아넣는 것은 거역할 수 없는 세계화이자 전 지구적 자본화의 공습이다. 그러나 적어도 이 문제에 있어서는, 뚜렷한 대응방식을 알지는 못하지만, 평단은 이미 충분히 거기에 경계의 시선을 겨누고 있으며, 전 세계적 관점에서도 메타적 성찰이 지속되고 있다. 그 답안의 유효성과 무관하게 『창작과비평』이 그간 제출해온 '민족문학'에 대한 논의 역시 이러한 문제에 대한 모색의 결과물임에 분명하다.

이러한 관점에서 볼 때, 『창작과비평』 2008년 겨울호에 실린 진은
영의 「감각적인 것의 분배」에 대한 덧글의 형식을 취하면서 문학과
정치의 변증적 결합의 매개고리를 발견하려는 이장욱의 글 「시, 정치
그리고 성애학」(『창작과비평』 2009년 봄호)에서 보이는 고투의 흔적
은 문학주의에서 출발한 논의의 귀결점이 어디인가를 비교적 선명하
게 보여준다. 이장욱은 문학이 정치현실에 개입하는 방식이 참여적
방식으로 일원화될 수 없음을 강조하면서, 정치에서 '정치'(혹은 '정
치적인 것')로의 위치 변경을 시도한다. 그러니까, 그냥 정치가 아니
라 따옴표로 처리된 정치라는 범주 속에서 문학과 정치의 관계를 재
설정하고자 하는 것이다. 문학과 '정치'의 결합 가능성을 역사적 사례
를 통해 확인하고자 하는 그는 문학적 실험과 정치적 실험의 일치를
꿈꾸었던 20세기 전위적 시도들을 전방위적으로 불러 모으는 것으로
그 접면에 대한 사유를 대치하고자 한다. 주목할 점은 전위의 목록
작업 끝에 그가 마지막으로 언급하는 것이 흥미롭게도 예술의 자율성
이라는 사실이다.

　　자율성을 신화화하는 소위 예술지상주의적 태도는 치기만만한 것이
지만, 반대로 삶/정치의 내부로 환원될 수 없는 이 '잉여' 혹은 '불순
물'이 바로 문학의 가치라는 점을 무시하는 것 또한 안이한 일이다. 자
율성은 문학이 자신의 지분을 주장하기 위해 필요한 것이 아니라, 거
꾸로, 문학이 삶/정치에 생산적으로 접속되기 위해 요청되는 모든 것
의 이름이기도 하기 때문이다.[10]

---

10) 이장욱, 「시, 정치 그리고 성애학」, 『창작과비평』 2009년 봄호, p. 311.

　자율성의 신화화를 경계하는 동시에 예술의 고유성을 인정하지 않는 태도와도 거리를 두려는 균형감 있는 태도에는 문학과 정치의 접면을 마련하고자 하는 진지한 고민이 담겨 있음이 분명하다. 의식적으로 강조하고 있지는 않지만, 그 자율성이 랑시에르를 빌려 진은영이 말한 바, "현실로부터 자율적이지만 현실을 변형하는 허구들을 만들어"내며, 그리하여 "세계의 낡은 감각적 분배를 파괴하고 다른 종류의 분배로 변환시킴으로써 삶의 새로운 형태들의 발명을 동반"하는 "예술의 특이성, 다시 말해 감성적 자율성"을 지시하고 있음을 감지하기는 어렵지 않다. 그러나 김수영의 시론을 들면서 그것을 진은영이 제기한 질문, "사회의 감성적 매트릭스를 해체하고 새롭게 조직화하는 다른 방식"[11])에 대한 탐색의 답안으로 삼고자 할 때, 그의 논의는 어찌해도 지금-현재의 '감성적 자율성'에 대해 말할 수 없는 원론적이고 탈역사적 지점에 머무르게 된다.

　물론 문학과 정치에 관한 그의 조심스러운 더듬거림은 장르문학이든 아니든 "소설에서 판타지가 얼마나 동원되고 있느냐는 것 자체가 중요한 판단기준은 아니"며, "요는 어떤 요소들을 어떻게 혼합해서 얼마나 좋은 작품을 만들었느냐가 핵심문제"일 것이라거나[12]) "문학은 어떤 역할이나 도구이기 이전에 삶의 진리가 드러나는 예술 형태인데, 문학이라는 예술의 남다른 비범함은 그런 진리가 드러남과 동시에 시대적 과제나 임무 같은 실천적인 지평이 더욱 명료해진다는 것"[13])에

---

11) 진은영, 「감각적인 것의 재분배」, 『창작과비평』 2008년 겨울호, pp. 76, 81.
12) 백낙청, 「문학이 무엇인지 다시 묻는 일」, 『창작과비평』 2008년 겨울호, pp. 33~34.
13) 한기욱, 「문학의 새로움은 어디서 오는가」, 『창작과비평』 2008년 겨울호, p. 52.

있다는 식의 답안보다는 훨씬 구체적인 것으로 보인다. 그럼에도 이 장욱의 논의는 결과적으로 (그런 것이 실질적으로 존재하는 것인지 알 수 없지만) 문학 혹은 예술의 본래적 성격, 그것의 회복으로 나아가야 한다는 당위적 요청으로 귀결하게 되면서 어쩔 수 없이 문학적 보수주의 쪽에 서 있게 된다.

분명한 것은, 문학을 위한 정치의 실현이든 문학을 통한 정치의 실현이든 문학과 정치를 둘러싼 논의들이 동색으로 뒤섞이게 되는 현상은 지반에 대한 성찰 없이 반복되는 위기 담론이 불러온 역설적 효과와 연관되어 있다는 점일 것이다. 그렇다면 오늘날 다시 문제는 '문학'이라기보다 소설, 문학 그리고 예술에 대한 당위적 요청 외에 다른 답안을 마련하지 못하고 있는 '비평' 자체라고 해야 하지 않을까.

3. 비평정신의 소멸 혹은 비평의 에세이화에 대하여

우리 모두가 알고 있지만 아무도 분명하게 말하지 않는 사실 가운데 하나, 포스트모던하게 해체적인 '프랑스제' 이론들의 대공습 이후 공공성 혹은 보편성에 대한 논의는 더 이상 가능하지 않게 되었다는 사실. 역사적 지형 차이에도 불구하고 전체와 보편, 체계와 균형의 폭력적 기능화 현상을 비판하고자 했던 프랑스제 이론들의 영향으로, 우리는 이제 공적 사상가들의 시대가 지나가버렸음을 시인하지 않을 수 없게 되었다. 인정하든 안 하든 의식하든 못하든 우리는 포스트모던 시대에 깊숙이 진입해 있는데, 그것은 곧 보편적 인간 존재가 아니라 인종주의와 다문화주의, 젠더 등 국지화된 전략적 개입을 통해 구축된 타자 혹은 대중으로 시선을 돌리게 된 사정과 연관되어 있다. 그리하여 이른바 문화연구라 불릴 수 있는 국지화된 연구가 제출할 수밖에 없는 해소되지 않는 쟁점은 '공동체와 긴밀하게 통합된 정체성을 지향해야 할 것인가 혹은 하이브리드적 다문화주의를 지향해야 할 것인가'라는 문제적 지점에 놓이게 되는 것이다.[14]

문학과 문화의 경계에 대한 고민을 담을 수밖에 없다는 점에서 문화연구가 봉착한 이러한 문제는 자기균열의 지점에 놓이게 된 비평의 문제적 쟁점과 정확하게 맞닿아 있다. 최근 평단에서는 비평을 둘러싸고 비평정신 혹은 이른바 가치평가가 사라지고 있다는 진단이 우세하다. 진단이라기보다 선언에 가까운 신진 평론가들에 대한 이러한 평가는 극단적으로 양분된 반응을 이끌고 있는데, 그 비판 혹은 찬사의 강도는 가히 2000년대 중반에 등장한 신세대 문학을 두고 쏟아졌던 비난 혹은 열광의 정도와 유사하다. 분명한 것은 어느 쪽이든 신진 평론가들의 비평적 경향이 손쓸 틈 없을 정도로 빠르게 비평에 대한 개념을 바꾸고 있다는 점이다. 비평이 작품에 대한 복화술이기를 그치고 창작의 범주로 육박해 들어가는 경향은 그 단적인 사례라 할 수 있다. 이제는 그저 그간의 평론과는 다른 글쓰기 방식이 등장했으며 사뭇 이질적이라는 진단만으로는 비평을 둘러싸고 암암리에 벌어지는 격렬한 논의의 핵심에 다가설 수 없게 된 것이다.

따라서 비평을 두고 여기서 질문해야 할 것은 '비평의 형질 변경이란 과연 무엇을 의미하며 또 어떻게 평가해야 하는가'일 것이다. 구체적으로는 작품을 분석하거나 평가하는 방식이 아니라 선택하고 배치

---

14) 슬라보예 지젝, 『전체주의가 어쨌다구?』, 한보희 옮김, 새물결, 2008, pp. 324~29.

해주는 작업, 조망하기보다 들여다보는 작업, 판단하기보다 독해해주는 작업, 이러한 관점에서 비평은 "문학에 대한 기억도 증언도 아니"[15]며 만남이자 발견이고 사랑하는 것이자 변화시키는 것일 수 있다. 최근의 비평적 글쓰기가 보여주는 변화가 이렇게 기술될 수 있다면 이 현상을 '비평의 에세이화'라 명명하는 것도 가능할 것이다. '비평의 에세이화'는 비평작업이 '객관과 보편'이라는 이름의 보편자의 눈높이가 아니라 개별 비평가의 시야 속에서 이루어지고 있다는 점에서 또한 비평의 사사화(私事化)로도 이해될 수 있을 것이다.

수많은 개별 기준에 기초하고 있다는 점에서 '비평의 에세이화' 현상에 대한 검토와 평가는 개별 비평가의 글쓰기를 분석하는 과정에서는 온전히 특징화될 수 없다. 근대성과 '포스트-'류의 논의와 함께 비평을 지탱하는 '객관과 보편' 범주는 합의 가능한 내용성을 상실했음에도 여전히 형식적 틀로서의 보편 지향성을 유지하고 있다. '비평의 에세이화'의 의미를 묻는 작업에 비평의 범주 자체에 대한 근본적인 문제제기가 담기게 되는 것은 이러한 점 때문이다. 오해하지 말아야 할 것은, 때로 개별 비평가의 사유를 입증하기 위한 시도가 과도한 이론화 작업으로 드러나기도 한다는 점에서 '비평의 에세이화'는 결코 비평 주체의 감상을 전면화하는 '나로 시작되는' 글쓰기의 여부와 관계가 없다는 점이다. 비평의 형질 변경은 글쓰기 방식 차원의 변화가 아닌 것이다.

앞서 언급했듯이, 오늘날의 비평가는 전문 독자 혹은 해석의 권위자로서의 지위를 이미 상실했다. 아무도 평론가의 권위에는 관심조차

---

15) 백지은, 「비평이란 무엇이길 바라는가」, 『문학수첩』 2009년 봄호, p. 104.

없다. 여전히 비평가의 글쓰기가 영향력을 행사하고 있다면 그것은 비평의 제도적 재생산 과정과 긴밀하게 연관되어 있는 비평가 지망생 정도가 아닐까. 이러한 조건은 문단의 스타시스템화를 조장하며, 작가와 비평가 모두를 시스템의 일원으로 재구성하고 결국 소진시키거나 폐기시키는 구조 속에 놓이게 한다. 물론 비평가의 권위 상실은 새삼 반복할 필요도 없이 미디어 테크놀로지의 혁신에서 촉발된 것이기도 하다. 인터넷 환경 변화는 창작과 독서 문화의 구도를 총체적으로 바꿔놓았으며, 전문가와 비전문가의 구별 없이 누구라도 손쉽게 자신의 견해를 펼칠 수 있는 조건을 마련해놓았다.

　결과적으로 비평(/비평가)은 그 존재방식에서 총체적인 변화 요구에 직면해 있다. 비평이라는 범주의 내실은 어떤 변화를 겪고 있는 것이다. 전문 비평이 점차 개별적이고 특수한 언어와 가치를 강조하는 쪽으로 움직여왔다면, 가령 인터넷 환경에 기반한 독자들의 집단 지성적 비평은 보다 보편적이고 소통 가능한 언어를 발견하는 쪽으로 변화해왔다. '나도 비평가 시대'를 맞이한 현재의 비평이 스스로도 의식하지 못한 채 자기균열의 찢긴 상태로 존재하고 있다면, 그 분열적 존재방식은 제도가 마련해준 비평의 보편 지향적 형식성과, 미디어와 시장의 환경 변화가 불러온 비평의 사사화 경향, 그리고 집단지성적 비평의 확장적 경향이라는 불균질한 층위들의 불안정한 공존으로부터 발생한 것이라고 해야 할 것이다. 서 있는 자리에 대한 성찰 없이 소설이나 문학 혹은 비평이 보편적 언어에 대한 지향이나 새로운 공동체에 대한 상상 혹은 소통의 가능성에 대한 타진을 과연 수행할 수 있을 것인가. 비평의 범주에 대한 본격적 질문을 던져야 하는 이유가 여기에 있으니, 위기론에 대한 대처법은 메타적 작업으로서의 비평을

다시 한 번 메타화하는 작업, 바로 이 지점으로부터 시작되어야 하지
않을까.

북쇼핑 시대의 문학, '완득이'라는 낯선 영토

1. 출판 괴담

출판계가 침체의 늪에서 헤어나지 못하고 있다는 이야기가 괴담처럼 떠돈다.[1] 잘나가는 작가의 초판 부수는 이미 반토막 난 지 오래다. 출판사들은 다양한 방식으로 말 그대로의 생존 전략을 처절하게 모색 중이다. 1960~1970년대 이후 관심을 끌지 못했던 '문고본'의 발행[2]이 활로로 모색되기도 하고,[3] 위험을 최소화하기 위한 출판기획의 행보가 이미 검증된 외국산 대중소설의 번역 출간으로 향하기

---

1) 「점점 책과 멀어지는 세태」, 문화일보 2005년 8월 7일자; 「터널 끝이 안 보이는 출판계 불황」, 세계일보 2008년 7월 5일자; 「출판가 '여름괴담' …대규모 감원에 잇단 부도설」, 한국경제신문, 2008년 7월 3일자 등.

2) 이임자, 『한국 출판과 베스트셀러 1883~1996』, 경인문화사, 1998, p.64. 1960~1970년 대에는 지식의 대중화 경향과 함께 문고판 출판물이 등장하기 시작했다. 특히 1960년대 에는 대중화를 위한 전집물이 기획되고 출판되었으며, 단행본 장정이 가벼워져 출판물의 대중 보급이 보다 활발해질 수 있었다.

3) 「출판사들, 책값 거품 빼며 독자 유혹 중」, 세계일보 2008년 6월 1일자.

도 하며, 자기계발서나 영어교육 관련 실용서적의 출간으로 이어지기도 한다.

인기리에 방영되었던 텔레비전 드라마나 개인 블로그가 책의 형식 'blook'으로 출간되고,[4] 신간소설이 홈페이지 마케팅으로 홍보되며, 세계문학과 한국문학전집이 홈쇼핑을 통해 소비된다. 베스트셀러의 가능성이 엿보이는 '상품'에는 대대적인 광고를 통한 홍보가 보태지고, 이에 따라 이른바 승자독식으로 귀결되는 출판 시장의 양극화가 극심해지고 있다.

출판단체 가운데 하나인 대한출판문화협회가 20년 이상 발행한 『월간 출판저널』을 사실상 폐간하기로 결정했고, 단행본 출판사 대표들의 모임인 한국출판인회의는 매달 진행하던 '이달의 책' 선정 작업을 중단했다. 심각한 자금난이 원인이었다. 출판계의 생존을 위한 진화가 계속되는 듯도 하지만, 책의 미래에 대해서는 어떤 전망도 내놓기 쉽지 않은 상황이다. 단군 이래 최대의 불황이라는 출판계의 괴담이 그저 과장만은 아닌 듯하다.

출판계를 중심으로 '책'이 처한 사정을 둘러보면 이렇다. '문학'으로 접근을 달리해도 사정은 마찬가지이다. 입도선매식의 주문제작형 장편소설이 기획되고 있으며, 가능성(?)이 확인된 혹은 감지된 작가들을 향한 출판사의 러브콜이 노골적이다. 시집이 외면되고 장편소설의 출간이 독려되는 현상이 새삼스럽지 않으며 장편에 맞추어진 억대 현상 공모는 오히려 심상하게 여겨질 지경이다.

---

4) 「'Blook' 블로그를 뛰쳐나와 세상의 책이 된다」, 동아일보 2006년 9월 27일자.

2. '칙릿'과 '영 어덜트' 문학상품의 등장

물론 가시적인 변화를 들추어보면 사정은 겉보기보다 복잡하다. 돌아보면 2000년대 전후로 문학은 문학장을 둘러싼 흥미로운 변화를 겪어왔다. 한국사회는 1998년의 IMF와 2002년의 월드컵으로 상징되는 경제 감각과 정치에의 참여 감각을 마련해야 했으며, 새로운 감각의 흡수와 재구성은 '작가-책-독자'라는 틀에 커다란 변화를 가져왔다. '생산-유통-소비'의 메커니즘으로 책을 이해하는 방식이 불편하지 않은 시대가 왔으며, '책이 소비재'라는 인식과 함께 한국문단 역시 신자유주의의 광풍에서 예외일 수 없는 공간이 되었다.

2000년대 초반의 한국문단은 새로운 작가군의 등장으로 떠들썩했다. 새로운 상상력에 입각한 신진 작가군이 특정한 경향으로 일괄할 수 없는 개성적 세계를 복수 형태로 만들어갔으며, 이들에 의해 현실에 대한 인식이 재고되었고, 감각적 글쓰기가 하나의 트렌드로 자리 잡았다. 그러나 이들이 불러일으킨 문단의 활기는 자본의 전 세계적 일원화라는 거대한 흐름 안에서 지펴진 것이기에 제한적일 수밖에 없었다. 문학적 가치와는 별개로 '팔리는' 작품의 의미를 '다른' 맥락에서 이해하고자 하는 움직임이 본격화된 것은 이즈음의 일이다.

2004~2005년 사이에, 모더니티 논의와 함께 시작되어 1990년대 중후반부터 계속되었던 한국문학의 위기 담론이 다시 힘을 얻게 된 것도 이런 사정과 무관하지 않다. 한국문학이 동업자를 제외한 독자층으로부터 외면된 동시에 출판 시장이 외국소설 그 가운데서도 일본소설에 의해 채워지던 시기였다. 『문학과사회』『문학동네』『문학수

첩』『세계의문학』『창작과비평』등 대표적인 계간지를 통해 잇달아 외국문학과 일본소설 득세의 원인 분석이 시도되었고 아울러 상찬 일색이었던 신진 작가들의 위상을 재검토하는 작업이 본격화되었다.

일련의 변화를 거치면서 '팔리는' 작품이 '가치 있는' 작품이라는 판단에 아무도 대놓고 동의하지 않았지만, '안 팔리는' 작품의 '가치'를 강조하는 논의가 점차 궁색함을 면치 못하게 되었다면, '팔리는' 작품에 전문가적 식견 혹은 '문학적 가치'라는 판단 기준을 들이대는 것이 좀 생뚱맞아 보이게도 되었다. 문학이 '상품'이고 독자가 '소비자'라는 의식이 피할 수 없는 상식이 되면서, '소비 주체'로서의 독자의 위상은 책을 둘러싼 세계에서 보다 중요한 구성 요소로 부각되기 시작한 것이다. 출판계는 책을 소비하는 독자들 사이의 미묘한 차이에 주목해야 했는데, 독자층의 차별화는 문학 내부의 자기갱신을 향한 움직임과 결합해 문학 장르의 세분화라는 흥미로운 현상으로 구체화되었다.

그간의 장르 규정에 부합하지 않는 변종의 문학들이 등장하기 시작했고 다양한 하위문화적 감수성과의 영향 관계 속에서 아는 사람만 알 수 있는 오타쿠적 장르 실험이 뚜렷한 흐름을 마련하기 시작했다. 그리하여 박민규, 편혜영, 이기호, 김중혁, 윤이형, 황정은에 이르기까지 한국문학이라는 범주 안에 접경지대적이고 장르 변종적으로 다채로운 세계가 문학적 '권위'와 무관한 새로운 지평 위에 펼쳐지고 있음을 부정할 수 없게 된 것이다. 2007~2008년에 걸쳐 이러한 흐름의 극단을 보여주는 것은 백영옥의 『스타일』(예담, 2008)과 김려령의 『완득이』(창비, 2008)로 대표되는 이른바 '칙릿'물과 '영 어덜트' 문학의 출현이다. 이러한 현상은 소비 주체의 극단적 세분화, 출판 시장의 양극화 그리고 장르 변종적인 문학 지평이라는 다층적 국면의 교차점에서 등장하기 시작했는데, 이 글에서는 '영 어덜트' 문학의 새로운 가능성을 열어젖힌 '완득이 현상'을 책의 세계에 나타난 거역할 수 없는 변화를 염두에 두고 둘러보고자 한다.

『완득이』의 등장이 하나의 주목할 만한 현상인 것은, 『완득이』를 통해 '청소년+문학'의 경계가 확장되고 형질이 변경되는 변화 국면이 뚜렷하게 가시화되었기 때문이다. 사회적 맥락에서 '아동-청소년' 문학이 아니라 '영 어덜트' 문학의 가능성이 타진되는 현실 변화 자체가 흥미롭기도 하거니와, 문학의 문제로 한정해 보더라도 이 현상은 완결된 '작품' 내부에 존재하는 숭고한 '어떤 것'—시장적 관점에서 그 '어떤 것'은 콘텐츠 이상도 이하도 아니겠지만—의 분석만으로 파악될 수 없는 것임이 분명해졌기 때문이다.

'아동' 문학 관련 시장이 커지면서 '아동-청소년' 문학이 출판계의 주 관심 영역으로 떠오른 것은 어제오늘의 일이 아니다. 특히 2005년 전후로는 시공사, 사계절, 비룡소, 푸른책들 등 다양한 아동서적 관련 출판사에서 청소년 문고가 시리즈(시공 청소년 문고, 사계절 1318 문고, 푸른도서관 시리즈 등)로 기획 출간되고 청소년문학상이 다투어 제정되기 시작했으며, 동시에 조기 유학 성공기나 공부법 등 청소년의 자기관리법에 관한 출판물도 급격하게 증가되었다.

청소년 문학 시장의 상황은 분명 이렇다. 그러나 출판 시장과의 연관성을 고찰한다고 해서 이 글에서 『완득이』가 왜 팔리는가'를 밝히려는 것은 아니다. 소위 '팔리는' 책들이 대중의 기호에 손쉽게 영합한 결과라거나 출판산업의 고도로 인위적인 조작의 성취라거나 혹은 그럼에도 불구하고 콘텐츠의 승리라거나 하는 식의 예상 가능한 결론을 반복하자는 것이 아니다.[5] '출판계는 왜 불황이고, 타개책은 무엇인가'와 같은 질문에 대해 '출판 진흥책은 이러하다'라는 식의 산뜻한 단답형 답안을 제공하려는 것도 아니다.

중요한 것은 '청소년 문학' 시장의 활황 자체가 아니라, 『완득이』가 '청소년 문학'의 영역에 다른 지평을 불러왔다는 점이다. 이 글에서는 그 계기들로의 시선 변경을 요청하고자 한다. 신자유주의의 일방적 공습과 걷잡을 수 없는 정치적 퇴행이라는 큰 틀이 다 해명해주지 못하는 시장의 미묘한 변화들과 독서 대중의 미세한 차이들이 '완득이 현상'으로 현현했다면 그에 대한 접근 역시 복잡한 시장 메커니즘에 의해 작동되는 세분화되고 전문화된 '책의 세계'를 통과하면서 이루어져야 할 것이다. '완득이 현상'으로 구체화된 장르의 변종화 경향은 독서시장과 출판문화라는 보다 물질적인 차원에서 검토되고 문학의 생산과 소비를 둘러싼 일련의 과정으로 도해되어야 한다. '상품'으로서의 『완득이』와 책을 쇼핑하는 새로운 문화 현상의 출현은 분명 한국문학에서 낯선 영토를 마련하고 있기 때문이다.

3. '완득이' 현상 분석을 위한 몇 가지 전제들

'완득이' 현상의 의미는 무엇인가. 한국문학의 낯선 영토, 『완득

---

5) 사실 시대정합적이고 어떤 의미에서 꽤 괜찮기도 한 콘텐츠인 김훈이나 공지영, 류시화, 무라카미 하루키 등의 문학(상품)에 대해서라면 이미 그 '팔리는' 원인에 대한 흥미로운 분석이 나와 있기도 하다. 차미령, 「남한산성 리포트」; 김예림, 「공지영이라는 현상의 불·투명성에 관하여」; 유성호, 「의사종교성과 사랑의 시학」; 김춘식, 「동아시아 문화의 상업적 연대와 하루키 현상」, 『문학수첩』 2007년 가을호 특집 참조.

이』는 과연 한국문학의 새로운 가능성일 수 있는가. 이 문제에 접근하기 위해서는 '문학'을 둘러싼 몇 가지 전제들을 재검토하거나 다시 정립할 필요가 있다. '완득이 현상'은 문학과 문학을 둘러싼 다양한 위기 담론들로부터 출현했으며, 아울러 문학작품의 독자 수용 차원이 아니라 문학상품의 출판유통과 연관된 문제이기 때문이다. 이 현상을 그저 독서 대중의 취향 변화나 독자들의 의식 수준의 저하라는 관점에서 바라보면서 얻을 수 있는 것은 거의 없다. 따라서 고찰 대상은 '저자-책-독자'로 구성된 전통적 '책의 세계'가 '생산자-상품유통-소비자'의 구조로 바뀌는 과정 자체, 출판 시장과 독서문화를 뒤바꾼 변화의 동력과 그 결과가 되어야 한다.[6]

거칠게 정리하면, 문학에 관한 그간의 논의는 1990년대 이후 도입된 이론틀, 말하자면 근대를 성찰하는 새로운 관점이 유입되면서 시작된 문학 개념의 해체, 재구축 작업과 맞물려 있었다. 특권화된 '문학' 범주에 대한 회의의 시선은 문학과 문화의 학문적 경계를 재조정하고 제도로서의 문학 범주를 비판적으로 검토하는 작업을 통해 학문적 연구 대상의 다양화와 확장을 이끌었으며, 주류 중심의 연구 경향을 비주류와 타자의 재발견으로 향하게 했다. 경계에 대한 예민한 감각은 경계를 가로지르는 소통의 가능성에 대한 진지한 성찰을 가능하게 했다.

상시적으로 떠돌던 문학을 포함한 인문학의 위기 담론이 문학 범주의 해체 작업을 가속화한 측면이 있지만, 문학 공간이 자본의 힘에 의해 훼손되고 있다는 논의는 다양한 형태로 변형, 지속, 반복되고

6) 표정훈은 「외국소설의 득세와 한국 출판 시장」(『문학과사회』 2005년 겨울호)과 「우리 시대 베스트셀러의 조건」(『문학 판』 2006년 가을호) 등에서 이러한 관점을 보여준다.

있는 진행형 담론이자 현실의 실질적 반영이기도 했다. 책을 비롯한 인쇄물에 대한 소비가 점차 줄어드는 상황, 국문학을 포함한 인문학 관련 학과들의 존립 위기, 그럼에도 문학 창작을 꿈꾸는 아마추어 작가와 지망생이 넘쳐나며, 정작 작가는 대학의 창작과를 통해 통조림 찍어내듯 배출되는 상황, 그러니 가라타니 고진이 선언적으로 발언했던 '근대문학의 종언' 담론[7]은 결국 문학을 포함한 인문학 전반의 죽음에 대한 확증 차원의 마침표였을 뿐이라고 해야 한다.

이후 동일한 진단에 대한 각기 다른 해결 방안이 제안되었으며, 각 방안들이 표면적으로는 극단적으로 달라 보이기도 했다. 문학의 위기는 스토리텔링과 콘텐츠학 등 인문학의 환골탈태 혹은 중심이동과 제도적인 지각변동을 이끌었다. 시장 친화적인 관점이라고 할 수 있을 이런 진행과는 정반대 방향의 진단이 내려지기도 했다. 문학의 진정성 회복, 말하자면 시장 비판적 성격을 강화하면서 한편에서는 신자유주의 시대에 맞서 문학의 정치성을 회복하거나, 다른 한편에서 문학의 순결성과 아방가르드적 성격을 심화하면서 극복하려는 경향을 보여주기도 했다. 이에 대한 보다 심도 깊은 논의가 진행되어야 할 것이며 각 진단에 대한 시시비비도 차분하게 따져질 필요가 있을 것이다. 그러나 보다 중요한 것은 문학을 둘러싼 세계 전반에 변화가 요청된다는 사실의 재확인이다. 변화의 필요성을 보다 복잡한 맥락에 놓이게 하는 것은 변화가 사실상 거대한 자본의 힘에서 자유로울 수 없다는 점 자체이다. 신자유주의 시대의 문학을 포함한 인문학의 위기는 문학의 형질 변경을 요청하는 중요한 동력 가운데 하나이다.

---

7) 가라타니 고진, 『근대문학의 종언』, 조영일 옮김, 도서출판 b, p. 47.

디지털 테크놀로지에 기반한 미디어 환경의 변화는 거부할 수 없는 또 하나의 동력 가운데 하나이다. 새삼 강조할 필요도 없이 디지털 테크놀로지는 출판문화와 독서 시장을 둘러싼 혁명적 변화를 예고하고 있다. 인터넷을 통한 다양한 문화 교류는 국적과 시간차를 제거하고 리얼타임으로 문화의 쌍방적 흐름을 가능하게 할 뿐만 아니라, 네트워크상에 아카이브 형태로 출판에 관한 모든 정보를 저장할 수 있기 때문에 '셀프-퍼블리싱self-publishing'이나 주문에 따른 부수만을 책으로 만드는 '온 디맨드on demand' 출판도 충분히 가능해졌다. 활자책의 세계를 넘어선 오디오북, 이미지북 등 책의 개념이 새롭게 재규정되는 과정에서 출판사, 도매상, 서점, 도서관의 안정적 역할 분담이 불분명해질 수밖에 없으며 저자와 독자는 아무런 매개 없이 직접 만날 수 있게 되었다.[8] '귀여니'의 사례가 단적으로 말해주듯, 제도권 내의 관문을 통과하지 않고도 네티즌의 평가를 통해 출판 시장에 성공적으로 안착할 수 있는 작가군이 형성될 수 있으며, 인터넷을 매개로 그들 독자군은 제2, 제3의 '귀여니'가 될 수 있는 미래의 작가군을 의미하게 되었다. 작가와 독자의 경계조차 우리의 예상보다 유동적이고 희미해진 상황이다.

따라서 출판문화와 독서 시장에 대한 인식이 바뀌어야 한다는 것은 그저 수공업 수준에 머무르고 있는 현재의 출판문화와 시장에 대한 상투화된 자성의 목소리거나 변화 요구만은 아니다. 출판을 둘러싼 정책과 환경이 예상치 못한 방향으로 움직이고 있으므로, 출판문화와 독서 시장의 변화는 저작권법을 둘러싼 논란이나 출판산업을 국가 차

---

8) 사노 신이치, 『누가 책을 죽이는가』, 한기호 옮김, 시아출판사, 2002, 1장 참조.

원에서 문화산업의 일환으로 다루고 있는 정책상의 변화, 세계 단위 시장과의 연관 속에서 고찰해야 하는 것이다.

아시아권에 불었던 한류 열풍은 우리 책의 거래를 활성화했으며, 이에 따라 '드라마-영화-활자책-애니메이션-캐릭터 상품'을 동일한 카테고리에서 다루어야 할 필요가 생겨났다. 노벨문학상 수상이라는 국가적 목표 아래 순문학 육성만을 위해 국고를 지원하던 과거의 책 수출 관행은 완전히 바뀌게 된 것이다. 지적 재산권은 돈과 교환될 수 있는 가치를 가지게 되었고, 그에 따라 문화산업과 국제/국내 법 사이의 상호 갈등을 통해 논의될 문제가 되었다. 그리하여 디지털과 네트워크 기술이 이끈 저작권 환경의 변화는 저자와 독자를 저작자 와 이용자의 관계로 변화시켰다.[9] 저자와 독자는 생산 주체와 소비 주체이자 동시에 저작권자와 이용자라는 세 겹의 의미를 가지게 된 것이다.

편의상 다층적 맥락을 분리해서 살펴보았지만, 인문학의 위기 담론 과 디지털 미디어 환경, 출판정책과 저작권 그리고 출판 시장과 문화 산업은 책의 세계를 구성하고 운용하는 절합적 동력들이다. 다층적 맥락에 대한 검토가 책의 운명과 문학의 미래에 대한 어떤 전망을 직 접적으로 가능하게 해주는 것은 물론 아니다. 하지만 문학의 경계가 불투명해짐에 따라 빠른 속도로 문학 환경을 둘러싼 많은 것들이 변 화하고 있다. 이제 더 이상 책을 구입하는 행위는 정신의 양식을 구 하려는 진지한 지성의 행위가 아니다. 책은 읽히기 위해 존재한다기

---

9) 스코트 래쉬 · 존 어리, 『기호와 공간의 경제』, 박형준 · 권기돈 옮김, 현대문학사, 5장; 손수호, 「디지털 환경과 저작권 패러다임의 변화에 관한 연구」, 『한국출판학연구』 51호, 한국출판학회, 2006 등 참조.

보다 일생생활을 디자인하기 위해 구입되는 쇼핑 상품에 가까운 것이다. 온라인 서점의 최대 매출 경쟁이 'Yes24'와 '알라딘' 사이가 아닌, 온라인 서점인 'Yes24'와 온라인 종합 쇼핑몰인 '인터파크' 사이에서 벌어지고 있다는 점은 쇼핑의 대상이 된 책의 운명을 단적으로 말해준다.

　탈교양주의 시대에 처한 문학은 무엇이 되어 어디로 가야 하는가. 그간 책의 운명을 둘러싼 검토와 평가가 '학계'에 한정되어 이루어졌다면, 이제 그 파급력은 좀더 확장되어야 한다. 변화의 문맥에서 문학을 바라볼 수 있는 새로운 패러다임이 문단 내부에서 도출될 필요가 있는 것이다. 비평가와 비평은 완결된 텍스트에 대한 꼼꼼한 분석이 다 말해줄 수 없는 영역을 더 이상 외면하지 말아야 한다. '왜 완득이인가'라는 질문에는 『완득이』라는 '텍스트'의 효과 외에 이러한 다층적 문맥이 얽혀 있음을 인식해야 하는 것이다.

4. '영 어덜트' 문학이라는 틈새시장

　만화가 변기현의 일러스트로 겉표지와 안쪽 첫 페이지를 시작하는 김려령의 『완득이』는 2007년 제1회 '창비 청소년문학상' 수상작이다. 청소년을 주인공으로 하고 청소년 독자를 대상으로 한 문학이 '청소년 문학'인지, 그렇다면 청소년은 아동이나 성인과는 다른 그들만의 인식과 감각을 가지고 있다는 것인지, 범주 규정이 본래 그렇듯이, 한번만 다시 생각해보아도 '청소년 문학'이라는 명칭은 도무지 아리송하다. '청소년 문학(문화)'의 이미지가 명료하게 떠오르지 않는 것은 문학 권역에서 보자면 한국문학(문화)의 획일적 성격과 무관하지 않다. 1970년대 중후반부터 제작되어 인기를 누렸던 '얄개'[10] 시리즈(영화)는 흔적도 없이 명맥이 끊겨버렸고 이후 어떤 심도 깊은 논의나 청소년 문학(문화)의 필요성이 요청되지 않았다.

따지고 보자면 그보다 먼저 '청소년'이라는 범주 규정이 근원적으로 정의하기 힘든 난점을 지니고 있기 때문이기도 하다. 일차적으로 연령 구분에 따른 분류임에 분명할 '청소년'이라는 범주는, 문화의 생산과 소비라는 차원에서도 수동적 소비 주체로 규정되어왔다. 인터넷 문화를 통한 주체의 생산적 면모가 두드러지지 않았던 1990년대까지도 틴에이저 '청소년'은 한국사회에서 나쁜 문화로부터 보호되어야 하며 건전한 문화를 통해 육성되어야 할 계몽의 대상이었다. 그러나 미디어 테크놀로지의 진보와 함께 청소년은 전 세계적으로 국가 단위의 경계를 넘어서는 문화 콘텐츠의 적극적인 수용자이자 문화 전 지구화의 첨병으로 인식되었다. 타의 추종을 불허하는 인터넷 보급률을 보여왔던 우리의 경우는 말할 것도 없는데, 디지털 미디어의 주 이용층인 청소년을 중심으로 독자적인 문화의 생산과 소비에 대한 요구가 커져왔다. 촛불문화제와 '촛불소녀'가 보여주었듯이 인터넷을 중심으로 한 온라인 문화는 오프라인에 실질적인 영향력을 가할 뿐 아니라 새로운 민주정치의 가능성을 열어주고 있다.

텍스트 내적으로 보자면, 사실 『완득이』는 아직은 성장 중인 아동문학이 그러하듯이 계몽적 건전성의 영역에서 그리 멀지 않은 곳에 있다. 작가 김려령은 무거운 사회문제를 진지함은 고스란히 둔 채로

---

10) 물론 얄개 시리즈의 원작은 조흔파에 의해 1950년대에 출간되었고, 이후 1970년대 후반 영화화되어 큰 인기를 누렸다.

가볍게 다룰 줄 알며, 10대들에게 보다 절실한 문제가 무엇인지를 정확하게 간파하는 가능성 있는 작가임에 분명하다. 가령, 17년 만에 외국인 어머니가 나타났다는데도 10대 남자아이의 '물건'은 분위기 파악도 못하고 선다. 작가는 그 아이 '완득이'에게 어머니보다 묵직한 아랫도리가 더 심각한 문제임을 정확하게 포착한다(『완득이』, pp. 61~62). 카바레에서 춤을 추는 난쟁이 아버지와 혈연관계 없는 말더듬이 삼촌, 등본에도 없는 베트남인 어머니로 구성된 새로운 가족 형태, 학비를 면제받고 급식을 공짜로 먹는 기초생활 수급 대상자인 고등학생 주인공 '도완득' 등, 이 소설이 담고 있는 문제들은 가벼운 마음으로 이 책을 집어든 독자를 당황시키기에 충분하다.

물론 묵직한 내러티브를 만화적 가벼움으로 풀어가고 있기에 독자로서는 편안한 마음으로 내면을 고백하는 듯한 '완득이'의 서술을 따라가기만 하면 된다. 그런데 그 가벼움의 끝에서 만나게 되는 것은 내러티브에 세련되게 녹아 있는 건전한 계몽성이다. 대학에 갈 생각이 없기 때문에 공부에는 관심조차 없는 존재, 대학을 위해 존재하는 학교에서는 있으나마나 한 존재임에도 '도완득'은 아버지가 원하는 것이 무엇인줄 알기 때문에 밥상 위에 연습장을 펼칠 줄 아는 '철든' 아이이다. 이미 철든 아이인 '도완득'이나 부자 아버지를 두었지만 윤리적으로 올바른 도완득의 담임 '똥주,' 가능성을 알아보고 나아갈 길을 이끌어주는 킥복싱 관장님, 공부만 잘하는 것이 아니라 내면의 가치도 꿰뚫어볼 줄 아는 순정파 범생이 '정윤하'까지, 이 소설에는 긍정적으로 유형화된 건전한 인물들이 넘쳐난다. 텍스트 차원에서 보자면 『완득이』는 매우 친숙한 성장담 가운데 하나인 것이다.

물론 『완득이』의 의미는 '청소년'의 경계에 갇혀 있지 않다. '완득이' 현상의 원인은 텍스트 내부라기보다 출판 시장과 독서문화와 같은 외부 조건에서 발생한다고 해야 한다. 이러한 변화에는 '동안(童顔)' 신드롬이 단적으로 말해주는 바, 사회 전반에 퍼져 있는 늙음과 성숙에 대한 부정적 이미지가 결부되어 있다. 자신만의 토이랜드를 갖추고 있는 20대와 30대가, 대개 그들은 미혼인데, 속물적 세계에의 진입을 거부하고 권위와 틀에 대한 거부를 미성숙에 대한 옹호로 드러내는 경향이 늘고 있다. 사실의 차원에서 성인의 몸을 가진 청(소)년과 미성숙한 어른 그룹이 하나의 트렌트를 형성하고 있다. '완득이' 현상은 분명 이런 흐름과 맞닿아 있다.

출판 시장의 관점에서 보더라도 아동과 성인 분야의 접경지대에 대한 관심은 아동 분야의 규모가 증가함에 따라 점차 커지는 추세이다. 대한출판문화협회가 제공한 자료에 따르면, 2007년 발행된 책은 총 132,503,119부이며, 이 가운데 아동과 문학 분야가 각각 56,747,059부와 17,323,993부로 분야별 총 출판부수의 50퍼센트 이상의 비율을 차지한다.[11] 그간 접경지대에 대한 탐색은 대개 대학입시, 특히 논술 시장을 염두에 둔 한국문학과 세계문학 전집류가 기획되고 판매되는 방식으로 이루어졌다. 『완득이』는 여기에 놓인 빈틈을 확장하는 결과를 가져왔다.

『완득이』는 구입하기에 부담 없는 판형과 두께로 비주얼 이미지와 일러스트를 사용하면서 출판계의 트렌드를 적절하게 활용했다. 중간에 삽입되어 중요 장면을 압축적으로 보여주는 일러스트는 이 상품에 대한 소비 주체의 접근성을 높여주는 주요인이 되었다. 무엇보다『완

---

11) 대한출판문화협회 http://www.kpa21.or.kr/bbs/board.php?bo_table=d_total&wr_id=96

득이』는 출판 시장 변화에 대한 적극적인 대응물이다. 청소년을 위한 책으로 기획되었지만『완득이』는 동시에 성인을 위한 양장본으로 출간되었으며―아직 분화되지 않았지만 내적으로―세분화되고 있는 독자층(소비자층), 판형을 차별화하는 방식으로 아동―청소년―성인의 구도에 폭넓게 다가갈 수 있는 토대를 마련했다. 그러니 '영 어덜트' 문학이라는 사실보다 강조되어야 할 점은『완득이』로 대표되는 문학 상품의 출현 혹은 출판계의 트렌드 변화인지도 모른다. 어쨌든 '완득이' 현상은 2000년대 이후 꾸준히 증가해온 아동/문학 시장의 교차점에 놓여 있는 빈 공간, '영 어덜트' 문학상품이 출판 시장에서 가능성 있는 틈새일 수 있음을 분명하게 보여준다.

5. 세분화하는 타자 공간과 장르의 진화

다음은 온라인 서점 업계 최대 매출 업체인 'Yes24'에 마련된 서평 블로그에 실린 글이다. 인용문은 '완득이' 현상을 둘러싼 몇 가지 궁금증에 대한 분명한 답안을 제공해준다.

출장을 갔는데 그곳에서 베스트셀러라며 신간 몇 가지를 팔고 있었다.
그래서 사게 된 책. 완득이 양장본.
마치 만화를 연상시키는 표지 일러스트에,
책의 시작도 대사 없는 만화로 시작된다.
만화 속, 서로 다른 옥상의 세 사람. 그들의 관계가 궁금하다.

이 책, 정말 재미있었다.

그러면서 과장된 감상으로 호들갑 떨지 않고,

잔잔한… 그래서 더 저릿한 그런 감동을 주었다.

혼자 키득키득 정신없이 웃으면서도 가슴이 싸~ 하게 아파오는 그런 책이었던 것이다.

난쟁이 아버지와 집 나간 베트남인 어머니를 가진 완득이.

완득이가 꿈을 찾으며 성장해가는 과정을 통해

장애인과 외국인 노동자에 대한 편견, 획일화된 교육문제 같은 게 읽혀졌다.

그런 문제들을 신문에서 대할 때는 '쯧쯧' 혀만 차는 남의 문제였는데,

완득이를 읽을 때는 마치 내 문제처럼 아팠다.[12]

반복해서 설명할 것도 없이, 베스트셀러 코너에서 만난 트렌디한 신간, 만화로 시작된 서두는 흥미롭고, 무거운 주제들이 웃음 속에 버무려져 있어 즐겁게 읽을 수 있으며, 덤으로 사회문제도 고민했다는 충족감을 줄 수 있는 소설, 『완득이』는 구매자에게 적절한 '감동'을 선사하고, 그렇게 해서 '강추' 목록에 오르는 신뢰할 만한 상품이 되며, 결과적으로 구매자에게 실패하지 않은 쇼핑으로 남을 수 있게 된다.

최근의 젊은 세대는 대개 미디어 평가에 의존적인 소비에 익숙하다. 소설의 선택과 구매도 광고와 미디어 평가에 의해 좌우되는 편이다. 0교시 수업과 새벽까지 이어지는 보충학습으로 청소년 시절을 보

---

12) 고은결의 다락방 http://blog.yes24.com/icuangel

낸 독서대중이 독서에 친숙할 리 없으며 책을 고를 수 있는 자신의 기준을 따로 마련하고 있을 리 만무하기 때문이다. 독서시장의 세분화가 문학사와 출판 시장에서 유의미한 경향으로 자리매김되려면, 장기적으로는 독서 인구를 늘리고 양서를 선택할 수 있는 개인의 판단능력을 계발하는 일이 선행되어야 할 것이다. 그러나 파국적 미래에 대한 예감은 그저 무성한 소문으로 떠돌고 있을 뿐, 책의 상품화는 점차 심화되는 형국이다. 사실상 이런 현실 정황이 '완득이' 현상에 미친 영향도 적지 않다.

하지만 그럼에도 부정할 수 없는 것은 자기고백과 텍스트 비평의 패치워크인 블로그 글쓰기, 팬 카페를 중심으로 한 인터넷 팬픽[fan fiction], 만화와 소설의 결합체인 라이트노벨light novel과 일러스트스토리, 20~30대 도시여성의 일과 사랑을 다루는 '칙릿chick-lit'에 이르기까지, 사적 계보의 유무와 무관하게, 분류가 쉽지 않은 이 경향들은 글로벌한 정치경제적 상황, 국내외적 문화정책과 문화산업의 흐름에 복합적으로 반응하면서 나타난 문화 장르의 세분화 현상임에 분명하다. 연령과 젠더, 지역에 따라 출판문화와 독서시장은 보다 세분화되며 차별화되고 있지만 동시에 팬이 픽션을 쓰고 일러스트가 소설과 만나거나 로맨스 소설이 성장담과 결합하고 있다. 무수한 갈래로 나뉘어가는 장르와 형식의 경계는 예상치 못한 조합과 변형을 통해 경계를 지우거나 재설정한다. 문학이 불투명해지면서 보편과 전형의 경계가 희미해지자 일반화의 이름에 갇혀 있던 영역이 독자이자 소비자이며 이용자로서 개별성의 해방을 맞이하고 있다. 때문에 우리는 『완득이』의 가능성을 살피는 자리에서, 『완득이』의 문학사적 가치와 함께, 가령 '영 어덜트 상품'으로서의 『완득이』의 위상과 가치, 출판문화와 독서시장의 변화에 따른 장르의 세분화와 진화를 돌아보는, 보다 복합적인 맥락을 염두에 두어야 하는 것이다.

휴먼을 사유하는, 탈-휴먼의 상상력[1]

1. 프롤로그

물밑으로 움직이던 정치의 힘의 세기를 새삼 깨닫는 시절이다. 어디를 둘러봐도 실감의 차원에서 세계가 감지되지 않는다. 깨어날 수 없는 꿈처럼, 아주 나쁜 꿈처럼 현실의 변화는 그저 낯설고 허황된 무중력으로 감지된다. 최근 벌어지고 있는 일련의 정치적, 사회적 사건이 말해주는 바, 오늘날의 실감은 명명백백한 사건의 전모조차 눈앞에서 희미한 연기처럼 아득히 사라질 수 있음을 깨닫게 하는 섬뜩

---

1) 이 글에서 다루어지는 작품은 다음과 같다. 김유진, 「늑대의 문장」, 『문학동네』 2004년 가을호; 「빛의 이주민들」, 『한국문학』 2004년 겨울호; 「마녀」, 『문학동네』 2005년 봄호; 「눈동자」, 『문학 판』 2005년 여름호; 「목소리」, 『문예중앙』 2006년 봄호; 「움」, 『문학동네』 2006년 겨울호; 「골목의 아이」, 《문장웹진》 2007년 4월호; 「어제」, 『한국문학』 2007년 봄호; 「눈은 춤춘다」, 『문학들』 2008년 가을호; 「약국이 어디에요」, 《문장웹진》 2008년 12월. 윤고은, 『무중력 증후군』, 한겨레출판, 2008(이하 『무중력』); 「타임캡슐 1994」, 《문장웹진》 2008년 9월호; 「박현몽 꿈 철학관」, 『자음과모음』 2008년 겨울호. 인용할 때에는 작품명과 쪽수를 표시하고 필요에 따라 작가를 밝히기로 한다.

한 기이함으로나 오는 듯하다. 우리는 현재 리얼리티의 경계를 판단할 수 없는 긴 터널 안에 깊숙이 들어서는 중이다. 아이러니하게도, 아니 그렇기 때문인지 사람들의 열광의 대상은 리얼 혹은 리얼리티 자체인 듯 보인다.

소설에서 "믿을 수도 믿지 않을 수도 없는, 믿거나 믿지 않거나, 의 범주를 벗어난"(김유진, 「목소리」, p. 204) 이야기가 시작된다는 것은 세상의 속도와 크기 혹은 운용방식이 의심에 부쳐지기 시작했음을 의미한다. 그러나 세상에 대한 의심에서 시작된 이야기들이 항상 지나치게 이질적이거나 혹은 낯설 만큼 새롭기만 한 것은 아니다. 이전과는 다른 이야기의 출발지에서 언제나 세상에 대한 격렬한 분노가 타오르거나 절망적인 체념이 부글거리는 것이 아니라는 것이다. 이야기의 시작은 그저 모든 것이 반복되고 패턴화되면서 결국 지루해지는 식상함 때문일 수 있으며, 사라진 것들에 대한 죄의식이거나 누구와도 나눌 수 없는 소외감 때문일 수도 있다. 적어도 그 시작에서는 그렇다.

소설에서 개구리 비가 쏟아지고 자신의 죽음을 자각하지 못하는 시체들이 등장한(편혜영) 이후로, 한국문학은 생물체인 사람이 모자나 오뚝이로 변하거나(황정은) 컴퓨터 프로그램일 뿐인 늑대가 컴퓨터 바깥으로 뛰쳐나오기도 하고(윤이형), 예고도 징후도 없는 폭사가 인간을 형체 없는 파편으로 만들거나(김유진) 중력을 거부하려 한 무중력자의 실험이 낙엽처럼 쌓인 시체로 귀결되는(윤고은) '탈-휴먼'의 장면들을 보다 친근하게 받아들이게 되었다. 이들의 경향성에 대한 이러저러한 명명법이 시도되었으며, 그 시도들은 우두망찰의 상황에 대한 적절한 처치법으로 활용되기도 했다. 이전과는 다른 이야기들이 어디에 놓여 있으며 또 어디로 향하고 있는지를 둘러보는 시선을 통해 지금 이곳의 문학 풍경이 역상처럼 드러나기를 기대했기 때문일 것이다. 분명 그 이야기들은 가상과 실제 혹은 판타지와 리얼리티의 경계를 지우고 하위문화적 상상력과의 습합을 통해 소설의 경계를 흔들고 있을 뿐 아니라 결과적으로 흥미로운 변화를 야기하고 있다.

2. 친숙하면서도 존재한 적 없는, 문화산업 시대의 '새로움'

그러나 상징적 질서에 대한 도전이거나 사운드의 조화를 교란시키는 유의미한 노이즈일지라도, 그 이야기들을 새로움의 범주 안에서 평가해보는 작업은 이전만큼 큰 의미를 가지지 않는다. 더 이상 출발지에서 균열처럼 드러나는 소소한 차이들이 소설세계의 위상을 판단할 수 있는 유의미한 변별 기준이 되지는 못하는 것이다. 그것은 먼저, 프랑크푸르트 학파가 절망에 차서 분석했던 바로 그 문화산업의 시대가 지금 이곳에서 본격화되었음을 확인해야 하는 현실 변화와도 연관되어 있다.

자본의 전 지구화 경향은 물질적인 일상의 밑바닥에서 추상화의 극지인 정신의 영역에 이르기까지 좀체 바깥을 상상하기 어려운 일방향성을 보여준다. 예술에 대해서라면, 우리는 분명 문화산업의 시대를 살고 있다. 전 세계적 문화산업의 시대를 살고 있다는 것, 이것은 단지 문화를 산업 차원에서도 다루어야 한다거나 비즈니스 마인드를 도입해야 한다는 식의 타협 가능한 영역으로 다루어질 문제가 아니다.

그럼에도 이를 두고 문화산업 시대의 도래가 예술의 죽음을 야기했다는 식의 비판을 여전히 반복한다면, 비판의 진정성과 무관하게 이는 충분히 진부한 것이라고 해야 한다. 동시에 문화산업 시대의 도래를 문학의 형질 변경을 요구하는 새로운 문턱으로 이해한다면 이 또한 마찬가지로 식상한 논의라고 해야 한다. 문학과 문화산업의 복합적 연관관계를 점진적으로 들여다보는 것보다 우선되어야 할 것은 어쩌면 인지하지 못하는 사이에 문학의 영역에 깊게 침윤된 문화산업의 시대 논리일지도 모른다.

물론 여기서 예술도 상품이라는 자명한 사실을 새삼스레 반복하려는 것은 아니다. 자기 고유의 법칙만을 따르면서 사회의 상품적 성격을 극단적으로 부정하고자 하는 아방가르드적 예술작품 또한 태생적으로 상품경제라는 전제를 통해 등장할 수 있는 '상품이기를 거부하는' 상품임이 분명하다. 그러니까 문제는 예술의 상품성을 노골화하는 자리에서 발생하지 않는다. 미래의 소설 혹은 소설의 미래에 대한 전망이 불투명할 수밖에 없다면, 그것은 여전히 소설을 바라보는 우리의 시선이 '예술 아니면 상품'이거나 '아방가르드 예술 아니면 통속문화'라는 식의 극단적 이분법 속에서 움직이기 때문이라고 해야 한다. 이러한 이분법 속에서는 '기존의 것과 다른'이라는 의미의 새로움 외에 모든 새로움은 궁극에는 배제되며, 그리하여 그런 후에도 남는 것은 결국 새로움에 대한 갈망뿐이게 된다.

모두에게 어쩐지 친숙한 것이면서도 여전히 존재해본 적이 없는 무언가, 그 참신하고도 경이로운 무언가를 발견하기 위한 갈망은 채워지지 않은 채 끝을 모르고 끓어오르지만, 이 과정의 무한반복이 말해주는 것은 결국 이 반복의 끝에서 모든 것이 끊임없이 변화해야 하고 잠시도 멈추어서는 안 된다는 템포와 역동성만을 대면하게 될 뿐이라는 점이다. 전 지구적 자본화에 기초한 문화산업 시대의 도래와 함께 예술을 두고 반드시 기억해야 할 것은 템포와 역동성으로만 남게 되는 새것에 대한 갈망이 바로 문화산업의 논리를 추동하는 근본 동력이라는 사실이다.[2] 이러한 점에서 문학장의 신경향을 '새로움'의 코드로 읽으려는 시도가 반복된다는 것은, 문화산업의 논리가 문학의 재생산 방식 혹은 미래의 소설을 기다리는 방식에 이미 꽤 스며들어 있음을 보여주는 단적인 증거라고 해야 한다.

이렇게 보면 문화산업에 기반한 문학의 양식적 창안이 결과적으로 가상의 위안이나 거짓 화해만을 제공할 것이며 대중의 사유와 감각을 마비시키고 예술의 생존 가능성을 봉쇄해버릴 것이라는 식의 문화산업과 대중문화에 대한 프랑크푸르트 학파의 논의에 전적으로 동의할 수는 없다고 해도, 문화산업의 본질에 대한 그들의 논의가 본격적인 문화산업 시대에 돌입한 우리에게 시대의 격차를 뛰어넘는 유의미한 통찰을 제공해준다는 사실을 부정할 수는 없게 된다. 그것은 미래의 소설에 대한 열망을 문학의 재생산 구조의 내부로 한정하려는 방식이 어쩔 수 없이 드러내게 될 위험을 경고해주고 그에 대한 지침을 제공해주기 때문이다. 그리하여 그들의 논의에 따르자면, 새것이 결국 텅 빈 공허로 남겨질 뿐이라는 사실보다 절망적인 것은 새로움을 반복적으로 갈망하게 되는 이러한 전개 방식에서 아무도 벗어날 수 없으며 심지어 그 바깥을 상상하는 것조차 불가능하다는 점일 것이다.

---

2) 아도르노·호르크하이머, 『계몽의 변증법』, 김유동 외 옮김, 문예출판사, p. 187.

3. 휴먼을 사유하는, 탈-휴먼과 안티-휴먼

개성적 문학 세계의 토대를 이제 막, 그것도 바깥에 대한 상상이 불가능한 이런 절망적 상황에서 마련하고 있는 새로운 세대의 소설들—그 소설 세계가 가닿고 있거나 적어도 지향하는 지점들—에 대해서라면, 우리는 스타일이나 미학의 층위에서가 아니라 보다 근본적으로 범주를 재설정해야 할 필요가 있다. 객관적 세계에 대한 믿음이 사라진 1990년대 이후의 한국소설이 어떤 의미에서 모두 어느 정도는 판타지가 되었다는 한 소설가의 지적이 말해주듯이[3] 새로운 세대 혹은 이전과는 다른 이야기들은 가상과 실제 혹은 판타지와 리얼리티라는 식의 문제틀과는 다른 문맥을 가지게 되었다.

때문에 신진 소설가의 '새로움'을 소설의 경계 확장의 문제로 한정하는 것은 TV리얼리티 프로그램이 보여주는 것이 진짜 현실이냐의 여부를 따지고 있는 것만큼 실속 없는 작업일 수 있다. '리얼-다큐'의 이름으로 현실이 포착된다고 해도, 당연하게도 TV 리얼리티 프로그램이 새롭게 마련한 영역에는, 이른바 현실과 현실 아닌 것의 경계가 이미 알아챌 수 없을 만큼 뒤엉켜 있으며 그에 따라 이전과는 전혀 다른 습합의 결과들이 흔적으로 남아 있게 된다.

진위와 정당성의 차원에서 제한적이라고 하더라도, 모든 것의 이면을 파악해낼 수 있는 집단 지성의 힘은 재연 혹은 재현이 곧 현실이 아니며 현실이 있다면 언제나 그것은 재구성의 형식으로 존재할 것임

---

3) 김연수·황종연, 「사람 사이의 소통을 위한 이야기꾼」, 『문학동네』 2007년 겨울호, p. 80.

을 알고 있을 만큼 충분히 위력적이다. 그러니까 뉴미디어 시대의 문화 소비자는 영상문화가 의도적으로 누락시킨 카메라의 시선을 복원할 줄 알며, 마찬가지로 소설이라는 비-물질적 제도가 가정하는 픽션 구성의 주요 성분들에 대해서도 잘 알고 있다. 굳이 말하자면 이것은 독자에게만 해당하는 변화가 아니다. 소설가이자 문화 생산자 그리고 독자이자 문화 소비자인 우리들에게 더 이상 소설이 소설이기 위해 요청되는 약속은 언제까지나 파기 불능한 규약일 수만은 없는 것이다.

그러니까 정리하자면 이렇다. 텅 빈 공허로만 남겨질 뿐인 새로움에 대한 열망은 정착할 수 없는 욕망의 연쇄로 미끄러지면서 흘러가는 한편, 창작의 주체들에게 소설을 소설로 가능하게 할 근본적인 틀의 마련을 요청한다. 소설의 출발지를 사유와 그 과정이 만들어낸 모든 정신적 산물들의 확실성이 사라져버린 이 시대로부터 마련해야 하는 신진 소설가들은 지금 헐벗은 소설과 마주하면서 개별적인 차원에서나 가능한 소설의 소설다움의 근거들에 대해 탐색해야 하는 것이다.

매우 역설적이게도, 그리하여 신진 소설가들의 작업은 어디에서 어떤 방식으로 시작된다고 해도 휴머니즘에 대한 재사유로 향하게 되는 듯하다. 그들이 반복적으로 죽음과 공포, 소외와 죄의식을 이야기하는 한 유령과 좀비 혹은 상상의 (무)생물체의 등장으로 가시화된 '탈-휴먼'의 상상력은 '휴먼'에 대한 무조건적인 거부반응이거나 동물적 세계로의 질주라기보다 지나간 '휴먼'의 범주에 대한 진지한 사유이자 '휴먼' 자체에 대한 근본적인 재사유라고 해야 하기 때문이다.

하이데거M. Heidegger 식으로 말하자면, 그것은 공공 영역과 사적 실존의 대립 구도와 같은 주관적인 지배 아래 놓여 있는 이분법에 대한 의미 있는 문제제기이자 그 출처의 정당성에 대한 의구심의 소설적 제출 과정이다.[4] 이 과정은 신진 소설가들의 의도와 무관하게, 그들의 행보를 그간의 전체와 개인 혹은 공적 영역과 사적 실존이라는 대립 구도가 기반하고 있는 주관성의 사유 혹은 그 동일한 기반에 대한 성찰적 사유로 나아가게 한다.

신진 소설가들이 대개 죽음과 공포, 고통과 죄의식처럼 소통을 통해 가닿을 수 없는 인간의 본질을 탐사하거나 존재의 집이자 소통의 길인 언어에 대한 사유를 보여주는 것은 이러한 경향과 무관하지 않다. 물론 이 모든 역동적 움직임은 문화산업 시대가 허락한 텅 빈 새로움의 연쇄 속에서만 가능할 뿐이다. 이들에게 이미 바깥은 없다. 그러나 그럼에도 신화적 상상력이든 미디어적 상상력이든 인간의 본질에 대한 질문이 새롭게 제기된다는 점에서 이러한 경향성은 사유의 근간에 대한 근본적인 회의 없이 그간 은폐되었거나 배제되었던 타자를 복원하는 방식, 말하자면 보수와 개축에 의거하는 사유보다 본질적인 차원에서의 전복성을 지니게 된다고 말해야 한다. 이들의 소설 세계가 낙관적 전망을 보여줄 수 있다면 아마도 여기 어디쯤에서일 것이다.

4. 종말론적 상상력이라는, 소설의 발생지

종말론적 상상력이 들끓는 소설들이 있다. 일상적 삶의 덧없음을

---

4) 마르틴 하이데거, 「휴머니즘 서간」, 『이정표 2』, 이선일 옮김, 한길사, 2005, pp. 128~29.

탄식하고 초월의 통로를 궁리해보거나 재조합의 가능성을 마련해보려는 것은 오랜 세월 동안 예술이 떠맡아왔던 주된 사회적 기능 가운데 하나이다. 그러니까 소설을 통해 종말론이 유포된다고 해도 그 자체가 놀랄 일은 결코 아니다. 그럼에도 젊은 작가의 소설에서 종말론은 실감과 무관하게 반복되는 식상한 것이자 그것 자체를 목적으로 하는 놀이가 되고 있다는 점에서 주목할 만하다.

도심의 전광판들이 일제히 광고를 멈추고 긴급속보를 알리고 있었다. 군인과 경찰이 쏟아져 나왔다. 도시는 계엄령이라도 선포될 듯이 떠들썩했다. 테러였다. 드디어 테러였다. 여자는 그제야 묘한 안정감에 빠져들었다. 전광판과 사이렌 소리에도 불구하고 그녀의 표정은 안온했다. (김유진, 「빛의 이주민들」, 『한국문학』 2004년 겨울호, p. 119)

지하철은 매 순간 목적지를 향해 흘러간다. 그 식상한 리듬에 맞춰 사람들은 흔들린다. 어쩌면 우리 모두 같은 꿈을 꾸는지도 모른다. 이 세상을 잠재울 만한 거대한 파업이 일어나주기를. 대공황이라든가 전쟁이라든가 동시 다발적인 정전이라든가 식품 파동 같은 것들, 귀 기울이지 않는 사람은 소외당할 만큼 중요한 뉴스들. (윤고은, 『무중력 증후군』, pp. 10~11)

이들의 종말론을 역설적 종말론 혹은 종말론의 종말론으로 명명할 수 있을 것인데, 이 종말론적 상상력은 윤고은식으로 말하자면 우리가 언제나 "종말에 종말을 거듭하고 있"(『무중력』, p. 19)다는 역사의식에 기반한 것이며, 따라서 김유진식으로 말하자면 그렇기 때문에 끝나지 않는 기원 신화가 매번 다시 씌어져야 한다는 소설 발생론으로 이어지는 것이기도 하다. 요컨대, 종말론적 상상력은 분명 젊은 세대들의 개성적인 소설 세계가 마련될 수 있는 근거지가 되고 있으며 이 글에서 다루고자 하는 김유진과 윤고은의 경우도 역시 그러하다고 해야 한다.

종말론을 두고 보자면, 이들의 소설에서 종말론은 이미 충분히 식상한 것으로 치부되고 있다. 우리 모두가 매일 실감하고 있듯이, 그 어떤 끔찍한 사건사고가 일어난다 해도, 투신자살과 폭탄테러 혹은 희대의 연쇄살인이 상시적으로 발생한다 해도, 우리가 사는 이곳에서 그것은 그저 내일이면 망각될 오늘의 사건사고일 뿐이다. 무엇이든 금세 잊고 쉽게 치유하는 이 도시에서는 뭐든 너무 흔한 것은 주목받을 수 없으며 보다 새로운 것이 아니라면 그 어떤 것도 상시적인 것에 불과하게 된다.

역설적으로 "반복적인 것이 곧 두려운 것"(윤고은, 『무중력』, p. 104)이 되는 것이다. 그러니 이들의 소설이 테러를 열망한다면 그것은 테러를 통한 종말을 원하는 것이 아니며 해방적 전복을 원하는 것은 더더욱 아닌 것이다. "폭탄테러를 소란스러운 가십이나 뉴스거리로 담지 않"(김유진, 「빛의 이주민들」, p. 121)는 이곳에서 우리는 종말을 설명할 또 다른 이유, "국경을 넘어 지구 전체를 마감할 거대한 이유를"(윤고은, 『무중력』, p. 34) 자발적으로 발견하려는 기이한 경향과 만나게 된다. 이런 면에서 오늘날의 세계가 아무런 희망 없이 종말론을 무심히 반복할 뿐이며 아이러니하게도 사건사고를 통해서나 어렴풋한 역설적 활기를 경험할 뿐임을 보여주는 이 소설들은 보다 근원

적인 종말론적 상상력에 기반한 역설적 종말론을 보여준다고 해야
한다.

　이들 작가의 종말론적 상상력과 관련해서 특별히 흥미로운 것은 그
상상력이 젠더화의 가공을 거치면서 서로 차별적인 톤과 분위기를 마
련해간다는 점이다. 멸종과 멸종 사이, 플랑크톤조차 살 가치가 없다
고 생각하는 시대, 진짜가 아니라 리허설 같은 시대를 사는 엑스트라
같은 존재들, 윤고은 소설의 인물들은 목하 팽창 중인 월력에 대항해
서 발기 혹은 활기를 꿈꾸며 결코 바깥을 상상하지 못하는 기만당하
는 존재로(『무중력』), 결국 구멍에 빨려 들어가고 마는 위축된 남성
성의 파편들로(「박현몽 꿈 철학관」) 그려진다. 윤고은에게서 종말론
적 상상력은 이러한 방식으로 수치스럽고 그러면서도 무기력할 뿐인
현존재의 비틀린 표피를 잡아채게 된다.

　김유진의 경우라면 종말론적 상상력은 철저하게 여성적인 세계에
대한 탐색으로 구현된다. 정박한 채 떠날 수 없는 세탁선의 시대를
뒤로하고 알 수 없는 미래로 나아가고자 하는 「어제」의 여성들, 문명
의 논리를 뒤로하고 원시와 야생의 시절을 동경하는 소녀들, 죽음의
세계 너머로 비의를 아는 우아한 족속처럼 의심 없이 달려가는 존재
들(「늑대의 문장」, 「마녀」), 사라진 것들을 보거나 결코 읽을 수 없는
죽음의 경험을 기록하는 소녀들(「목소리」, 「눈은 춤춘다」), 그녀들은
눅눅하고 축축한 감각을 통해 빛의 세계가 폭력적으로 억압하고 있는
어둠과 죽음의 세계를 불러들이고자 한다. 원시성이 완전히 고갈되어
황폐하고 그리하여 불길한 징조로 가득한 이곳에서 벗어나고자 하는
작가 김유진의 열망은 과거에서 미래로 나아가는 인과적 시간과는 무
관하며, 탄생과 죽음을 가로질러 무한히 반복되는 만물의 근원적 공

간으로 다가가고자 한다. 습하고 어두운 태생의 근원지로 상상되는 그 공간에서 작가 김유진은 삶이 시가 되는 순간의 복원을 꿈꾼다.

물론 만인이 신뢰할 수 있는 크고 작은 사실과 그 확실성이 사라진 자리에서 우리가 만나게 되는 것은 소문처럼 떠돌며 남아 있는 남루한 이야기들뿐이다. 때로 그 이야기는 최첨단의 미디어를 타고 뉴스라는 공식적 이름 뒤에 숨어서 움직이는 루머들의 집산이 되고(윤고은), 죽음에 이르는 공포에 직면해서 사라진 것들을 애도하는 이야기, 오래된 전설 같기도 하고 이국을 떠도는 풍문 같기도 한 꿈결 같은 이야기로 아니 끝나지 않는 노래로 이어지기도 한다(김유진). 그럼에도 그 남루한 이야기들이 우리에게 소중한 것은 그 이야기들이 바깥을 상상할 수 없음 자체에 대한 메타적 성찰을 통해 바깥이 허용하는 한계치에 대한 멈추지 않는 질문을 던지고 있기 때문이다. 이를 역설적 종말론이 허용하는 허무의 활기라 불러도 좋을 것이다.

5. 언어의 불능이 낳은, 애도의 노래

원인과 인과율로 설명되지 않는 폭사(「늑대의 문장」)로 시작된 김유진의 소설은 급기야 "엄마의 발목이 돌아왔"(「마녀」, p. 232)음을 선언하면서 고딕풍의 낯선 세계로의 문을 소리 없이 열어젖힌다. 기괴한 음울함에 갇혀 있는 중세적 신화의 세계, 말하자면 자체가 완성이자 완결인 고대와 고대라는 거인의 어깨 위에서 거인보다 더 멀리 본다고 자언하는 저 위대한 이성이 만들어낸 새로운 신세계인 근대 사이에 끼인 곳, 이성의 밝음을 빛내기 위해 가두어야 했던 어둠의

세계, 이성이 닿을 수 없는 그런 곳에서 작가 김유진은 종말론의 종
말론 혹은 역설의 종말론이라 할 만한 상상력을 펼쳐 보인다.

엄마는 좀더 또박또박한 발음으로 말했다. 그러나 나는 그 말을 알
아들을 수가 없었다. 엄마 잘 안 들려요. 좀더 크게 말해봐요. 엄마는
자리에서 일어나 더욱 크게 말했다. 그러나 그녀의 입에서 쏟아져 나
오는 말들은 내가 알아들을 수 있는 언어가 아니었다. 나는 당황했다.
그것은 내가 꿈결에 적은 문장처럼 낯설고 생소했다. 나는 엄마의 말
을 단 한마디도 알아듣지 못했다. 엄마는 방문을 열고 뛰쳐나갔다. 잠
시 후 동생이 우는 소리가 들렸다. 엄마는 동생을 붙잡고 뭐라고 열심
히 말하고 있었다. 그러나 동생은 울기만 했다. (「마녀」, p. 242)

김유진의 소설이 보여주는 종말론이 극단적인 종말을 표현한다면
그것은 김유진의 세계가 언어의 불능성에 대한 깨달음에서 개시되는
것이기 때문이다. "다른 죽음의 방식"(「마녀」, p. 238)을 꿈꾸면서도
오래도록 살아남는 것으로 소멸의 역사를 기록할 수밖에 없었던 존재
들을 그리는 「마녀」에서 확인할 수 있듯이, 엄마의 입에서 쏟아져 나오
는 말들은 알아들을 수 없는 것들이며, 동생의 오줌에 전 일기장은 형체
를 알아볼 수 없는 번진 글자로 남는다. 순교자를 열망했던 꿈의 기록
역시 결코 알아볼 수 없는 어떤 것으로만 남게 된다. 「마녀」에 등장하
는 인물들 모두는 감정을 표현하되 대화법을 알지 못하는 것이다. 때
문에 그들의 말은 아름답고 몽환적이며 쉽게 잊히지 않지만 의미가
되어 전달되지 못하고 목소리로 남아 허공을 떠돌게 되는 것이다.
개가 늑대가 되고 섬 전체가 무덤으로 뒤덮인 공동묘지가 되어가는

시간 동안, 김유진의 인물들은 결코 자기의 것이 될 수 없으며 누구
와도 나눌 수 없는 죽음이 온전히 자신의 문제였음을 온몸으로 깨닫
게 된다(「늑대의 문장」). 이렇게 해서 김유진의 소설 세계에서 죽음이
"말하되, 의미를 전달하지 못하는 낯선 언어"(「목소리」, p. 212)로,
반복되는 이야기로, 노래로 남겨지는, 이곳의 언어가 가닿을 수 없는
어떤 것이 된다면, 죽음을 품어야 하는 삶은 목전에서 떠도는 죽음에
대한 공포와 두려움을 잊지 않는 것이자 모든 사라진 것들을 애도하
는 법을 배우는 과정이 된다.

　"우스꽝스럽게 짓이겨진 죽음과 대면"(「골목의 아이」) 할 때 터져나
올 수밖에 없는 울음 혹은 웃음, 그 두려움의 표현들, "그것은, 나의
태생과 한계를 증명하는 유일한 것이며, 현재를, 그리고 미래를 함께
나눠야 할 동지에 다름 아니"(「눈은 춤춘다」, p. 219)다. 그러니까 작
가의 전언에 따르면, 우리는 망각된 죽음과 거기에서 연유하는 공포
를 외면하지 말아야 한다. 두려움을 잊어서도 안 된다. 그리고 무엇
보다 규칙성도 예고도 징후도 없는 죽음을 앞당겨 경험해야 하며 그
경험을 말할 수 있는 새로운 언어를 발견하는 길로 나아가야 한다.
가닿을 수 없는 존재와의 만남의 가능성은 아마도 있다면 그곳에서나
싹틀 수 있을 것이기 때문이다.

　이야기는 온전히 나의 입에서만 나왔다. 그것을, 언니가 원했다. 나
의 이야기는 한정된 시간과 한정된 공간에서 무한히 반복되었다. 그의
집을 처음 찾았을 때, 울고 있는 그를 보았을 때, 그가 사라졌을 때의
이야기를, 노래처럼 읊조렸다. 시간이 흐르자 이야기는 일정한 주제
안에서 조금씩 변주되었고, 때로 한 부분이 여러 번 반복되었으며, 어

떤 부분은 건너뛰기도 했다. 그의 이야기는 음조가 생겼고, 일정한 운율이 생겼다. 그는 곧 시가 되었다. 언니가, 그것을 원했다. (「목소리」, p. 207)

죽음을 향해 가는 것이 삶임을, 사라진 것들에 대한 애도가 삶임을, 그리하여 이곳의 어제를 뒤로하고 죽음의 연쇄 너머로 이주하고자 하는 김유진의 인물들 혹은 작가 자신의 열망은 사라진 것들에 대한 애도의 노래와 운율이 되어버리는 이야기를 그렇게 반복하게 된다. "참혹을, 참혹이 아닌 듯"(「목소리」, p. 214) 견디기 위해, 거기에만 있을 구원의 가능성을 찾기 위해. 김유진의 소설이 계속되어야 하는 이유가 여기에 있으며, 그의 소설의 존재 이유가 여기에 있다. 소멸의 역사의 목격자로부터 유래하는 '이야기 혹은 노래'만이 소멸을 기억할 수 있는 방식이자 죽어가는 모든 것 아니 우리들 전부에 대한 겨우 가능한 애도의 형식이기 때문이다.

물론 이주에 대한 열망이든 애도의 형식을 찾고자 하는 더듬거림이든 이 모든 것은 결코 손쉽게 얻어질 수 있는 것이 아니다. 김유진의 소설에서 이곳 너머의 공간을 향한 인물들 혹은 작가의 열망은 언제나 이 세계와 저 세계 사이에서 끼인 존재로 남고 마는 비극적 실패로 구현된다. '우움'밖에 말하지 못하는 '움'의 탄생과 죽음은(「움」) 끼인 존재의 비극성을 단적으로 보여준다. '움'과 그의 아버지의 역사를 통해 작가는, 이름의 곁을 지키다 이름과 함께 사라지는 일족의 운명을 거부하고 이름을 버리고 고향과 고향의 방언을 버리면서 이주자의 삶의 선택한다 해도, 이곳 세계의 모든 것을 버린다 해도, 다른 일족의 삶, 즉 사라진 것들의 고통을 신체에 기억하는 방식의 삶이 그리 쉽게 허락되지는 않는다는 것을 고통스럽게 확인시킨다.

그리하여 김유진의 소설은 하나의 신체에서 다른 시간을 살면서 죽음의 기억을 신체에 새기는 삶의 비극적 불가능성을 몽환적인 이미지로 감싸 안는 한편 '다른 죽음의 방식'을 선택하지 못한 자가 불러오는 죄의식의 전달되지 않는 웅얼거림을 소설 한켠에 풀어놓는다. 삶이 결국 죽음에 이르는 길이자 다른 죽음을 애도하는 과정임을 말하고 있는 작가 김유진은 이곳 너머의 공간을 꿈꾸고 이주 혹은 변신의 열망에 들떠 있으면서도 그 모든 동경이 결국 실패로 끝날 것임을 고통스러운 정직함으로 응시한다. 그러니까 김유진의 소설은 사라지지 못한 것들, 사라졌으나 돌아오지 못하는 것들에 대한 아름다운 애도이자 그 애도의 불가능성에 절망하는 고통의 흔적들이다.

6. 미디어 매트릭스를 통과한, 바깥에 대한 사유

윤고은의 소설에서 종말 자체보다 중요한 것은 종말에 관한 담론들이며 그것들이 운용되는 메커니즘이다. 소설의 끝에서 확인할 수 있듯이, 달의 번식과 그에 관한 뉴스는 그저 늘 이슈화를 갈망하는 조작 메커니즘의 결과물이다. 말하자면 달과 관련된 증후군이 사회의 경화된 체계를 흔든다기보다 증후군에 관한 뉴스들이 패턴화된 일상에 활기를 불어넣는다. 소설 속에서 그 메커니즘을 적절히 활용하고 또 강화하는 뉴스 메이커인 『심플라이프』의 기자 '퓰리처'의 말처럼, 질문이든 답이든 그 사실의 여부는 여기서는 전혀 중요하지 않다. 어떤 담론에도 주기가 있고 유효기간이 있으므로, 이미 생명 주기가 지난 뉴스들이 부활해서 다시 새로운 생명을 얻을 수 있으며, 그리하여 뉴스는 가짓수와 무관하게 언제나 배치의 묘미가 더 중요한 퀼트와 같은 것이 된다.

조작된 뉴스에 의해 움직이는 이러한 세상에서는 당연하게도 곧 망해도 좋을 만큼 끔직한 사건사고조차 그저 지루한 일상의 반복처럼 흘러가게 된다. 아니, 정확하게 말하자면 권태를 경험할 수 있는 개별 주체의 차별성 혹은 의미는 이 세계에서 사라지게 된다. 중력장의 이상에 대한 반응으로 개체가 중력을 거부하는 행위, 그것은 『무중력 증후군』에서 대개 자살의 형태로 나타나지만, 작가는 그들의 죽음을 존재의 폐기이자 개인이 당면한 회복 불능의 불행으로 다루지 않는다. 윤고은의 세계에서 개별성은 존재하지 않는 말에 가깝다.

그들은 살아 있음을 감각적으로 경험하거나 목숨을 건 바깥에 대한 열망, 즉 섹스와 자살 외에 자신을 입증할 수 있는 어떤 방법도 알지 못한다. 개별성의 미미한 차별적 표지들은 그저 유전자 배치의 차이일 뿐이고 중력으로 상징되는 이 세계 너머에 대한 꿈꾸기마저도 섹스와 자살을 통해서만 이루어질 수 있을 뿐이다. 이렇게 윤고은은 개별성이 완전히 사라진 시대에 처한 개인의 존재방식을 가늠해보면서, 미디어가 유포하는 담론을 통해서만 존재할 수 있는 이런 사회에서 개인이란 그저 이데올로기 효과에 반응하는 하나의 사례로 존재할 수밖에 없음 혹은 그런 사실의 암울함을 말한다.

왜 뉴스가 인간의 존재방식을 결정하는 미친 힘을 발휘하게 되는가에 대한 윤고은식 답안이 여기에서 마련되고 있다고 해야 하는데, 이 소설이 담지하고 있는 인간 존재를 둘러싼 비극적 아이러니의 극단이 이 문제와 연관되어 있다. 윤고은의 인물들은 유포 담론에 대한 하나의 반응자일 뿐이기에 뉴스에서 뉴스로, 새것에서 다른 새것으로 옮겨가는 미친 소용돌이의 한가운데서 움직일 수밖에 없는데, 작가에 따르면 인간이 뉴스에 휘둘릴 뿐 아니라 적극적으로 뉴스의 유포에 동참하려는 것은 이 미친 세계가 그들에게 부여한 소외감 때문이다. 미디어 매트릭스 바깥을 알지 못하므로, 그들은 '모든 뉴스들을 머릿속에 집어넣지 않으면 아무것도 아닌 느낌'(p. 14)에 사로잡히게 되고, 언제나 이 뉴스와 저 뉴스의 '사이,' 패러다임의 변화에 끼인 채 존재할 수밖에 없게 되는 것이다.

> 뉴스 속에서는 하루 종일 일곱번째 달이 뜨는 장면을 목격했다는 사람들과 벌써 새 패러다임에 적응한 사람들이 논쟁을 벌였다.
> "일어나지 않은 사건을 목격했다는 게 말이나 돼요?"
> 이게 새 패러다임에 적응한 경우고.
> "일어나지 않았다뇨? 내가 봤는데?"
> 이건 과거의 잔재다. (『무중력』, p. 276)

반대편에서 보아도 결과는 마찬가지이다. 윤고은의 인물들이 경험하는 소외감은 결국 인터넷을 떠도는 확인 불가능한 정보들, 새것에서 또 다른 새것으로 대체되는 뉴스를 통해서, 즉 정보에 반응하고 정보가 유발하는 효력을 강화시키는 과정을 통해서만 해소될 수 있는 폐쇄된 공간을 만들게 된다. 누군가는 그 메커니즘에 좀더 가까이 다가가 있기도 하고 어떤 이들은 그것을 활용하거나 운용하고 강화하기도 하지만 대개 '소속 의존적인' 다수의 사람들은 그 메커니즘으로부터의 소외를 두려워하며 무의지적으로 그 메커니즘이 운용되는 과정에 공범으로 참여하게 된다. 소외에 대한 공포가 그들을 뉴스의 유포에 깊숙이 관여하게 하는 것이다.

이렇게 해서 미친 소용돌이 안에서의 인간의 존재방식을 둘러보면서 작가 윤고은은 오늘을 사는 누구에게나 당연하게 받아들여지는 것 그러나 결코 가능하지 않은 것, 우리에게 낯설지 않으면서도 유니크한 존재가 되어야 한다고 강변하는 이 세계의 운용 원리의 일단을 종말론적 상상력을 통해 펼쳐 보인다. 문화산업 시대의 모든 것이 전혀 이질적이지 않으면서도 매번 새로워야 한다는 요구에서 결코 벗어날 수 없는 것과 마찬가지로, 미디어 테크놀로지에 의해 움직이는 이 사회는 우리들에게 스스로가 보편적이면서도 특수한 개체 가운데 하나로서 존재해야 한다는 불가능을 요구한다.

당연하게도 누구도 이 요구로부터 자유로울 수는 없는데, 미디어 매트릭스를 둘러싼 윤고은의 통찰의 유의미함이 여기에 있다. 윤고은의 소설이 동원하는 상상력은 소망충족의 내러티브와 아무런 관계가 없다. 현재의 이론적 논의 수준을 염두에 둘 때, 우리는 타자가 이성과 권력의 횡포에 의한 특수한 형식으로 만들어지는 것이 아니라 법과 질서라는 이름의 제도를 구축하기 위한 필수 구성요소로, 말하자면 보편의 일부로 요청되는 것임을, 불가피한 사정에 의해 특정한 시공간에서 타자가 양산되는 것이 아니라 세계의 구조적인 구성요소이자 버팀목이라는 것을 이미 잘 알고 있다. 이런 맥락에서 보자면 윤고은의 소설이 말하고 있는 것은, 우리 모두가 자신이 타자임을 알지 못하는 타자일 뿐이라는 사실, 바로 이것이다.

윤고은은 항상적으로 "아무도 발명한 적 없는 구보를 꿈꾸"(p. 279)고 있으면서도 동시에 피할 수 없는 발기불능의 상태에서 벗어나지 못하고 있는 이 사회의 '끼인' 상황을 경쾌한 톤으로 스케치한다. 그리고 별다른 임팩트를 담고 있지 않으면서도 미디어 권력의 강력한 영향력 아래 움직이는 이 사회에서 미디어 이데올로기가 어떻게 만들어지고 운용되는가를 보여준다. 요컨대, 윤고은의 소설이 신자유주의로 대변되는 전 지구적 자본화의 위력을 잡아채면서 그만의 특장을 만들어낼 수 있는 것은 자본의 위력이 정보의 통제와 유포를 통해 이루어진다는 유의미한 통찰의 시선을 마련하고 있기 때문이다.

물론 이것이 다는 아닌데, 흥미롭게도 윤고은은 이미 충분히 자연화된 미디어 매트릭스의 강고함을 보여주면서도 모든 조작 메커니즘이 어쩔 수 없이 남기게 되는 흔적들, 꿈으로 현현하는 실수들의 발견 가능성을 포기하지 않고 있으며 그곳에서 바깥을 상상할 수 있는 일말의 가능성 혹은 진실과의 대면을 꿈꾸고 있는 듯하다. 그런 의미에서 타임캡슐에서 나온 파손된 공시디를 두고 그 처리에 고심하는 「타임캡슐 1994」의 '나'의 갈등은 어쩌면 작가 윤고은이 최근에 직면하고 있는 문학적 고민의 단면이라고 할 수 있을 듯하다. "어쩌면 이 수많은 공시디 안에도 무언가 이야기가 실려 있지 않을까, 다만 우리가 읽을 수 없을 뿐"이 아닐까를 고민할 때, 그의 문학적 행보는 분명 어디론가 사라져버린 기억들, 모두가 타자인 우리들 서로에게 각인된 아주 미약한 기억들, 그곳으로 향해 있다고 해야 하지 않을까. 아직은 분명하지 않지만 바깥에 대한 사유와 무관하지 않은.

II. 경계선,

청년문학의 계보
―문청을 향수하는 어떤 기록들 [1]

나는 다 알고 있어

공부하면 자란다, 천만의 개소리야. 선생님들의 말, 교과서에 씌어 있는 거, 다 죽은 단백질 같은 것에 불과해. 똥자루 같은 거라구. 똥자루를 길러야지. 길게 길게. 성숙한다고, 자란다고, 세계의 광기에 편입되기 위해, 말로 사기치면서. 길게 길게 길러야 하고말고. 그래야 출세하지. 그래야 돈 벌지. 광기의 전선에 편입돼야 살아남는 세상이 오고 있거든. 〔……〕 나는 다 알고 있어. 수십 년 후에 너희들이 어떻게 살지 훤히 뵌다구. 가봐. 가서, 더러운 책상을 갈고닦아. 미친 세상

---

1) 이 글에서 다루어지는 작품은 다음과 같다. 최인호, 『내 마음의 풍차』, 예문관, 1974; 이문열, 『젊은 날의 초상』, 민음사, 1981; 장정일, 『아담이 눈 뜰 때』, 미학사, 1990; 박범신, 『더러운 책상』, 문학동네, 2003; 최인호, 『머저리클럽』, 랜덤하우스, 2008; 황석영, 『개밥바라기별』, 문학동네, 2008; 김려령, 『완득이』, 창비, 2008; 전아리, 『직녀의 일기장』, 현문미디어, 2008; 『시계탑』, 문학동네, 2008 등. 인용할 때에는 작가와 쪽수를 표시하고 필요에 따라 작품명을 밝히기로 한다.

으로 미쳐서 나아갈 준비를 하는 거야. 더러운 단백질의 똥자루로 칠
갑을 해보란 말야. 너희, 더러운, 미친 책상들. (박범신, 『더러운 책
상』, pp. 111~12)

박범신의 『더러운 책상』에는 세상의 이치를 이미 알거나 혹은 안다
고 자부하는 청년 주인공이 등장한다. "이미 세계를 다 알고 있던"
(박범신, p. 13) 그 청년은 자의든 타의든 제도가 권유하는 삶의 패턴
이 결국 먹고사는 일을 목표로 하는 타인의 삶임을, '미래의 모범시
민으로 만들려는 간악한 전략'(장정일, p. 19)임을 생래적으로 알고
있다. 가령 교복세대인 그들은 청년시절에 이미 기성세대와 교육제도
의 그럴듯한 회유와 협박의 방식뿐 아니라 일상의 심층에 스며 있는
폭력의 소소한 지점들에 대해서도 잘 알고 있다. 청년들의 갈등과 방
황은, 그들에게 요구되는 삶의 방식이 종국에는 그들을 더럽고 수치
스러운 삶의 궤도로 이끌 것임을 이미 알고 있다는 사실 자체, 바로
여기서 시작되고 끝난다. 때로 그들은 더러운 삶으로 열려 있는 더러
운 책상에 거칠게 저항하기도 하고(박범신), 타인에게 들키지 않을
자신의 내면을 지키기 위해 스스로를 "궤도에서 이탈한 소행성"(황석
영, p. 41)으로 자처하기도 한다. 익숙한 장르 관습에 의거하면, 황석
영의 『개밥바라기별』이나 박범신의 『더러운 책상』 등은 성장소설 범
주로 분류되겠지만, 미성숙의 단계에서 성숙으로 진화하는 그런 의미
의 성장은 이 소설들이나 청년 주인공들과는 아무런 관련이 없다. 그
들이 종국에 세계의 일원이 되고 만다면, '이미' 세상의 이치를 아는
그들의 입사initiation 경험은 아마도 성장이 아니라 더러운 오물을
뒤집어쓰는 타락이자 오욕일 것임에 분명하기 때문이다.

성장소설이라는 유령의 출몰에 대하여

모더니티의 상징 형식임에도 불구하고 프랑코 모레티Franco Moretti가 언급한 바 있듯이, 개인과 사회의 조화로운 화해의 장은 성장소설의 형식을 통해 마련되지 않는다. 성장소설bildungsroman, Entwicklungsroman의 아이러니가 여기에 있으니, 청년들의 성장에 관한 박범신류의 이야기가 비-서구 소설의 지역적 특수태임을 유달리 강조할 필요는 없을 듯하다. 장르 범주 자체의 성격이 언제나 그러하듯 머무르지 않고 변전하는 근대의 시간성을 형식화하는 소설 형식에 전형이나 모범적 범례가 따로 존재하지 않으며 대개 그 형식은 부르주아 이데올로기에 입각한 보편적 주체의 출현을 위해 기능한다.[2] 굳이 성장소설로 한정하지 않더라도, 소설이 본래 성숙한 남성의 서사임을 염두에 둔다면 '청년'과 '문학'의 만남은 태생적으로 어색한 조합이 아닐 수 없으며, 더구나 거대한 세계 구조에서든 미미한 일상의 갈피에서든 하늘 아래 새로운 것이 더는 없을 성싶고 그저 예측할 수 있는 것은 내일의 날씨 정도이며, 창조가 아니라 배치와 직조가 보다 중요한 것처럼 보이는 포스트모던한 오늘날을 두고 보자면, 성장소설이라는 유령의 출몰 자체가 아이러니한 현상이라고 해야 할 것이다. 따라서 우리가 청년시절을 회상하는 소설들에 대해 무언가를 이야기해야 한다면, 성장소설 부류의 재출현에 대한 근본적인

---

2) Marc Redfield, *Phantom Formations: Aesthetic Ideology and the Bildungsroman*, Ithaca: Cornell University Press, 1996, 서설 참조; 윤지관, 「빌둥의 상상력: 한국 교양소설의 계보」, 『문학동네』 2000년 여름호 참조.

문제제기에서 시작해야 할 것이다.

사실 청년시절을 회상하는 소설들, 특히 생물학적으로 젊지 않은 나이의 작가가 기록한 청년시절의 이야기는 다분히 소설가의 생애 주기나 이러저러한 개인적 사정과 연관된 채 등장할 가능성이 높은 편이다. 그럼에도 한국문학사가 보여주듯, 청년시절에 대한 이야기는 급격한 사회문화적 변동기, 즉 청년문화론이나 신세대론 등이 이슈가 되었던 1970년대나 1990년대와 같은 시기에 '청년'과 '젊음'에 열광하는 문화 환경 속에서 특정한 경향을 만들면서 나타났고, 청년시절을 회상하는 소설 역시 이러한 흐름과 움직임을 같이했다. 가령 황석영의 『개밥바라기별』이나 최인호의 『머저리 클럽』 등의 소설은 청년시절의 이야기 자체와 함께 '늙음과 성숙'을 부정적 징표로 받아들이고 젊음의 가치 자체를 고평하거나 청년시절에 대한 향수를 요청하는 사회 문화적 조건과 긴밀하게 조응하고 있다. 그러니 진보든 퇴행이든 그것을 범박하게 '성장'의 범주로 통칭할 수 있다면, 성장이란 그것을 가능하게 하는 문맥 없이는 성립할 수 없는 것이다. 『머저리 클럽』이 1975년 출간된 『우리들의 시대』를 재출간한 작품이라는 사실은, 성장담류 소설의 등장과 그 사회 문화적 배경 사이의 관련성을 보다 분명하게 보여준다. 따라서 황석영과 박범신의 소설에 관해서도 '그들이 회상하는 자전적 어떤 시절, 그때가 언제인가'보다 중요한 것은 '왜 지금, 여기서 청년기라는 특정한 시간이 회상되고 있는가'와 같은 문제들이다. 그리하여 이런 문제들과 관련해서 고려해야 할 사항은 단지 성장소설의 맥락만이 아니게 된다. 청년시절에 관한 이야기를 완결된 텍스트나 문학사 내부의 문제로만 환원할 수 없으며, 성장소설의 내부와 외부, 유령처럼 출몰하는 그 조건을 둘러볼 수밖에 없는 것은 그래서이다.

　말 그대로 한 치 앞을 예견할 수 없는 오늘의 이모저모를 둘러보건대, 모더니티의 상징적 형식에 대한 해명이든 폐기든, 단일한 이해지평을 앞서서 전제하는 것은 결국 직조라기보다 조작에 가까울 수밖에 없을 듯하다. 어디든 무엇이든 클릭 한번으로 접속할 수 있는 새로운 세계가 열린 것처럼 보이는 순간에도 예상 외로 많은 문제들이 인과의 연쇄를 벗어나 있거나 혹은 그 고리들을 깊숙이 은폐하고 있다. 문학이든 문화든 글로벌라이제이션과 로컬리티의 역학 구조를 손쉽게 규정하기 어려운 것은 이러한 사정과 무관하지 않을 것이다. 최근 급증하는 중견작가들의 청년시절에 관한 이야기가 가지는 의미 맥락을 둘러보고자 하는 이 글에서 우리는 조각으로 떠도는 서로 다른 층위의 논의들을 통해서나 문단과 출판계 그리고 사회 전반에 유포되어 있는 ‘젊음’에 대한 열광의 의미, ‘세상의 이치’의 존재 가능성이나 존폐 여부 혹은 청년시절을 향수하는 서사에 대해 무언가를 말할 수 있을 것인데, 그건 전적으로 개별 정보의 집적을 통해 부분의 합 이상의 의미망을 마련할 수 있게 된 집단 지성적 집적 혹은 뉴미디어 시대의 커뮤니티 지향적 성격에서 기인한다고 해야 할 것이다. 그러니 어쩌면 박지원이 비판한 코끼리 더듬기식 접근은 전체를 보지 못하는 아둔함의 일례라기보다 이즈음의 문학과 현실의 관계를 둘러보기 위한 가장 정직한 방법일지도 모른다.

성장소설 소사(小史)

　근대 이전에는 존재하지도 않았던 '청년'이라는 말이 그러하듯이 '젊음'에 특별하고도 긍정적인 의미가 부여되기 시작한 것은 그리 먼 과거의 일이 아니다. '청년'의 특질을 요약해주는 '젊음'이라는 말 역시 니체의 문화비평과 루소의 자연숭배 사상이 활기를 얻은 근대 이후에야 비로소 작은 어른과 큰 어른 사이에 놓인 시공간을 가리키며 특별한 의미와 가치를 부여받게 되었다. 한국문학사를 돌이켜보건대, 근대적인 소설 형식이 새롭게 마련될 때 창작의 주체와 대상이 대개 근대적 시간관을 체현해야 했던 청년이었다는 점은 청년과 문학의 상관성을 둘러보는 자리에서 주목해야 할 지점이 아닐 수 없다. 이광수로 대표되는 근대소설의 주요한 특질 가운데 하나가 '고아의식'이라면 청년을 주인공으로 한 이른바 성장소설이 대개 '편모슬하' 혹은 '고아의식'을 보여주는 것은 그저 우연만은 아니다. 물론 청년과 청년에 관한 소설 그리고 성장소설의 스펙트럼이 꽤 상이하기 때문에, 그 범주들을 뒤섞는 것은 청년시절을 회상하는 소설을 둘러싼 복잡한 층위를 그저 파편화된 정보 수준에 그치게 할지도 모른다. 그러나 이른바 근대소설이 그 발생 단계에서 충분히 보여준 바 있듯이, 청년을 둘러싼 내러티브는 자기충족적으로 완결된 텍스트이기 이전에 근대적 시간관을 체현한 주체의 형성과정을 보여줄 뿐 아니라 근대적 주체라는 가상적 구성물을 만드는 과정에 언어적 실천으로 개입하고 있었다. 청년시절의 이야기를 담고 있는 성장소설류의 재출현에 관심을 기울여야 하는 이유가 여기에 있다. 이른바 청년문학의 계보는 한국에서 근대적 주체의 형성과 그 변전 그리고 주체가 세계와 맺는 관계 방식에 관해 흥미로운 정보들을 제공해주기 때문이다.

근대가 시작되고 꽤 오랜 시간이 흐르기까지도 청년은 기성의 것을 부수고 새로운 틀을 마련해야 하는 시대정신의 대표적 기수였으며 사회 변화를 이끌 주동 세력으로서의 자리를 지켜야 했다. 청년문학의 계보가 성장소설의 범주와 따로 존재하지 않았던 것도 근대와 청년의 쌍생아적 상관성 혹은 한국사회에서 청년 주체의 위상과 같은 저간의 사정과 무관하지 않았다. 그렇기는 하지만, 엄밀하게 말하자면 한국문학사에서 성장소설이 새로운 지위를 부여받게 된 것은 비교적 최근인 1990년대 이후의 일이라고 해야 한다. 급변하는 정치사적 굴곡은 문학에서 사회와 국가 단위의 문제들을 우선시하는 경향을 이끌어왔으며, 사회역사적으로 개인과 그 내면에 대한 관심이 증폭되기 시작한 것이 1990년대 접어들면서이기 때문이다. 청년시절에 대한 향수를 불러일으키는 회상 형식의 소설도 다소간 느슨한 범주화를 허용하고 있을 뿐, 내면을 구축한 청년 주인공이 세계와 대결하는 사례를 충분히 제공해주지 않았던 것이다.[3]

황종연이 「편모슬하, 혹은 성장의 고행」(1996)을 통해 풍부하게 논의했듯이, 편모슬하의 귀한 아들은 우리의 성장소설이 보여주는 두드러진 특질 가운데 하나이다.[4] 흥미로운 것은 그 귀한 아들을 주인공으로 한 소설들 가운데 김승옥의 「건」에서 김원일의 『노을』 그리고

---

3) 김병익은 이러한 현상을 두고 한국문학사에서의 성장소설의 희소성으로, 그것을 문학사적 반성을 쉽사리 허용하지 않는 우리의 문화적 특수성을 지적한 바 있다. 「성장소설의 문화적 의미」, 『세계의문학』 1981년 여름호, pp. 83~88.
4) 황종연, 「편모슬하, 혹은 성장의 고행」, 『문학과사회』 1996년 여름호 참조.

김주영의 『아들의 겨울』에 이르기까지 소년을 주인공으로 한 성장소설이 위악적이지만 여전히 순진한 소년의 세계와 타락한 어른의 세계라는 대립구도를 반복적으로 보여주었다면, 1990년대 이후의 성장소설에는 다른 구도가 마련되기 시작한다는 점이다. 표면적으로 보자면 두 세계 사이의 화해 불가능성이 장막처럼 드리워져 있고 세상의 이치를 꿰뚫을 수 있는 청년 주체들 역시 자신의 시대를 레테의 강에 흘려보내는 방식으로 청년시절을 마감한다고 할 수 있다. 그럼에도 세상의 이치를 '이미' 아는 존재의 등장은 '젊음'을 감금하는 방식으로 종결되는 순수-타락의 구도에 커다란 변화를 야기한다고 해야 한다.

급속도로 산업화가 이루어지고 근대적인 의미의 대중문화가 형성되기 시작한 1970년대 이후, 서구의 청년운동의 광풍과 현실 정치의 억압적 통제가 불러온 복합적 결과물로서 하위문화subculture와 반문화counter culture가 형성되면서 청년 일반이 아니라 세대 개념에 입각한 청년의 분화가 이루어지기 시작했고, '젊은 세대'로서의 청년이라는 영역이 가시화되기 시작했다. 어쩔 수 없는 엘리트 문화였는가, 기성문화에 대항한 반문화인가 혹은 스타일의 모방에 그친 소비지향적 대중문화였는가에 대한 판단은 논란거리로 남겨져 있지만,[5] 1970년대 이후 청년문화라는 영역이 형성되면서 근대적 시간성의 보편적 주자라는 청년 표상에는 세대 분류의 의미가 뚜렷하게 각인되기 시작했다. 청년 주인공이 능동적인 행위자로 등장하기 시작한 1970년대 이후, 청년시절의 방황과 갈등을 차별적인 세대 차원의 독자적인

---

5) 김종대, 『독일 청년 문학과 청년 문화』, 문학과지성사, 1990; 송은영, 「대중문화 현상으로서의 최인호 소설」, 『상허학보』 15집, 2005. 8.; 주창윤, 「1970년대 청년문화 세대담론의 정치학」, 『언론과사회』 14권 3호, 2006. 8. 등 참조.

문제로 다룬 소설이 최인호의 『내 마음의 풍차』(1974)에서 이문열의
『젊은 날의 초상』(1981) 그리고 장정일의 『아담이 눈 뜰 때』(1990)
로 이어지면서 하나의 계보를 마련하기 시작한 것이다. 이 계보를 통
해 세대적으로 분할된 청년문화와 청년문학의 영역이 가시화될 수 있
었으며, 특히 1990년대 이후에는 박완서의 『그 많던 싱아는 누가 다
먹었을까』(1992)에서 신경숙의 『외딴 방』(1995)과 은희경의 『새의
선물』(1996), 그리고 배수아의 『랩소디 인 블루』(1995)나 백민석의
『헤이, 우리 소풍 간다』(1995)에 이르는 보다 다채로운 성장담의 스
펙트럼이 펼쳐지기 시작했다. 목록 자체가 말해주는 것처럼 1990년
대 이후의 미성년 시절에 대한 기록은 '편모슬하의 귀한 아들'의 성장
담 계보를 연령과 젠더 그리고 계급적 구도 속에 재배치하면서 성장
소설에 새로운 지위를 부여하고 있었다. 성장담이 문학사에서 의미
있는 영역을 마련하기 시작한 것은 그러니까 이즈음인 것이다.

독서와 여행이라는 관문

오래 들여다보지 않더라도, 청년시절을 회고하고 불러들이는 『개
밥바라기별』이나 『더러운 책상』 등의 소설이 최인호에서 장정일로 이
어지는 청년문학의 틀과 요소들의 반복이자 낭만적 재생산임을 간파
하기는 어렵지 않다. "딸만 내리닫이로 낳던 어머니가 마흔한 살에
마침내 하늘의 점지로 얻었다고 믿는 종갓집 외아들"(박범신, p. 85)
이자, 개화된 지식인으로 중산층의 시민의식을 소유했던 자들의 귀한
"도련님"(황석영, p. 44)이었던 그들, 그들은 어쩔 수 없는 가족의 무

게에 짓눌려 있었다. 가족 단위의 갈등이 청년시절이 회상되는 자리에서 여전히 무대배경 역할을 하고 있는 것이다. 집안을 이끌어야 했던 독하고 강한 어머니든, 생계를 유지하기 위해 지치고 쇠잔한 삶을 살아야 했던 어머니든, 가부장의 대리인인 그들은 '귀한 아들'을 통해서나 자신의 남은 생의 의미를 헤아려볼 수 있는 서글픈 존재들이었다. 물론 그녀들은 청년 주인공들의 회복할 수 없는 궤도 이탈을 최전선에서 막아주는 윤리적 부표를 상징했다. 그럼에도 『개밥바라기별』이 잘 보여주듯이, 최근에 급증하고 있는 청년시절 회상담에서 그 어머니들의 영향력은 점차 약화되는 추세이다. 청년들의 거부와 저항은 좀더 추상적인 것으로 향하고 있는데, 여전히 '귀한 아들'이며 세상의 이치를 '이미' 안다고 자부했던 그들은 세계의 광기에 편승하라고 권유하는(박범신, p. 233) 어른들의 논리와 그 허위의식을 꿰뚫어보면서 학교로 상징되는 교육제도에 저항하거나 그로부터의 일탈을 거듭했다. 학교는 부모들과 공모해서 자유로운 영혼을 그저 보호대상 차원에 가둬놓는 곳이고 일상과 내면까지 규율하는 훈육의 공간임을, 무엇보다 그 판옵티콘적 감시와 훈육이 매우 치밀하고 거대하며 조직적임을 이미 알고 있었기 때문이다.

사회화와 '젊음'의 의미가 대결하는 이러한 구도는 청년시절을 회상하는 소설들에서 여러 차례 반복적으로 다루어졌는데, 여기에는 역사의 변전기마다 '젊음'을 체현한 청년 주체가 시대의 전위로 요청될 수밖에 없었던 역사적 정황의 고단함이 고스란히 스며 있었다. 식민통치와 천민자본주의로 요약되는 굴곡 많은 역사를 거치면서 한국 사회는 청년을 사회화의 대상이 아니라 새로운 세계 이념을 만들어야 할 주체로 호명해야 했으며, 그에 따라 사회화를 통한 성숙보다 자체의 에너지를 창조적 결과물로 가시화할 수 있는 젊음의 가치, 고전적인 교양소설을 두고 프랑코 모레티가 강조했던 식으로 말하자면, 거대한 이동성mobility과 불안한 내면성interiority으로 압축될 수 있는 모더니티의 역동성을 보다 유의미한 시대 이념으로 받아들여야 했던 것이다.[6]

흥미롭게도 공공의 교육기관에 등을 돌린 청년들이 내면을 발견하거나 혹은 지키기 위해 공통적으로 집중한 것은 '젊음'의 가치를 새롭게 규정해줄 수 있는 독서와 여행이었다. 저 자신 외에 정치경제나 사회현실 그 어떤 것에도 시선을 돌릴 여력이 없었던 『더러운 책상』의 청년 주인공이 세계와 만나기 위해 통과하는 것이 동아출판사의 세계문학전집과 을유문화사의 세계문학전집, 셰익스피어와 쇼펜하우어를 만날 수 있었던 책 대여소였다면(박범신, p. 74), 『개밥바라기별』의 준이 학교를 그만두기로 하고 가장 먼저 한 일이, 읽고 싶었던 책들을 이것저것 읽어치우고 밤새껏 책을 읽다가 새벽녘이면 엎드려 노트에 글을 쓰는 일이었으며(황석영, p. 92), 그가 다시 복원할 수 없는 '지나감'의 시간을 경험하게 되는 것도 죽은 자들의 지식이 아니라 생생한 산경험을 하기 위해 떠난 유랑 끝에서였다. 독서와 여행은 근대적 주체에 대한 개념이 생겨나기 시작한 그 시절부터 정신과 육체를 단련하고 내면을 창조하거나 발견하기 위해 통과해야 할 필수적 관문이었는데, 청년시절의 회고담들은 이 소도구들을 충분히 활용하고 있는 듯하다.

잊지 말아야 할 것은 젊음을 고평하는 사회문화적 경향의 이면에는

---

6) 프랑코 모레티, 『세상의 이치─유럽 문화 속의 교양소설』, 성은애 옮김, 문학동네, 2005, pp. 27~28.

언제나 무엇이든 될 수 있는 가능성에 대한 사회적 이해 혹은 오해가 깔려 있다는 점이다. 신분과 계급의 이동이 자유롭게 이루어질 수 있고 또 노력하는 모두에게 공평한 기회가 주어질 수 있다는 오해 말이다.

너희들 두렵지두 않니? 너나 인호 형은 퇴학했구 정수까지 휴학을 했는데, 이건 아주 니들 맘대루잖아.
내가 조심스럽게 힐난조로 말을 꺼내자 준이가 밝은 목소리로 대답했다.
시키는 대루 하기 싫어할 뿐이지 나두 노력하구 있어.
노력은 무슨…… 아무렇게나 사는 거지.
그게 나쁘냐? 나는 말야, 세월이 좀 지체되겠지만 확실하게 내 인생을 살아보고 싶은 거다.
학업을 때려치우면 나중에 해먹구 살 일이 뭐가 있겠어?
어쨌든 먹구살 일이 목표겠구나. 헌데 어른이나 애들이나 왜들 그렇게 먹구사는 일을 무서워하는 거야. 나는 궤도에서 이탈한 소행성이야. 흘러가면서 내 길을 만들 거야. (황석영, pp. 40~41)

그러니까 『개밥바라기별』의 유준이 입신출세를 위한 줄서기에 몰두하는 친구들 앞에서 "늘 쫄리구 두렵구 그러니까 별의별 수단을 다 해서 더 출세할라구 평생 몸부림이지. 나는 그런 줄에서 빠질 거야"(황석영, p. 75)라고, 자신의 길을 만들기 위해 확실하게 자신의 인생을 살아보겠다고 당당하게 선언할 때, 자발적인 이탈을 하고자 하는 그의 선언 혹은 행위는 겨울밤에 공중변소를 집으로 삼던 미친 여자의 비명 소리와 같은 공포를 떠안는 일이자 빈사 상태에 처한 내면을 복원하는 시발점이며 또한 새로운 미래를 향해 열린 희망찬 가능성을 거머쥐는 일이다. 물론 빌딩가의 대로처럼 예측 가능한 삶의 도정과 그 뻔하고 획일적인 심심함을 거부하면서도 거기서 "벗어났을 때의 공포"를 견디는 일은 결코 쉬운 일이 아닐 것이다.

다른 궤도의 발견

그러나 바로 그렇기 때문에 우리는 유준과 같은 청년들 그리고 그를 불러들인 작가들에게 질문하지 않을 수 없다. 궤도에서 이탈한 소행성인 그들은 과연 더러운 책상과는 전적으로 무관한(/다른) 존재들인가. 사실 성공에 대한 열망과 실패에 대한 두려움 사이에 놓인 청년 주체의 정체(定體) 형성사는 근대 초기부터 반복되었던 입신출세 내러티브의 익숙한 버전 가운데 하나이다. 따라서 그 답은 그들이 궤도에서 이탈해서 무엇을 선택하고 만들어냈는가와 긴밀하게 연관되어 있다고 해야 한다. 좀 맥 빠지는 일이기도 하지만, 그들이 발견하거나 지키고자 했던 것은, 그들 각자의 서정적 내면이었다. 청년들의 입장에서 보면 그것은 "바보 같은 녀석들은" 모르는, "명랑하고 즐겁고 유쾌한 녀석"이자 "잘사는 집 막내아들쯤"으로 여겨주는 시선이 감지하지 못하는, "진짜의 나"를 입증해주는 득의의 영역이었다(최인호, 『내 마음의 풍차』, p. 27).

내면인 거기에는 우울함과 슬픔 그리고 야비함과 교활함이 천연 그대로 남겨져 있었는데, 이와 관련해서 충분히 예측 가능하면서도 흥미로운 사실 하나는, 출구를 찾지 못한 내면의 광기가 대개 청년들의 글쓰기 혹은 표현에의 열망으로 배어나오고 있었다는 점이다. 이문열의 『젊은 날의 초상』의 청년 주인공이 가난이라는 이미지로 남겨져 있는 유폐된 공간을 탈출해서 "정상적인 삶으로 돌아가는 마지막 기회"(이문열, p. 31)를 거머쥐기 위해 제도권 교육 내로의 편입을 열망했을 때, 그가 정상적인 삶의 과정과 맞바꿨던 것이 바로 "북구(北歐)의 음울한 소설 나부랭이와 철학도 문학도 아닌 얼치기 저작물의 현학적인 감상"(이문열, p. 14)이었다면 장정일의 경우도 다르지 않았다. 고교문단에서 이름난 문사였던 『아담이 눈 뜰 때』의 주인공 청년 역시, 그가 원하던 타자기를 오래 망설이지 않고 대학 입학 등록금과 교환해버렸다(장정일, p. 122). 그렇게 모범적 시민이 될 수 있는 기회를 자발적으로 포기하면서 그들은 자신만의 진짜의 것, 창조의 아픔을 향해 나아갔고 거기에서 존재의 이유를 발견하고자 했다.

그런데 『개밥바라기별』을 두고 서영채가 지적한 바 있듯이, 모범시민이 될 수 있는 길에서 이탈했다 해도 문학이라는 패를 쥐고 있는 한, 그들 청년의 '건실한 사회의 일원되기'가 완전히 무산된 것은 결코 아니다.[7] 그들은, "주말이면 베이커리에서 여학생들 만나 오토바이에 태우고 교외로 놀러 가기, 포터블 유성기 들고 나가 춤추기, 아니면 이웃 학교 아이들과 패쌈하기"나 일삼는 청년들, 유행하는 패션이나 흉내 내는 청년들과 스스로를 철저하게 구별하고자 했다(황석영, p. 79). 입신출세의 줄에 서 있는 청년들과도 그저 의식 없이 흉내 내기식 일상을 사는 이들과도 스스로를 차별화하면서 그들은 '~이 아닌' 방식으로나 발견할 수 있는 저주받은 운명적 존재로서의 아이

---

7) 서영채, 「한 유령 광대의 초상」, 『문학동네』 2008년 가을호, p. 171.

덴티티를 마련해갔다. 회상하는 주체가 만나고자 했던 지나간 '젊음'
과 그 체현자들은 속물적 세계의 정반대에 놓여 있는 예술의 세계로
향한 존재들이었다. 우리는 이들을 가리켜 문청이라 불러왔다.

반영웅 신화와 인간극장식 공감

하지만 그 무렵의 나는 애초부터 여자애들에게서 연애감정을 느낄
수가 없었다. 무엇에 잡혀 있었던 것일까. 어머니에게 사로잡혀 있었
다는 생각도 들었지만 곰곰이 생각해보면 나는 자신의 또 다른 존재에
몰두해 있었다. 그것은 언제나 내 몸 근처의 한 걸음 곁에 따로 떨어져
서 나를 의식하고 관찰하고 경멸하거나 부추겼다. 나는 그 부자연스러
운 느낌을 안과 바깥이라는 불완전한 말로 표현할 수밖에 없었다. 그
는 누구인가. (황석영, p. 198)

이 이야기는 바로 존재하지만 없는, 없지만 존재하는 그의 젊은 한
시절에 대한 기록이다. 사랑했으므로 때론 눈물겹고 미워했으므로 때
론 가열찰는지도 모른다. 그러나 나는 이 기록 속에 그의 어떤 한순간,
그의 어떤 한 빛깔도 가두지 못할 게 확실하다. (박범신, p. 18)

청년기를 회상하는 소설들이 보여주는 근대적 청년 주체의 형성 과
정 혹은 그들이 문청의 정체성을 마련하고자 했던 지점에 대해서는
좀더 꼼꼼하게 들여다볼 지점들이 남아 있다. "창백한 학삐리이면서
또한 불량배"였던 그 청년들, 명문 고교의 어린 신사들이 곧잘 벌였

던 엘리트 놀이(황석영, p. 184)와 먹고살 방도를 가지지 못했던 "쯩 없는 놈들"(황석영, p. 231) 사이의 어디쯤에 있던 그들, 그들은 과연 누구였는가. 문청이고자 했던 그들이 글쓰기를 통해 청년의 정체성을 마련하고자 했을 때, 『토니오 크뢰거』에서 토니오 크뢰거가 고백하고 있었던 바, 예술가의 젠더적 성격에 관해서는 애매한 질문거리들이 남아 있기 때문이다. "예술가가 도대체 남자일까" "예술가들이란 모두들 약간은 교황청의 저 거세된 성가대원들의 운명을 띠고 있는 것" 은 아닐까.[8] 이와 관련해서 흥미로운 점은, 청년시절을 회상하면서 그들이 그토록 미워했으며 또 사랑했던 '젊음'의 열기 혹은 음험한 광기가 결국 그들이 폐기해야 했던 이드의 영역과 잇대어져 있었다는 점이다. 청년문학은 매번 어른들의 산문의 세계와 청년들의 시적 세계라는 엄격한 대립 구도 가운데 놓여 있었던 것이다.

시적 세계는 그들이 찾고 싶었던 동시에 버리고 싶었던 영역이자 영원히 간직하고 싶어 했을 젊음이 방부되어 있는 공간이다. 그들의 시적 세계란 겨울의 밤이 풍기는 빙초산의 냄새를 맡을 수 있거나 남들이 다 자는 밤 내실의 불을 켜고 혼자 앉아 유리창에 핀 성에 너머로 휘파람을 불며 달려가는 거인을 볼 수 있는(최인호, 『머저리클럽』, p. 257) 예민한 감각이 눈뜨는 시간, 자의식의 골방에서 또 다른 자아와 대면하는 순간, 범죄와 성이라는 이름의 위반과 금기의 세계로 달려가고자 하는 제어할 수 없는 충동, 떨어져 쌓인 낙엽을 밟으면서 엽서에 무언가 끄적거려 먼 이름 모를 항구나 산촌으로 편지를 부치고 싶은 센티멘털한 정서들과 단단하게 결합되어 있다. 그리고 이런

---

8) 토마스 만, 『토니오 크뢰거 트리스탄』, 안삼환 외 옮김, 민음사, 1998, p. 46.

것들, 합리와 이성 저편에 놓인 정서적인 것들, 눈물과 정액으로 대표되는 비체the abject가 바로 그들이 버렸으며 다시 찾고자 하는 것, 그들이 산문의 세계로 진입하기 위해 폐기해야 했던 "질척거리면서 흐르는 것"(박범신, p. 97)들의 총체이다. 이것들이 그들의 삶 속에 죽음을 들끓게 했던 것이다. 이렇게 보자면, 『개밥바라기별』의 미아나 『더러운 책상』의 창녀 참나리, 『머저리클럽』의 소림 그리고 거슬러 올라가서 『내 젊은 날의 초상』이나 『아담이 눈 뜰 때』의 그녀들까지, 이들 여성들은 청년들이 내면을 가진 자율적인 근대 주체가 되기 위해 애도해야 했던 실체화된 비체 혹은 희생양이라고 해야 한다.

그런데 그들이 문청이 되기 위해 무엇을 버렸으며 다시 불러들이고 있는가를 확인하는 작업과 함께, 문청에 관한 오늘날의 감각에 관해 짚고 넘어가야 할 사항이 있다. 짧게 말하자면, 이즈음의 독서의 장은 더 이상 문청을 요구하지 않는다. 어떤가 하면, 문청시절에 대한 작은 영웅담이라고 해도 이즈음의 감각으로 보면 독자는 계몽적 교훈을 전달하는 위인전보다 같이 울고 웃을 수 있는 인간극장식의 드라마 형식에 오히려 공감하는 편이다. 가령, 성장소설이기보다 청춘소설이라고 해야 할 『머저리클럽』의 매력은 1970년대 유행했던 '얄개 시리즈'를 통해 관습화된 낭만적 고교시절 혹은 다채로운 에피소드의 갈피에서 피어오른다. 케이크집과 음악감상실에서 여학생들과 만나 이름뿐인 독서클럽을 만들고 유쾌한 음모를 꾸미고 그 가운데 가슴 설레는 첫사랑 혹은 눈물 바람의 실연을 겪으면서 "내가 지금 과연 어디에 있는 것일까"(최인호, p. 239)를 묻는 사이, 그 시간을 경험하는 독자들에게도 10대의 한 시절이 아름다운 추억이자 빛나고 소중한 장면으로 남게 된다. 『개밥바라기별』에서도 역시, 그 호소력은 소설을 구성하는 주된 축 가운데 하나임에도 교육제도에 내장된 이데올로기를 폭로하거나 독서 편력을 내세우며 일탈의 논리를 마련하는 자리에서가 아니라 낡고 색 바랜 사진첩에서 튀어나온 듯한 과거의 풍경들과 그것이 불러오는 친숙한 것에 대한 그리움에서 나온다. '돈 없이 철도여행을 하는 법'이라든가 낭만적으로 도색된 가출 경험이나 무전여행기에 얹혀 있는 경쾌함과 페이소스, 돈이 없어 대학 진학이 어려워도 자신의 힘으로 느긋하게 길을 만들어갔던 건강한 활기, 학생이자 생활인이었던 야간부 학생들이 보여주었던 타인을 향한 직접적이고도 노골적인 관심과 인정의 표현들, 길 가던 손을 불러 찬 없는 밥이나마 나누고자 하는 공동체적 풍요로움의 정서야말로 흡인력 있는 독서를 유인하는 주요 거점들인데, 이러한 에피소드들을 통해 『개밥바라기별』 등의 청년시절 회상기는 지나간 과거가 낭만화되는 경향에 적극적으로 동참하게 되는 것이다.

　게다가 황석영과 박범신 그리고 최인호의 청년 주인공들은 서로 독자성을 가진 추억을 소유하고 있다고 믿고 있으며 그리하여 자신들의 독자성을 표나게 강조하고 그 지표들이 어떻게 만들어졌는가에 대해 구구절절 강변하고 있지만, 제도와 틀에서 벗어나고자 했으며 내면의 충동에 충실하고자 했던 그 청년들이 때려치운 것은 기껏해야 등하고뿐임을 기억할 필요가 있다. 사실 그들은 오래도록 충천하는 자긍심에 깊이 침윤되어 있었다. 정도의 차이는 있지만 그들의 청년시절 회고담은 통제되지 않는 열기 혹은 광기의 내면을 가진 청년들의 나르시시즘적 세계이자 반영웅 서사이며 때문에 그들의 경험 혹은 성장의 계기들은 작가의 구별 없이 대체로 겹치거나 일치하는 편이다. 청년시절을 회고하는 이야기들은 성장소설의 클리셰를 반복하거나 그 주변에 머물러 있는 셈이다. 그러니 어쩌면 1970년대 이후 종종 등장했던 문학청년 혹은 예술가 주체의 동형적 반복보다 중요한 것은 지금 현재 이들 청년시절에 관한 이야기들이 어디까지나 지나간 과거의 추억으로 회상되고 있다는 사실 자체인지도 모른다. 우리는 현재 진입해 들어가야 할 건전한 사회상을 구획할 수 없을 뿐 아니라 미래에 대한 어떤 합의된 상을 만들 수 없는 시대를 살고 있다. 적어도 의식의 레벨에서는 다양성의 이름으로 광범위한 이질성이 용인되어야 한다고 인식하고 있으며, 이질적인 세계가 자체로 공존하고 있는 것처럼 보이기도 한다. 이면을 들여다보더라도, 과거에 타당하다고 생각했던 미래상에 대한 회의가 터질 듯이 부풀어 올라 있지만 어떤 미래상에 대한 뚜렷한 합의도 이루어내지 못하고 있으며 심지어 합의 자체에 대한 논의가 불가능한 시대가 도래하고 있기도 하다. 그러니 청년시절이 낭만적 향수의 대상으로 호출된다는 것은, 아니 청년시절에 대한 회상이 반복된다는 것은, 결국 낭만적 회귀 혹은 반복이 아니고서는 성장소설 자체가 이미 불가능해졌음을 말해주는 역설적 반증이라고 해야 한다.

뉴 미디어 시대와 얼리어댑터들의 청년문학

그리하여, 이제 이런 질문도 가능할 것이다. 거꾸로 선 영웅담이자 근대적 남성 주체의 형성사를 퇴행적으로 반복하는 그 청년시절에 대한 서사들은 그럼에도 왜 지금 현재 이곳의 문학 풍경을 점령하고 있는가. 엉뚱한 문답법이라고도 할 수 있겠으나, 이 문제는 삭막한 도시를 거칠게 질주하는 시내버스 옆면에서 소설『개밥바라기별』의 광고를 발견하게 되거나 공중파의 연예오락 프로그램에서『개밥바라기별』의 작가를 만나게 된 격세지감의 현실과 가장 가깝게 맞닿아 있는 듯하다. 상품과 자본의 논리는 많은 것들의 의미를 변질시킨다. 기껏해야 몇백 그램에 불과할 종이 위에 새겨진 활자의 예측할 수 없는 가치는 더 이상 문예지나 비평가와 같은 전문가 집단에 의해 생산되지 않는다. ‘나도 비평가’ 의식의 범람이 가져오는 긍정적이거나 부정적인 변화에 대한 깊은 이해가 이루어지고 있지는 않지만, 자본의 위력은 글쓰기 방식만이 아니라 독서문화와 출판 시장 전반에 영향을 미치고 있는 것이다.

더 따지고 들어가자면, 청년시절에 대한 회고담의 범람은 아동문학이 낮은 수준의 계몽 담론을 반복하는 데에서 벗어나 점차 나이와 성별을 준거 삼아 보다 전문화되고 세분화되는 경향과 맞물려 있기도 하다. 어제오늘의 일은 아니지만, 문학을 소비하는 독자층이 연령과 젠더, 계층과 취향에 따라 다종다기한 형태로 분화하는 경향을 보여주고 있으며, 일련의 흐름의 결과로서 최근 출판계의 화제의 영역은 단연 청소년 문학이라고 하지 않을 수 없다. 이제 ‘귀여니’로 대표되었던 청소년 문학의 위력, 그 폭발적인 생산력과 소비력은 더 이상 인터넷과 같은 뉴미디어의 영향권에만 한정되어 있지 않다. 제1회 창비 청소년문학상 수상작인 김려령의『완득이』(2008)나 청소년 문학계의 각종 문학상을 수상하며 천재 소녀 작가로 등극한 전아리의『직녀의 일기장』(2008) 등은 무명작가의 등장이 예기치 않은 판매고로 이어지는 드문 예를 보여주었다. 이런 사례가 아니더라도 최근의 출판계에서 가장 유망한 니치마켓이 청소년 문학 부문임을 부인하기는 어려울 것인데,[9] 청년시절의 회고담이 증가하는 추세는 아동과 청소년 문학의 가치가 높아지는 문단과 출판계의 현재 상황과 결코 무관하지 않다.

물론 가속화되는 문학장의 변화는 이것만이 아니다. 자본의 위력과 함께 디지털 테크놀로지의 진보는 소설에 관한 상식 가운데 많은 것들을 애매하게 만들고 있다. 가령, 박범신의 '촐라체'(http://blog.naver.com/wacho)로 시작된 인터넷 연재소설은 황석영의 '개밥바라기별'(http://blog.naver.com/hkilsan)에서 문학과 뉴미디어의 결합 가능성과 문학의 새로운 시장적 가능성을 유감없이 검증받으며 흥미로운 현상 이상의 의미를 보여주었다. 정이현, 공지영 등의 작가가 인터넷을 통한 소설 연재를 진행 중이거나 조만간 연재를 시작할 예정이다. 가파른 상승세를 보여주는 이러한 경향은, 새삼 반복할 필요가 없을 정도로 자연스러운 현상이라고 할 수 있을 터, 시리즈의 특성을 가장 잘 활용할 수 있는 미디어에 대한 고민이 인쇄 매체 대신 인터넷을 선택했음을 말해준다. 인터넷을 매개로 한 독자군이 활자본의 독자 혹은 구매자로 이동하면서 미디어 간 이동을 촉진하는 이른바 컨버전스 문화가 목하 구축되는 중이다. 엄밀하게 말하자면, 사실 포털 사이트를 포함한 다양한 인터넷 미디어상에서 연재작가라는 개념이 그리 낯선 것만은 아니다. 그럼에도 문학사는 박범신과 황석영을 둘러싼 일련의 변화를 인터넷이 문학장에 불러온 실질적이고도 영향력 있는 사례 가운데 하나로 기억할 것임이 분명하다.

이 변화에 관한 한, 독자-집단 지성의 움직임을 이끈 근본 동력은,

---

9) 청소년 문학과 출판문화를 둘러싼 문제에 대해서는 이 책에 실린 「북쇼핑 시대의 문학, '완득이'라는 낯선 영토」에서 다룬 바 있다.

문화적 얼리어댑터임을 자처하지만 결코 젊지 않은 그들의 생물학적 나이와 또 그것과는 매우 이질적인 것으로 보이는 그들의 '젊음'을 고평하려는 태도에서 나오는 것으로 이해되어야 한다. 이러한 사실과 관련해서 청년문화가 범람하던 1970년대에 청년문학의 대표주자로 떠올랐던 최인호와 박범신 등이 지금 이곳에서 청년시절을 추억하려는 청년문학의 대표주자들이라는 점은 기억해둘 만한 사실이 아닐 수 없다. 이는 최근 등장한 청년시절에 대한 회상기들이 굴곡 있는 과거에 거리를 만들고 그저 향수할 수 있는 대상으로 종결지으려는 낭만적 경향 혹은 그 이데올로기적 역동(逆動)의 기원을 보여주는 것이기도 하거니와, 무엇보다 세상의 이치를 '이미' 알거나 안다고 자부했던 청년들이 여전히 어디에 머무르고 또 사로잡혀 있는지를 보여주는 유의미한 증거일 수 있기 때문이다.

한때는 학교나 집에서 억울한 입장에 처할 때면 얼굴에 핏줄을 세우며 바락바락 대들곤 했다. 그러나 전부 기력 낭비라는 걸 깨달았다. 아니라는 게 밝혀지고 나면, 어른들은 사과를 하는 대신 도리어 더 화를 낸다. '니가 평소에 잘했어야지' 혹은 '그건 그렇고, 너 어른 대하는 말버릇이 그게 뭐야?'

말이 안 통하는 거다. 이런 상황에서는 차분한 태도로 적당히 해명하는 편이 낫다. 나야말로 어른답게. (전아리, 『직녀의 일기장』, p. 19)

물론 이것들이 청년시절의 회고담을 둘러싼 이러저러한 맥락의 전부는 아닐 것이다. 주체의 형성과정이나 주체가 세계와 맺는 관계방식의 변천사를 포착하기 위해서는 보다 광범위한 사회문화적 조건에 대한 고찰이 선행되어야 할 것이다. 여기서는, 자신만의 골방에 가득 찬 검은 기운을 돌보느라 여념이 없었으며 집과 어머니 그리고 학교 제도로부터 벗어나고자 끝없이 몸부림치던 시절로 회상되는 그런 10대(황석영, 박범신, 최인호)가 있다면, 역시 세상의 이치를 더없이 잘 알고 있지만 "엄마는 오빠의 광팬이자 나의 안티"(p. 11)임을 기정사실로 받아들이고 존재의 개별성을 입증하려는 노력 자체가 기력 낭비임을 '이미' 아는 다른 10대(전아리), 상습적으로 엄마를 팼던 아빠나 다른 남자와 도망을 간 엄마마저도 세상에 홀로 남겨진다는 것의 소름 돋는 두려움 때문에 그리워해야 하며 도둑질로 원하는 모든 것을 얻는 아니 생계를 연명해가는 그런 10대(전아리, 『시계탑』)와 없는 줄 알았던 엄마가 베트남 사람임을 알아야 하는 그런 10대(김려령)가 있음을, 청년보다는 청소년이라는 명명이 더 적합할 10대들의 성장담이 지금 이곳에 청년문학의 범주 안에 공존하고 있음을, 성장소설의 불가능성에 대한 동어반복 삼아 잉여로 덧붙여둔다.

경계를 넘는 히/스토리, 포스트모던 모놀로그

1. 검은 구멍을 향한 충동

공교롭게도 평단과 대중의 신뢰를 한몸에 받고 있는 네 작가가 각자의 역사물로 분류될 만한 '새로운' 소설을 출간했다.[1] 출판계의 장편소설 활성책의 일환이든 새로운 시대정신의 출현이든,[2] 불투명한 현실 감각의 우회적 표현이든[3] 예기치 못했던 우연에 불과하든, 김훈의 전작 장편들을 포함해서 『미실』과 『논개』(김별아), 『검은 꽃』(김영하)과 『황진이』(전경린), 『리심』(김탁환)과 『리진』(신경숙), 『천년

---

1) 김경욱, 『천년의 왕국』, 문학과지성사, 2007; 김훈, 『남한산성』, 학고재, 2007; 신경숙, 『리진』, 문학동네, 2007; 황석영, 『바리데기』, 창비, 2007. 이 책들의 인용 부분은 '(작가명, 쪽수)'로 표시하고, 필요에 따라 권수를 밝힌다.

2) 서영채, 「뒤늦은 애도, 한 고결한 죽음에 관하여」, 『리진』 해설(신경숙, 『리진 2』, 문학동네, 2007), pp. 313~17.

3) 결과적으로 이는 '당대성의 침묵'으로 귀결하는 것이기도 하다. 정여울, 「팩션적 글쓰기와 미디어 친화력」, 『문학과사회』 2007년 가을호, p. 299.

의 왕국』(김경욱)과 『바리데기』(황석영)에 이르기까지, 2000년대 이후 새로운 역사물이 꾸준히 발간되는 현상은 더 이상 흥미로울 것도 없을 만큼 주된 흐름으로 자리 잡고 있다.[4]

왜 역사물인가. 고백하자면, 다양한 서사물을 역사물이라 참칭하는 이 명명법 앞에서 자주 머뭇거려지는 것이 사실이다. 과거의 역사소설이 대개 '역사의식을 일관되게 견지하고 있는가,' 혹은 '역사적 사실에 허구적 상상력이 얼마나 부합하는가' 등의 질문을 통해 평가되었다면, 이즈음의 역사물에서 역사의식이나 사실─부합성 여부에 대한 관심은 전무에 가깝기 때문이다. 신경향의 역사물은 국경의 한계에 갇혀 있지 않으며 국적이나 인종의 차이도 손쉽게 넘나든다. 무엇보다 최근의 역사물은 그간 '역사'에 대한 논의가 불수의적 반응처럼 불러왔던 민족주의 서사에는 관심도 없다. 심지어 우리는 로마 시대를 복원하는 듯한 시대물의 빛깔에 컴퓨터 게임을 연상시키는 전쟁 장면이 겹쳐진 서사물조차 별다른 거부감 없이 받아들인다.

김경욱과 김훈, 신경숙과 황석영의 경우에 한정해서 보더라도, 서로 다른 시대와 소재를 아우르고 있는 이들 작품에서 공히 역사적 사실이나 인물의 실제적 삶은 그리 중요하지 않다. 망설일 필요도 없이 이들은 '역사'소설이거나 역사 '소설'이 아니라, 더도 덜도 말고 '소설'이며, 무엇보다 작가들의 역량이 돋보이는 철저한 창작물, 그 가운데서도 '긴 호흡'의 '소설'임이 분명하다. 이들 작품은 역사의식을 강변하지도, 당대의 생활상을 보여주지도 않는다. 말 그대로 역사가 기억하지 않는 망각의 영역dark area을 복원하고자 한다. 이들의 작

---

4) 「주몽」, 「태왕사신기」, 「왕과나」, 「이산」 등, 독보적인 시청률을 올린 안방 드라마들 역시 역사물이다.

품이 대개 인물을 중심으로 한 그것도 예외자적 경험을 소유한 개인들에 관한 이야기로 이루어지는 것은 그런 이유에서이다. 그러나 이것이 정말 다일까? 이들은 그저 '소설'이기만 한 것일까.

평자들에 의해 이미 여러 번 지적된 바, 이 소설들은 애써 '일러두기' 혹은 '참고문헌'을 달아둔다는 이례적인 특색을 보여준다.

1. 이 책은 소설이며, 오로지 소설로만 읽혀야 한다.

2. 실명으로 등장하는 인물에 대한 묘사는 그 인물에 대한 역사적 평가가 될 수 없다. (김훈, 일러두기, 『남한산성』, 학고재, 2007)

대개 '일러두기'와 '참고문헌'은 학술논문이나 사전처럼 가이드-라인이 필요한 글쓰기 형식에 덧붙는다. 역사물에 대한 이즈음 독자들의 반응을 염두에 둔다면, 다양한 장치를 통해 '소설로만 읽어달라'는 작가들의 당부는 지나친 노파심처럼 보이기도 한다. 남한산성의 옛 지도와 명칭, 산성 일지까지 꼼꼼하게 덧붙여놓은 김훈의 『남한산성』을 예로 들어본다면, 이미 '우륵'(『현의 노래』)과 '이순신'(『칼의 노래』)을 통해 그의 소설적 존재 방식에 충분히 적응해 있는 독자들에게는 불필요한 것으로 보이기도 한다. 프랑스 초대 공사의 여인이었던 조선의 궁중 무희를 존재론적으로 복원하는 신경숙의 『리진』이나 380년 전에 조선에서 이방인으로 살다 간 네덜란드인들의 삶을 되살리는 김경욱의 『천년의 왕국』도 그리 다르지 않다.[5] 역사의 '짤막한'

---

5) 역사가 현재 속에서 생성되고 새롭게 재구성되는 것이라고 한다면, 북한의 참혹한 현실을 신화적 상상력을 통해 판타지의 세계로 재구성하고 있는 황석영의 『바리데기』의 세계 역시 이곳에서 그리 멀지 않다.

기록들로부터 출발하는 이 소설들을 향해 독자인 우리는 사실의 진위 여부를 묻지 않는다. 그럼에도 이들 작가들이 역사의 '짤막한' 기록에 절망하고 또 안도하는 것은 흥미로운 현상이 아닐 수 없다. 이런 까닭에 '소설로만 읽어달라'는 이들의 당부는 아이러니하게도 이 작품들이 마냥 소설만은 아니라고 조심스럽게 강변하는 듯 보인다. 우리는 이들 텍스트에서 '역사'를 추출하기를 원하지 않지만 이들 텍스트가 그저 무한히 확장된 상상력의 세계라고도 믿지 않는다. 그렇다면 이들 작가들이 텍스트 외부에 어떤 언사들을 덧붙이게 만드는 근저에 놓인 것, 그 궁극적 불안의 실체는 무엇일까.

참조점을 찾기 위해 '문학'과 '역사' 주변을 둘러보자면, 역사의 검은 구멍dark area을 들여다보려는 이들의 시도는 1990년대 이후에 본격화된 역사와 문학의 경계 넘기 시도와 맞물려 있다고 해야 한다. 그러니 어쩌면 '역사/소설'이 문제가 아니라, 이들의 텍스트가 역사의 복원, 역사 바로 세우기, 역사 바로쓰기와 같은 '역사' 반경의 움직임에 속해 있는 것인지도 모른다. 어느 쪽이든 최근의 역사물은 '검은 구멍'을 향한 '탈-경계적 충동'의 대표적 결과물들임이 분명하다.

2. 그것은 신화의 세계다

역사의 검은 구멍을 향한 열망은 필경 이름 혹은 존재의 복원 충동으로 귀결한다. 그런데 망각의 영역을 향한 충동이야말로 이즈음의 역사물이 난국에 처하게 되는 주된 원인이 아닐 수 없다. 어찌 '리진'이나 '벨테브레'만이 복원의 축복을 누려야 할 존재들이겠는가. 역사의 검은 구멍은 셀 수 없는 '리진들'과 '벨테브레들'로 채워져 있을 것이다. 그런데 망각된 존재에 대한 복원은 영웅화로 귀결하기 쉽다. 말하자면 망각된 존재는 복원의 대상이 되면서 영웅이 아니었으나 영웅으로 다시 태어나야 할 역설적 운명에 처하게 되는 것이다. 때문에 이들 검은 구멍 너머의 존재들은 종종 이름을 얻고 존재를 증명하지만 실재하지 않는 슬픈 형상이 되고 만다.

이름은 때로 존재 자체의 증명이다. 신경숙의 『리진』이 보여주듯, 왕의 여자이자 조선의 궁중 무희였던 한 여인이 왕에게서 이름을 하사받고 왕 혹은 왕비의 딸이 된다. "너는 누구냐?"(신경숙, 1권 p. 47)라는 질문으로 시작된 그녀의 존재에 대한 물음은, 그것이 비록 가족 관계의 변형태이기는 하지만, 그녀를 관계 속에 놓인 피와 살의 총체로 살려놓는다. 물론 '리진'만이 '리진'은 아니다. 춤을 출 때는 서여령(女伶)이었고, 자수를 놓을 때는 서나인이었으며, 소아에게 진진이었고, 강연에게 은방울이었던(신경숙, 1권 p. 26) 그녀는, 이 모든 이름의 합인 그 어디쯤에 존재하게 된다.

검은 눈동자 때문일까. 붉은 입술 때문일까. 눈과 같이 밝은 피부 때문일까. 리진의 얼굴은 꽃과 같았다. 윗눈썹은 가지런했고 숱 많은 속눈썹에 둘러싸인 눈동자는 검고 맑고 깊었다. 뺨은 붉고 손가락은 희고 길었으며 가슴과 엉덩이는 풍만하고 이마는 매끄럽고 미간은 넓고 손목과 발목은 가늘었다. 검을 곳은 검고 붉을 곳은 붉었다. 가늘 곳은 가늘고 밝을 곳은 밝았다. 풍부할 곳은 풍부했다. (신경숙, 1권 p. 124)

이렇게도 말할 수 있을 것이다. '리진'이 되살아나는 자리에서, 누군가는 국가 간의 관계를 고려하지 않고 국왕의 여인을 사랑한다고 고백하며, 누군가는 국가의 중대사를 논하는 상소를 연적을 처단하기 위한 수단으로 사용한다. '리진'은 말 못하는 이의 간절한 사랑의 마음을 말이 되어 튀어나오게도 한다. 현실의 상식을 뛰어넘는 방식으로 세 남자의 사랑을 받으며 '리진' 그녀는 조선이 서양과 굴욕적으로 만나는 자리에서, 조선이 몰락하는 치욕의 순간마다, 역사의 갈피에 덧붙여졌으나 역사 자체의 필연적인 증인이 되어 그렇게 등장한다. 왕의 여인이었던 '리진'은 그렇게 파리지엔느가 되었다가 스스로 생을 종결하는 근대적 개인으로 완성된다.

작가 신경숙은 조선 말기, 대한제국기를 배경으로 요령 있게 역사 속에 '리진'의 자리를 마련한다. 그럼에도 '리진'은 보이지만 보이지 않는 존재처럼 잡히지 않는 하나의 추상이 된다. '콜랭'과 '리진'과 '강연'이 그러하듯, 서로에게서 한번 떠나서는 다시 돌아가지 못하는 멀고 먼 고향을 발견하고 서로의 고향이 되고 싶은 그들 각자는 인간의 형상을 한 '이상 충동', 그것과 다르지 않다. 그리하여 그녀의 외양에 대한 묘사가 그러하듯, '리진'과 만나고자 할 때마다 우리가 실제로 대면하게 되는 것은, 없는 존재를 만들기 위해 갈등하고 고투하며 연민하고 사랑하는 작가의 맨얼굴인 것이다.

그러므로 망각의 영역에 대한 복원 충동이 영웅을 재탄생시키기 위해 신화의 세계를 마련하는 것은 당연한 수순으로 보이기도 한다. "하루도 짧은 일평생"(신경숙, 1권 p. 169)일 수 있고 밤이 모든 것을 끌어안기도 하며, "한순간에 발생한 예기치 않은 일이 인생을 이끌어 가기도"(신경숙, 1권 p. 204) 하는 세계, '리진'이 조선에 돌아와서도 드레스를 벗지 않고 '소인'의 세계로 다시 돌아가지 않는다고 하더라도, 그곳은 비의로 가득한 신화의 세계에 가깝다. 왕비의 세계에 들어선 후 왕비의 뜻에 따르고 왕비의 뜻을 헤아리며 왕비로 상징되는 어머니의 세계 속에서 그녀는 그렇게 자체로 충만한 신화적 존재가 되는 것이다.

3. 우데이스Udeis의 전언

　망각의 영역에 대한 복원 충동은, 그리하여, 영웅일 수 없는 영웅의 부활을 꿈꾼다. 역사가 망각하여 흔적도 없이 사라진 자들이 예외적인 개인으로 재출현하는 이 자리에서 이즈음의 역사물은 또 한 번의 난항을 겪게 된다. 문명국에서 온 이방인 '벨테브레'의 시선이 포착한 『천년의 왕국』의 세계 또한 잔혹함과 연민이 갈등 없이 공존하는 신화의 세계이다. "이곳은 동방의 올림포스, 신들의 왕국"(김경욱, p. 114)이다. 문명과 야만은, 실상 적대적인 양축의 끝에 놓인, 그리하여 결코 그 거리가 좁혀지지 않는 고정된 영역이기보다, 정도의 차이가 불러온 가변적인 구분일 뿐이다. 당연하게도 문명의 문명함은 야만에 의해서만 증명될 수 있다. 문명의 눈이 없다면 야만도 없다. 그러니 문명인 '벨테브레'가 대면하게 된 이교도의 왕국, 그 야만의 세계에 대해 '야만의 후예'인 우리는 결코 놀라거나 경탄하지 않는다. 야만(의 후예)이 야만을 보는 시선은 문명이 야만을 발견한 시선과 다르지 않을 것이며, 그 또한 '야만의 후예'에게는 이미 내면 깊이 각인된 친숙한 것일 뿐이다. 『천년의 왕국』 도처에서 확인할 수 있는 것은 '야만의 후예'의 눈에 비친, 야만을 발견하는 문명의 시선이다.

이 단조롭고 진부한 문명과 야만 구도를 새롭게 돌아보게 만드는 것은 문명인들의 운명, 야만의 세계에 떠밀려 닿은 후 결코 그 세계를 떠날 수 없었던 그들의 거역할 수 없는 운명(에 대한 사랑)이다. 『천년의 왕국』에서 우리의 관심이 야만의 세계를 벗어날 수 없는 이방인들의 운명, 그들이 불가피하게 불러들이는 정체성에 대한 질문들, 그들을 사로잡고 있는 정념에 집중되는 것은 그래서일 것이다. 국왕이 궁중 무희에게 이름을 하사하듯(신경숙) 네덜란드인 '벨테브레,' '에보켄' 그리고 '데니슨'에게 이름을 내리자 이름과 국적이 적힌 나뭇조각으로 그들은 '이교도의 전사' 아니 왕의 사람이 된다(김경욱). '리진'이라는 이름이 한 여인의 운명을 결정할 수 있는 존재 증명의 낙인이라면(신경숙), 네덜란드인들에게 그것은 그저 읽을 수 없는 문자로 이루어진 뜻 없는 기호일 뿐이다. 국왕이 내린 이름은 결코 이방인들의 영혼을 정박시키지 못하며, 그리하여 야만의 세계에 표착한 그들 이방인은 "세이렌의 노래가 들려오는"(김경욱, p. 33) 바다의 유혹 앞에서 귀향하지 못한 떠돌이 영혼이 된다.

신에 대한 믿음이 지배하는 세계로부터 이교도의 왕국으로 불쑥 내던져진 이방인들은 국왕의 병사가 아니라면 금발의 원숭이가 되어야 했다. 떠돌이 영혼인 그들은 그렇게 각자의 운명을 맞이해야 했다. 누군가는 체념하면서 모든 것을 받아들이고 그러면서 모든 것을 거부했으며, 누군가는 자신의 의지와 무관했고 납득은 더더욱 불가능했던 불행 앞에서도 현재에 대한 변함없는 긍정을 포기하지 않았다. 다른 누군가는 자신의 운명과의 대면을 회피하기 위해 시간을 거스르려는 무모한 도전에 몰두했다. 그것은 이름은 있으되 존재의 거처가 없었던 그들의 형체 없는 분노이자 열정, 두려움이자 사랑, 경멸이자 절망이었다.

　수사대장의 방은 소박했다. 방 한편에는 칼이 나무 받침대 위에 길게 누워 있었다. 한쪽 벽을 가린 병풍에는 병사들이 칼과 창을 들고 훈련하는 그림이 세밀하게 그려졌다. 병사 한 명 한 명이 고함을 지르며 뛰쳐나올 것처럼 생생하고 역동적이었다. 병풍 속 병사들을 눈여겨보던 나는 깜짝 놀랐다. 산을 쪼갤 기세로 무기를 휘두르는 병사들 중 낯익은 얼굴이 내 눈길을 사로잡았다.
　“이 병사는 혹시……”
　“네 눈이 밝다. 죽은 동료다.”
　수사대장이 말했다.
　“이 병사는 데니슨이구려.”
　에보켄도 놀라움을 감추지 못했다.
　“어찌 된 것인가?”
　내가 수사대장에서 물었다.
　“내가 그려넣도록 했다. 네 동료의 결투를 나도 지켜보았다. 그는 내가 본 병사 중 가장 용맹한 자였다. 저 칼은 세상에서 가장 용맹했던 병사가 마지막 결투에서 사용한 것이다. 세상에서 가장 예리한 칼은 적을 베는 칼이 아니라 죽음을 베는 칼이다. 죽이는 칼이 아니라 살리는 칼이다. 적을 벤 칼은 피에 젖고 죽음을 벤 칼은 달빛에 젖는다. 내 수하들의 칼이 그와 같기를 나는 바란다.” (김경욱, p. 325)

　다르게도 말할 수 있을 것이다. ‘에보켄’이 잠시의 망설임도 없이 문명 ‘너머’의 세계로 달려갔다면, 밀랍으로 귀를 봉한 채 오디세이적 귀환을 꿈꾸는 자 '벨테브레'는 운명에 대한 영웅적 무관심으로 내면의 두려움에서 비켜선 채 떠도는 혼돈 자체가 되었다. 그리고 아름다운 청년 병사 '데니슨'은 죽음을 가르는 칼로 스스로를 부인하고 '아무도 아닌' 자가 되어 그렇게 자신을 혹은 자신의 운명을 구한다. 이름과 사물의 구별이 없는 야만의 세계에서 '아무도 아니다'라는 이름을 부르짖음으로써 그는 이름을 아니 존재로 꽉 찬 충만함을 신화적 영역에서 잠시 벗어나게 한다.

'에보켄'은 문명과 야만의 구분을 지워버렸고 '벨테브레/박연'은 회피하던 운명 앞에 마주 섰다. "데니슨은 죽음으로써 자신의 이름을 되찾았다"(김경욱, p. 198). 인간과 역사에 명령을 내리는 이 신화적인 '형식주의'로부터 무심하게 시민적 사유의 전형인 유명론 Nominalismus의 세계로 나아갈 때,[6] '아무도 아니면서 영웅Udeis'인 그들은 자신의 정체에 대한 질문을 시작하고 운명의 소유주로서 두려움 없이 죽음과 마주하면서 자신의 개별성을 그렇게 완성하게 된다. 그러나 과연 그러한가. 그들 이방인은 결코 귀환하지 못하며 국왕이 내린 글자는 여전히 해독 불능의 기호로 남아 있을 뿐이다. 그들은 자신의 정체를 묻지만 질문에 스스로 답할 수 없는, 그저 찾아가는 자들에 가깝다. 그리하여 이방인의 내면적 보편성에 보다 가까이 다가가면서 김경욱의 인물들은 역사와 역사 아닌 것, 신화와 서사시 사이에 끼인 채 머무르게 된다. '경계 위에 놓인 자들,' 그들을 통해 작가 김경욱이 우리에게 남긴 전언은 이러하다. '죽음'을 두려워하지 말고 '운명'을 사랑하라. 'Amor fati.' 옛 철학자의 잠언으로 족하다는

---

6) 아도르노·호르크하이머, 『계몽의 변증법』, 김유동 외 옮김, 문예출판사, 1995, pp. 98~108.

전언을 남기며 그만큼의 속도로 그렇게 김경욱의 텍스트는 시대와 현실과 역사로부터 멀리 달아난다.

4. 말들, 말들, 말들

타타르의 12만 대군에 맞서 남한산성에서 농성하던 선왕은 개전 45일 만에 백기를 들고 성 밖으로 걸어 나갔다. 선왕이 성을 빠져나갈 때 왕자와 대신들이 죄인처럼 뒤를 따랐고 병사들과 백성들은 하늘이 무너진 것처럼 울부짖었다. 적의 예법이 정한 복종의 표시대로 선왕은 타타르 황제의 발치에 엎드려 세 번 절하고 아홉 번 머리를 조아렸다. 9층으로 쌓은 단 위의 용상에 앉아 있던 타타르 황제의 귀에 들리도록 땅바닥에 머리를 조아릴 때 선왕의 이마에 피가 흘렀다. (김경욱, pp. 10~11)

"싸움의 형식을 유지하면서 그 형식 속에서 버티는 힘을 소진시키고 소진의 과정 속에서 항전의 흔적을 지워가는"(김훈, p. 95) 김훈의 전쟁, 그 길고 지루한 '남한산성'의 시간들을, 김경욱은 이렇게 압축한다. 좀더 찬찬히 들여다보자면, 김훈의 『남한산성』과 김경욱의 『천년의 왕국』은 단지 다루는 시기만을 공유하는 것이 아니다. 이들 텍스트에서 이름이 있다면 그것은 빈 껍질이거나 대의 혹은 명분에 가깝다. 차라리 아포리즘이라고 해야 할 비의적 문체는 고어의 형식을 덧쓰고 시적 세계를 지향하며 언어는 문장으로 더해질수록 의미를 상실하고 덧없이 허공을 떠돈다. 그들의 관심은 역사적 과거나 '당시의’ 전쟁과 사람과 사건이 아니다.

　김훈에게 피할 수 없이 절망적인 인생살이의 횡단면이 ‘전쟁’이라면[7] 김경욱에게 타인의 적의로 타인의 적과 싸워야 하는 절망적인 운명의 격전지가 ‘전쟁’이다. 패배한 전쟁, 그런 까닭에 전쟁이라 부르기도 참혹한 그런 전쟁을 통해, 그들은 운명에 굴복하면서 굴복하지 않는 처연한 인생살이를 그려 보인다. 물론 김경욱의 ‘국왕’과 김훈의 ‘임금’이 다르며 죽음으로 ‘농성’했던 김경욱의 ‘남한산성’과 하루하루 말라갔던 김훈의 ‘남한산성’은 서로 이질적이다. 그러나 이는 역사적 사실을 재배치하고자 하는 역사의식의 차이가 결코 아니다. 아군도 적도 없이 희망과 절망의 구분 없이 “버티면 버티어지는 것이고, 버티지 않으면 버티어지지 못하는 것” “죽음을 받아들이는 힘으로 삶을 열어나가려는”(김훈, p. 61) ‘체념의 활기’를 공유하면서도 김훈의 『남한산성』은, 기록하는 자의 눈으로 아무런 희망 없이 공동체와 개인을 둘러싼 인간 군상의 현장적 삶을 둘러보면서, 그렇게 영웅적 서사로 귀결하는 김경욱의 세계와 결별하고 있는 것이다.

　김훈의 『남한산성』이 『조선왕조실록』이 남긴 기록과 거의 같으면서 완전히 다른 까닭이 거기에 있으며, 『남한산성』에 등장하는 이러저러한 인간 군상을 손쉽게 정당화하거나 비난할 수 없는 것도 그래서이다. ‘임금’의 피난길에 따르지 않고 살던 자리로 돌아가겠다는 ‘사공’이나 청병의 얼음길을 열어주게 될 ‘사공’의 목을 베는 ‘김상헌,’ 세습노비로 태어나 고향과 나라를 버리고 청의 사신이 되어 돌아온 ‘정명수’나 아비를 죽인 자에게 거둬진 ‘나루,’ 무리들 앞에서 군심

---

7) 김영찬, 「김훈 소설이 묻는 것과 묻지 않는 것」, 『창작과비평』 2007년 가을호, p. 390.

을 다잡기 위해 명분을 위한 죗값을 치러야 했던 수어사 '이시백'이나 모두가 원하지 않는 역적이 되기 위해 칸을 향한 화친의 국서를 써야 했던 '최명길,' 『남한산성』에서는 '지금-여기'를 사는 우리도 반복하고 있을 이러한 삶의 목록이 끝나지 않고 계속되면서 치욕에 절망이 뒤섞이고 거기에 굴욕이 버무려진 인물 군상의 파노라마가 펼쳐진다. "참혹하여 무슨 말을 더 하겠는가"(김훈, p. 118).

작가의 시선으로 보면, 인간과 동물이 목숨 붙은 것이기에 다르지 않으며, 여기가 어디인지 나아가 항전해야 하는지 앉아서 지켜야 하는지를 도무지 알 수 없는 상황에 처해, 인물 군상 모두가 살 수도 죽을 수도 없이 "다만 당면한 일을 당면할 뿐이다"(김훈, p. 118). 그리하여 김훈의 『남한산성』이 그려내는 것은 일상에 팽배한 무자비한 참혹, 길 없는 길 자체가 된다. "백성의 초가지붕을 벗기고 군병들의 깔개를 빼앗아 주린 말을 먹이고, 배불리 먹은 말들이 다시 주려서 굶어 죽고, 굶어 죽은 말을 삶아서 군병을 먹이고, 깔개를 빼앗긴 군병들이 성첩에서 얼어 죽는 순환의 고리"(김훈, p. 93) 속에서, 삭은 생선 몇 마리를 예법에 따라 나눠야 하고 알 수 없는 두려움과 적의로 희생자의 피를 불러야 하는 구차의 연속 속에서, 인생살이는, '버티는 힘이 다하는 날에 버티는 고통이 끝나고, 버티는 고통이 끝나는 날에는 버티어야 할 아무것도 남아 있지 않은' 것, 어떤 것도 '마찬가지로' 끝날, 죽음으로 마감될 연명일 뿐인 것이다.

물론 이 모든 것은 그저 김훈을 거치고 김훈을 통과한 김훈의 말들이다. 『남한산성』을 가득 채우고 있는 것은 김훈식의 이러저러한 세상을 살아내는 이치들이다. 죽어서도 지켜야 할 대의와 명분이 있다면, 살기 위해 비굴로 연명하며 가지 못할 길이 없기도 하다. 산다는 것, 먹고산다는 것 자체가 치욕이지만, 삶은 결코 거저 누릴 수 없는 것이기도 하다. 한 치의 틈을 허용할 것 같지 않은 이러한 이치들 사이로 고통 받는 자들을 위한 길이 진정 있기는 한 것일까. 김훈의 세상살이에 대한 입장, '치욕-공동체'를 정당화하고 '체념의 활기'를 (공동체가 허용하는 최대치의) 건강성으로 받아들이는 이런 입장, 여기에 이견이 없는 것은 아니다. 그러나 그럼에도 김훈은 곧 역사가 될 현재의 진실성과 그 참담한 인생의 이치들을 뜻 없이 허공에서 부딪히는 말들 속에 오롯이 새겨 넣는다. '역사물'의 카테고리에서든 아니든, 『남한산성』의 부인할 수 없는 미덕은 거기에 놓인다.

4. 경계에 선 자들의 판타지

김훈의 『남한산성』과 황석영의 『바리데기』는 공히 '낯설지만 친숙한 과거'에 열광하는 유희적 호기심에 부응하지 않으면서 동시에 오늘의 현실을 '다른 시공간'에 비추어 가늠하고 되새겨보게 하는 지식 본연의 계몽적 진정성에 호소하지도 않는다. 김훈의 『남한산성』과 황석영의 『바리데기』에는 그 나름의 '현실'이 있다. 그 나름의 '현실'이란 무엇인가. 좀더 엄밀하게, 그것은 '현실'인가 '현실성'인가. '현실'은 '누구'의 현실이며, 또 '어떤' 현실인가. 김훈의 『남한산성』을 두고 보자면, 몇백 년 전의 과거를 담고 있는 그 세계가 그저 오늘의 현실 정치의 알레고리인 것은 아니며 작가 김훈이 현실 정치의 껄끄러움을 줌-아웃시키기 위해 과거로 우회하는 것만도 아니다. 『남한산성』의 세계에 '현실'이 있다면, 그것은 과거로부터 오늘까지 이어지는 하루

하루의 일상적 현재성에 가깝다. 추상적이고 보편적인 일상이 한 겹 한 겹 쌓여가는 반복 속에서, 그 지루한 반복의 끝에서 『남한산성』은 결국 현실의 현실다움을 마련하게 되는 것이다.

탈북 소녀 '바리'를 런던의 빈민가에 정착시키는 황석영의 『바리데기』가 김훈의 『남한산성』과 가장 멀리 떨어진 자리에 놓일 수 있다면, 그건 바로 이런 의미에서이다. 북한의 실상과 21세기를 전후한 전 지구적 정치 '현실'이라는 가장 풍부한 자료를 배면에 깔고 있으면서도 황석영의 『바리데기』는 이른바 '현실'의 맥락을 벗어난다. 그러니 문제는 '현실'이 아니라 '현실성'인지도 모른다. 이는 '역사소설'에 관한 고전적 논쟁과 뒤얽혀 있는 것으로 보이기도 하지만, 사실은 전혀 다르다. 참혹함을 참혹함으로 그려야 하는 것이 소설의 방기할 수 없는 의무는 아니므로, '현실'이 '리얼하게' 제시되지 않아서 '현실'의 맥락이 사라지는 것도 아니다.

텍스트의 '현실'은 '현실성'을 마련하지 않고서 획득될 수 없는 것이지만, 그러나 '현실성'이란 사실 그 타당성을 인증해줄 기준과 범주 없이는 실현될 수 없는 것이기도 하다. 과거에 그것이 이데올로기였다면 오늘의 삶에서 그것은 대개 자본의 힘이기 쉽다. 어쨌든 판단의 가늠자 없이는 '현실'의 '현실성'은 어떤 방법으로든 인증이 불가능하다. 그러니, 최근의 역사물이 겪게 될 또 다른 난항은, 바로 여기, 마땅히 '탈-경계적' 충동이 '현실'을 판단할 가늠자를 마련하지 못한다는 사실에 놓여 있음을 말하지 않을 수 없다. 내부자와 외부자의 시선이 교차하고 경계 안쪽과 바깥쪽의 관점이 충돌한다. 그러나 여기서 어떤 합의된 시선은 마련될 수 없으며, 이것이 '탈-국경'의 서사가 빠지기 쉬운 함정 가운데 하나이다. 월경(越境)과 탈-국경의 서사들은 종종 '현실'의 그 다채로움을 탈색시킨 채 경계를 뛰어넘어 훌쩍 모험담으로 달려가게 된다. 『바리데기』는 세계 정치의 문제적 핵위에 놓여 있으면서도 종종 뒤돌아보지 않는 이주 혹은 전진에 관한 이야기가 되며, 무엇보다 세계 도처에서 울부짖는 원혼을 달래는 한 편의 서사무가가 된다. 이러한 경향은 『바리데기』가 탈-국경의 서사라는 사실과 무관하지 않다.

물론 여전히 우리는 내부자의 시선이 강고하고 그에 따라 예외를 좀체 존중하지 않는 경직된 사회를 산다. 그러니 우리에게는 국경이든 인종이든 성별이든 경계를 넘는 서사들이 더 많이 필요하다. 그들 경계인은 권위와 명분, 역사와 민족, 이념과 목적을 해체하려는 지향 속에서 국경과 성별 그리고 인종을 넘나들며 그렇게 경계의 변경 가능성을 조심스럽게 타진한다. 그런 의미에서 최근 한국소설이 언더그라운드적 자기세계를 만들고자 하거나 모든 경계를 뒤섞거나 무화시키는 작업을 확대하려고 할 때, 그런 경향들은 성과와 무관하게 소중한 시도들로 환대해야 할 것임에 분명하다. '역사물'의 경우로 좁혀 말해보더라도, 가령, 최근 역사물에서 여성 주인공과 여성성의 캐릭터가 더 많이 등장하는 것은 고무적인 일이 아닐 수 없다.[8] 분명 그러하다.

삶을 나락으로 내동댕이치는 현실의 힘에 떠밀려 국경을 넘고 바다를 건너 낮은 곳에 처한 자들과 연대하는, 작지만 강한 소녀가 바로

---

8) 물론 여전히 그녀들은 여성이라기보다 범박한 의미에서 경계를 가로지르는 자들이라 불려 마땅하기는 하다. 여성성의 캐릭터가 새로운 가능성의 영역으로 떠오를 때 그녀들은, 생물학적 관점으로 보자면, 종종 남성의 관념 속에서 굴절된 정형화된 여성 이미지에 불과하다. 심진경, 「한국문학은 살아 있다—소설가 황석영과의 대화」, 『창작과비평』 2007년 가을호, p. 266.

‘바리’이다. 1980년대생 ‘바리’는 고향을 떠난 후 엄마와 아버지, 언니들과 할머니, 자신의 영적 분신인 ‘칠성이’와 무슬림 ‘알리’와의 사이에 태어난 아이까지 잃고 끝나지 않는 고통의 길을 돌아 고통의 치유사가 된다. 그리하여 『바리데기』는 전쟁과 기아 그리고 기근으로 멍든 전 세계 절망한 자들을 치유하고 원혼들의 슬픔과 고통과 절망을 위무하는 ‘바리’의 씻김굿이 된다. 그러나 엄밀하게 말하면 ‘바리’는 소녀이기 이전에 경계 위에 선 자며, 그것도 생과 사 혹은 신과 인간 사이에 서 있는 자이다. ‘바리’는 보이지 않는 곳을 보고 들리지 않는 것을 듣는 영매, 특별한 능력을 지닌 신화적 존재이며, 무엇보다 죽음의 고비마다 든든한 후원자를 부를 수 있는 접신적(接神的) 존재이다. 그리하여 ‘바리’는 국경을 넘지만 또한 지운다. 지상 위에 새겨진 국경을 넘으면서 동시에 ‘바리’는 신화의 세계로 한발 다가선다.

언제 까막까치가 나타난 것일까.

고것은 그림자처럼 늘어나기도 하고 다시 오므라들기도 하는 나의 넋을 가볍게 부리 끝에 물고 날아올라 어둠 속의 쇠난간에 걸쳐놓았다.

저 아득한 아래쪽에 어릴 적 보았던 연극의 장면처럼 흰 저고리에 검정 몽당치마 차림의 내 육신이 반듯이 누워 있는 게 보인다. 검은 옷차림에 얼굴도 짙은 그늘에 가려진 악령들이 내 옷을 벗긴다. 여기서 보면 살덩이는 한줌도 안 되어 보인다. 〔……〕

까막까치가 내 넋이 걸린 나뭇가지 끝에 날아와 앉더니 부리를 나무에 비비고는 짖어댄다.

사나 죽으나 그게 그거 사나 죽으나.

우리 할머니가 나타나 후여이, 하고 까치를 쫓고는 내 뼈 앞에 앉는다. 할머니가 뼈들을 추리고 칠성이도 주위에 흩어진 뼛조각을 물어다 내민다. 할머니는 내 뼈를 하나씩 맞추면서 느리게 노래한다. (황석영, pp. 140~142)

　21세기의 현실을 살면서도 그녀는 종종 신의 가호와 함께하면서 삶과 죽음이 다르지 않은 현실 너머의 세계, 역사 이전의 무시간적 세계로 그렇게 초월해버린다. 영국행 밀항선을 타고 인간-뱀이 되어 지옥의 바다를 건너야 했다 해도, 몸과 넋을 분리할 수 있는 영매 '바리'에게는 강간의 악몽조차 연기처럼 흩어질 흐릿한 기억이거나 "새 살이 돋아"(황석영, p. 142)나는 듯한 신생의 꿈일 수 있다. 『바리데기』에서 '바리'의 고통은 그렇게 애도되고 치유되어 종국에는 무화될 수 있다. 그러나 누구에게나 그런 것은 아닐 것이다. 어쩌면 '바리'가 고통의 치유사가 되는 그 시간 동안 참혹한 고통의 날〔生〕감각이 움켜쥐었던 '현실' 자체는 저 멀리로 휘발되고 있는 것일지도 모른다. 표준어의 경계를 넘나들면서 언어를 통해 로컬리티의 문제를 다룰 뿐만 아니라 방치된 시체에서 풍기는 "간장을 조리는 듯한 썩는 냄새"(황석영, p. 49)에 이르기까지 북한의 참혹한 실상을 잡힐 듯이 보여주고 있으면서도 황석영의 『바리데기』가 현실의 한복판에서 신화적 상상력에 사로잡힌 판타지가 되어버리는 것은 어쩌면 그래서일 것이다.

5. 포스트모던한 모놀로그를 넘어서

조재곤: 안녕하십니까? 제가 생각했던 것보다는 기골이 장대하시군요. 누가 홍 선생의 풍채를 '거구도안(巨軀屠眼)'이라고 비유한 적이 있는데, 그런 것 같습니다.

홍종우: 거구란 표현은 맞는 말이지만 '도안'이라는 표현은 좀 심한 것 같소. '도(屠)'라는 말은 짐승을 잡는다는 뜻인데, 내 인상이 그렇게 보입니까? 내가 들어도 너무 섬뜩한 것 같소. 기왕이며 '인상이 부리부리한 쾌걸 남아'라는 표현을 써주면 어떻겠소. 하여간 반갑소이다. 〔……〕

조재곤: 프랑스로 유학 간 이유는 무엇이었나요?

홍종우: 나는 평소 조선의 정치·사회에 불만이 많았소. 그러나 현실을 돌파하고자 해도 어찌할 도리가 없었소. 마침 천주교 신부를 만나보니 이들을 통해 새로운 동기를 마련할 수 있을 것이라 생각한 것이지요. 남들은 정부 지원 또는 자기 집안의 돈으로 여유 있는 유학길에 올랐지만 나는 돈 한 푼 없이 고학생으로 떠났소.

조재곤: 프랑스에서 배운 것은 무엇이었나요? 그들의 장점과 단점에 대해 한 말씀 해주시죠.

홍종우: 프랑스에서 실로 많은 것을 느낄 수 있었소. 참으로 민주주의가 꽃피는 나라였소. 사람들이 자기 의사를 자유롭게 펼칠 수 있고, 서로 존중해주는 그런 나라였소. 내가 체류했던 시점이 프랑스 민주주의가 가장 꽃피었다는 제3공화정 시절 아니었겠소? 그러나 그들은 우리와는 다른 냉정한 모습도 보여주고 있었소. 일종의 이기주의, 개인

주의였소. 나는 그 점만큼은 싫어했소.

　　조재곤: 왜 그렇게 빨리 조선으로 돌아왔나요? 누가 끌어주는 사람
도 관직 보장도 없었을 텐데.

　　홍종우: 어떻게든 내가 보고 배운 것을 우리나라에 빨리 적용시킬
생각을 가지고 있었소.[9]

　다소 긴 인용문으로 에둘러보자. '리진'을 사모했던 『리진』의 세번
째 남자 '홍종우'는 '다른' 형식을 통해 이렇게 이해되기도 한다. '역
사'를 전공한 필자(조재곤)는 시간을 초월한 '가상 대담'을 통해 역사
위에 기입된 한 인물에 대한 '다른' 이해의 가능성을 실험한다. 신경
숙의 '홍종우'와 무엇이 다르고 어떻게 다른가를 들여다보자는 것이
아니다. 역사가와 소설가는 역사가 망각한 존재를 복원한다는 의식을
공유하며 적절한 방법론을 서로에게서 차용한다. 역사가가 소설적 상
상력을 동원하고 소설가가 참조한 문헌 목록들을 제시한다. 김영하의
『검은꽃』 이후 김경욱, 김훈 그리고 신경숙에게 소설을 완성하기 위
해 활용된 문헌들은 당연한 수순처럼 목록으로 제시되어야 했다.

　엄밀하게 말하면 역사적 진실성과 소설적 상상력을 둘러싼 논쟁은
역사소설의 등장과 함께 시작되었을 만큼 연원이 오래되었다. '역사
소설'이든 '팩션'이든 혹은 범박한 의미의 '역사물'이든 이들 텍스트를
논의하기 위해 특정한 하나의 범주를 결정할 때 그 범주와 텍스트들
의 상관성에 대한 길고 긴 이야기들이 새롭게 시작될 수 있을 것이다.
그러나 현재 우리는 문학 내부 담론에서 문학의 경계 혹은 바깥으로

---

9) 조재곤, 『그래서 나는 김옥균을 쏘았다』, 푸른역사, 2005, pp. 262~64.

넘어가는 근본적인 국면의 전환을 맞이하고 있다. 더구나 근대문학의 종언이 논의되는 문단 상황에 비추어보자면, '역사/소설'에 관한 논의는 불필요한 낡은 것이라고 해야 할지도 모른다. '역사소설'은 문학이 역사를 넘보면서 생겨난 하위 장르들 가운데 하나일 뿐이다. 당연하게도 문학을 둘러싼 정의가 '역사적으로' 변해왔으며 수많은 하위 장르들이 소멸하거나 생성되어왔다.

'텍스트 바깥은 없다'는 데리다의 선언 이후 역사와 문학은 다시 한 번 경쟁적으로 그 경계를 지워가고 있다. 학자들의 연구논문이든 작가들의 '뉴에이지' 텍스트든 이들 모두는 현재, 현실과 역사에 대한 감각 변화를 각자의 방식으로 감지하고 수용하며 발전시키고 있는 것이 사실이다. 그러니 역사물의 범람 현상에 대한 논의는 싱거운 결론만을 남겨놓고 있는 것인지도 모른다. 현재 우리는, 창작자 개개인이 원하든 아니든,[10] '역사'도 '소설'도 아닌, '역사'이면서 '소설'인, 새로운 서사와 만나고 있다. 물론 그 서사는 어떤 중간 지점을 지나고 있다. 그것들은 아직은 '포스트모던'하지만 여전히 모놀로그적인 어떤 상태에 머물러 있다.

국경과 인종, 국적과 성별의 무수한 경계를 넘고 나서도 여전히 그 경계는 사라지지 않고 남는다. 따라서 경계-넘기를 실행하고 거기에서 '다른' 시선의 가능성을 가늠해본다고 해도, 그것은 그저 경계를 '보여주는' 것에 그치는 것일지도 모른다. 경계-넘기란 때때로 이질적인 요소들의 공존을 은폐하며 경계 간의 불균등성과 비균질성을 부주의하게 망각하게 만든다. 물론 역사물의 범람은 문학/소설 내부에

---

10) 신경숙·신형철, 「FOCUS 대담: 해결되지 않는 것들을 위하여」, 『문학동네』 2007년 가을호, pp. 144~46.

만 해당하는 사건이 아니며, 따라서 내부-원인에만 골몰하는 것은 부적절한 접근 방식일 수 있다. 그러나 적어도 신경향의 역사물을 향해 이 정도의 요청은 할 수 있지 않을까. 어떤 식으로든 '역사'와 '소설'이 서로의 형질 변경에 유의미한 계기가 될 수 있으려면, 지금의 서사들은 최소한 모놀로그를 넘어선 그 이상의 어떤 것이 되어야 하지 않을까. '탈-경계적 충동'에 적합한 어떤 발화법을 찾아나서야 하는 것은 아닐까.

포스트모던 소비사회와 여성소설의 후예들
—취향의 패치워크, 연기하는 아이덴티티

1. 문화 현상으로서의 '칙릿'

최근 출판계는 한국소설 붐을 다시 말하기 시작했다. 중견 작가들의 역사소설 러시로 재개된 한국소설에 대한 새로운 기대는 역사, 에세이, SF, 호러, 로맨스, 만화의 경계를 넘나들며 소설의 새로운 범주를 마련하고 있으며, 독자의 관심도 폭발적으로 증가하는 추세이다. 신자유주의적 양극화의 일환으로 볼 수 있는 이 흐름은 몇몇 예외가 있지만, 에세이와 여행기, 인생지침서가 보여주듯 대체로 '보다 가벼운' 쪽으로 향하고 있다. 이 글에서 살펴보고자 하는 '칙릿chick-lit'은 커리어우먼을 위한 자기계발서와 함께 그런 흐름의 대표격이라고 해야 할 것이다.[1]

---

1) 이 글에서 다루어지는 작품은 다음과 같다. 정이현, 『달콤한 나의 도시』, 문학과지성사, 2006; 박주영, 『백수생활백서』, 민음사, 2006; 이홍, 『걸프렌즈』, 민음사, 2007; 백영옥, 『마놀로 블라닉 신고 산책하기』, 예담, 2007; 백영옥, 『스타일』, 예담, 2008; 박주

남자보다 쇼핑을 사랑하고 "남들 놀 때 눈에 불을 켜고 일하고, 일
해서 번 돈으로 열정적으로 쇼핑"하며, 그렇게 욕망에 충실한 소비의
정당성을 부르짖으면서 '현재' 지향형 삶의 가치를 소리 높여 강변하
는(백영옥, 『스타일』, p. 206) 칙릿의 주인공들은, "어차피 인생은 포
장"이며 진짜와 가짜 사이의 구분은 무의미할 뿐이고 중요한 것은 오
히려 능숙한 연기임을 밝히는 솔직한 존재들이자(고예나, p. 170),
한 남자를 동시에 사랑하는 세 여자가 친구이자 동업자가 될 수도 있
다고 생각하는 쿨한 감각의 소유자들이다(이홍). 종종 그녀들은 트렌
디 드라마의 여주인공에게 벌어질 법한 로맨스를 꿈꾸고 영원한 소비
자로서의 삶을 염원하면서 대한민국 여성의 평균 결혼 연령을 높이는
존재들이지만(박주영), 연애와 결혼까지도 사회적 맥락 속에서 해석
할 줄 아는 철저한 사회인이자 프로 근성의 직업여성들이다(정이현,
백영옥). 최근에 급격하게 증가하고 있는 그녀들의 이야기를 1990년
대 이후 문학사적으로 유의미한 공간을 마련했던 여성소설의 '후예'
로 명명할 수 있을까. 여성소설의 진화형인 뉴우먼 픽션이라 명명해
도 좋을까.

여성소설의 변형태인 그녀들의 이야기는, 대개 고백의 방식으로 특
별한 스토리 라인이 없는 일상사에 보다 가깝게 밀착하는 편이다. 열
린 결말의 형식으로 다이어리에 기록되는 하루하루처럼 그녀들의 고
백은 계속되고 있으며, 모래알보다 작은 에피소드들이 주제 없는 수
다처럼 산만하게 흩어진 채 한 권의 소설로 묶여 있다. 디테일의 정
교함이 상대적으로 부실한 그녀들의 이야기는 잠깐 덮어두었다가 펼

영, 『냉장고에서 연애를 꺼내다』, 문학동네, 2008; 서유미, 『쿨하게 한걸음』, 창비,
2008; 고예나, 『마이 짝퉁 라이프』, 민음사, 2008 등이다.

치는 띄엄띄엄 독서에도 충분히 견딜 수 있는 가벼운 읽을거리류임이 분명하다.

흥미롭게도 이데올로기적으로 문제가 있으며 현실을 낭만화하는 속성이 강한 B급 로맨스 소설의 변종이라고 치부하거나 또는 '보다 가벼운' 것을 추구하는 독서대중의 저속함의 결과로 치부하고 말기에는 문학계와 출판 시장에서 이 소설들의 영향력이 꽤 막강한 편이다. 정직하게 말하자면 이 소설들은 문학계에서 거역할 수 없는 흐름 가운데 일정 부분을 차지하고 있다. 영미에서 칙릿은 이미 출판계의 황금알로 각광 받고 있으며, 소비문화 차원에서 그 영향력을 쉽게 가늠하기 어려울 정도로 가능성 있는 블루칩으로 평가받고 있다.

출판계와 소비문화 시장에서의 영향력이 곧 문학적 가치로 환원될 수 없음은 새삼 강조할 필요도 없지만, 이제 칙릿은 새로운 문학 경향이라기보다 거스를 수 없는 문화 현상이자 거대한 비즈니스의 세계로 불려 마땅할 듯하다. 그러니 옳고 그름 혹은 가치의 있고 없음과 같은 고정된 시선틀로 규정하기보다 먼저, 모던한 문화 현상으로서의 칙릿 현상을 다각도로 들여다볼 필요가 있다. 예상치 못했던 방식으로, 그녀들의 이야기가, 그간의 문학을 둘러싼 시비나 가치 유무의 기준들에 대한 성찰과, 담론으로만 떠돌던 포스트모던 소비사회에 대한 정당한 판단 기준을 실질적으로 강력하게 요청하고 있기 때문이다.

2. 칙릿, 장르, 문학

문화 현상으로서의 칙릿의 의미를 묻기 전에, 칙릿에 대해 간단히 정리해보자. 출판 시장에서 외국소설의 득세와 한국소설의 부진은 대개 하나의 원인과 결과로 설명되는 경향이 있지만, 대중과 친밀한 장르의 경우에는 외국소설의 인기에 기반해서 한국소설 시장이 안정적으로 확장되는 경향을 보여준다. 칙릿의 경우가 그렇다.

칙릿 자체가 글로벌하게 소비되는 측면이 있거니와, 역사적으로 보더라도 칙릿은 신자유주의가 영향력을 행사하기 시작한 1990년대 중후반 이후에 영미권을 중심으로 여성들의 욕구를 당당하게 드러낼 것을 강조하면서 출판 시장 차원에서 성공적인 틈새 시장niche market 공략상품으로 등장하기 시작했다. 1996년 영국에서 소설로 발간된 후 2001년 영화화되어 큰 인기를 얻은 헬렌 필딩Helen Fielding의 『브리짓 존스의 일기*Bridget Jones's Diary*』와 1997년 미국에서 책으로 출간되고 TV 시리즈로 제작되어 미국 케이블 채널인 HBO (Home Box Office)를 통해 방송되었던 『섹스 앤 더 시티*Sex And The City*』 등을 통해 전 세계적으로 주목받는 장르가 되었다.

칙릿을 둘러싼 장르에 동의할 만한 공식이 있다면, 일단 그 뼈대만을 추려 이렇게 정리하는 것도 가능할 것이다. 주인공이 여성 잡지, 신문, TV 방송국 등 미디어 관련된 직장의 커리어우먼인가. 엄청난 판매고와 함께 소설과 주인공을 열광적으로 숭배하며 동일시하는 특정 독서층이 존재하는가. 파스텔 톤의 패셔너블한 책표지로 감싸여 있는가. '쓰레기 소설'이라는 비평계의 독설에 찬 비판에 직면해 있는가. 이 질문들에 전부 해당한다면, 그렇다면 그 소설은 분명 칙릿 장르가 맞다.[2] 칙릿의 이러한 장르 공식에 따를 때, 칙릿을 20~30대

---

2) Suzanne Ferriss and Mallory Young, ed., *Chick Lit*, New York: Routledge, 2006, Introduction 참조.

싱글 커리어우먼의 성과 사랑을 다루는 고백 형식의 로맨스 소설로 이해해도 크게 틀리지는 않을 것이다.[3]

그러나 매우 선명해 보이는 칙릿의 장르 공식이 구체적인 개별 사례마다 그리 잘 들어맞는 것은 사실 아니다. 현재 칙릿은 전 세계적으로 소비되면서 점차 세대와 인종, 국적과 젠더의 경계를 가로질러 다양해지고 있으며, 문학 장르의 측면에서 보더라도 헨릿hen lit, 레이디릿lady lit, 칙릿 주니어chick lit Jr. 등으로 보다 세분화되고 있다.[4] '20~30대 싱글 커리어우먼'의 경계도 갈수록 모호해지고 있다.[5] 칙릿은 점차 직장 내의 갈등뿐 아니라 실직과 이혼 경험에 이르기까지, 20, 30대 여성들을 주인공으로 그녀들의 결 다른 경험과 엇갈리는 욕망을 다양한 개별 사례로 다루고 있기 때문이다.

영미, 라틴계, 중국계, 인도계를 주인공으로 한 칙릿이 아니더라도, TV 드라마와 영화로 제작되어 인기를 끈 정이현의 『달콤한 나의 도시』나, 이홍의 『걸프렌즈』, 박주영의 『냉장고에서 연애를 꺼내다』, 고예나의 『마이 짝퉁 라이프』(민음사 오늘의 작가상 수상작들), 서유미의 『쿨하게 한걸음』이나 초판 발행 후 한 달 남짓 만에 8쇄를 발행한 백영옥의 『스타일』(세계일보사 제정 세계문학상 수상작) 등, 대개 장편소설 현상 공모에 당선되면서 출간된 이 소설들을 둘러보아도 사정은 마찬가지이다. 이 소설들이 다소 느슨한 형태로 이른바 한국판 칙릿군을 형성하고 있다고 보는 것은 충분히 가능하다. 하지만 디테

---

3) 모현주, 「20, 30대 고학력 싱글 직장 여성들의 소비의 정치학」, 연세대 사회학과 석사논문, 2006; 정가영, 「한국의 칙릿 담론에 관한 연구: 재현과 현실 사이의 여성들—성별화된 자기계발서와 그 수용자를 중심으로」, 『사회학대회 논문집』(2007, 12) 등 참조.

4) Imelda Whelehan, *The Feminist Bestseller*, Palgrave Macmillan, 2005, 2부 참조.

5) Imelda Whelehan, *ibid*, Introduction 참조.

일한 측면에서 꽤 이질적인 이 소설들은 앞선 장르 공식에 똑 떨어지게 들어맞지 않으며, 그렇다고 고유의 세계로 인정될 만한 나름의 공통성을 새롭게 제시해주고 있지도 않다.

물론 이는 칙릿 장르가 장르문학의 범주 형성방식과 유사한 패턴을 보여주고 있기 때문이기도 하다. 장르문학은 장르 공식을 수용하는 지점에서 출발한다 해도, 근본적으로 마니아적 독서대중의 취향과 긴밀하게 소통하고자 하며, 그에 따른 유연한 장르 감각을 주된 특이점으로 상정하고 있다. 때문에 엄밀하게 말하자면 파괴라기보다 장르를 뒤섞는 과정이라고 해야겠지만, 장르문학의 가능성은 대개 기존의 장르 규칙에 대한 소소한 파괴와 새로운 시도 가운데에서 마련되고 가늠된다. 독서대중의 기호와 재미에 좀더 밀착해 있다는 점에서 칙릿 역시 싱글 여성을 주인공으로 한 고백 형식의 로맨스라는 느슨한 장르 공식이 변주되거나 재전유되는 과정에서 그 고유의 영역을 마련하고 있다고 해야 한다.

3. 여성소설의 후예들

칙릿의 장르 범주에 대한 깔끔한 정리가 생각보다 쉽지 않다면, 칙릿의 문화적 좌표를 말하기는 그보다 어렵다. 가령 이런 것들조차 칙릿을 다루는 자리에서 장애가 될 수 있다. '칙릿은 이제 그만'을 외치는 독자군이 있다면 '칙릿이 도대체 뭐야'라고 질문하는 독자군이 적지 않다. 칙릿에 대한 세세한 설명은 마니아층에게는 진부하기 짝이 없는 중언부언으로, 무관심한 독서층에게는 의미 없는 진술로 받아들여질 가능성이 크다는 말이다. 탈경계와 탈장르화의 추세와 함께 하위문화의 세례를 받은 다양한 문화군에 의해 서로의 문화를 공유하지 않는 독자층이 개별적으로 분리되고 차별화된 지 오래이기 때문이다.

장르문학이나 독자층 내의 분화가 아니더라도 칙릿 현상을 균형감 있게 다루기는 쉽지 않다. 대개 작가와 인물, 독자까지 여성이라는 점에서 칙릿은 여성문학의 범주에 속하지만, 정치성을 내러티브의 힘으로 감싼 이전의 페미니즘 문학과는 완전히 다르다. 의식의 각성이나 여성의 해방을 전투적으로 부르짖지 않으며, 전 세대 페미니즘의 유산을 선택적으로 흡수하지만 그에 대해 일방적으로 긍정적인 태도를 취하지도 않는다. 젠더적으로 규정된 여성의 삶이 전면적으로 개혁되어야 한다고 말하지 않는다는 점에서 칙릿은 폭탄이라면 뇌관을 제거한 쪽에 가깝다고 해야 한다.

그렇다고 칙릿이 정치성을 배제한 채 페미니즘적 아이덴티티만을 상품화한 성공 사례에 불과한 것은 아니다. 찬찬히 들여다보자면 그녀들의 이야기를 여성소설의 후예가 아니라고 말하기는 쉽지 않다. 우리는 1990년대 중후반에 공지영, 은희경, 전경린, 서하진 등의 여성 작가들에 의해 호출되었던 용감한 여성들, 가족과 집이라는 이름의 가부장제에 맞서 해방과 일탈을 꿈꾸었고, 집 밖으로 나와 길 위를 떠돌았으며, 자신의 욕망에 충실한 방식으로 자아의 정체성을 확립하고자 했던 페미니스트 주인공들을 기억한다. 이후 타자의 반란이라 명명할 수 있는 그녀들의 자아 찾기가 갈 길을 잃게 되었으며, 그녀들이 결국 물 밖을 나선 인어공주처럼 고립되고 소외되어 흔적 없이 허물어져갈 수밖에 없었음을, 그 절망적 파국의 과정을 또한 기억한다. 그 소설들의 문학사적 존재 이유는 그 자체로 온전히 보존되어야 하지만, 이른바 1990년대산 '여성소설'은 아내와 어머니의 자리를 박차고 나온 여성들의 '틀 바깥'에서의 삶에 대한 뚜렷한 대안을 마련하지 못했으며, 의식의 각성을 이룬 여성과 그녀들의 실제적인 사회생활 사이의 간극에 대체로 무력했다. 그녀들에게 일탈 자체가 충분히 버거운 선택이었기 때문이다.

칙릿군의 소설에서 만나게 되는 여성들은, 이런 맥락에서 보자면, 일탈을 꿈꾸고 실행했던 여성들의 후속 세대라고 할 수 있다. 가령 싱글 커리어우먼의 도시적 감수성을 담고 있는 정이현의 『달콤한 나의 도시』에서 30대 커리어우먼 '오은수'는 포스트-페미니즘 세대의 현실 감각과 대응방식을 보여줌으로써, 어머니와의 대비 속에서 '다른' 세대의 출현을 실감케 했다. 오은수의 어머니가 남편 외의 남자친구를 만드는 소극적 일탈을 통해 정신적인 질식 수준의 삶을 견뎌 왔으며, 결국 떠난 자리로 다시 돌아오는 방법 외에 다른 해결책을 찾지 못했다면, 자신이 원하는 삶의 여유가 '결혼'을 통해 마련될 것이라고 판단하고 있음에도 오은수는 가부장제적 틀 내의 여성상과는 상당한 거리를 유지하고 있다. 예컨대 오은수는, 매력 있지만 자신의 미래를 맡기기에 미덥지 않은 연하남과 별다른 매력은 없지만 놓치기 아까운 조건 좋은 남자 사이에서 흔들리면서도, 언제나 삼각형의 꼭짓점에 서서 선택의 무게와 가치를 견주어보는 말 그대로의 주인공이다.

페미니즘의 유산을 호흡하고 소비문화의 화려함에 친숙해지면서 서른 즈음에 이르게 된 그녀들, 최근 출판계를 점령한 수많은 오은수들은, 남편의 소득 차로 신분이 결정되던 한 시대를 뒤로하고, 자신의 학력과 경력, 능력과 외모로 개별 존재의 가치를 평가받는 새 시대의 신종족이다. 경제력을 갖춘 채 개인으로서의 자신의 삶에 보다 집중하는 그녀들에게 '서른 즈음'이란 어머니들의 그것과는 전혀 다를 것임이 분명하다. 그녀들에게 서른이 된다는 것은 커리어우먼으로서의 화려한 경력도 미련 없이 버리고 과감하게 뮤지컬 배우 지망생이 될 수 있는 용기와, 보다 현실에 밀착된 감각으로 자아의 정체성을 실현하기 위해 취직, 이직, 복직 그리고 사직을 할 수 있는 결단력이 마련되는 시간을 의미하며, 동시에 스스로도 깜짝 놀랄 정도로 더럽고 치사한 일들을 예전보다 훨씬 잘 참아내게 되는 것이자, "사회화가 덜 된 어린애들은"(백영옥, 『스타일』, p. 17) 결코 알 수 없는 냉혹한 조직의 생리와 "사회화된 인간의 정치적 행동"(같은 책, p. 54)을 마치 본성처럼 내면화하고 있음을 깨닫게 되는 사회와의 타협의 시간을 뜻한다.

오해하지 말아야 할 점은 그녀들이 어머니 세대의 유일한 후계자도 현대 소비사회를 대변하는 유일한 여성상도 아니라는 점이다. 사실 그녀들은 지역과 계급, 나이와 성적 취향에서 무한히 세분되는 현대 여성 가운데, 소비문화와 이성애적 로맨스에 집착하는 극히 일부를 대변하고 있을 뿐이다. 그럼에도 부인할 수 없는 것은 그녀들이 이제 껏 보지 못했으며 긍정적으로 다루어진 적도 없는 새로운 종족이라는 사실이다. 그녀들은 아내와 딸이라는 가족 단위가 아니라 마녀 같은 직장 상사나 경계를 늦출 수 없는 정적들 사이, 경쟁사회라는 사회 단위 안에 존재한다.

돌이켜 보건대 우리는 이제껏 한번도 사회화된 여성들의 일상을 밀착해서 들여다본 적이 없으며, 삶의 주인공이 자신이라는 감각에 그녀들만큼 투철했던 여주인공을 만난 적이 없다. 그녀들은 젠더 차별적 여성관, 사회의 불합리한 여성 인식까지도 사회인으로서 자신의 커리어를 위해 활용할 수 있는, 충분히 진화된 초-모던한 신종족이다. 현재 한국문학은 사적 욕망과 사회적 시선을 분리하거나 조율할 줄 아는 낯선 여성들, 보다 '사회화된' 새로운 여주인공들을 만나고 있다.

물론 새로운 우먼 픽션의 매력이 사회화된 여주인공 자체에만 있는 것은 아니다. 그녀들은 젠더적 불균형과 사회적 불합리에 맞서고자 하는 여성 전사나 여성 영웅이 아니며, 당연하게도 욕망에 충실한 그녀들의 이야기들이 소영웅 여성들을 다룬 위인전기인 것도 아니다. 여성의 사회화 과정을 보여주는 세속적 성장담이라고 해야 할 그녀들의 이야기는, 페미니즘의 유산을 충분히 상속받고 있으면서도 여전히 가부장적이고 속물적인 사회의 일원으로 살아야 하는 여성의 현실을 다룰 뿐 아니라 드러낸 욕망이 만나야 할 사회의 시선, 그 타협과 조절 혹은 실패의 과정을 리얼하게 담고 있다. 정이현이나 이홍, 서유미와 백영옥의 소설이 보여주고 있는 여성상이 종종 사회가 요구하는 젠더적 정체성을 자신의 개성인 양 과시하고 있음에도, 그 소설들이 여성소설의 후예, 뉴우먼 픽션으로 명명될 수 있는 타당한 근거가 여기에 있다.

그녀들의 이야기에서 우리가 만날 수 있는 것은, 한 치의 틈도 허용하지 않는 경쟁사회에서 그 일원으로 살아남아야 하며 때문에 끊임없는 자기계발에 몰두해야 하는 현대 여성들과, 그녀들의 적나라한 일상이다. 개인 블로그의 다이어리에 가까운 이 소설들이 많은 여성 독자층을 거느리게 되는 것도 일상에 천착하는 이 친밀한 내러티브와 무관하지 않다. 스타일 있는 자기세계를 마련하고자 하며, 생존술과

포장술의 아름다운 결합을 꿈꾸는 이 땅의 20~30대 여성들에게 내
밀한 고민에 대한 공감과 해결의 팁을 제공하는 다이어리식 고백록은
활자화된 형태의 멘토이자 그녀들이 직면한 불안과 불투명을 걷어주
는 내비게이터의 역할을 떠맡으면서, 지금 현재, 그렇게 여성소설의
후예로서 자리매김되고 있는 것이다.

4. 취향의 패치워크, 그녀들의 아이덴티티

소설 자체가 아니더라도 스스로를 "서른 살 넘은 신체 건강한 성인
이며, 꼬박꼬박 갑근세를 내온 성실한 직장인이고," 서울 변두리 원
룸의 전세 값에 해당하는 금액의 통장을 소유하고 있는 존재로(정이
현, p. 38) 규정하는 젊은 여성들의 등장은 결코 과소평가될 수 없는
사건이다. 그러니 어쩌면 문제의 핵심은 여성소설의 후예를 불러들인
'그녀들' 자체라고 해야 하는 건지도 모른다. 그녀들은 어디에서 왔
는가. 아니, 그녀들은 대체 누구인가. 물론 이 그녀들이 소설 속의
인물들만을 의미하지는 않는다. 이 범주에는 작가와 주인공, 그리고
독자 모두가 포함된다. 들여다보면 매우 이질적이지만 그녀들은 서로
단단하게 결합해 있기 때문이다. 무엇으로? 취향의 이름으로.

중요한 건 스타벅스의 카페라떼를 들고 있는 여자가 된장녀냐, 커리
어 우먼이냐 따위가 아니다. 더 근본적인 건 스타벅스가 아이들의 노
동력을 착취하지 않고, 노동 환경 개선에 관심이 많은 기업이냐 아니
냐를 우리가 결정할 수도 있다는 사실이다. 좋은 기업의 물건을 골라

쓴다는 건, 자장면과 짬뽕 사이에서 고민하는 것보다 인류애적인 취향을 반영한다.

무엇보다 한 끼 점심 값으로 제3세계 아이들의 미래를 고민하는 어른이 된다는 건 꽤 근사한 일 아닌가. 이 시대에 혁명이 있다면 나는 이런 사소한 것들이 아닐까란 생각을 종종 한다. 이런 것이야말로 진정한 생활의 발견이다. (백영옥, 『마놀로 블라닉 신고 산책하기』, p. 84)

하지만 나는 군대에 다녀오고 싶다는 이야기를 아무에게나 하지 못한다. 심지어 Y에게도 하지 못한다. 그들은 분명 색안경을 끼고 볼 것이다. 나는 그런 식으로 각인되기 싫다. 나는 그저 훈련이란 걸 받아보고 담력도 길러보고 무기도 만져보고 싶을 따름이다. 그리고 그것은 순전히 순수한 내 취향일 뿐이다. (고예나, p. 68)

그러니까 모든 것은 "취향의 문제다"(이홍, p. 78). 한 끼 점심 값으로 제3세계 아이들의 미래를 고민하는 일은 정치적이거나 윤리적인 인류애임에 분명하지만, 그녀들에게 인류애는 그 자체라기보다 '꽤 근사한 선택'이거나 인류애적 '취향'을 드러내는 일에 가깝다. 게다가 취향을 결정하는 인자이자 취향의 결과물인 라이프스타일은 개인의 취향이라기보다 미처 의식하지 못한 채 내면화된 계급 취향에 더 가깝다. 그러므로 외면화된 '취향'은 대개 "순전히 순수한" 그녀들의 취향이 아닐 가능성이 높다. 순수한 내면이라는 것이 있을 리 만무하며 취향은 대개 타인에 의해 심각하게 왜곡될 수 있고, 무엇보다 그녀들의 취향은 시장경제의 논리를 개인의 내면세계와 무의식까지 깊숙이 침투시키는 소비문화, '마놀로 블라닉'과 '지미추'로 상징되는 브랜드 소비와 밀접하게 연관되어 있기 때문이다.

그러니까 그녀들의 소비의 증거들은 단지 삶의 증표(정이현, p. 139)가 아니라 그녀들의 아이덴티티 자체인지도 모른다. 평화로운 일요일 오전, 와인에 졸인 체리가 토핑된 바삭한 와플과 에스프레소로 늦은 아침과 여유를 즐기거나 잘나가는 패션 피플이 되기 위해 스타일리시한 외모와 몸매와 패션으로 자기계발해야 하는 그녀들의 삶은 '화려한 싱글이 되는 법'을 부추기는 소비문화와 긴밀하게 연관되어 있으며, 스타일이 없는 곳에는 그녀들도 없다. '몸짱 미시족'이나 '44 사이즈'를 향한 열망이 보여주듯 젠더 차별적인 문화를 개성적 차이와 자기표현으로 뒤바꿔버리고 자발적인 동조까지 이끌어내는 차이화 전략이 바로 은밀하고도 교묘한 소비문화 본래의 속성이기 때문이다.[6]

취향과 아이덴티티의 관점에서 보자면, 백영옥의 『스타일』은 소비문화와 취향의 조합, 그 차이화 전략의 결정판을 보여주는 적절한 사례라고 할 수 있다. 성형으로 비슷해진 얼굴, 각종 다이어트로 유사해진 체형, 하나 같이 루이비통의 '스피디백'을 든 여자들에게 공포를 느끼면서도 『스타일』의 여주인공들 역시 "빅 백 트렌드"(p. 73)와 "'마크 제이콥스'의 웨지힐"(p. 76)에서 그리 멀지 않은 곳에 있다. 서른한 살의 베테랑 패션지 기자 '이서정'이 보여주는 소비문화에 대한 어떤 애매함은 그녀가 현대사회에 취하는 태도, 복합적이고도 판단 유보적이라고 할 수 있는, 그런 양가적인 태도와도 무관하지 않다.

그녀의 이성이 현대 소비사회의 추악한 이면을 패션계를 통해 폭로

---

6) 이영자, 「소비문화와 여성의 성정체성」, 『동아시아의 근대성과 성의 정치학』, 한국여성연구원 편, 푸른사상, 2002, pp. 383~94.

하고 있다면, 그녀의 감각은 소비문화의 파도 위를 능숙하게 유영한다. 표면적으로『스타일』은 지옥 같은 패션계를 우회해서 우리가 살고 있는 세계의 단면을 날카롭게 보여준다. 사회화된 여성이 살아나가야 하는 이곳은 화려한 겉모습과 달리 죽이거나 죽는 실전 서바이벌 게임을 쉬지 않고 계속해야 하는 강도 높은 노가다의 세계이며, 빚더미에 올라앉아서도 외제차를 끌어야 하고 실제보다 떠도는 소문이 만든 이미지가 더 힘이 센 알맹이 없는 포장지의 세계이다. 그녀의 비판적 지성은 허영에 찬 세계에 대한 일말의 성찰을 가능하게 한다. 그러나 동시에 오렌지족이 없던 시절부터 압구정동의 감각을 내면화한 그녀의 일상과 라이프스타일은 화려한 싱글이 되기 위한 소비품목으로, 머스트 해브 아이템으로, 브랜드의 이름으로 리스트업되면서, 패션과 가구, 레스토랑과 요리, 다이어트와 비만 클리닉, 브런치 타임과 해외여행에 이르기까지, 포스트모던한 소비문화에 깊숙이 개입해 들어간다.

나는 여전히 담배를 피운다. 서른한 살짜리가 꼭 가져야 할 만한 보험이나 그 흔한 펀드 하나 없다. 하지만 나는 매일매일 담배를 피우며 비타민을 챙겨 먹는다. 카드 값에 낑낑대면서 난치병 아이들과 아프리카 아이들을 위한 기부도 한다. 유기농 커피를 파는 카페를 취재한 후, 아이들의 노동을 착취하지 않는 윤리적인 커피 농가들을 위한 모금에도 앞장선다. (백영옥, 『스타일』, p. 326)

흥미로운 것은 담뱃갑 옆에 센트룸을 놓는 방식(p. 48)도 그렇거니와, "굶주려 뼈만 남은 아프리카 아이들을 보면 가슴이 무너지"는 그녀와 "새로 나온 마놀로 블라닉"(p. 205)을 열망하는 그녀 사이에서 어떤 불균질한 이음새를 찾을 수 없다는 사실이다. 욕망과 취향이라는 이름으로 마련되는 그녀의 아이덴티티는 구별과 차이를 통해 복수적으로 구성되는 표피적이고 유동적인 것이기 때문이다. 그녀에게는 "그냥 '체크무늬'가 아니라 '타탄 체크'나 '아가일 체크'처럼 세상에 수십 가지가 넘는 다른 형태의 체크무늬가 존재한다는 사실" "누군가의 눈에는 모두 똑같아 보이는 화이트 셔츠지만, 또 다른 사람에겐 전혀 다른 화이트 셔츠로 존재"(백영옥, p. 284) 한다는 사실이 중요하다. 아니, '체크무늬' 자체가 아니라 그것들 사이의 미묘한 차이가 중요하다.

디테일을 포착하고 해석하고 전달하고자 하는 그녀들의 프로페셔널한 차별화 감각, 작고도 작은 차이를 잡아채는 섬세한 감각은 타자의 분화가 본격화되고 있는 오늘날에는 좀더 적극적으로 계발되어야 할 소중한 영역임에 분명하다. 그러나 사실 그녀들의 아이덴티티는 포스트모던 사회의 소비문화를 관통하면서 마련된, 보다 모던한 감각을 향한 차별화 혹은 연기하는 자아와 다르지 않다. 그러니 그녀들의 취향은 즉각적인 욕망들의 중첩이 만들어낸 무작위적 패치워크로, 그녀들의 아이덴티티는 취향의 패치워크로 불려야 적절할 듯하다.

어쨌든, 포스트모던 사회와 소비문화의 양가적 의미를 고스란히 담고 있는 그녀들과 그녀들의 이야기는, 우리 사회가 포스트모던 소비사회로 접어들었음을 시사하는 강력한 진입 시그널임이 분명하다. 그렇다면 포스트모던한 소비사회로의 진입은 환영할 만한 진보인가, 디스토피아를 향한 한 걸음인가. 현재 우리는, 소비지향적 사회로의 변화에 대해, 이데올로기 차원에서 전면적으로 비판하거나 정반대로 부인할 수 없는 흐름으로 받아들이는 방식 외에 보다 분명하고도 적절한 판단기준이나 접근방법을 마련하지 못하고 있다.

'칙릿'을 균형감 있게 다루거나 그 문화적 좌표를 분명하게 말하기 어려운 것은 바로 여기, 소비문화와 칙릿의 촘촘하게 얽힌 공모 관계 때문이라고 해야 한다. '그녀들(이야기들)에 대해 어떤 판단을 내려야 하는가,' 가령 '오은수'와 '이서정'들은, 마비된 감각의 소비기계인가, 그들 없이는 우리도 존재할 수 없는, 이른바 '구성적 타자인가'와 같은 질문들에 쉽게 답변하기 어려운 것은 그래서이다.

문학이 자본을 경험한다?

1. 이상한 나라에서는 앨리스도 이상하다

이상한 나라wonderland에서는 불가피하지만 '앨리스Alice'도 붉은 여왕의 법칙과 같은 이상한 논리에 따라야 한다. 그것이 생존을 위한 유일한 법칙일 경우에는 말이다. 이제 클리셰가 되었다고 해도, 현재의 문학 상황을 말하기 위해 전 지구적 자본화 현상을 언급하지 않을 수는 없다. 자본의 논리에 따르면, 진화하는 시스템 안에서 생존을 영위하고자 하는 행위자는 반드시 지속적인 발전을 위해 노력해야 한다. 유기적으로 움직이는 시스템과의 적합성을 유지하기 위해 개별 존재들의 생존의 노력이 요청된다는 이런 논리는 문학에도 예외 없이 적용되는 듯하다. 의식하든 그렇지 않든 현재의 문학은 대문자 문학뿐만 아니라 개별 작가와 작품 혹은 비평조차 진화하는 시스템에 적응하는 중이다. 최근 문학의 자기갱신을 둘러싼 가능성을 타진하는 논의가 이루어지는 것도 이 경향과 무관하지 않을 것이다.[1] 물론 이런 논의에는 자본의 세계체제화에 대한 보다 엄밀한 사유[2]가 덧붙어야 하며, 이런 논리가 자본에의 순응 논리로 귀결될 수 있음에 대한 경계의 사유[3]가 첨부되어야 한다. 이상한 나라를 벗어날 수 있는 가능성에 대한 논의, 가령 전 지구적 자본화에 직면한 문학의 존립에 관한 논의 등은 어떤 방식으로든 계속되어야 한다. 그리고 이와 동시에 간과하거나 외면하지 말아야 할 것은 개별 작품들이 자본을 경험하는 방식 자체에 대한 세심한 고찰이다.

자본이 위력을 행사하는 방식은 소설 외적으로 상품성의 위상을 강화한다거나 내적으로 소재와 제재로 등장하는 것에만 한정되지 않는다. 윤성희와 김애란의 소설로 대표되는 일군의 작품에서는 자본의 위력을 생활 감각으로 경험하는 인물군이 등장하고 코쿤Cocoon족의 일상이 이전에는 접할 수 없었던 하나의 문화적 트렌드로 포착되고 있다. 고착된 분류 유형은 아니지만, 가령 일정한 직업 없이 비정규 아르바이트만으로 생계를 유지하는 프리터족, 학교를 졸업하고도 경제적 독립을 거부하고 부모와 함께 살아가는 둥지족, 심지어 교육이나 고용에 관한 어떤 훈련도 거부하는 자발적 고용 거부자인 니트NEET족에 이르기까지, 한국사회에는 기존의 계층 구분법에 해당하지 않는 새로운 계층들이 현재에도 계속 무한증식 중이다.[4] 교육 정책, 사회 분위기, 개인의 기질 등 새로운 종족의 등장 원인에 대한 다각도의 분석이 가능할 수 있겠지만, 무엇보다 이들은 출현은 저성장

---

1) 「포커스 : '문학의 시대' 이후의 문학비평」, 『문학동네』 2006년 가을호.
2) 한기욱, 「한국문학의 새로운 현실 읽기」, 『창작과비평』 2006년 여름호, p. 209.
3) 황종연, 「문학의 묵시록 이후—가라타니 고진의 「근대문학의 종언」을 읽고」, 『현대문학』 2006년 8월호 참조.
4) 「저성장 바이러스」, 한국경제신문 2006년 8월 27일자.

으로 요약되는 장기화된 경기침체와 무관하지 않으며, 이런 맥락에서 이들은 사회의 갈등과 모순의 단면을 보여주는 문제적 존재들이라 해도 좋을 것이다.

이들의 출현은 새로운 문화 창출로 이어지고, 이들의 경제 감각은 하나의 생활 감각, 패턴화된 소비행태, '그들만의' 라이프스타일로 자리 잡고 있다. 문제적 존재들이 보여주는 또 하나의 흥미로운 지점이 아닐 수 없다. 이러한 현상은 편재화된 자본의 위력이 역설적으로 파편화된 문화 감각을 통해서나 경험 가능한 것이 된다는 점을 말해준다. 오늘날의 계층 간 분화는 쉽게 넘나들 수 없는 문화적 차별화의 형식으로 등장하는 게 사실이다. 문학의 경우로 한정해 보아도, '그들만의' 계층 문화를 말하고자 하는 목소리가 등장하고 그런 분화 감각이 '말하는 방식'의 차이로 형식화되는 경향이 강화되는 추세이다. 때문에 문학이 자본을 경험하는 방식에 대해 말하고자 할 때, 일정한 직업 없이 아르바이트로 생계를 유지하는 이른바 '나 홀로-옥탑방족'의 출현이나 자신이 속한 계급의 치부(恥部)까지 드러낼 수 있는 '중상류층-고급 지성'의 등장을 읽어내는 것만으로는 자본과 문학 간의 미묘하고도 복합적인 관계 국면을 충분히 포착할 수는 없다. 아마도 그것은 자본에 대한 작가의 경험 혹은 자본의 소설화가 작품의 보다 깊은 심층에 그 흔적을 새겨놓기 때문일 것이다. 따라서 자본과 문학의 상관성을 고찰하기 위해서는 자본이 경험되는 방식, 자본이 문화에 침윤되는 과정들, 그런 문화적 주체들의 차별화된 목소리 자체에 좀더 깊이 천착할 필요가 있다.[5]

---

5) 이 글에서 다루고자 하는 작품은, 서하진, 「요트」, 『문학과사회』 2005년 가을호: 정미경, 『발칸의 장미를 내게 주었네』, 생각의나무, 2006;「내 아들의 연인」, 『작가세계』

2. 치부(致富)는 치부(恥部)가 아니라고 말하는 자는 누구인가

중산층 이상의 삶을 다루는 최근 몇몇 소설이 보여주는 흥미로운 지점은 중산층의 삶을 말하는 그들 자신의 목소리, 일인칭 목소리의 등장이다. 가령 서하진의 「요트」(『문학과사회』 2005년 가을호)나 정미경의 「내 아들의 연인」(『작가세계』 2006년 여름호), 정이현의 「어금니」(『작가세계』 2006년 가을호)에서 중상류층 인물들은 그들의 삶을 자신들의 목소리로 이야기한다. '여러분! 부자 되세요'를 외쳤던 CF 문구가 한때 인기를 끌고 '로또복권' 열풍이 예상을 뒤엎고 전 국민을 달아오르게 한 시절이 있었다. 그리 오래되지도 않은 '한 시절'에 우리는 국가와 기업과 은행이 파산할 수도 있으며, 국가가 개인의 재정을 위협할 수도 있다는 당혹스럽고 달갑지 않은 사실을 경험한 바 있다. 이후 계급 간 격차가 심화되었고 이른바 중산층이 붕괴되었으며, 장기적 실업이나 고물가 그 밖의 다양한 방식으로 특정한 누구랄 것도 없이 모두가 재정 압박과 생활고에 시달리게 되었다.

현실의 생활고가 문학을 강퍅하게 만들었다고 말하려는 게 아니다. 현실의 사회변동이 매개 없이 문학에 반영된다는 식의 단순논리를 들먹이려는 것도 아니다. 알튀세르 식의 최종심급론이 현재의 문학 상황을 충분히 해명해준다고 여기지도 않는다. 그러나 그럼에도 그 '한

2006년 여름호; 정이현, 「어금니」, 『작가세계』 2006년 가을호; 윤성희, 「재채기」, 『문학사상』 2006년 4월호; 김중혁, 「유리방패」, 『창작과비평』 2006년 여름호; 박주영, 『백수생활백서』, 민음사, 2006; 황정은, 「모기씨」, 《문장웹진》 2006년 5월; 황정은, 「문」, 『문학동네』 2006년 가을호 등이다. 이후 소설의 인용 부분에는 본문의 괄호 안에 작가와 쪽수만 명기하고 필요한 경우에 작품명을 밝히도록 한다.

시절'을 거치면서 우리는 점차 속물과 부르주아의 영역이 반드시 일치하지 않으며, 건전한 치부(致富)와 나쁜 치부(致富)가 있다는 식의 논리가 가능하고 치부(致富) 혹은 치부(致富)에의 열망이 숨겨야 할 것도 더러운 것도 아니라는 식의 논리에 어느덧 익숙해졌다고 해야 한다. 그러니 중상류층의 문화를 말하는 일인칭 목소리의 등장이 현실사회의 변동과 무관하다고 말하기는 어려울 듯하다.

이들 소설에는 공통적으로 치부(致富)가 더 이상 치부(恥部)가 아니라는 인식이 전제되어 있으며 그렇기에 박완서로 대표되는 이전의 중산층 소설들과 달리 화자들은 스스로를 변호하거나 비판하기만 하지 않는다. 그들의 삶은 그들 자신의 목소리를 통해 매우 균형감 있는 일상으로 포착되는 편이다. 그저 우월의식에 의한 것만은 아닌 이런 목소리의 출현이 가능한 것은 그들의 계급적 정체성이 재정 상태에 의해서만 결정되지 않으며 중상류층인 그들이 그저 물질적으로만 풍요로운 존재들이 아니기 때문이라고 해야 한다. 예컨대, 그들은 "사용하는 단어, 억양, 발성, 그 모든 것이 그 사람의 교양과 심리와 삶을 드러낸다고" 믿으며 그렇기 때문에 "고함을 지르거나 욕설을 뱉"지도 않는다. 자신의 입장을 표명해야 하는 자리에서는 "제 뜻이 분명히 전달되도록 신중하게 단어를 선택하고 목을 가다듬고 명료하게 그것을 발음한"(서하진, p. 91)다. 이제 그들은 교양 있는 목소리로 그들의 처지와 태생적 한계를 서슴없이 토로한다.

물론 그들도 강남의 50평대 아파트로 상징되는 현재의 삶을 영위하기 위해 많은 것을 희생해야 했다. 어린 시절부터 꿈꿔오던 일들을 망각한 삶을 살아야 했고(서하진), 이기적이고 교활한 계산법을 "결혼으로 이어지는 인연이란 결국 타이밍의 문제"(정미경, p. 235)라는 애매한 핑계로 얼버무려야 했으며, 자신의 삶이 "죽음을 가장하고 사라져버리든지, 실제로 제 안의 자신을 죽여버리든지 둘 중의 하나를 선택해야 하는"(정미경, p. 229) 삶일지도 모른다는 사실을 애써 외면해야 했다. 그들도 자신의 내면을 비판적으로 바라볼 수 있는 윤리의식을 가지고 있음에도, 어쩔 수 없이 자신마저 속이는 고통스러운 선택들을 감행해야 했는지도 모른다.

그 일이 입방아에 오른 것은 최근이지요. 혹시 계획적인 일이 아니었느냐 우스개처럼 묻는 이도 생겨났습니다. 그런 질문에 저는 그저 어색한 웃음으로 답하지요. 계획이라니요. 저는 그렇게 유치한 인간은 아니거든요. 낯선 곳에서, 아무런 준비 없이 아이를 낳는 일은 정말이지 끔찍했습니다. 거리에서 구급차에 실려 가고 행려병자 취급을 받으면서도 의료비 부담을 감해볼까 싶어 비굴하게, 최대한 불쌍한 표정을 지어야 했던 그 며칠, 아이를 안고 있던 괴물같이 생긴 남자 간호사, 뭐라 하는지 도무지 한마디도 알아들을 수 없었던 그 엄청난 공포를 생각하면 마땅한 보상이 아닌가…… 물론 혼자 생각입니다. 〔……〕 상황이 그렇게 된 것을, 그대로 인정하면 그뿐인데 왜 그처럼 치졸하게 구는지, 안타까운 일이라고 저는 생각합니다. (서하진, p. 94)

그럼에도 그들은 '착하고 영리하거나 차분하고 성실한' 삶의 선을 위반하고자 하는 아이를 선 안쪽으로 무사히 구해내기 위해 최선을 다하며, 자신의 아이가 사회가 요청하는 가치를 모두 무시하고도 무탈하게 잘살 수 있도록 여러 가지 '조건'을 마련해주는 일에 한순간도 망설이지 않는다. 언제 어디서도 그들은 기득권을 포기하려 하지 않으며 그런 그들의 이기심을 세련되게 변호하는 능력/자세를 잃지 않는다. 그들 자신의 목소리가 말하는 바에 따르면, 자신의 아이가 미국 국적을 갖게 된 것 그래서 군대 입영을 피할 수 있게 된 것은 그저 상황에 의한 것이지 사회의 일원으로서의 의무를 저버리고자 했던 이기적인 발상에 의한 것이 아니다(서하진).

그러니까 「내 아들의 연인」의 일인칭 화자는 '뼛속 깊은 부르주아 청년'인 자신의 아들과 지독하게 가난한 아들의 연인이 헤어지기를 바란다고는 말하지 않는다. 자장면에 무슨 봉사료냐고 묻는 아들의 연인을 묘한 표정으로 쳐다보던 카운터 아가씨의 태도나 매장에서 옷을 파는 판매원의 업신여기는 표정을 통해 「내 아들의 연인」의 '나'는 말로는 표현할 수 없는 불쾌한 기분을 경험하게 된다. 그러나 그녀는 자신의 아들과 가난한 연인 사이에 "뼛속 깊은 데서 나오는 다름"(정미경, p. 228), "극복할 수 없는 계층의 문제"가 가로놓여 있음을 알고 있기에, 불쾌함의 원인이 아들의 연인의 가난 때문이라고, 아들의 가난한 연인을 '뼛속 깊은 곳에서부터' 원하지 않는다고는 결코 말하지 않는다. 흥분하면서 덤벼들지 않아도 그녀는 아들의 연인과의 마지막 만남을 예견할 수 있고, 다시는 만날 일이 없을 것을 확신할 수도 있다. 계층적 차이에 대한 거부감은 그저 "겉도는 느낌과 묘한 이질감"(정미경, p. 224)으로 명명하면 될 뿐인 것이다.

「굿바이! 휴먼」에서 계몽과 고백의 문법을 거스르는 '골 빈 화자'의 대두를 다루면서 이광호가 언급한 바 있듯이, 소설에서 화자는 단지 형식적인 기능만을 가지지 않고, 이야기의 성격과 내용 그리고 독자의 수용 방식을 결정한다. 화자란 어떤 이야기는 부각하고 어떤 것은 은폐하는 권력의 자리에 위치하며, 때문에 순수하게 투명하거나 자립적인 인격일 수 없다.[6] 이런 면에서 일인칭 화자를 통한 고백의 방식은 중상류층의 삶을 사는 그들이 스스로를 비판할 수 있는 '성찰'의 지점을 드러내고 그러면서도 자신들의 삶을 가능하게 했을 비윤리적인 선택들에 대한 정당성을 피력하기에 매우 적절한 형식이라고 하지 않을 수 없다.

D는 지금 자신의 삶을 있는 그대로 받아들인다. 적어도 다른 방식의 삶을 그리워하는 것처럼 보이지 않는다. D의 그런 점이 날 매혹했지만, 동시에 피곤하게 만들기도 한다. 그럴 때 우리,가 다르다는 걸 느낀다. D가 가장 낯설게 느껴지는 건 D가 살고 있는 그 장소에서의 D가 아니라, 삶을 유영하는 D의 태도이다. 유희하는 인간이어도 될 순간조차 존재,를 고집하는 그녀. 엄마 말처럼, 넘을 수 있는 벽과 넘을 수 없는 벽이 존재하는 게 아니라 넘을 수 있는 벽과 사실은 넘고 싶지 않은 벽이 있을 뿐인 걸까. (정미경, 「내 아들의 연인」, p. 231)

공교롭게도 울트라 부잣집 아들이 연인에 대한 불편한 감정을 드러내는 방식 또한 내면이 '직접적'이고 '투명'하게 드러난다는 규약이 통용되는 일기 형식이다. 고백 형식을 통해, 그들은 자신들이 느끼는 혼란을 응시할 수 있는 자기 객관화의 가능성과 그것을 부인하고 싶은 솔직한 내면까지 동시에 드러내게 된다. 때문에 날마다 백화점에 나와 쇼핑을 하거나 부은 다리를 위해 스파에 들르고 집안일은 전부 남한테 맡겨놓거나 자신과 무관한 사람들이 당하는 부당한 일에 대해

---

6) 이광호, 「굿바이! 휴먼—탈내향적 일인칭 화자의 정치성」, 『이토록 사소한 정치성』, 문학과지성사, 2006, p. 106.

서는 마비된 이성으로 대처하는, 그녀의 딸과 남편으로 대표되는 부르주아적 속물성에 대한 자기냉소도 일정한 진정성을 부여받게 되는 것이다.

어쩌면 그렇기 때문에 한국사회가 겪는 단절과 분열의 한 국면을 포착하고 있는[7] 정미경의 「내 아들의 연인」은 계층 간 단절에 관한 뼈아픈 진실 가운데 한 가지를 날카롭게 드러내고 있는 것인지도 모른다. 이 소설을 통해 우리는 울트라 부잣집 아들과 찢어지게 가난한 아들의 연인 사이의 ‘간극’이 “모든 것을 다 받아들일 수 있”을 거라고 여겨지는 사적인 이해관계 속에서 해소될 수 없는 것이자, 이제는 개인의 선택 여부와 무관하게 네트워크 자체에 의해 자율적으로 조절되는 것이며, 무엇보다 표면화되지도 해소되지도 않는 것임을 알게 된다.

　　—미성년자 건드리는 게 얼마나 복잡한데. 하필이면……

　아무래도 그는 무용담을 함께 나누고 싶은가 보다. 나는 와인셀러를 열고, 1999년산 무똥까떼를 꺼내어 딴다.

　　—한잔하자고? 어, 웬일이야?

　아무 말 없이 남편의 유리잔에 포도주를 따른다. 일을 수습하기 위해 그가 자행했을 여러 가지 ‘노력’에 대하여 얼마든지 짐작할 수 있었다. 용서할 수도 있었다. 그가 현우의 아버지이듯, 나는 그 아이의 엄마이므로. (정이현, p. 238)

---

7) 김영찬, 「닫힘의 감각, 혹은 우울과 공포」, 『작가세계』 2006년 여름호, p. 302.

문제는, 정이현의 「어금니」가 보여주듯이, 그들의 이런 자기이해 방식에 의해 원조교제를 하다가 교통사고로 상대 여자를 죽음에 몰아넣게 되는 순간이, 아들의 미래를 망칠지도 모를 생의 음험한 부비트랩을 만난 순간으로 뒤바뀌게 되는 지점에 놓여 있다고 해야 한다. 세계가 자신들을 중심으로 움직이며, 외부는 그들을 위협하는 피해야 할 영역일 뿐이라는 전도된 피해의식에서 결국 결핍된 것은 '책임'에 대한 의식의 총체적 부재이다. 그러니 아말감을 벗겨낸 자리처럼 그들 중상류층의 삶이 공허하다는 것을 그들 자신이 안다고 해도, "아마도 나는, 나와 영원히 화해하지 못할 것"(서하진, p. 238)이라고 그 속내를 드러낸다고 해도, 일인칭인 그들의 목소리 혹은 그들의 고백이 자신의 계급적 정체성에 관한 자기-합리화와 무관하다고는 말하기 어렵다. 무엇보다 이 모든 내면의 갈등과 자기비판적 시선은 정확히 계산된 편안한 밝기의 가장 쾌적한 온도가 유지되는 공간에서 바쁜 일도 없으면서 지친 몸과 마음을 달래는 스파를 받으면서나 떠올리는, 변화 없이 무료한 그들의 일상을 견디게 해줄 소소한 재미에 불과할 뿐이다. 아들의 연인에 대한 연민 또한 실상 생기와 활기로 들떠 있던 자신 혹은 자신의 지나간 젊음에 대한 자기애적 연민에 가깝다고 해야 옳을 것이다.

요컨대 중상류층 인물들이 자신의 목소리로 직접 그들의 삶을 말할 때, 일인칭 화자가 불러들이는 허구적이고 이데올로기적 패러다임[8] 안에서 그들의 삶은 보다 효과적으로 계층적으로 정당화될 수 있다. 가령, 「내 아들의 연인」의 일인칭 목소리가 말해주는 바, 편하게 자

---

8) 스즈키 토미, 『이야기된 자기』, 한일문학연구회 옮김, 생각의나무, 1996, p. 33.

란 아이들만 "제 삶을 그대로 두고, 변형시키지 않고, 필요한 것만 손 내밀어 집어들 수 있길 원하"(정미경, p. 233)는 종족에 속하는 건 분명 아니다. 그럼에도 고백의 형식을 통과하면서 이 부정적 속성은 그녀가 속한 계층의 속성으로 그려지지 않으며, 요즘 아이들이라는 모호한 분류법에 해당하는 것으로 슬쩍 떠넘겨진다. 그리고 그들이 자신들의 계층적 정체성에 관해 만들어낸 환상, 즉 그들의 정체성이 그들 내부로부터 발현하는 것이라는 환상 속에서, 「내 아들의 연인」의 아들에게 가난한 연인은 정말 불편하고 껄끄러우며 피하고 싶은 "낯설고 혼란스러운 것"(정미경, p. 231)이 되어버린다. 무엇보다 일인칭 목소리에 의해 이 모든 사실들이 "충격적이되 불쾌하지 않게"[9] 그려질 수 있게 된다. 이렇게 해서 그들은 목청 높여 변호하지 않으면서도 사회를 움직이는 다양한 구분법과 이데올로기를 보다 견고한 형태로 재생산하게 되는 것이다.

3. 욕망의 소멸은 타자의 소멸을 부른다

과학의 발전이 여기서 멈추고 자신의 안온한 삶이 지금 그대로 유지되기를 바란다고 당당한 목소리로 말하는 인물군이 등장하는 한편, 한국소설에는 멀쩡하게 대학을 나와서 아무것도 안 하고 부모에게 빌붙어서 그냥저냥 하루를 보내는 삶의 정당성을 호소하는 새로운 인물군이 출현하는 중이다. 그들의 입장에 따르면, 하기 싫은 일을 억지

---

9) 정미경, 「무화과나무 아래」, 『발칸의 장미를 내게 주었네』, p. 48.

로 하면서 자아실현이라고 스스로를 위로하는 사람이야말로 한심하고 우스운 존재가 아닐 수 없다. 고정적인 직장을 갖지 않아도 먹고 살 수 있고 매일 아침부터 저녁까지 일하지 않고도 충분히 잘 살 수 있다고 여기는 이들에게 그렇게 사는 삶은 도무지 이해되지 않는 딴 세상의 삶에 가깝다. 무엇보다 이들에게는 그런 삶에 대해서는 일말의 욕망도 없다(박주영, p. 12).

우리의 유일한 꿈이라면 나는 하루 종일 빈둥거리면서 책을 읽는 것이고 유희는 영화를 실컷 보는 것이다. 생산자로서의 꿈이 아니라 소비자로서의 꿈이다. 그러기 위해서는 돈을 벌어야 한다. 책 볼 시간, 책을 살 돈, 영화 볼 시간, 영화 티켓을 살 돈을 구하기 위해 우리는 일해야 하는 것이다. 그러므로 직업은 우리 인격의 어떤 부분도 반영하지 않는다. 그런 일을 목숨 걸고 열심히 하는 인간들이 한심하기 그지없다고 늘 생각한다. (박주영, pp. 122~23)

내 방 서랍 두 칸을 차지하고 있는 여러 가지 컨셉의 바비들을 들여다보고 있으면 그것들이 앞으로의 내 인생 전체를 요약해놓은 상징으로 다가온다. 장례사를 고집한다면 대원은 바비의 방에 들어오지 못할 것이다. 나는 온갖 옷을 갈아입으며 공주병을 앓다 결혼을 한다. 재미있어 하거나 때론 지겨워하며 날마다 요리를 한다. 어느 날 녹슨 못처럼 천천히 삭아가는 인생을 들여다보는 게 두려워지면 쇼핑을 하며 우울증을 치유하게 될 것이다. 그리고 쇼핑한 예쁜 옷들을 입기 위해 피트니스센터에 나가게 될 것이다…… (정미경, 「소년은 울지 않는다」, 『발칸의 장미를 내게 주었네』, pp. 223~24)

　자신의 아들이 올바른 판단기준 따위에는 아무 관심도 없는 아이라
는 걸 남편도 모르지 않을 터였다. 현우가 꼭 해야 할 일을 하지 않는다
면, 그 이유는 다만 '하고 싶지 않기 때문'이었다. (정이현, pp. 224~25)

　이들은 옥탑방이나 누추한 지하방, 혹은 고시원이나 찜질방에 거주
하면서 아르바이트로 최소한의 생계비를 벌어 '혼자' 살아가는 '미저
러블 개인주의자'들과는,[10] 엄밀히 말해, 다른 종족이다. 재정 상태
와 생활 양태에서 별다른 차이가 없다고 해도 그들의 정체에 대한 인
식, 타자와의 관계맺음 방식은, 사회의 기성 논리에 저항하는 존재들
과도 세상의 논리를 있는 그대로 받아들이는 존재들과도 사뭇 다르
다. 그러나 이들의 삶을 대하는 태도 혹은 라이프 스타일은 이들이
거부하고자 하는 다른 삶의 양식과 그리 다르지 않은 것으로 보인다.
이들은 가족으로 상징되는 상징적 질서에 무심하고 보편타당한 판단
기준이 존재한다고도 믿지 않으며 자신의 존재 이외에는 어떤 일에도
관심을 두지 않는다.
　이들이 공유하는 삶에 대한 인식과 존재관은, 이들이 속한 경제적
계층이 아니라 문화적 계층의 속성에 기반해 있다. 이들은 공통적으
로 생산자이기를 거부하고 자신의 정체성을 소비자로 정향한다. 고정
적인 직업이나 결혼을 통해 사회의 일원이 되기를 거부하는 이런 방
식은 일견 사회를 구성하고 유지하는 기성의 논리에 대한 적극적 저
항처럼 보이기도 한다. 하지만 실상 이들의 선택은 기나긴 고심 끝에

---

10) 심진경, 「미저러블 개인주의, 단자 윤리의 생태학」, 『문예중앙』 2005년 봄호, p. 33.

내려진 전복적 선언이 아니다. 기성의 시선으로 보자면, 생활무능력자인 이들은 그저 '스스로가 원하는' 대로만 살고자 한다. 이들은 저항과 전복의 논리에는 관심도 없다.

요컨대, 이들은 욕망이 없는 존재들이다. 이들은 사회가 제공하는 규범적 이상을 더 이상 믿지 않으며, 그 대신 스스로를 자기 자신만의 정체성의 창조자로 여긴다. 때문에 이들은 스스로가 하나의 전체로 고양되어야 하는 낱개의 개별 존재가 된다. 일본 경제 침체의 부산물인 '프리터족'이 거부할 수 없는 하나의 문화 현상 혹은 새로운 삶의 방식으로 자리 잡은 것에서 알 수 있듯이, 이들의 삶은 이들을 등장하게 했던 연원과는 상당히 다른 자리에 정착한다. 구경미의 『노는 인간』에 등장하는 인물군과 마찬가지로, 이들은 자기만의 세계를 꿈꾸며 소소한 일상에 그저 무심하고자 할 뿐이다. 그러나 레나타 살레클Renata Salecl이 말하고 있듯이, 자신의 삶을 규제하는 기성의 논리를 더 이상 믿지 않는다고 해도, 자기 자신이기만 하면 된다는 논리만으로 이들의 삶이 자유로워지는 것은 아니다. 타자에 대한 참조 없이 자신의 정체성을 자유롭게 형성할 수 있다는 이런 믿음은[11] 결국 자신의 정체마저 뒤흔드는 양날의 칼이 되어 이들에게 되돌아오게 될 것이다.

그렇다면 욕망이 사라진다는 것, 욕망 없는 존재가 등장한다는 것은 궁극적으로 무엇을 의미하는 것인가. 가령, 황정은의 소설에 등장하는 인물들은 타자에 대한 참조 없는 정체 구성 방식이 어떤 끔찍한 결과를 불러오는지 확인하게 해준다. 황정은의 소설은 담백하다. 뚜

---

11) 레타나 살레클, 『사랑과 증오의 도착들』, 이성민 옮김, 도서출판 b, 2003, pp. 11~15.

렷한 캐릭터나 두드러진 사건이 없어서이기도 하지만, 근본적으로 그의 소설에는 욕망이 없기 때문이다. 황정은의 소설에서는 사회 혹은 타자와의 소통 욕망은 물론이거니와 생존에 대한 욕망마저 발견할 수 없다. 외부와 타자에 대한 인식에 기초할 때 거부와 순응의 태도가 결정될 수 있으며, 관계의 가능성도 열릴 수 있을 것이다. 그러나 열망이 존재하지 않는 황정은의 소설에서는 차이와 비교를 통한 동일시와 배제의 대상, 이른바 타자가 존재하지 않는다. 「모기씨」의 '체셔'는 어느 날 갑자기 발생한 교통사고로 철저하게 고립된 상황에 처하게 된다. 어머니가 죽었고 아버지가 떠나갔으며 그를 돌보던 '미오'가 사라졌다. 그리고 하반신 마비로 침대에 누워 그렇게 버려진 '체셔'에게 유일하게 남은 것이 있다면 자신의 환상이 만들어낸 존재인 '모기씨'뿐이다.

　　냉장고 앞에 계란껍질이 쌓여갔다. 계란을 모두 먹어버리기 전에 누군가 왔으면 좋겠다는 생각을 체셔는 하고 있었다.
　　그게 모기라도 나쁘지는 않을 것 같았다. (황정은, 「모기씨」)

　　m은 친구도 사귀지 않고 음악도 별로 듣지 않으면서 중학교와 고등학교 시절을 보냈다. 고등과정을 마치고 난 뒤엔 대학입시를 치르지 않고 집에 틀어박혔다. m은 영화도 보러 가지 않고 산책도 하지 않았다. m은 그냥 날짜가 가는 것을 들여다보고 한두 시간쯤 낮잠을 자고 텔레비전을 보고 이따금씩 현관 밖으로 나와 햇볕을 쬐다가, 해가 지면 잠을 자러 집으로 들어갔다. 아무것도 하지 않는 시간엔 삼촌에게 얻은 낡은 컴퓨터로 오프라인 게임을 했다. 자판을 달각달각 눌러서

고양이를 움직여주면 고양이가 장애물을 뛰어넘었다. 한 개를 넘으면 다시 한 개가 나타나고 또 한 개, 또는 두 개나 세 개가 한 쌍이 된 한 개가 다시 나타났다. 고양이가 뛰어넘을 장애물은 얼마든지 있었기 때문에, 시간은 잘 갔다. 아무리 시간을 보내도 시간은 얼마든지 되돌아와서 견디기 어려울 때도 있었지만 그런 시간도 결국은 흘러갔다. m은 오래전에 선박사고로 숨진 부모님의 보상금을 조금씩 헐어내며 살았다. 꼭 필요한 정도만 먹을 것과 입을 것을 갖추고 지내서 지출은 그다지 많지 않았다. (황정은, 「문」, p. 275)

철저하게 버려진 그— '체셔'가 힘겹게 움직여 남은 음식들로 연명하면서 자신의 환상이라도 나타나기를 기원할 때, 여기에 은폐되어 있는 것은 끔찍할 만큼 처절한 존재론적 고독이다. 자기가 만든 허구적 환각에 빠지는 것조차 기꺼워하게 되는 이런 상황에서는 생존 자체에 대한 질문 외에 다른 어떤 것, 예컨대 욕망이나 타자와 같은 것은 떠올릴 여유조차 없다고 해야 한다. 욕망이 결국 시간적 성취와 무관하지 않은 것이라고 할 때, 욕망이 없는 황정은의 인물들은 고독하고 무심하며 눈에 잘 띄지 않는 인물들일 수밖에 없다. 할머니와 단둘이 살았고 할머니가 죽자 혼자가 된 「문」의 'm'의 경우도 다르지 않다. 그러니 「문」의 'm'에게 이미 죽은 존재들을 불러들이는 등 뒤의 '문'이 있다고 해도 전혀 이상할 것이 없다. 이곳은 이미 '이상한 나라'이기 때문이다.

'이상한 나라'에서 혼자 하는 놀이를 즐기는(사실 즐기는 상황이라고는 할 수 없지만), 혹은 즐기는 것처럼 보이는 이들은 시간을 그냥 흘려보내면서 투명하고 희미한 존재로 살아간다. 이들에게는 '이름'

따위는 별로 중요하지 않다. 불려본 적도 사용된 적도 거의 없는 불필요한 것에 불과하므로, 지하철 철로에 뛰어든 남자를 '사과'로 부르든 '두리안'으로 부르든 아무런 상관이 없는 것이다. 더구나 완전히 고립적인 세계를 사는 이들에게는 관계 따위는 관심의 대상도 아니다. 자신이 지하철역에서 자살 사고를 목격했다고 해도 그것을 설명하거나 전해야 할 '대상'조차 없다. 말을 하고 싶어도 그들에게는 "들어줄 사람이 없"는 것이다. 때문에 그 모든 사연들이 'm' 자신의 내부에 새겨지고 결국 환영으로 떠돌게 되는 것이다.

지하철 사고의 장본인인 '그,' 지하철역에서 우연히 만난 그, 그는 'm'과 잠깐 대화를 나눈 뒤 지하철이 들어오는 철로로 뛰어들었다. 이후 소설이 전개됨에 따라 확인되는 그의 사연을 요약하면 다음과 같다. 사흘간 아무것도 먹지 못한 채 거리를 배회하다가 버린 음식을 주워 먹던 여인을 발견했고 그 여인의 셔츠를 훔쳐 입었는데, 그 옷에서 우연히 상품권을 발견했다. 윤리에 무감각해진 상태에서 상품권으로 먹을 것을 사려고 했으나, 먹을 것을 고른 후 그는 상품권을 잃어버렸음을 알게 되었다. 상품권으로 그는 천국과 지옥을 오가게 되었는데, 먹을 것을 구할 수 있을 것이라는 부푼 꿈이 불러온 것이 환희라면 그것을 잃어버렸음을 알게 되었을 때 그가 잃어버린 것은 단지 상품권이 아니었다. 상품권 분실이 의미하는 바, '먹을 것'을 구할 수 없다는 상황으로 그는 생명 혹은 존재 자체의 전락을 경험하게 된다. 결국 그는 지하철 철로로 뛰어들었다.

그렇다면 과연 지하철 남자의 자살에 얽힌 사연을 단지 좌절감이나 절망감이라고 말할 수 있을까. 분명한 것은 자신의 욕망과 타인과의 관계를 돌아볼 만한 여유가 그에게는 전혀 없었다는 점이다. 비록 그것이 허구적인 방식을 통해 자신을 설득하는 것이라 할지라도 김애란이나 윤성희의 인물들에게서 감지할 수 있는 일말의 여유가 이들에게는 없다. 김애란과 윤성희의 경우라면 욕망이 아니라 욕망을 억눌러야 하는 것이 문제다. 김애란과 윤성희의 인물들에게는 자기만의 공간을 갖는 것, 집을 소유하는 것 등 크고 작은 욕망들이 있으나 그것이 실현 불가능한 것임을 잘 알고 있다는 데서 그들만의 독특한 생존 방식이 생겨난다. 김애란과 윤성희의 소설이 '그들만의' 허구를 만들어내게 되는 것은 외면하거나 억압해야 할 인물들의 욕망을 처리하는 방식과 연관되어 있는 것이다.

그러나 황정은의 인물들에게는 자신을 추스르고 가짜 미소를 날릴 만큼의 여유가 없다. 만일 이런 것도 '관계'라는 명명이 가능하다면, 이들은 결코 스스로 볼 수도 열 수도 없는 등 뒤의 문을 통해서만, 그것도 죽은 자들, 죽어서 서로의 영혼에 흔적을 남긴 존재들과만 관계를 맺을 수 있을 뿐이다. 모든 것에 자신이 넘쳐서 매사에 '그냥'을 외치는 것이 아니라 아무런 욕망도 없는 '그냥'의 존재, "희로애락이 희박"(「문」, p. 284)한 이런 존재들은 영혼마저 점차 희미해지는 지하철 남자와 마찬가지로 현실의 논리로는 존재가 아닌 존재, 존재하지 않는 존재라고 해야 한다. 타자가 소멸된 자리에서는 어떤 존재 방식도 불가능하기 때문이다.

주디스 버틀러Judith Butler가 강조하고 있듯이 넘을 수 없는 벽처럼 여겨지는 계층 간 단절은 반복적인 수행의 결과일 뿐이며, 이 단절은 무엇보다 내러티브를 통해 강화되는 경향이 있다. 이에 대한 충분한 사유 없이 문화적 결정주의의 덫에 걸려들면 그들의 계층적 정체성이 구성되는 장면들, 무엇보다 물질화되는 장면들을 도외시하게 된다.[12] 요컨대, 경제적 계층화가 불러들인 차이를 문화의 차이로 받아들이고 그 차이가 구성되는 장면에 천착하지 못하거나 오히려 그 차이를 극대화할 때, 그 결과는 이처럼 참혹하다고 해야 하는 것이다.

4. 때론 죄의식과 방관자 의식도 '다른' 세계를 여는 문일 수 있다

욕망이 타인과의 관계 속에서 생성되는 것이라면, 죄의식과 책임에 대한 사유 또한 욕망을 매개로 시작된다고 해야 한다. 욕망과 죄의식은 타자와 공동체를 염두에 둘 때 논의될 수 있는 영역이다. '고백의 날'이라는 가상의 기념일을 중심으로, 죄의식에서 시작된 타인에 대한 배려가 결국 책임을 떠올리게 한다는 것을 말하고 있는 윤성희의 「재채기」에 의하면, 죄의식이란 사후적인 것이며 컨텍스트적인 것, 따라서 매번 재구성되는 것이라고 할 수 있다.

수치심을 못 견딘 여자 아이가 자살을 했다는 이야기를 전해 들은 그는 그날 아들의 머리를 쓰다듬어준 것을 두고두고 후회했다. 죄책감을 못 견딘 그는 부인과 자식들을 내버려둔 채 산속으로 들어갔다. (윤성희, p. 140)

수명이 알지 못한 것이 있다. 나는 나를 피해 어디론가 가는 것이 아니라 나를 찾아 달려가고 있는 것이라 생각한다. 다만 나는 그 길을 외

---

12) Judith Butler, *Bodies that matter: On the discursive limits of "sex"*, New York: Routledge, 1993, introduction 참조.

면하고 있을 뿐이다. 멀리 돌아갈 것이 없지 않은가. 나 자신이 한 편의 비루한 다큐인데. 비제이 엄마의 외마디 비명 같은 하소연, 갑작스러운 발병, 긴 투병 끝에 얼굴도 모르는 또 한 명의 비제이의 신장을, 아니 목숨을 빼앗은 나, 그런 나를 두고 다른 얼굴의 나를 찾아 헤매고 있는 것이다. 〔……〕 트럭은 무화과나무 아래를 달려가는데, 하산은 쉼 없이 깔깔거리는데, 그런데, 나는 어디로 가는 것일까. (정미경, 「무화과나무 아래」, 『발칸의 장미를 내게 주었네』, p. 65)

말하자면 죄의식과 책임의 문제에 관한 한, 죄의식을 불러온 '실수' 자체나 그것이 어떤 '실수'였는가 보다 중요한 것은, 그 '실수'가 어떤 결과를 이끌었는가, 누구에게 어떤 상처를 주었는가 그리고 그것이 '나에게' 어떻게 죄의식으로 남게 되었는가의 문제인 것이다. 언제나 고백은 결국 자기 합리화를 위한 최선의 해결책이므로, 사소하게 실수하고 (또 고백하기도) 하는 삶이 우리의 삶 전부일지도 모른다는 말은 언제나 허구적 자기기만에 가깝기 마련이다. 그럼에도 윤성희의 「재채기」가 보여주듯이, '죄의식'은 타자에 대한 최소한의 인간적 예의에서 발생한다. 의도 없는 행위조차 타인에게 상처가 될 수 있음을 염려하는 여린 마음에서 생겨나는 윤성희식의 '죄의식'은 정미경의 「무화과나무 아래」의 '나'가 보여주는 자신의 비윤리적 행위를 스스로 합리화하고자 하는 자존의 방식과는 분명히 다른 것이다. 「무화과나무 아래」에서 갑작스러운 발병으로 외국 사형수의 신장을 이식받고 자신을 괴롭히는 죄의식을 피해 위험 지역만을 대상으로 하는 다큐를 찍고자 하는 '나,' 그의 죄의식은 결국 타자와의 관계와는 무관한 것이며 그가 용서할 수 없는 것은 살기 위해 타인의 목숨을 빼앗고자 했던 자신의 행위 자체일 뿐이다.

죄의식은 분명 거꾸로의 방식으로 공동체의 문제를 사유하게 한다. 물론 이런 방식만 가능한 것은 아니다. 김중혁의 「유리방패」에서 짝패인 '나와 M'은 서른 번도 넘는 면접을 보았으며 승률 제로의 경력을 가지고 있다. 근본적으로 이들이 면접에 임하는 '그들만의' 방식을 고수한다는 점에서, 이들의 탈락 사유는 매번 다르면서 같기도 하다. 물론 이들도 "후반전이 시작됐는데 혼자서만 로커룸에서 자고 있다는"(김중혁, p. 118) 공포에 시달리지 않는 것은 아니다. 그럼에도 이들은 지원한 회사가 어떤 곳인가에 대해 상세히 파악해야 한다는 "면접 준비의 첫번째 원칙"(김중혁, p. 97)도 기억하지 못할 정도로 '그들만의' 방식에 철두철미하고자 한다. 흥미로운 점은 점차 면접 횟수가 늘어나면서 이들에게는 자신들이 회사를 평가하고 있는 것 같다는 역전의 사유가 생겨난다는 점이다. 그리고 관점의 전환은 자본의 논리로만 운영되는 취업의 장을 퍼포먼스 혹은 이벤트가 가능한 다른 장소로 뒤바꿔놓는다. 주방용 저울을 파는 인생을 위해 면접을 보는 것이 아니라, "주방용 저울을 이용해서 재미있는 면접을 볼 수 있을 것 같아서"(김중혁, p. 104) 원서를 낸다는 식의 논리가 만들어지게 되는 것이다. 이렇게 해서 「유리방패」는 취업을 위한 면접과 같은 현실 논리를 직접적이고 노골적인 방식으로 거부하지 않으면서도 현실 논리를 조롱할 수 있는 '다른' 지점을 발견한다고도 할 수 있다. 물론 「유리방패」에서 작가 김중혁이 말하듯이 "사람과 사람 사이는 이해할 수 있는 게 아니"(p. 107)며, 사람들 사이에 있는 넘어설 수 없는 차이들을 인정해야 하는 것이 이곳의 현실 논리이기는 하다. 그러니 '다른' 지점에 선다고 해도 '그들만의' 선택 혹은 행위가 누군가의 방패가 될 수는 없을지 모른다. 사실 "떨어뜨리기만 해도 깨지는 방패, 앞은 환하게 볼 수 있지만 적의 공격을 막을 수는 없는 방패, 매일매일 깨끗하게 닦아줘야 하는 방패……"(김중혁, p. 111), 그런 방패로는 고작해야 "실패중독자들을 위로해주"(김중혁, p. 118)거나 진지한 질문을 농담으로 바꾸어줄 수 있을 뿐이다.

윤성희와 김중혁이 제안하는 이 시대를 살아가는 법은 공동체 전체가 죄의식을 나눠 가지면서 역전된 '관계'를 형성하거나 이질적이고 고립적인 영역으로 나아감으로써 자기의 테크놀로지를 관조하는 지점을 확보하는 길이다. 현실 감각에 입각해서 말하자면, 윤성희와 김중혁이 제안하는 자본을 경험하는 방식은 개별 존재들 사이, 이질적인 계층 사이의 간극을 해소하기 위한 처방전으로는 매우 미약한 것일 뿐이라고 해야 한다. 그러나 문화적 계층화가 불러온 존재론적 간극은 그저 책임의식이라는 이름의 도덕적 요청만으로 해소될 수 있는 것이 아니다. 대개 계층적 정체성이 관계 혹은 차이를 통해 구축된다고 할 때, 현재의 계층적 정체성은 차이에 의한 간극을 더 이상 포착할 수 없을 정도의 극단적 차별화에 기대고 있는 것처럼 보이기 때문이다. 그리하여 아이러니하게도 그 간극은 각기 다른 존재방식을 취하는 계층들 간의 역설적 동질화 현상까지 불러오는 듯하다.

계층적 분화가 차별화된 문화적 계층으로 구조화되고 서로를 넘나들 수 없는 단절면을 마련한다는 인식은 타자 혹은 외부에 대한 참조 없는 계층적 정체성이 형성될 수 있다는 거대한 착각을 불러온다. 각자의 방식으로 스스로에 대해 이야기하면 된다는 식의 문학관이 여기서 생겨나게 되는 것이다. 그러나 극단적 차이를 지향하는 그들 각자의 목소리가 지금 이곳에서 그들 간의 동질성을 가속화하고 개별 존재 혹은 계층적 분화에 대한 성찰과 비판을 무효화하고 있는 것이 또한 사실이다.

그러니 문학이 매 순간 자본을 경험한다면, 한편으로 그것은 표면적인 이질성 혹은 극단적 단절의 양상으로 드러난다고 해도 근본에서 삶에 대한 인식이 획일화되는 장면들을 통해서라고 해야 한다. 또한 동시에 이는 획일화되어가는 존재방식에 대한 거리 감각을 유지하는 것 혹은 은밀한 도주를 실행해보는 것과도 연관되어 있다. 요컨대 문학이 자본을 경험하는 장면은 자본의 논리에 길항하는 다양한 존재방식에 대한 성찰과 그 문학적 형식화의 문제로 다루어져야 하는 것이다.

이러한 문맥에서 보자면 어찌해도 한국문학에서 윤성희나 김중혁식의 탐색은 소중하다고 해야 하는데, 그것은 그들에 의해 자본을 경험하는 '다른' 방식에 대한 가능성이 모색되고 있기 때문이다. 작가의 의도 여부와 무관하게, 죄의식을 통해 내부적 통합을 지향하거나 방관자의 의식으로 현실 논리를 교란하는 방식은 외부 혹은 타자의 존재 가능성에 대한 조심스러운 탐색임에 분명하다. 물론 이들의 방식이 자본을 경험하는 '가능한' 방식의 전부라고 말할 수는 없다. 그럼에도 명백한 것은 이곳이 '이상한 나라'임을 말해주는 작업들이 결국 자본을 경험하는 '다른' 방식에 대한 힘겨운 탐색이며, 이 모색을 거점 삼아 한국문학은 자본을 경험하는 여러 갈래의 '다른' 길을 만들어내고 있다는 사실이다.

체념과 혐오의 '틈새,' 소설이 놓인 자리

돌이켜보면 포스트모던이라는 이름으로 치장했던 하위문화의 시대
에는 그나마 예술의 가능성에 대한 일말의 희망들이 사구의 모래처럼
고요히 쌓이고 있던 것이 아닐까. 좋든 싫든 우리는 예술의 경계와
흔적을 지워버린 키치의 시대조차 이미 겪어버린 것이 아닐까. 그렇
지 않다면? 예술 빈곤의 시대를 산다는 우리의 비명은 거인의 어깨
위에 올라앉은 난쟁이가 그랬듯 그저 과장된 엄살에 불과한 것일까.
유례없는 예술 호황의 시대를 거친 우리가 노골화된 예술 본래의 가
치에 잠시 낯설어하는 것뿐일까. 분류와 체계의 시절은 오래전에 지
났다고 어떤 철학자는 말하기도 했지만, 난마와도 같은 현상들을 '엔
조이'하다가 문득 두렵거나 부끄러워지는 순간이 없는 것도 아니다.
그래서일까. 이즈음 소설들의 한 부류는 조용하고도 흔들림 없이 자
아에 집중하려는 경향을 보여준다. 이런 경향은 세대와 경계를 초월
한 하나의 시대정신이 되어가는 듯도 하다. 체념하거나 혐오하는 방
식으로 자신을 차갑게 바라보는 시선에서 출발하는 이 글쓰기들은 결

국 예술의 진전에 대해 무엇을 말하게 될까. 여전히 '전위'에서 예술의 진전을 말하는 방식은 그저 시대착오적이기만 한 것일까.[1]

1. 체념의 서사, 위태로운 아름다움의 시작

당연한 말이지만, 끔찍한 장면이나 불쾌한 사건조차 아름다운 소설로 다시 태어날 수 있다. 자기만의 고유의 시공간에서 행해지는 부정기적 불꽃놀이라는 식의 예술미에 대한 정의를 끌어올 수도 있겠지만, 김훈 소설의 미감(美感)은 생명현상의 불가해함에 대한 작가 특유의 어떤 '태도'에서 연유한다. 암을 포함한 종양이 인간을 손쉽게 죽음에 이르게 할 수 있다 해도, 뇌종양 판정을 내린 「화장」의 의사의 설명처럼, "종양은 생명 속에서만 발생하는 또다른 생명"(p. 38)이다. "생명 안에서 생명을 부정하는 신생물이 발생하고 서식하면서 영역을 넓혀가는"(p. 38) 이 발생과 팽창 과정은 철저하게 생명현상의 일부이다. 더 이상 어머니–아들이라는 혈연적 관계를 무의미하게 만들어버리는 치매현상은 어떠한가. 치매 역시 치료대상인 특정 병명으로 지칭할 수 없는 "진행형의 현상이고, 전진되고 확대되는 생리적 과정"(p. 194)이자 멈추게 할 수도 거꾸로 돌려서 정상으로 향하게 할 수도 없는 "속수무책"의 불가역적 생명현상이다.

물론 이것만이 생명현상은 아니다. 임신과 출산, "젖은 분홍빛 어둠 속으로 넘겨지는 밥알과 고등어 토막과 무김치 쪽의 여정"(「화장」,

---

1) 이 글에서 다루어지는 작품은 다음과 같다. 김훈, 『강산무진』, 문학동네, 2006; 이혜경, 『틈새』, 창비, 2006; 한유주, 『달로』, 문학과지성사, 2006.

p. 79)을 떠올리게 하는 아기의 입속과 그 아이를 낳은 여자의 깊고 어둡고 젖어 있는 산도(産道), 그리고 뇌종양으로 투병하는 아내의 병실에서 기갈처럼 느끼는 사랑의 감정 또한 부인할 수 없는 생명현상 혹은 그 결과들이다. 생명현상에서 분명한 것이라고는 시간처럼 되돌릴 수 없다는 점뿐이다. 그 나머지는 그저 불가해이다. 가령 죽음의 문제에만 한정해 봐도 그렇다. 죽음은 고인의 명복을 빈다고 말하고 나서 환자의 미납 치료비와 병실료를 납부하라는 병원 경리직원의 전화처럼 현실적이고 비정한 것이지만, 죽지 않은 딸의 얼굴에서 죽은 아내의 얼굴을 보아야 하는, 헤어날 수 없이 난감한 일이다. 아내의 영정 앞에서 문상하는 여인, 자신이 연정을 느꼈던 그녀의 몸을 시선으로 더듬는 참혹한 일이며, 부의금으로 딸의 혼수를 장만하느라 빌려 쓴 은행 빚을 갚아야겠다는 생각을 떠올리게 하는, "그야말로 스모키"(「화장」, p. 68)한 일이다.

생명의 힘과 죽음의 시간을 교차시키는 이 곤혹스러운 장면들 앞에서 '왜'라는 질문은 그저 '체념'을 지연시키는 무력한 제스처일 뿐이다. 그러니 어쩔 것인가.

나는 내 몸의 느낌을 언니에게 설명할 수가 없었고 불덩이 같은 것이 왈칵 쏟아져나온다는 언니의 느낌에 닿을 수 없었다. 언니가 다시 잠든 후, 언니의 요 밑으로 손을 넣어보았다. 방바닥은 따듯했다. (「언니의 폐경」, p. 234)

김훈의 소설에 따르면, 생명현상으로서의 인간이란 누구와도 공유할 수 없는 내밀한 감각의 소유자들이다. 세상의 모든 여성이 경험하는 생리조차 「언니의 폐경」의 자매들에게처럼 서로 닿을 수 없을 완전히 다른 느낌으로 남을 뿐이며, 공유할 수 있는 것은 그저 방바닥의 온기 정도이다. 「고향의 그림자」의 주인공에게 현실적 공간으로서의 'P항'은 '그의' 고향과는 무관하다. 오히려 그의 고향은 "빛의 비닐이 명멸하는 바다이거나 또는 불길이나 바람이나 잿더미처럼 인간이 거기에 발붙일 수 없는 유령의 시간"(「고향의 그림자」, p. 190)과 같은, 말로는 붙잡을 수 없는 불가해한 어떤 것이다. 무한한 생명현상으로 채워진 생의 불가해성은 그의 소설에서 종종 여성의 육체이라는 진부한 메타포로 표현되기도 하지만, 어쨌거나 그의 방식대로 이해하자면, 생명 현상 내부에서 또 다른 생명 현상이 시작된다고 해도 인간은 윤곽선이 풀어진 채 엉키고 흩어지면서 산맥과 바다와 안개가 뒤엉키고 그저 무한히 계속되는 움직임으로만 남는 '강산무진,' 이 가 없는 세상과 시간의 풍경을 그저 혼자서 가야 할 존재들이다.

김훈 소설을 둘러싸고 있는 체념의 태도는 "자신의 생애 앞에 펼쳐지는 시간의 풍랑을 소리 없이 받아들이는 자의 고요함"(「언니의 폐경」, p. 260)이거나 "어쩔 수 없이 자연스럽게 느껴지는 것"(「강산무진」, p. 346), 즉 시간의 불가역성 앞에서의 겸허이다. 그저 표표히 흘러갈 뿐인 시간 속에서 생명현상으로서의 인간이 놓인 자리는 매우 미미할 것이며, 이런 관점에서는 존재에 대한 무한한 연민과 비애감이 솟아나지 않을 수 없다. 그러니 해독되지 않는 불가해성에 대한 관조나 이해의 끝이 좌절과 허무로 남을 뿐임을 알고 있으면서도 결국 각자의 시간을 살 수밖에 없다는 통찰, 김훈 소설의 이 통찰은 작가 특유의 체념적 태도를 통해서 얻어진 것이라고 말해야 한다.

체념적 태도는 속세의 삶을 지속하게 한다는 점에서 환멸에 찬 현실도피와는 엄연히 다르다. 체념은 이 태도의 소유자를 포함한 모든 것을 관조할 수 있는 거리 감각을 확보해준다. 김훈의 소설이 자본이 거래되는 비열한 장면들, 존재의 무게가 계량화되는 비정한 순간들을 무심하게 보여줄 수 있는 것도 이 거리감각 덕분이다. 특히 「화장」이나 「강산무진」에서처럼 객관적 기록과 주관적 고백의 형식이 교직되면서 거리감각의 완급이 조절될 때, 일방적으로 부인하거나 전적으로 수긍할 수 없는 생의 불가해성에 접근하는 작가의 성숙성은 빛을 발한다. 김훈의 소설은 보이는 것과 말해지는 것의 직조가 내장한 균열로 생의 불가해성의 깊은 공동(空洞)을 아름답게 열어 보인다. 그렇기는 하지만 이 아름다움은 사실 생명현상이 연출하는 다채로운 장면들, 희로애락의 찐득거리는 감정을 걷어내고 고통과 신음에 찬 현실을 그저 관조할 때 얻을 수 있는 것이기도 하다. 발터 벤야민이 우려한 바 있듯이, 현실을 미학화하는 이러한 방식은 비정하고 비열하며 비루한 현실에 대한 순응과 강화로 귀결될 수밖에 없는 위험한 것이기도 하다. 요컨대, 김훈의 소설은 갈등과 망설임 없는 성인 남자의 체념의 서사이다. 여기서 그의 소설의 위태로운 아름다움이 시작되고 끝난다.

2. 절망이자 희망인, 피아간(彼我間)

이혜경의 『틈새』(창비, 2006)는 '무리 짓는 일에 서툰 사람들,' 이들에 관한 이야기이다. '의식적으로' '무리 짓는 일'에서 멀어지려 하지만, '무의식적으로' 그 일에 동참하게 되는 이혜경의 인물들은 종종

‘문밖’의 존재가 되기도 하고 때때로 ‘우리’가 되기도 한다. 이들은, 동료이기에 ‘우리’이기를 요구하는 맹목적 충직함을 거부하며(「그림자」) ‘우리’라는 이름으로 사생활의 경계를 허물고자 하는 백색 폭력에 저항한다(「문밖에서」). 그저 사람들과 최소한의 관계를 맺고(「문밖에서」), 삶이 일으키는 멀미를 잘게 분절하며(「섬」), 사람들 사이의 네트워크 연결만을 해주면서(「그림자」) ‘무리 짓는 일’의 폭력에서 그렇게 비켜서고자 한다.

동시에 이들은 “아닌데 아닌데”(「문밖에서」, p. 109) 하는 일에도 휩쓸리는 존재들이며, ‘우리’에게는 얼마든지 허여되는 너그러움에 친숙하며 그 테두리를 넘어설 때 가해질 폭력 앞에 나약한 존재들이다(「망태할아버지 저기 오시네」). “옷 아래로 덩두렷이 부푼 배가 생명을 담고 오는 배(船)가 아니라 거짓말로 쌓아올린 봉분이라는 생각”(「피아간(彼我間)」, p. 160)이 부끄러움의 눈물로 흘러내린다 해도, 나와 남 사이에 그토록 선명한 금을 긋고 살았던 아버지들과 별다르지 않게, 입양을 위한 가짜 임신으로 피부에 착색된 ‘핏줄’에 대한 의식을 더 단단하게 하는 자들이 또한 이들이기도 하다. 요컨대, 이혜경의 인물들은 제도의 불합리와 관습의 폭력에 맞서는 ‘저항하는’ 영웅도, 삶이 품고 있는 망태할아버지, 그 알 수 없는 두려움에 떠는 소심한 겁보도 아니다.

물론 이혜경은 우리 모두가 피해자이자 가해자라는 논리가 결국 죄의식을 나눠 갖고 공범자가 되는 것일 뿐임을, 이들에 대한 섣부른 규정보다 선행되어야 할 것이 낱낱의 사태 자체에 대한 도해임을 잘 알고 있다. 바로 여기, 섬세하고도 치밀한 도해, 이로부터 그의 소설의 견고한 미덕이 분출한다. 그의 소설의 미덕은 방 안에 떠도는 먼지 무늬와 옷장 뒤편에서 움직이는 벌레 소리를 감지하는 작가 특유의 예민함으로 타자의 이름으로는 다 말할 수 없는 인간 존재의 다면을 짚어낸다는 데 있다. 사람들 사이에 무수한 금이 생기는 순간, 지워지지 않는 생채기가 만들어지는 장면, 익은 상처가 잔잔한 미소로 다시 피어나는 시간들을 섬세하게 짚어내면서, 이혜경의 소설은 인간의 삶에는 영구적으로 고정된 타자의 자리도 불변의 절대악도 없다고 말하고자 한다.

관계의 최소주의를 지향하면서, 의지보다 집요한 상처의 기억들로부터 달아나고, 하루에도 열두 번 이상 날씨만을 화제로 삼는 아일랜드인들처럼, 일단 정지하고 끼어들지 않으면서 "금 넘어오지 마"(「그림자」, p. 53)를 외친다고 해도, 추방당하는 외국인 노동자 '샤프'의 소식을 들으면서 낯선 곳에서 거리재판으로 죽은 동생 '라흐맛'을 기억하는 「물 한모금」의 '아밀'처럼, 대형 마트의 손님들에게서 여동생 유괴사건의 방조자라는 죄의식을 떠올리는 「크레바스」의 '그'처럼, 이들은 끝없이 이어지는 기억의 타래들 속에서 기억의 변비에 걸린 존재들이다. 그러나 이들 모두가 길에서 무심히 스쳐 지나고 말 관계들이라 해도, 「그림자」의 '영란'과 '대니얼'이 상처로 얼룩진 기억의 타래를 풀어놓을 유일한 '단 한 사람'들이 될 수 있는 것, 이 장면에서 우리는 '우리'와 '나'의 '틈새,' 관계의 폭력성과 관계의 불능의 사이, 그 '틈새'를 넓힐 수 있을 가능성을 엿보게 된다.

이혜경의 인간론에 의하면, 결국 인간은 두려움에 떠는 소심한 존재라서 "다른 사람을 끊임없이 의심"(「그림자」, p. 49)하고 생채기를 입히지만, 미묘한 진동에 흔들리는 나약한 존재라서 서로 의지하게도 된다. 이런 의미에서 급작스러운 부모님의 죽음에 뒤이어, 부모님의 재산을 가로채고 언니와 자신에게 비루한 삶을 살게 한 작은아버지, '그'를 향해 「섬」의 '나'가 던지는 질문, 즉 '무엇이 그를 그렇게 표변하게 만들었을까. 어떻게 그렇게 사람을 모멸할 수 있는 걸까'라는 질문은 인간에 대한 폭넓은 이해와 관련해서 매우 소중한 것이라고 해야 한다. 포스터 한 장으로도 엇나가고 무너질 수 있는 것이 삶이기도 하다는(「틈새」의 '영석') 인식에 바탕해서, "삶이 일으키는 멀미에 마냥 흔들렸을 뿐"(「섬」, p. 84)인 사람들의 숨은 사연에 눈을 두는 것, 이것이 이혜경식 인간 이해법이다. 그녀의 이해법에 의하면, 「섬」의 '작은 아버지'도 그저 일상생활에 지장을 주지는 않지만 단단한 돌도 금 가게 하는 미진에 흔들렸을 뿐이다. 그들이 정반대로 표변할 수 있는 가능성도 바로 여기에 있는 것이다.

그러니 어쩌면 이혜경의 소설은 이혜경의 인물들이 '우리' 안에 속했을 때 삼켜야 했으나 끝내 그럴 수 없었던 말들이자 '문밖에서' 계속하는 중얼거림일지도 모른다. 그들 앞에는 여전히 깊고 날카로운 '틈새'가 놓여 있으며, 그들이 앞으로도 계속 '사람들과 무리 짓는 일'에 서툴 수밖에 없다고 해도 말이다. "산에 나무가 한가지뿐이라면 재미없잖아. 질려서 산에 오를 마음도 없어질 거야. 나무만 있고 풀은 없다면? 나무와 풀만 있고 골짜기를 흐르는 물이 없다면? 아무래도 뭔가 빠진 듯한 느낌이 들 거야. 그런데도 왜 사람은 그게 안 되는지 몰라. 다른 빛깔, 다른 말, 다른 문화, 다르다는 것에 겁을 먹거나 불쾌함을 느끼거나……"(「문밖에서」, p. 104) 그래, "내 새끼와 남의 새끼를 구분하는, 내 핏줄과 남의 핏줄을 구분하는 것, 그게 목숨"이겠지만, 그래도 "그러나 정녕 그것밖에 안 되는 걸까"(「피아간(彼我間)」, p. 151). 날 선 비판보다 강력하게 인간에 대한 폭넓은 이해를 촉구하는 방식, 그것은 결국 서서히 젖어드는 미세한 진동과도 같은 낮은 읊조림이 아닐까.

3. 달로, 달로, 달로 간 이야기들 혹은 정신의 편력

나는 달로 간 사람의 이야기를 알고 있다. 그는 어느 날 달 속으로 홀연히, 잠겨버렸다. 그 광경에 너무나 놀라서, 나는 그만 주저앉지도, 반사적으로 두 손을 치켜들지도 못한 채 그 자리에 붙박여버리고 말았다. 놀랐던 것은 나뿐만이 아니었던지, 그가 늘어뜨리고 간 무게의 흔적까지 고스란히 남아 있었고, 시간은 그때 이후로 손톱만큼도 움직이지 않았다. 다만 그가 지나간 궤적만이 허공에서 길게 몸을 떨고 있을 뿐이었다. (「달로」, p. 8)

한유주의 등단작이자 표제작이기도 한 「달로」는 "나는 달로 간 사람의 이야기를 알고 있다"로 시작한다. 정확하게 말하면, '달로 간 사람'이 아니라 그 사람의 '이야기'를 알고 있다는 '고백/독백'으로 시작한다. 한유주의 모든 문장은 매 순간 미끄러질 운명에 처한 진실이며 곧 흩어져버리고 말 수사학이므로, 어쩌면 낱낱의 문장과 구절들을 되새김질하는 것은 한유주의 세계를 들여다보기 위한 불필요한 절차인지도 모른다. 그럼에도 잠시 멈춰 말들의 진위 여부를 따져보면 이렇다. 「달로」의 '나'의 기억에는 달로 간 사람이 달 속에 잠긴 어느 날의 한 '순간'이 보관되어 있다. 왜냐하면 한유주식 "세계의 기억에는 순간만이 보관되어 있"(「달로」, p. 17)기 때문이다. 다시 왜냐하면

"세계는 접속사와 짧게 울리는 감탄사로 간결하게 짜여 있었고, 나머지 텅 빈 공간은 기억이라는 환상과 환상이라는 고통으로 채워"(「암송」, p. 208)져 있기 때문이다. 이렇게 해서 우리가 상식적으로 떠올리는 '이야기' 문법의 요소들, '누가' '왜' '어떻게' 등은 「달로」에서는 무가치한 질문들로 전락한다. '이야기'에 대한 무수한 정의가 가능하겠지만, 시간의 진행과 무관한 '이야기'는 시간이 손톱만큼도 움직이지 않는 곳에서나 가능한, 이제까지와는 다른 이야기가 아니겠는가.

건조한 뼈마디처럼 탈색된 '먼 옛날이야기'들이 한유주의 '이야기'들로 재조직되고 있기도 하다. 그렇긴 하지만 「세이렌 99」의 문장들이 몽롱한 노랫가락처럼 나른하고도 날카로운 빛깔로 반짝거리고 「죽음의 푸가」의 문장들이 암울하고 야만적인 세계처럼 거칠고 짙은 회색으로 가라앉는다. 요컨대 한유주의 '이야기'를 채우는 '먼 옛날이야기'들은 예전의 그것들이 더 이상 아니다. 고전의 반열에 오른 소설이건 난해함으로 남아 있는 철학서건, 먼 옛날의 이야기들은 끝없이 가공·변주되어 감각을 덧입은 문장들로 다시 태어난다. 이런 식으로 한유주는 지나간 이야기에 기생하면서 미래의 문체에 타격을 가한다. 말 그대로 스타일이 한편의 소설로 완성되면서 시이자 소설이자 에세이이며 시도 소설도 에세이도 아닌 한유주만의 '이야기'로 탄생한다.

이 변주의 방식 혹은 결과물에 대한 작가 자신의 평가가 반드시 긍정적인가. 오히려 작가는 모든 경험과 감각을 정신의 체로 걸러 의식의 산물로 만들어버리는 방식을 자기반성적으로 성찰하며, 전달할 수 없는 것을 전하고자 하는 노력이 쌓은 거짓말의 잔해들에 노골적인 혐오감을 드러내는 편이다. 「그리고 음악」의 사유의 한자락을 빌려 말하면, 현이 끊어질 만큼 거칠고 힘에 넘치는 연주가 연주자 자신을 감동의 통곡에 빠뜨릴지라도(p. 112) 그 감동이 타인과 공유되지 않는 자아도취적 기만일 뿐임을 작가는 잘 알고 있다. 또한 작가는 바로 그렇기 때문에 각각의 새로운 '이야기'들이 타인과 공유 불가능한 음악이 될 수밖에 없음을 정확하게 알고 있다.

"우리의 세대는 수사학이 선인 세대다. 수사를 제외하면 우리에게 대체 무엇이 남을까? 우리에게 언어는 다만 치장일 뿐이다. 치장된 언어는 윤리적으로 거짓말보다 더 나쁘다. 그러므로 우리는 옳지 않다. 가상의 세대에 걸맞은 가상의 언어—우리는 닥치는 법을 배워야 한다"(「그리고 음악」, p. 110)는 식의 문장들에서 단박에 알 수 있듯이, 한유주의 자기 세대에 대한 비판은 더할 수 없이 냉담하다. 그러나 서늘한 자기성찰, 거짓말보다 더 나쁜 언어로 치장한 자기 세대의 비윤리성을 냉소하면서 그러면서도 거짓말을 계속하는/해야 하는 한유주의 방식 또는 닥치는 법을 배워야 한다고 말하면서 닥치지 않는 그만의 방식을 어떻게 받아들여야 하는가.

문명의 야만성과 인류를 포박한 중력을 거부하기 위해 수사학에 기댈 수밖에 없는 이 까다로운 작업이 저주받은 세대의 절박한 진정성의 표현임을 부정할 수는 없겠지만, 이 작업의 끝에서 한유주가 그리워하는 저 너머의 말, 건너편으로 사라진 것들에 대한 기억이 과연 발견될 수 있는 것일까. 어쩌면 육탈의 시간을 거치면서 정신으로 담금질되는 이 길에서 한유주의 '이야기'들은 마비된 이성을 깨울 수 있을 우리의 마지막 비수(가령 자기반성Selbst Reflexion과 같은 것)마저 수사학의 이름으로 휘발시키고 있는 것은 아닐까.

무릇 모든 낯선 것들은 예상보다 빠른 속도로 익숙한 것이 된다.

등단작(「달로」) 이후로 낯선 감각과 새로운 형식 충동으로 세계를 읽거나 말하고자 한 한유주의 글쓰기 방식은 한 권의 책으로 묶이는 동안 점차 이 시대가 허용하는 스타일의 한 가능성으로 받아들여진 것이 사실이다. 예술이든 뭐든 익숙한 것들은 편하거나 지루하거나 둘 중 하나이기 쉽다. 불편한 생소함에도 장단(長短)은 있겠지만, '자기 Selbst'의 다른 이름들이기도 한 '환영'과 '환희'와 내 안의 '너'를 떨치고 나선 길, 그 위에 놓인 한유주의 이 '이야기'들이 '정신Geist'의 편력이라는 이름에 합당할 만큼 앞으로 좀더 생소해져도 좋지 않을까.

III. 흔적들,

작가를 묻고 비평을 돌아보다

1. 텍스트와 글쓰기의 시대

"책에는 대상도 주체도 없다. 책은 갖가지 형식을 부여받은 질료들과 매우 다양한 날짜와 속도들로 이루어져 있다. 책이 어떤 주체의 것이라고 말하는 순간, 우리는 이 질료의 구실과 이 질료의 관계들의 외부성을 무시하게 된다. 〔……〕 이 모든 것들, 즉 선들과 측정 가능한 속도들이 하나의 배치물을 구성한다. 책은 그러한 배치물이며, 그렇기에 특정한 누군가의 것이 될 수 없다."¹⁾ 질 들뢰즈Gilles Deleuze와 펠릭스 가타리Félix Guattari는 책의 주어를 부정하고자 했던 롤랑 바르트Roland Barthes의 입론을 이렇게 반복한다. 흥미롭게도 '책'의 위상을 이데올로기적으로 해체하고자 했던 바르트 혹은 미셸 푸코Michel Foucault는 저자 개념의 전복을 통해 논의의 실마리를

---

1) 들뢰즈·가타리 공저, 『천 개의 고원』, 김재인 옮김, 새물결, 2001, pp.11~12.

풀고자 했는데, 그들의 방식은 저자의 권위에 대한 도전이 1960년대 말의 유럽에서는 대단히 전복적이고 위험한 발상일 수 있었음을 역설적으로 말해준다. 그러나 책이 하나의 배치물이며 문학도 예외가 아니라는 '글쓰기'가 되풀이되는 동안, '책과 저자'의 공간은 텍스트와 글쓰기, 담론의 장으로 뒤바뀌고 재배치되었다. 책과 저자 개념이 역사화되면서 텍스트는 저자의 은밀한 고백의 공간이 아니라 배제되었던 외부를 뛰놀게 하는 유희의 공간이 되었다. 바르트와 푸코의 구체적인 논의가 미묘한 차이를 드러내고 있다고 하더라도, 그들의 작업이래 책과 저자의 초월적 권위는 상당 부분 손상된 것이 사실이다. 유럽 문화의 흐름을 숨이 턱에 닿도록 뒤쫓아온 문화 주변국인 우리에게조차 책과 저자를 둘러싼 전복과 재배치의 '글쓰기'는 새로울 것 없는 익숙한 것이 되었다.

물론 책과 저자 개념의 전복이 그 개념의 소멸을 뜻하는 것은 아니다. 탈구조주의 논의조차 식상한 감이 있는 오늘날에도, 바르트의 시대와 마찬가지로, '책과 저자' 개념은 교과서나 문학사를 통해, 문학잡지의 대담의 형식으로, 출판사의 판매 전략과 대형서점의 저자 사인회의 방식으로 변함없는 지배력을 행사한다. 그렇지만 여기서 우리가 실감하게 되는 것은 책과 저자 개념의 끈질긴 생명력이라기보다, 모든 것을 상품화하고 외부를 허용하지 않는 처치 곤란의 리바이어던, 자본의 위력이다. 책과 저자가 상품과 상품에 대한 권리 주장자가 된 것은 저자(저작권)와 출판사(출판업자) 개념이 등장했던 19세기 이후라는 논리적 항변을 늘어놓는다고 해도, 상품 생산자로서의 저자의 권리를 부정할 수는 없는 지경에 이르렀다. 거칠게 말하면, 이 시대의 시와 소설의 존재방식은 상품성을 노골적으로 표방하거나 자기치장을 가능하게 해줄 개성-인증서가 되는 양자택일의 방식만이 가능한 듯하다.

시공간적 제약을 뛰어넘는 전자-책의 시대가 열렸지만, 아직까지는 다이어리를 채우는 일기 형식과 곧장 오프라인의 잘 팔리는 상품으로 호환되는 방식을 가로지르는 대안적 가능성의 영역을 열어주지 못했다. 그러니 2000년대 이후 새롭게 등장한 우리의 시와 소설이 확정적인 의미로 환원되기를 거부하고 무규정적이고 익명적인 글쓰기를 표방한다고 해도(엄밀하게 말하자면 그들 자신의 발언도 아니지만), 어쩌면 그들은 다른 방식으로 상품성을 인증 받고 있는 것인지도 모른다. 가령, 상품성에 대한 저항의 강도 혹은 저항하고자 하는 제스처의 낯섦 정도에 비례하는 만큼의 상품성으로 말이다. 이런 이해 방식이 노파심이든 지나친 비관주의이든, 분명한 것은 오늘의 문학이 살아가야 할 현실이 이러하고 이것이 좀체 피하기 어려운 필연 혹은 대세가 되었다는 점이다.

2. 비평의 갱신을 위하여

책과 저자 개념의 전복은 결국 비평 개념의 해체이기도 하다. 이제 텍스트와 글쓰기에 관한 한, 단일하고 일관된 의미를 묻는 방식, '무엇을 말하는가'라는 질문은 부적절하다. 바르트 식으로 말하자면 텍스트에 안전장치를 부여하고 최종적 기의를 제공하는[2] 이른바 '해석'

---

2) 롤랑 바르트, 『텍스트의 즐거움』, 김희영 옮김, 동문선, 1997, p. 33.

작업은 무의미하며 불가능한 것에 가깝다. 그렇다면 비평이란 무엇인가. 누군가처럼 비평의 종언을 선언하고, 이제 모든 글쓰기는 목적지 없는 전복의 글쓰기 혹은 끝나지 않는 가로지르기가 되어야 한다고 역설해야 할까. 모든 것이 글쓰기의 이름으로 통합될 수 있다면, 그렇다면 이 시대의 비평가가란 무엇이고 비평, 작품, 작가란 무엇일까.

다수가 입을 모아 문학 상황의 미래를 비관하고 철학적 사유의 무능을 비난한다. 여기에는 부관참시까지 끝난 이성이, 사유가, 그리고 성찰이 말할 수 있는 것이 별로 없다는 판단이 전제되어 있는 듯하다. 실상 현재의 문학 상황이 침체기인지 잠복기인지 종말의 징후인지 부활의 서광인지를 진단하는 것은 어려운 일이며, 작가나 비평가 한 개인의 특단의 선언을 통해서 해결될 수 있을 만큼 소소한 국면인 것도 결코 아니다. 전체를 관망할 수 있는 신의 눈은 이제 더 이상 누구에게도 허락되지 않는다. 그러니 징후적 독해법이 번성하는 현상은 자연스러운 것으로 보이기도 하며, '소통'을 거부하는 것으로 보이는 최근의 시와 소설에 관한 한, 보이는 것을 통해서는 어떤 것도 파악할 수 없고 아무것도 말할 수 없다고 말하는 것이 과장된 엄살만은 아닌 것처럼 여겨지기도 한다.

그런데 비평의 이름으로 최근의 시와 소설, 문학 현상에 대한 어떤 진단도 불가능하다고 진단할 때, 예지적 미래를 선취한 개별 작품을 예민하게 더듬거리는 자리에서 비평의 가능성이 발견된다고 말할 때, 그 어느 때보다 절실하게 비평에 관한 철학적 사유가 요청되는 것은 아닌가를 생각하게 된다. 작품과 저자 개념의 변화가 몰고 온 비평 자체에 대한 사유, 이는 결국 텍스트를 어떻게 읽을 것인가에 관한 문제로 압축될 수 있을 것이다. 불행하게도 나 또한 비평의 형질 변경이 어떻게 가능하며 어떤 방식으로 이루어져야 하는가에 대한 설득력 있는 입론을 가지고 있지 못하다. 책과 저자 개념의 변화 과정을 통해 우회적인 사유를 해보고자 하는 것은 이런 이유에서이다.

분명한 것은, 우리는 이미 작가가 의미와 형식 혹은 스타일에 자신의 이름을 새기는 시대를 지나왔다는 사실이다. 이제 저자의 경험(관)과 저자의 '인격'이 작품을 통해 표출된다는 식의 이해방식에는 누구도 동의하지 않는다. 텍스트 안에 해석을 기다리는 단일한 의미가 담겨 있다고 믿지도 않는다. 그럼에도 불구하고 추상적 익명성의 형식으로 여전히 '저자'의 이름은 텍스트 안에 기입되어 있다. 텍스트가 '해석'되며 비평이 계속된다. '저자'의 독창성은 제도와 법을 통해서만 보호받는 것으로 보이지만, 저자에 대한 우리의 환상, 저주받은 창조주이자 의미의 산출자로서의 저자의 권위는 우리 시대에도 여전히 작동 중이다.

그렇다면 작가들은 기능으로 변모하면서 점차 좁아지는 그들의 입지를 어떤 방식으로 지키고 작가로서의 자신의 세계를 어떻게 구성하는가. 초월적인 익명성으로 형해화된 '저자author,' 저주받은 권위 authority를 상실한 그(/그들)은 텍스트와 글쓰기에 '어떻게' 자신의 이름을 새기는가. 작가로서의 출사표를 던진 이후 그들은 '어떻게' 상품의 주권자로서의 자신의 권리를 스스로 갱신하는가. 바르트도 말했듯이, 우리의 비평은 그 운신의 폭을 넓히기 위해 새로운 글쓰기에 아방가르드라는 세례명을 줌으로써 새로운 것의 전유를 대문자 '문학'의 안정성과 효율적으로 뒤섞어버리는 경향이 있다. 모든 새로운 글쓰기가 상투어가 되어버릴 위험은 상시적으로 도사리고 있다. 그러므로 우리 시대의 작가는 '기성의 것'으로 일괄 분류되어버릴 절체절

명의 위기 앞에서 텍스트의 상품성을 스스로 갱신해야 해야 하는 의무를 요청받게 되는 것이다. 그렇다면 '기성의 것'이 된/되고 있는 텍스트에 스스로 저항해야 하는 이른바 중견 작가들은 어떻게 스스로를 갱신하는가.

3. 시간 운용법이 마련한 서사적 내면

긍정적이든 부정적이든 하성란의 소설은 의미 영역에 감각중심주의를 도입한 대표적 사례이다. 그의 소설을 통해 우리는 '이미지에 대한 열정'과 그에 대한 자기반성의 수준까지 경험한 바 있다. 하성란은 '보여주기' 방식의 극단을 형식화하고 이를 통해 비가시의 영역을 열어 보이면서 자신의 작가적 공간을 창출해온 작가다. 4년 만에 출간된 소설집인 『웨하스』(문학동네, 2006)에서도 극사실주의에 입각한 촘촘한 이미지를 발견하기는 그리 어렵지 않다. 그러나 『웨하스』에서는 자신의 사본만을 재생산하면서 '기성의 것'으로 응고되지 않고 스스로를 갱신하는 다른 장면들이 연출된다. 『웨하스』에서 하성란이 불러들인 극사실주의적 이미지들은 보이지 않거나 포착되지 않는 시간의 흐름과 단단하게 결합되어 있다. 작가는 차곡차곡 쌓인 집적체로서의 시간을 포착하되 시간의 흔적이 일상의 갈피에서만 확인될 수 있으며 일상의 집적이 결국 시간의 흐름이자 생(生)임을 보여준다. 시간에 대한 사유를 통해 일상으로만 포착되는 생에 대한 이해를 부려놓은 것이다.

카메라 워크를 문자화하는 작업으로 정평이 나 있기는 하지만, 기실 하성란의 텍스트는 시간을 다루는 남다른 기량을 보여주었다. 『루빈의 술잔』(문학동네, 1997), 『옆집여자』(창작과비평사, 1999), 『푸른 수염의 첫번째 아내』(창작과비평사, 2002)의 텍스트에서 섬세한 세공을 통해 문자화된 이미지들은 독자를 통해 문자의 억압에서 풀려나 이미지로 되살아났으며, 이 과정에서 포착할 수 없는 시간은 무수한 결로 쪼개진 순간의 순간으로 공간화되었다. 동시에 보여주어야 할 시점과 지점을 적절히 배치하는 방식에 의해 시간은 다면과 다층의 불연속적 단면으로 포착되었다. 『웨하스』에서 작가의 문자화 작업이 치마를 풀썩일 때마다 맡아지는 무용수들의 체취와 그 공간을 떠도는 냄새 그리고 땀에 전 무대의상들의 축축한 감촉(「극지호텔」)까지 살려낼 수 있는 것은 시간을 다루는 작가의 기량과 무관하지 않다.

「강의 백일몽」에서 한 여자가 자신의 현재의 모습에 대한 어떤 기미도 발견할 수 없는 20년 전 어느 날을 되살리고 있다면, 「그림자 아이」에서 불의의 사고로 기억을 상실한 한 남자는 잃어버린 자신의 시간을 상상적으로 재구성한다. 「낮과 낮」에서 외국 여행지에서 죽은 남편이 남긴 시간의 기록을 한 여인이 되밟는다면, 「그것은 인생」에서 서커스단을 따라 복숭아가 났던 곳을 전전하는 한 남자가 식모 누나의 손에 의해 유괴되기 이전의 시간을 회복하기 위해 떠돈다. 그리고 「임종」에서 시간의 끝은 개체들의 죽음으로 다루어진다. 이때 「강의 백일몽」과 「1984년」, 「웨하스로 만든 집」 등에서 그녀들이 돌아보는 시간은 "이십 년 뒤에 Y와 여자가 그렇게 변할 수도 있다는 것을 까마득히 알지 못"(「강의 백일몽」, p. 34)하는 파란만장한 시간이다.

『웨하스』에서 시간이 다루어지는 방식은 그간의 것과 동일하지 않다. 가령 개별 작품에서 그 시간들은 나는 첫 직장에서 십이 년 동안 일했다. 근면 성실함은 모계 유전인 듯했다. 그동안 일곱 살이던 막내가 자라 1984년 그때의 내 나이가 되었다. 그때 난 내가 어른이라고 생각했었는데 막내를 보니 어설프기 짝이 없는 나이였다. (「1984년」, p. 58)

이처럼 단 몇 줄의 문장으로 간단하게 요약된다. 요컨대, 무한히 고도를 낮추어가면서 시간에 접근하는 방식이 하나의 극단이라면, 『웨하스』에서 시간은 또 다른 극단이라고 할 수 있을, 무한히 고도를 높이면서 시야를 확장하는 방식으로 처리된다. 물론 『웨하스』를 통해 드러난 차이는 아주 미세하며, 실상 『웨하스』를 통해 시간을 다루는 전적으로 새로운 방식을 경험하게 되는 것도 아니다. 『웨하스』에서의 시간은 '극지호텔'을 망가뜨리는 모래알들처럼 문을 이중, 삼중으로 닫아놓아도 소용없으며 생의 곳곳에 흔적을 남기는, 피할 수 없이 쌓이는 먼지이거나 무심결에 모든 것을 망가뜨리는 모래가루와 같은 어떤 것일 뿐이다. 그러니까 여기서 시간은, 우리에게도 아주 익숙한, 연속적으로 흐르며 멈추지도 분절되지도 않는 어떤 것일 뿐이다.
그럼에도 불구하고 하성란의 시간 운용법에는 어떤 새로움이 내장되어 있다. 그리고 그 새로움은 무심히 흐르는 이 시간이 선형적 인과론과는 전혀 무관하다는 점과 연관된다. 시간의 켜들이 연이어지는 계기에 대해서 개별 텍스트들이 말해주는 바는 거의 없다. 오히려 「1984년」의 그녀의 시간 혹은 생이 말해주듯이, 시간의 집적인 인생은 사기로 판명될 초능력이나 절박함이 불러낸 '숟가락 주문'과도 같은 것, 즉 합리적인 이해 바깥에서 진행되는 것일 뿐이다. 이때 흥미로운 것은 흘러가는 시간을 채우는 것이 그저 일상일 뿐이지만, 이런 이해방식에 의해 생은 어떤 결정적인 계기도 없이 머리부터 발끝까지 완전히 뒤집힐 수도 있는 것이 된다는 점이다. 당연하지만 쉽게 들여다볼 수도 말할 수도 없는 시간과 생의 상관성, 이것이 하성란의 텍스트가 새롭게 개척한 영역이며, 그것을 가능하게 했던 작은 차이는 하성란식 시간 운용법에서 시발되었다.

물론 그 작은 차이가 가져온 사후 효과는 여기서 그치지 않는다. 그의 텍스트가 기성의 서사 구성방식에 기대지 않으면서도 서사적 내면을 마련할 수 있는 것도 그의 독자적인 시간 운용법 덕분이다. 그의 텍스트에서는 인물의 내면이 드러나지도 사건이 인과적으로 전개되지도 않는다. 그럼에도 『웨하스』에서는 어떤 흔적도 발견할 수 없는 매 순간의 일상의 더미들이 생에 대한 충만한 이해이자 세계의 날카로운 단면으로 뒤바뀐다. 일상이 세계를 품게 되는 대변전은 성적이나 외모 혹은 개인의 의지나 욕망에 무심한 채 흘러가고 그러면서 생을 채우는 모든 것을 서서히 퇴락시키는 시간의 힘을 작가가 포착할 때 가능한 것이었다.

그리하여 기억의 단면들로 무한히 분할되거나 피할 수 없는 운명의 이름으로 텍스트를 압도했던 그 시간들은 『웨하스』에서 텍스트를 직조하는 얼개이자 힘인 하나의 형식이 된다. 자체로는 계기적으로 흐를 수도 통합될 수 없는 것으로 그러나 동시에 인간의 생과 생에 각인된 흔적을 통해 감지될 수 있는 것으로 그려지면서, 여기서 그 시간들은 생과 세계와 존재의 겹을 통해 무심히 흐르는 것으로, 말하자면 물을 한껏 머금은 스펀지처럼 같지만 결코 같지 않은 모습으로 구체화된다. 이해보다는 감각되는 것에 가깝다고 해야 할 하성란의 시간 운용법을 통해, 우리는 불운이나 예기치 못한 운명의 순간들, 즉 추상적으로 흘러가는 시간들이 개인의 일상이라는 시간으로 어떻게 구체화되는가, 그 만남의 순간마다 벌어지는 각기 다른 화학 반응의 결과는 무엇인가를 알 수 있게 된다.

「무심결」의 남자가, "두 자식을 앞세우고 뒤따라가는 산책길에서 자꾸만 현기증이 인다. 햇빛마저 서글프다"(「무심결」, pp. 222~23)라는 구절을 "자식을 앞세우고 걸어가는 산책길에서 자꾸만 현기증이 인다. 햇빛마저 서글프다"(「무심결」, p. 203)로 읽을 때, 이런 독해법에는 하성란의 생에 대한 비관적 이해가 깔려 있다고 해야 한다. 생이 견디기 힘든 불운의 연속이라는 인식, 개인에게 생이란 그저 견뎌내야 할 시간이라는 하성란의 인식이, 누군가의 인생에서 공백의 시간을 채우는 것은 생 앞에서 벌어질 무수한 변고들이라는 불길한 상상 혹은 오독을 가능하게 한다. 그럼에도 하성란의 텍스트는 집도 조금씩 먼지가 되어 언젠가는 형체마저 없어질지 모른다는 비극적 인식과 함께 불운의 기미를 전혀 감지할 수 없는 시간의 단면들, 단면으로서의 일상이 제공했던 충만함을, 그리고 충만함 속에 은닉되어 있는 생의 음모에 대한 경고를 한자리에 나란히 배치한다. 이 서로 다른 층위들은 느슨하지만 결코 완전히 분리되지는 않는 불연속적인 시간의 흐름을 통해서 서사적 내면으로 완결되는 것이다. 그리하여 우리는 「그것은 인생」의 남자가 자신이 상실했다고 여기는 그런 시간을 찾는 데 생 전부를 쏟아붓는다고 해도, 그가 텅 빈 껍질의 생을 살았던 것은 결코 아니라는 것을 알게 된다. 어떤 잡념도 끼어들지 않는 "열 개의 칼을 다 던질 동안"이라는 시간, 집 생각도 어머니 생각도 잊을 수 있는 순간이라는 시간(「그것은 인생」, p. 174), 차곡차곡 쌓인 그 순간들이 결국 상상할 수 없는 변전을 이끌 시간들이며 그 혹은 우리들의 생임을 여기서 깨닫게 되는 것이다. 요컨대 건조한 객관의 극단을 향해 나아가면서도 독자적인 시간 운용법으로 생의 다른 지평을 열어줌으로써, 하성란의 텍스트는 그렇게 상품으로서의 자신의 가치를 스스로 갱신하고 형질 변경에 성공한다.

4. 생활세계로 내려앉는, 초월을 꿈꾸는 예술혼

공히 하성란과 이응준은 선적 시간에 구속되지 않으며 기성의 서사 구성방식에 기대지 않을 뿐 아니라 텍스트는 단일한 의미로 수렴될 수 없으며 만일 텍스트에 의미 영역이 있다면 우발적이고 잠정적일 뿐 문체와 결코 분리될 수 없다는 신념을 공유한다. 그럼에도 이응준에 대해서라면, 바깥을 모르는 주관의 극단을 통해 하성란과는 사뭇 다른 텍스트 구성법을 보여준다고 말해야 한다. 이응준은 저자의 권위가 파괴되는 텍스트를 거부하고, 역설적으로 텍스트를 통해 저자의 실존을 강조하는 방식으로 자신의 영토를 개간한다.

베토벤을 악성(樂聖)이라고 찬양하지만, 그렇다고 베토벤 때문에 세상 나머지 음악들이 무가치해지는 것은 아니다. 그것이 아티스트의 정해진 길이고 운명이다. 작가가 책을 펴내는 행위도, 광활한 백사장에 모래알 하나 더 보태는 일쯤에 비유될 수 있지 않을까? 다시 말하자면 한 명의 작가가 모든 문학을 책임질 필요는 없다는, 또 설혹 그러고 싶어도 절대로 그럴 수 없으리란 뜻이다. 작가는 제 글을 통하여 오

직 자기만의 문학을 들려주면 된다. 〔……〕

　글을 쓸수록 명료해지는 바는 결국 문학을 포함한 모든 문화란, 타인이 무엇—소설, 시, 음악, 영화, 연극…… 아니면 그것이 전쟁이라든가 평화일지라도—을 통해 내게 들려주는 바를 곰곰이 숙고해보는 언뜻 비생산적인 행위에서 비롯된다는 점이다. 결코 정보 그 자체와 소통과정이 문학을 지배할 순 없다. 분명 문학은 그 이상이다.[3]

대문자 문학이야 어찌 됐건 '자기만의' 문학에 대한 열망을 드러내면서 문학의 숭고함을 역설했던 이응준은 등단 이래 지금껏 텍스트의 이름으로 저자의 이름이 은닉되거나 삭제되는 장면들에 저항한다. 그는 작가 자신의 목소리를 숨기려 하지 않았고 그의 소설의 '나'들과 분리되려 하지 않았다. 그의 소설의 인물들이 고통과 상처를 지닌 순결한 영혼들이라는 점에서, 작가 이응준 안에 존재하는 수많은 '나'들과 분리되지 않는 소설 속의 '나'들은 결국 작가의 수다한 분신에 가깝다고 말해야 한다. 실제 작가와 내포 작가 그리고 가공의 인물들을 철저하게 분리하지 않으려는 성향이 나르시시즘으로 명명되기도 했지만, 이런 경향은 그가 소설적 거리두기에 무심한 탓이기도 하다. "머리끝에서 발끝까지 몸속에 들어 있는 내용물이 1백 퍼센트 원액 작가인"[4] 이응준은 시와 소설과 예술을 통해서만 존재하며 그의 온 존재는 글쓰기에만 투여된다. 때문에 저주받은 시인의 고통을 수혈받으며 태어나는 그의 작품들은 잘게 분할된 그의 영혼의 일부이거나

---

3) 이응준, 「청년日記 1—90년대 문학과 나, 그리고 전망」, 『작가세계』 1999년 봄호, pp. 297~99.
4) 은희경, 「아름다운 청년」, 『문학동네』 2001년 가을호, p. 208.

적어도 그 자신의 분신일 수밖에 없다.

　사랑이 화두인 것처럼 보이는 『약혼』(문학동네, 2006)이 기실 고통에 대한 사랑을 다루며 "아름다운 것들은 아프기 때문이"(「네가 계단에 서서 나를 부를 때」, p. 54)라는 미의식에 기반한 '예술에 대한 사랑론'인 것은 이 때문이다. 이응준의 예술론에 따르면 이렇다. 완전할 수 없지만 완전함을 추구해야 하는 것, 그것이 바로 예술이다. 때문에 그는 시와 소설과 문학의 자리를 "선인장도 목이 말라 시들어버리는 사법고시"(「내 어둠에서 싹튼 것」, p. 14)의 세계에서 가장 먼 곳에 마련하는 것, 그곳에서 '광활한 백사장에 모래알 하나 더 보태는 일과 같은 비생산적인 일'을 하는 "진지한 뮤지션"(「인형이 불탄 자리」, p. 219)되는 것, 이런 것들을 예술혼이 떠맡아야 할 임무로 스스로에게 부과한다. 그러니 그가 불완전함의 산물인 고통에 깊이 침잠하고자 하는 것은 예술 영역으로 초월하기 위해서이다.

　그 자신도 분명하게 인식하고 있듯이, 예술 영역으로 초월하고자 하는 그의 열망은 염주알이 된 보리수 열매에서 훗날 푸른 싹이 올라오기를 바라는 것과 같은 도달 불가능의 지점을 향해 있는 것이다. 그러나 그는 또한 그곳에 도달할 수 있든 없든 그것이 아티스트에게 정해진 길이자 운명임을, 무엇보다 중요한 것이 그곳을 향한 열정임을 알고 또 믿는다. 그리고 그는 그 열정을 글쓰기 충동에 투입한다. 그의 글쓰기 충동이야말로 불가능의 영역으로 나아가고자 하는 그의 예술에 대한 열정의 다른 이름이다. 그가 불완전함의 징표인 고통을 통과한 후 응결된 고통을 통해 얻고자 하는 것, 그의 글쓰기 충동이 지향하는 바가 바로 이것이며, 그것이 바로 그가 간절히 원하는 바, 단 하나의 문장을 찾아 떠나는 예술혼의 여정이다.

부지런하고 정직했던 「약혼」의 나의 형님이 눈앞에서 자신의 아이 둘이 빙판의 균열 사이로 사라지는 장면을 목도하고, 나의 친구 병우가 바다소년이었던 사촌형이 광견병에 걸려 물을 두려워하며 죽어가는 모습을 보게 된다. 이 예기치 못했던 비극들은 압축되고 응결되어 「약혼」에서 "인생은 감히 어느 누구도 장담할 수가 없"는 것이라거나, "삶은 항시 의외의 방향으로 나아가기 마련"이라는 단 하나의 농축된 문장으로 남게 된다. 바로 이때 의외의 방향으로 나아갈 수 있는 생의 일면을 포착하는 것, 여기에 이응준이 꿈꾸는 예술의 실체가 놓여 있다. 그에게 예술은 결국 사라진 여섯번째 손가락과 같이 고통으로만 경험되는 생의 비의를 들여다보는 것에 다름 아니다.

그러므로 이응준에게 예술은 종교만큼이나 경건하고 무도(武道)만큼이나 순결한 언어 너머의 신성이다. 그래서인지 순결한 무도에 대한 열망을 드러내며 세속화되어가는 타락의 징후들에 대한 자기비하와 모멸을 숨김없이 드러내는 「애수의 소야곡」은, 작가의 의도와 무관하게, 예술에 대한 이응준의 성찰의 결과물로 읽힌다. 그리고 흥미롭게도 여기서 우리는 시와 소설과 예술 혹은 무도와 종교에 관한 그의 인식 변화의 기미를 감지하게 된다.

요즘은 온갖 종류의 체육관들, 특히 태권도와 해동검도 도장의 난립으로 인해 전국 어느 지역에서든지 무술을 가르쳐 돈을 번다는 것이 녹록지가 않다. 설령 도장이 경제적으로 성공했다 하여도 그 운영방식의 변칙과 파행이 지나쳐 무도 교육의 본령을 훼손하고 오염시키기 일쑤이다. 〔……〕 나는 열네 살 무렵에 입문한 합기도를 어언 19년간 연마해오면서 과연 무도란 진정 무엇인가라는 질문에 쉼없이 매달렸고 종국에 그것은 고작 타인을 제압하거나 무찌르는 기술이 아니라 자신과 자신을 포위하고 있는 이 세계를 대하는 솔직한 태도라는 나름의 답안에 도달하였다. (「애수의 소야곡」, p. 87)

예컨대 지금껏 "구차한 미련이란 없는 무도의 세계"(「애수의 소야곡」, p. 92)로 나아가고자 했던 「애수의 소야곡」의 '나'는 소설에서 가슴에 오래 웅크리고 있던 고통의 응결체, 오드 아이의 고양이를 떠나보내고 생활세계 가까이 내려앉은 것으로 보인다. 여전히 '나'는 같이 있어도 해소되지 않는 것이 실존적 고독임을 알고 있으며 예술 세계로의 접근이 고통의 다른 말이기도 한 고독과의 도덕적 대면을 통해서 가능한 것임을 알고 있다. 그럼에도 불구하고 이제 이응준의 분신이기도 한 「애수의 소야곡」의 '나'는 사형이 있는 호주가 아니라 지나가버린 생이 있는 스페인으로 향하고자 한다.

「애수의 소야곡」이 이응준의 예술관을 스스로 갱신하게 할 회전문이 될 수 있는 가능성은 여기에서 열린다고 할 수 있다. 한 바퀴를 돌아 다시 제자리로 돌아오더라도, 이응준의 '나'들은 과감하게 떠나왔던 생활 세계 혹은 구차한 미련의 세계로 다른 '나'가 되어 진입하게 될 것이다. 이 자리에서 이응준의 자기갱신의 행보에 낙관하면서 그의 예술관이 보다 풍부해지고 윤택해졌다고 단언할 수 있는 것은 「애수의 소야곡」의 '나'가 무도의 길을 위한 '홍식'의 선택을 충분히 존중하고 있다는 점 때문이다. 「애수의 소야곡」의 '나'는 순결한 열정이 나아가야 할 방향을 결코 부정하지 않는다. 바로 그렇기 때문에 「애수의 소야곡」에는 고통과 사랑 혹은 삶과 예술에 관한 다른 이해의 가능성이 담길 수 있는 것이다. 시와 소설과 예술이 무엇인가에 대한

'나' 혹은 작가 이응준의 쉼 없는 자기점검이 결국 수많은 '나'들을 다른 세계를 향한 통로 앞에 서게 한 것이다.

작가가 상품 생산자이며 글쓰기가 밥벌이의 수단이라고 말하는 것이 천박할 것도 부끄러울 것도 없어진 시대를 살고 있기는 하지만, 하성란과 이응준의 자기갱신의 작업을 통해 확인할 수 있는 바, 분명한 것은 그들을 작가가 되게 하는 것이 그저 제도나 자본의 위력만은 아니라는 점이다. 상품으로서의 가치를 혁신하기 위해서건 작가로서의 인정투쟁을 위해서건, '작가가 된다는 것'은 생을 건 자기갱신의 줄타기가 계속되는 곳에서나 가능한 일임을 그들은 보여준다. '중견'인 그들은 스스로 구축한 세계를 전면적으로 부정하거나 재배치하는 극적 반전 끝에 소설 발생의 기원이라고 할 수 있는 약한 자들에 대한 기록으로서의 소설 기능에 천착하고자 하는 듯하다.

그렇다면 이제 비평이란, 비평가란 무엇이라고 말해야 하는가. 적어도 이제 비평은 작가가 구축한 말들을 변주하는 복화술이기를 그쳐야 하고 그들의 세계에 기생하는 의미 제국의 재수립을 멈추어야 할 시기에 이른 것이 아닐까. 중견인 그들이 말한다. 비평, 너를 돌아보아야 한다고. 하성란과 이응준의 글쓰기에 한정해서 말해보면, 비평이 수만 번의 매개를 거쳐 가닿아야 할 곳이 삶의 영역이라고, 자기갱신의 장면을 보여주면서 '중견'인 그들은 그렇게 말한다.

블라인드 포인트, 그들은 고독한가

1. 대위법

그렇다. 그들 소설의 시작이 대위법이라면 끝도 대위법이다.[1] 이를 테면 그 몸은 과학과 비과학, 정보와 느낌, 진짜와 가짜, 관념과 감각의 팽팽한 긴장으로 이루어진다. 이 대위법은 세계를 바라보는 시선이거나 세상과 대결하는 방식이 아니다. 일의적이고 명료한 세계에 대한 기대가 더 이상 없기에, 그들의 소설은 옳고 그름을 둘러싼 시비에 무심한 평정으로 일관한다. 그들의 주된 관심사는 자신만의 부분과 전체를 자신만의 스타일로 디자인하는 데 있다. 그렇게 그들의 작업은 특별히 공들여 만든 일종의 명함이 된다. 자신이 만들어낸,

---

1) 이 글에서 다루어지는 작품은 다음과 같다. 윤대녕, 『제비를 기르다』, 창비, 2007; 윤대녕, 「풀밭 위의 점심」, 『문학수첩』 2007년 여름호; 은희경, 『아름다움이 나를 멸시한다』, 창비, 2007; 최수철, 『몽타주』, 문학과지성사, 2007. 인용할 때에는 필요에 따라 작가명과 작품명, 쪽수를 밝히고자 한다.

자신이 경험한, 자신이 상상한, 자신들이 변주한, 자신들의 부분과
전체.

　　A의 경우:

　　흑백 논리가 아닙니다. 부분과 전체의 문제예요. 세상에 이유 없는
일은 일어나지 않습니다. 눈에 보이지 않지만 세상은 철저히 질서가 지
배하고 있어요. 그렇기 때문에 합리적인 예측이 가능한 것이구요. 통계
학에서는 우연히 일어난 것처럼 보이는 일이 사실은 필연적 결과라는
걸 숫자로 증명하죠. 쌤플의 숫자가 커지면 극히 일어나기 어려운 일도
의외로 쉽게 일어날 수 있습니다. (은희경, 「의심을 찬양함」, p. 18)

　　A′의 경우:

　　당신 말대로 부분과 전체의 문제 아니겠어요? 나도 과학자들을 믿
어요. 과학자들은 계속 새로운 것을 밝혀내 인과관계를 규명해내요.
하지만 계속 뭔가가 새로 밝혀진다는 말은, 이 세상에는 아직 밝혀지
지 않은 것이 그만큼 많다는 뜻도 됩니다. 우리가 믿게 돼 있는 것은
최근에 밝혀진 규칙일 뿐 절대적인 규칙이라고는 할 수 없잖아요? (은
희경, 「의심을 찬양함」, p. 20)

2. 부분과 전체

「아름다움이 나를 멸시한다」(은희경)의 ‘나’(35세)는 보티첼리의
비너스 아니 정면으로 바라볼 수도 없었던 완전함의 이름인 ‘아버지’

와 만난 날을 잊지 못한다. 그날 이후 완전함의 세계에서 비롯된 좌절감과 패배감은 유전자를 거부하려는 무모한 시도만큼이나 거대한 서글픔이 되어 그를 채웠다. 고시에도 연애에도 실패한「고독의 발견」(은희경)의 패배자인 'K'(38세) 또한 15년 전의 겨울여행을 생생하게 기억한다. 'K'는 심지어 한밤중에 몰래 숨어들어갔던 대웅전 마루의 뼈가 시릴 듯이 차가운 감촉까지 기억한다. 그렇다고 믿는다. 그러나 'K'의 기억의 생생함은 모든 나쁜 기억들을 지우고 조작하려는 15년간의 도피적 방어기제의 비극적 고단함으로 되새겨진다.

무수한 정보는 매번 다른 내용을 지시하고 새로운 해석을 낳는다. 상식에 따르자면, 새로운 정보는 새 지도와 새 좌표를 만들어낸다. 그러나 좌표와 지도에 대한 은희경의 입장은 이와는 다르다. 은희경은 좌표가 우리의 삶에 관해서 뭔가를 새삼스럽게 말해준다거나 혹은 반대로 지도 따위는 아무것도 말하지 않는다고 강변하려는 게 아니다. 은희경의 관점에서 옳고 그른 것이 따로 있지 않다. 하나의 정보는 부분과 전체에 총체적인 변형을 가한다. 이것만이 불변이다. 보티첼리의 비너스를 만난 이후, 15년 전의 겨울여행 이후 현재까지의 그 '나'들의 삶은 무엇이었을까. 모든 것이 꿈이기를 염원했던 지옥이었을까. 완전함에 도달하거나 기억의 엑기스만을 남기려던 무한도전의 연장이었을까.

얼핏 보면 은희경식의 처방은 악무한의 시간 고리를 내부로부터 끊어내는 것이기보다 자발적인 자기인정 방식에 가깝다. '모두들 다른 존재가 되는 것,' 서로 존중하면서 공존할 수 있는 다른 존재임을 인정하는 것, 이를 일러 은희경은 "진화"(p. 181)라고 명명한다. 이것이 진화라면, 은희경의 소설은 현재 진화하고 있다. 『아름다움이 나를 멸시한다』에 등장하는 은희경의 인물들은 그들이 서로 얼마나 다르지 않은가를 고통스럽게 확인하면서 역설적으로 다른 존재가 될 가능성을 발견한다.

다르다는 것은 무엇인가. 타인의 시선에 의해 다른 존재로 인식될 때 비로소 그들은 다른 존재가 되는 것인가. 타인의 시선이 감지할 수 없는 그들 내면의 무엇이 그들을 다른 존재로 만들어주는가. 다르다는 것을 인정하는 것과 진정으로 이해하는 것은 같은 것일까(최수철, p. 317). 다른 존재가 된다는 말의 모호함을 차치하고라도, 그것은 진정 "다른 세상인 것일까"(은희경, p. 142).

은희경 소설의 이즈음의 미덕은, 다른 존재들의 세상이 다른 세상이라고도 아니라고도 말하는 그 대위법에 있는 듯하다. 때로 그것은 다른 세상인 듯 보이기도 한다. 이를 거짓 확신이라고 말해야 할까. 그렇지만은 않을 것이다. 모든 것이 부분과 전체의 문제라고 할 때, 이 문제에 관해 은희경이 말하고자 하는 것은 순간의 진정성들에 가깝다.

"삶의 매뉴얼"(은희경, p. 188)이 제공하는 유용성을 부정하지 않으면서도 "어디를 향해 가는지 목적지 따위는 차라리 중요하지 않"(은희경, pp. 164~65)다고 여길 때, 우리는 진정성이 진동하는 추이 혹은 종종 모순되는 대위법 속에서 생에 대한 통찰과 같은 무언가를 발견할 수 있을지 모른다. 아닐지도 모른다. 그저 "어떤 경계에 서 있는"(은희경, p. 141) 것일 수도 있다. 어쨌든 이들의 행보는 "삶은 그런 식으로 비루하게 이어지는 거고, 우리는 아버지들의 위선 속에 세상을 배우는"(은희경, p. 108) 것이라고 말하는 것과는 분명 다르다. 은희경의 인물들은 지금까지의 자신들로부터 그저 한 발짝을 내

딛고자 한다. 그들 앞에 끔찍한 미래가 펼쳐져 있을지도 모르지만, 진보도 진화도 뭣도 아닐 수도 있지만, 바로 그렇기 때문에 그들의 대위법은 결코 가볍지 않은 한 발짝일 수 있다.

3. 이율배반

흥미롭게도 그 한 발짝은 최수철에게도 염원의 대상이다. 왜일까. 「격렬한 삶」이 보여주듯 최수철의 소설은 선택의 여지없는 이율배반의 상황에서 출발한다. 최수철의 수많은 의식의 분신들 가운데 하나인 「격렬한 삶」의 '나'는 남들과 어울리고 그 속에 머무르고 싶은 충동을 억제하지 못하는 인물이다. 그럼에도 그는 남들 앞에 나서서 뭔가 대외적인 활동을 하려고 할 때 하체가 마비되는 느낌에 사로잡힌다. 자신이 원했던 삶은 아니지만 타인으로부터 격리되어 고립된 공간에서 이율배반적으로 그는 안정된다. 그의 의식이 몸의 감각을 인지하지 못하거나 그의 감각이 정신의 의도를 거부한다.

물론 이것이 이율배반의 다는 아니다. 개인의 합이 세계일 수는 없지만 그럼에도 세계는 개인의 합을 통해 이루어져야 한다. 미래의 메신저가 과거인 우리의 현재에 메시지를 남기는 형식을 통해 문학의 존재 가치를 역설하는 소설인 「메신저」가 분명하게 보여주고 있듯이, 메신저의 기능은 메신저의 효용가치가 제로가 되는 순간에 완성된다. 메신저가 텅 빈 공간이 되고 모든 경험과 정보의 전달 통로가 될 때 어떤 상위의 체계도 없이 무수히 많은 하위 단위들로만 이루어진 새로운 세계가 완성될 수 있다(「메신저」). 인간들 각자의 입장을 초월해서 결국 괴물 같은 힘을 행사하는 '관계'가 완전히 사라질 때에만 진부한 세계는 거대한 망상 구조로 이루어진 새로운 세계로 진화할 수 있다.

이것이 바로 최수철이 꿈꾸는 모든 것을 소화하고 새롭게 생산해낼 수 있는 세계의 창자화이다(「창자 없이 살아가기」). 그렇다면 세계의 창자화는 어떻게 가능한 것일까. 메신저 기능의 제로-화는 과연 실현될 수 있으며, '관계'라는 이름의 초월적 폭력성은 극복될 수 있을까. 최수철의 해결방식은 풀리지 않는 이율배반의 주파수를 또 다른 이율배반적 주파수에 맞춰보려는 시도에 가깝다. 가령, 최수철의 분신들은 감각의 거부 반응에 정면으로 맞서면서 불가능의 세계에 적극적으로 뛰어들거나 「채널부수기」의 '김동학'처럼 미래형 인간인 '채널 인간'이 되고자 한다. 작가 최수철은 전적으로 자기소외적 '채널 인간'이 되는 자리에서 역설적으로 자기상실이 중지될 수 있는 가능성을 발견하고자 한다. 자신이 꿈꾸는 '세계의 창자화'를 이런 방식을 통해 완성하고자 한다.

하체의 마비감각을 의식하면서도 타인들에게로 깊숙이 개입하려는 방식은 자기파괴적 비극성을 띠고 있기도 하거니와, '채널 인간'이 되는 방식 또한 무조건적으로 유용하다고 보기 어렵다. '김동학'은 그가 살고 있는 '그만의 미래'가 "얼핏 보면 혼란스러운 듯하면서도 나름의 질서정연함을 갖추고 있"(최수철, pp. 241~42)기 때문에, 여기서는 예전과는 근본적으로 달라진 뇌의 작동법이 운용된다고, 채널에 맞춰 채널을 돌리듯 일상을 살기만 하면 반복되는 망각에 의해 일상도 일상이 아닐 수 있을 것이라고 믿는다. 그러나 우리의 관점에서 보면, '김동학'은 정신으로만 현실을 초월한 채 타인을 향해 열려 있다고 믿는 망상증 환자이다. 현재를 살면서 앞당겨진 미래를 스스로 만들어 낸다고 확신하지만 그는 채널 강박증에 사로잡힌 현대인의 전형에 가깝다.

'김동학'을 '미래형' 인간으로 규정하는 최수철의 방식이 넌지시 암시하는 바, 문제는 오히려 다른 지점에서 발생한다. 미래형 인간으로 산다고 현재의 모든 문제가 단숨에 해결되는 것은 아니다. 요약컨대, 문제의 핵심은 오늘을 사는 누구도 온전한 의미에서 망상증에 이를 수 없다는 데 있다. 가령, 세계 혹은 타인들과의 만남을 채널 바꾸기로 정의하는 '김동학'은 완전한 '채널 인간'이 될 수 없는 자신의 잉여분을 오른쪽 핸드폰과 왼쪽 핸드폰을 통해 조절한다. 세상을 향해 개방되어 있는 휴대폰과 빗장을 지르고 있는 휴대폰의 분리된 기능은 자신과 타인들의 관계에 따라 결정된다. 그는 비공개 휴대폰을 통해 공개된 휴대폰이 유발한 분노를 풀어놓고 평소에 억눌렀던 공격성이나 주체 못할 낭만과 감상을 배출한다. "상투적이고 진부한 관계들"로부터 "개인의 인격 자체"(최수철, p. 256)를 지키기 위해 그는 두 개의 휴대폰을 활용할 수밖에 없었던 것이다.

물론 서로 다르게 쓰이는 두 개의 핸드폰이 모두 타인들을 향한 소통 채널이라는 점을 강조할 필요는 있다. 어떤 방식으로든 최수철의 인물들은 자신의 고유 진동수를 증폭시킬 수 있는 타인과의 만남을 열망한다. 예컨대, '김동학'은 채널이 무화되는 새벽 산책 도중 채널의 혼선을 겪으며 캐터필러에 의해 으깨어지고 만다. '김동학'의 신체가 분해되는 장면으로 마무리되는 이 이야기의 끝은 응급실에 실려오는 소설의 첫 장면으로 귀환한다. 기억해야 할 사항은 캐터필러 아래서 온몸이 부서지면서도 응급실에서 정신의 혼미를 경험하면서도 그가 "온몸이 부서져버리고 나면 다른 온갖 인물로 변신이 가능할지도 모른"(최수철, p. 299)다는, 새로운 세계가 열릴지도 모른다는 믿음을 포기하지 않았다는 사실이다. 작가 최수철에게 이율배반적 상황을 벗어날 수 있는 일말의 움직임이 소중한 이유가 여기에 있는 것이다.

4. 타인들 그리고 아이덴티티

돌이켜보니 내 지난 삶은 온통 망상으로 채워져 있었다. 내 과거 전체가 하나의 거대한 망상의 소용돌이였다. 다른 사람들의 삶 또한 그러할지도 모르지만, 지금 내게 그것이 무슨 상관이랴. (최수철, 「첫사랑에 관하여」, p. 398)

지금까지 다이어트에 전혀 관심이 없었던 것은 물론 아니다. 세상 돌아가는 분위기라는 걸 무시하고 살 수는 없는 일이다. 요즘은 뚱뚱한 사람을 단순히 둔감하고 무신경하게 보는 데에서 그치지 않는다. 〔……〕 그러나 묵직하다는 B의 말이 사실이어서 그랬는지 나는 그 정도 이유로는 쉽게 움직이지 않았고, 아니면 평범하다는 그의 말이 사실과 달라서 그랬는지 집단적 가치에 의해 떠밀려가는 건 특히 싫어했다. 나를 바꿀 수 있는 것은 일반적인 다수가 아니라 나에게 중요한 어떤 사람들이다. (은희경, 「아름다움이 나를 멸시한다」, pp. 85~86)

공교롭게도 윤대녕과 은희경, 최수철의 인물들 다수는 "남의 눈에 어떤 사람으로 비칠는지 깊이 생각해본 적이 없"(은희경, p. 68)으나, 자신의 삶을 돌아보고 문득 모든 것이 혼란스러워지는 시간을 맞이한 30대 중후반의 존재들이다. 「몽타주」의 '윤세화'는 37세가 되는 날 "자신의 삶이 누군가 다른 사람들의 삶, 다른 사물들의 모습으로 짜 깁기되어 있다는 느낌"을 받는다(최수철). 또 다른 30대(38세)인 「고독의 발견」의 'K'는 자신이 "남의 눈에 비친 바로 그대로의 사람"이며, "그렇게 정해진 대로 거기에서 벗어날 길이 없다는 것을 깨"닫고 자신의 존재에 깊이 절망한다(은희경). 그리고 적지 않은 30대들이 때로 불안했지만 아름다웠던 청춘의 시간이 흐르고 흐른 뒤 그렇고 그런 일상을 살면서 서로에 대한 기억을 전설처럼 아득하게 경험하게 하는 시간의 회한에 사로잡힌다(은희경, 「유리 가가린의 푸른 별」; 윤대녕, 「풀밭 위의 점심」).

　　인간이든 곰이든 마찬가지야. 친구가 되려고 하면 안 돼. 타인으로 대하는 게 서로 살아남는 길이야. (은희경, 「지도중독」, p. 180)

　　우리가 세상을 살면서 갖는 기대와 희망의 대부분은 알고 보면 타인에게 애써 요구하고 있는 것들이기 십상이다. 그렇다면 아무리 가까운 관계라도 상대를 객관적인 타인으로 바라볼 수 있는 여유와 냉정함을 잃지 말아야 한다. (윤대녕, 「고래등」, p. 186)

　　혼란스러운 인물들의 아이덴티티를 다시 세우기 위한 작가들의 미봉적 제안은 일단 우리 모두가 타인이 되어야 한다는 선언이다. 아버지의 세계를 거부했으나 아버지가 아니라 삼촌이 되어버린 자들, 언제나 시간의 구획 속에서 한 뼘만큼 비켜 있는 존재들, 이들에게 타인은 가족과 연인까지도 끝없는 갈망과 연민, 질투와 증오의 대상이다. 가령, 소박하게는 자신의 가치를 알아주지 않는 가족은 몽상가인 'B'에게는 아무런 관심의 대상도 아니다(은희경, 「날씨와 생활」). 그러나 타인들에 대한 선망과 질투의 끝에서 그들이 확인하게 되는 것은 "흔히 보아오던 그런 사람들," "세월의 주름 속에 희비를 담고 있었으나 사는 데 지쳐 보이기도 했고 작은 일에 위안을 얻거나 허세를 부리는, 보통의 삶을 끌고 가는 모습"일 뿐이다(은희경, p. 110). 잠깐이나마 "황홀한 내면"(윤대녕, p. 275)을 들여다보고 영혼의 교감을 경험했다 해도, 결국 남는 것은 혼자 가게를 꾸리며 쉬는 날엔 목적지 없는 여행을 떠나고 낯선 여자애에게 동행을 청할 만큼 고독하고도 무료한 시간들뿐이다(윤대녕, 「마루 밑 이야기」).

30년 이상 살고 보니 허망하고 허무한 것들이 더 많아진 존재들에게 모두가 타인이 되어야 한다는 선언은 시의적절하고 타당한 조언일 수 있다. 그러나 이 선언이 혼돈에 직면한 자신의 삶을 추스르는 자리에서, 자신과 타인의 관계를 반추해보는 시간에, 정말로 유의미한 해결의 실마리가 되어주는 것일까. 모두가 타인이 되어야 한다고 믿어야만 상상하고 지우고 갈망하고 증오했던 타인들의 실체와 직면하고도 절망하지 않을 수 있는 것일까. 다르게 질문할 수도 있을 것이다. 그들의 혼돈은 무엇일까. 그들의 혼돈과 절망은 어디에서 연원한 것일까. 분명하게 환기해야 할 사실은 상상과 갈망, 좌절과 절망은 모두 그들의 상상 속에서 생성되고 폐기된 것이라는 점이다.

항상 자신이 옳다고 생각하는 방식만을 따르고 결과적으로 자신에게는 아무 잘못도 없다고 믿는 「고독의 발견」(은희경)의 '나(K)'가 자신을 "쓸모없는 놈"(은희경, p. 75)으로 인지할 때, 그는 바로 이 순간에 몸서리칠 만한 실감으로 자신의 전 존재가 무너져내리는 소리를 듣게 된다. 세상이 그다지 놀랍지 않다고 생각되고, 삶의 많은 부분이 이미 결정되어 더 이상의 변수가 없다고 생각하게 될 때쯤, "두려움도 없지만 설렘 또한 없"고 "행복하지 않은 것도 아니며 또한 행복한 것도 아"(은희경, p. 188)니라고 생각할 때쯤, 15년 전의 아름답고 불안했던 청춘에 대한 기억은 예측가능했던 이들의 일상을 문득 뿌리부터 뒤흔든다. 이를 고독이라 명명할 수 있다면, 고독은 이유도 없이 눈이 떠진 새벽녘에 문득 들이닥친 것이자 그들 자신이 내면 깊은 곳에 잠들어 있던 불안을 스스로 발견해낸 것에 가깝다.

5. 블라인드 포인트——그들은 과연 고독한가

내가 나로 존재하기 위해 고독이 불가피한 것이라면 이들 작가들은 고독이라는 인간의 존재 조건을 연민하는 것인가. 좀더 엄밀하게 질문해보자. 내가 나로 존재하기 위해서는 모두가 타인이 되어야 하는가. 고독은 불가피한 것인가. 인간은 근본적으로 자기소외적 존재인가. 나는 타인들을 어떻게 감지할 수 있는가. 윤대녕과 은희경, 그리고 최수철은 공히 언제나 일상의 바로 한 겹 뒤에 "고립된 상황이 잠복해 있다는 사실"(은희경, p. 26)을 알고 있지만, "절대적인 단독자라고 느끼는 그 순간에도 누군지 모르는 수없이 많은 이웃과 함께 시공간을 공유하고 있다는"(은희경, pp. 22~23) 사실마저 망각하지는 않는다.

하지만 어찌 되었든 나로서는 몽타주 작업을 그만둘 수 없었다. 나는 돌아갈 곳이 없었고, 돌아갈 얼굴이 없었으므로, 이렇게 계속 나아가야 했고, 계속 그려야 했다. 지금까지 그래 왔듯이 앞으로도 나는 내가 그린 몽타주들을 하나도 버릴 수 없었다. 그 속에는 내 삶과 관련된, 나의 시간과 연관된 모든 세부적인 부분들이 들어 있기 때문이었다. (최수철, 「몽타주」, p. 30)

물론 극단적인 자기 PR 시대인 오늘날, 자신 이외에 어떤 것에도 관심이 없는 현대인들이 자신을 구성하는 타인들의 기미를 감지하기는 쉽지 않다. 타인들은 기껏해야 자신을 인정해주는 상대이거나 '나'들의 극심한 무관심으로 있지만 없는 존재이기 쉽다. 반대 방향에서 본다 해도 문제는 여전히 난국이다. 몇몇의 '나'들이 타인을 감지하려고 노력하면 과연 감지할 수는 있는 것일까. 존재감만 회복하면 타인은 타인이 아니게 되는 것일까. 내게는 자신의 정체에 대한 끈질긴 질문만이 역설적으로 자신을 구성하는 다른 '나'들, 즉 그림자가 아닌 타인과 마주 서게 해줄 것이라는 소박한 믿음, 이것만이 '나'들과 타인들의 관계에 대한 가장 성실한 답변으로 들린다.

"나 자신이 몽타주 되는 삶을 살고 있"(최수철, p. 32)으며, "나야말로 얼굴이 지워진 헛것인 존재였"(최수철, p. 36)다는 기미를 포착하는 작가와 그 인물의 감각이 소중한 것은 이런 의미에서이다.

거리를 걸을 때면, 내 코와 똑같은 여자, 내 귀와 똑같은 남자, 뿐만 아니라 내 입과 똑같은 개, 내 눈과 똑같은 고양이를 만나곤 했다. 그러다가 꿈에서 깨어날 때쯤에는 내 주위에 온통 해체된 육체의 각 부분들이 제 스스로 돌아다녔다. 눈썹들이 나란히 줄을 맞추어 행진을 했고, 수없이 많은 코와 귀가 서로 쌍을 이루어 골목 모퉁이에서 불쑥불쑥 모습을 나타냈다. 얼굴과 몸 조각들의 반란이 일어나, 우주의 질서가 뿌리째 흔들리고 있었다. (최수철, 「몽타주」, p. 33)

나를 채운 것이 다른 존재들이라는 깨달음은 「몽타주」의 '윤세화'에게 자신을 범인으로 몽타주하게 만든다. 내가 타인인지 타인이 나인지를 구분할 수 없는 지점에 이른 이 감각은 '나는 무엇으로 구성되는가, 나는 누구인가, 나는 무엇인가'라는 질문을 막바지까지 밀어붙이려는 정신적 사투의 소산이다. 라캉 식으로 말하자면 언어 이전 단계로 역진화하는 것처럼 보이는 이 시도는, 자신의 아이덴티티뿐만 아니라 우주의 질서까지도 혼돈에 빠뜨릴 수 있는 위험천만이 아닐 수 없다. 자신이 불러오고 자신이 발견한 고독이 근본적으로 자기소외와 다르지 않다면, 고독을 넘어서기 위한 단 하나의 방법은 결국 자기 파괴로 귀결하고 말 것이기 때문이다.

현실과 꿈, 나와 타인의 경계가 무화되면서 나와 타인 사이의 "기이한 친밀감"이 생기고 "일체가 되는"(p. 35) 듯한 공감을 경험하게 된다면, 나와 타인의 얼굴은 완전히 겹쳐질지도 모른다. 흥미롭다고도 이율배반적이라고도 할 수 있을 터, 새로운 나와 또 다른 나의 탄생은 진정 이 찰나와도 같은 순간에나 비로소 가능한 것인지도 모른다. 그러나 "찰나를 못 버텨 미망에 사로잡히는 것이 또한 사람의 일"(윤대녕, p. 147)이기도 하다. 그리하여 누구에게든 자신을 향한 몽타주 작업은 소중한 것이며 또한 계속되어야 한다. 최수철의 제안대로 "이제 당신들이 몽타주를 해야"(p. 47) 하는 것이다.

다시 한 번, 반추해보자. 모두가 타인이 되어야 한다는 선언은 곧 누구나 자기 몫의 고독을 감당해야 한다는 모진 충고일까. 객관적 거리를 유지하는 것만이 자신의 상징적 죽음을 목도해야 하는 피할 수 없는 이율배반으로부터 자신을 보호할 수 있는 유일한 방책인 것일까. 그렇기도 하고 아니기도 하다고 해야 할 것이다. 최수철에 의하면, 오만하고 자폐적인 나만의 세계는 나에 의해 공격되고 붕괴된다. 그리고 다시 수립되어야 한다. 그렇다면 이 새로운 나는 다른 나일까 아닐까. 나는 나를 연민해야 할까 확신해야 할까. 아마도 수많은 '나'들이 원상이 뭔지도 알 수 없는 미지의 것이 될 때와 그것이 "본연의 모습"(최수철, p. 45)이라고 말해질 때에 그 답변은 각기 달라질 것이고 또 달라져야 할 것이다. 최수철의 그리고 나의 답변이 대위법인 것은 그래서일 것이다.

6. 귀환, 떠난 것도 돌아온 것도 아닌

윤대녕의 소설에는 모두가 타인이 되어야 한다는 선언의 숨은 뜻과 고독의 연원과 타당성에 대한 답안이 아름다운 갈피들로 펼쳐져 있다. 무엇보다 흥미롭게도, 진화도 진보도 뭣도 아닌 한 발짝을 통해 실질적인 귀환에 이르는 이들은 무심할 뿐만 아니라 정적인 태도로 일관하는 윤대녕의 인물들이라고 해야 한다. 시원을 향해 영원히 사라지기도 했던 윤대녕의 인물들은 여전히 사라지지만 심심치 않게 돌아오기도 한다. 어머니의 귀환을 염원하며 제비를 길렀던 「제비를 기르다」의 '나'가 그러하다면, 집안의 골칫거리이자 문제아였던 「탱자」의 '큰고모'가 그러하며, 병든 몸으로 35년 만에 고향집으로 돌아온 「편백나무숲 쪽으로」의 '아버지'가 또한 그러하다. 때로 누군가 사라진다 해도 우리에게서 사라진 그들이 그들 자신의 새로운 시간을 살기도 한다(윤대녕, 「연」, 「편백나무숲 쪽으로」).

「연」이 보여주듯, 상처를 품은 사람들끼리 도망가서 사는 이유나 '나'가 만경대 꼭대기의 고인돌처럼 생긴 바위를 보러 다니는 이유, '정연'이 떠나버린 연인인 '해운'을 찾아 헤매는 이유는 윤대녕의 소설에서 여전히 중요하지 않다. 강남을 향해 떠났던 제비처럼 윤대녕의 인물들이 결국 돌아와야 한다면, 그들의 귀환은 생을 건 결단이거나 돌이킬 수 없는 운명 때문이 아니다. 그저 "결국 돌아오게 돼 있는 것"(윤대녕, p. 141)이 인생이기에 돌아왔을 뿐이다.

삶을 완수하는 방식이 저마다 다르다는 건 얼마나 갸륵하고도 오묘한 사실인가. 어쩌면 이렇게 각자 다르기 때문에 갈등이 유지되면서 피돌기가 그만큼 원활해지고 종국엔 하나로 속속들이 귀속되는지도 모른다. (윤대녕, 「고래등」, p. 188)

아버지는 과연 그곳에 있는 것일까. 여기서 속초는 어디쯤이고 또 주문진은 어디인가. 주문진에서 반평생을 살며 아버지는 부두 하역장 일을 하였다고 했다. 집을 떠나기 전까지 읍내 고등학교 교사였던 아버지에게 그것은 생의 회한과 허무를 이겨내기 위한 노동이었을 것이다. 어머니의 유해는 화장을 하여 낙산사가 있는 양양 앞바다에 뿌렸다고 했다. 또한 작은 어머니는 평생 어부들을 상대로 하는 코딱지만

한 술집을 꾸려가며 아버지와의 사이에 낳은 딸과 어머니가 낳은 남의 자식을 함께 키워냈다고 한다. 찬영은 줄곧 식은땀을 흘리며 잠꼬대처럼 중얼거리고 있었다. 그들은 모두 남이던가? 이제는 남이 아니던가. (윤대녕, 「편백나무숲 쪽으로」, p. 161)

그렇다고 그들이 떠났던 지도의 원점으로 돌아오는 것도 아니다. "누구한테나 남이었고 어쩌면 자신에게조차 평생 남으로 살아왔"(윤대녕, p. 165)을 윤대녕의 인물들, 자신만의 속도와 궤도를 살았던 "적응에 실패한"(윤대녕, 「풀밭 위의 점심」, p. 167) 그들에게는 원점이 따로 없고 귀착지 또한 따로 없다. 정녕 회한밖에 남는 게 없을 쓸쓸한 생을 산 고모가 죽음을 앞두고 암 판정을 받은 후 조카를 찾아왔다가 돌아갔다. 자신에게 따뜻했다는 멀고 먼 기억에만 의지해서 한여름에 조카를 찾아왔던 고모는 계절이 바뀐 가을에 부음으로 돌아온다(「탱자」). 어디가 원점이고 어디가 끝이겠는가.

피로 맺어진 혈연도 제도가 붙들어맨 친족도 뜻하지 않은 계기로 궤도 이탈하는 그들의 삶을 바꿔놓지 못한다. 그러나 이탈적 삶은 윤대녕의 인물들, 그들만의 것일까. 윤대녕이 말한다. 인간은 누구나 떠나고 돌아오기를 반복한다고. 그것이 인생이라고. "끊어진 줄은 다시 묶어도 매듭이 남게 마련이"(윤대녕, p. 257)며, 박힌 못은 빼내더라도 자국이 남게 마련이다(p. 264). 상처의 흔적까지 사라지지는 않으며 낯선 타인보다 나을 거 없는 관계를 유지해야 하는 때도 있는 것이다. 그렇지만 처마에 걸려 있는 고래등을 끝내 안 본 척 올려다볼 수밖에 없다고 해도(「고래등」), 살다 보면 아니 떠나고 돌아오며 사라지고 돌아가는 그 어느 갈피에서, "생의 회한과 허무"(윤대녕,

p. 161)까지는 아니더라도, 먼저 잠든 남편을 두고 한 줄 한 줄 사랑을 새겼을 아내의 시간, 미처 알지 못했던 타인의 고독을, 그 안쓰러운 시간을 또한 만나게 될지도 모르는 일이다.

질문은 돌고 돈다. 누가 남인가. 어린 시절에 자신을 버리고 떠났던 아버지, 자신을 키워준 백부와 백모, 남의 아이를 낳은 어머니, 다른 여자와 아버지 사이에 난 자식, 「편백나무숲 쪽으로」의 '찬영'을 둘러싼 이들은 모두 남이던가. 이제는 남이 아니던가.

7. middle age

우리는 문학작품의 백만 부 베스트셀러 시대를 오래전에 지나왔다. 일정한 시기에 이르면 작가들이 제도권에 안착하는 것을 자연스러운 과정으로 여기던 시절도 바야흐로 지나고 있다. 인과의 선후는 불분명하지만, 한국문단의 생애 주기는 점차 짧아지고 있으며, 무엇보다 '좋은 문학'에 대한 합의가 불가능하거나 불필요한 시대가 시작되고 있다. 최수철식으로 말하면 "지구상에 더 이상 암흑의 오지가 존재하지 않는다는 사실을 받아들이게 된 것처럼, 오지와 더불어 핵심도 함께 사라져버렸다고 믿는 풍조가 확산되고 있"(최수철, pp. 143~44)는 것이다.

작가들에게는 글쓰기에 온몸을 던지는(/던져야 하는) 시대가 도래했지만, 그들이 써야 하는 것이 '순수한' 문학만은 아니며, 글쓰기의 범주는 여행기, 북 리뷰, 생활 정보, 칼럼에 이르기까지 폭 넓은 의미의 산문으로 확장되고 있다. 자기갱신을 거듭하고 다양한 산문을 쓰면서 한국문단의 책임감 있는 중간세대가 되는 일은 생각만큼 쉽지 않다는 뜻이다.

때로 부단한 변신을 통해 자신의 주제나 관심사에 다가가는 작가들이 있다면(김영하, 김연수), 자신의 정체이든 세계이든 불확실한 모든 것, 알 수 없는 모든 것에 대한 관심의 집중도를 높이면서 자신의 영역을 만들어내는 작가들이 있다. 가령, 윤대녕은 줄기차게 시간이 비켜간 존재의 고독에 관심을 두고, 은희경은 여러 개로 쪼개진 '나'들의 짐작과 다른 일들의 존재론적 의미에 주목한다. 최수철은 '확신'할 수 있는 의식의 기저를 향한 집요한 모험을 지속한다.

어느 쪽이든 중간세대인 이들은 강고한 아버지의 체계든 세속화된 문학 현실이든 자신들이 거부하고 저항하며 심지어 극복하고자 했던 그 원점으로 돌아간다. 특히 후자의 경우라면 이들의 회귀는 그 대상이 아니라 거부하고 저항하며 극복하고자 했던 그 자신들과 상관적이라고 해야 한다. 이들의 귀환은 자신들의 정체성을 다시 들여다보려고 한다는 점에서만 원점회귀이다. 그렇게 좀더 빽빽해지고 두터워지면서 그들은 원점에서 처음처럼 다시 시작하고자 한다. 문학적 원점으로 돌아가고자 하는 이 작가들, 윤대녕과 은희경, 최수철은 정녕 한국문학의 중간세대인가. 그렇기도 하고 아니기도 하지 않은가.

이야기의 얼굴들, 기억의 흔적을 스쳐가는

김연수의 소설은 끝나지 않는 이야기의 연쇄다. 소설에 등장하는 인물들과 그들의 요약되지 않는 이야기들은 또 다른 인물들과 망각되었거나 혹은 이해되지 않는 그들의 이야기들을 불러온다. 그들의 과거의 시공간은 또 다른 미래의 밑그림을 보여주고 그렇게 회상하고 예기하는 시간의 틈에서 수많은 이야기의 얼굴이 불쑥 솟아오르고 다른 이야기의 얼굴로 이어진다. 그러니까 김연수의 소설은 끝나지 않는 이야기가 쏟아져나오는 이야기의 단지이다. 왜 아니겠는가. "이 우주의 90퍼센트가 우리가 감지할 수 없는 것들로 이뤄져 있다면"(「케이케이의 이름을 불러봤어」, 『세계의문학』 2008년 봄호, p. 181) 그곳에 담겨 있는 것이 우리가 감지할 수 없는 이야기의 얼굴들이 아니고서 무엇이겠는가.

그의 소설이 언제나 여러 겹으로 켜켜이 쌓인 이야기의 형국으로 우리에게 온다는 것은 그 이야기들이 결코 움직일 수 없는 사실에 기반한 것도 앞뒤의 이야기 연쇄들이 일목요연하게 정리될 수 있는 인과율에 기반한 것도 아니라는 점을 말해준다. 어떤 것도 본래 그러하지 않으며 모든 것은 만들어지고 변해갈 뿐이라는 이러한 인식은 '포스트모던'풍이라고도 명명 가능할 김연수의 세상을 읽는 눈의 일부를 이룬다. 그리고 이것은 결국 그의 소설이 언어를 통할 수밖에 없으나 언어로는 결코 가닿을 수 없는 그 시간의 틈에 대한 본원적인 잡아챔의 실패의 흔적들, 무수한 미끄러짐의 기록들임을 말해준다. 때문에 그의 소설에서 모든 개인은 그들 자신의 회상과 예기의 틈에서 자신의 역사를 살 수 있게 되는 것이다. 비록 그것이 전달 불가능한 외로움이거나 죽음과도 같은 고통일지라도.

한국에서 온 열일곱 살 연하의 젊은 애인과 그를 사랑했던 서른아홉 살의 자신에 관한 지나간 시간의 흔적들을 쫓는 한 여류 소설가에 관한 소설인 「케이케이의 이름을 불러봤어」가 담고 있는 것 역시 언어가 가닿을 수 없는 것들에 대한 기억 혹은 기억의 흔적들에 대한 언어적 기록들이다. 동시에 그것은 '으아아아으으어' 말고는 왜 그리고 어떻게 아픈지를 말할 수 없었던 세 살배기 아들을 잃고 누군가의 언어를 다른 언어로 번역하는 통역가가 된 '혜미-help me-happy'의 누구에게도 이해받을 수 없는 고통과 고독, 그 가닿을 수 없는 것들에 대한 기록이기도 하다.

그러니까 「케이케이의 이름을 불러봤어」에는 다시는 만날 수 없는, 어디론가 가버린 자신의 시간들을 찾아 헤매는 한 여자의 이야기가 한편에 있고, 다시는 만나고 싶지 않은, 어디론가 사라져버리기를 간절히 원하는 시간들로부터 도망치는 한 여자의 이야기가 다른 한편에 놓이게 되는 것이다. 소설에서 외국의 작가대회에 온 소설가와 그 소설가의 수행 통역가로 지금-이곳에서 만난 그들은 각자의 이야기로부터 출발해 서로의 이야기로 들어갔다가 그렇게 서로를 스쳐 지나간다. "이 우주의 90퍼센트는 그렇게 우리가 볼 수 없는, 하지만 우리에게 오랫동안 영향을 미치는, 그런 불들로 채워져 있다는 사실을," 그럼에도 "살아 있는 동안, 우리는 결코 그 불들을 보지 못"(p. 197)한다는 것을 깨달으면서 그렇게 말이다.

죽는 순간까지도 케이케이는 내가 옆에 있다는 사실을 알지 못했다. 깨어나기만을 기다리며 내가 수없이 그 귀에다가 입을 대고 이름을 불렀는데도 말이다. 죽고 나서야 케이케이의 진짜 이름이 '키준킴'이라는 사실을 알게 됐다. 여전히 그 이름은 낯설다. 키준. 이제 내가 그 이름을 발음하면, 목소리는 허공으로 풀려나간다. 그 목소리를 듣는 사람은 아무도 없다. 한 번도 그 이름을 불러보지 못했다는 것만은 내게 두고두고 슬픔이 된다. (p. 191)

너무 아플 때면 아들은 도무지 알아들을 수 없는 소리를 질러댔다. 그 소리들은 병실을 가득 메웠다. 왜? 왜 그러니? 왜? 무슨 일이니? 어디가 아프니? 엄마, 맘마, 아빠밖에는 말하지 못했던 그 아이의 귀에다가 대고 쏟아내던 그 물음들에 대해, 뭐라고? 엄마한테 얘기해. 엄마한테 다 얘기해. 그럴 때면 아이는 더 큰 목소리로 소리쳤다. 으아아아으으어. 제발 엄마한테 얘기해봐. 거기까지 말하고 나서 해피는 죽고 싶었다. (p. 192)

서로 다른 개인 '들' 사이에서 언어 없이 소통하는 법을 우리는 알지 못하므로, 소통을 목적으로 하지 않는 언어가 있다면 그것은 더 이상 언어가 아닐 것이다. 그러니까 언제나 언어는 결코 포기할 수도 버릴 수도 없는 불가피한 소통의 통로인 것이다. 그럼에도 기억의 흔적을 뒤쫓는 김연수의 소설에서 언어가 소통의 도구가 될 수 없다는 말은 그저 언어의 도구적 성격이 지닌 불완전성에 대한 표현만은 아니다.

작가 김연수는 서로 다른 개인들이 시간의 결을 통과하면서 순정한 어떤 것으로 남을 수 있다고 믿지 않는다. 무엇보다 김연수의 소설에서 언어의 기록들은 「산책하는 이들의 다섯 가지 즐거움」(『자음과모음』 창간호, 2008)에서도 확인할 수 있듯이, 죽음 혹은 죽음으로 걸어가는 '산책'처럼 타인과는 결코 나눌 수 없는 불가촉 혹은 감정의 영역에 속한다. 「케이케이의 이름을 불러봤어」의 소설가가 통역가 해피에게 케이케이의 추억의 땅의 이름을 말하면서 점차 확신을 잃어가고 "판단력을 잃"(p. 182)어가거나, 반대로 모든 언어가 "그냥 단순한 음성적 신호가 될 때까지, 거기에 의미가 담겨 있으리라고 생각하지 않게 되기까지"(p. 194) 언어를 그저 신호로 바꾸어가도 결코 의미가 사라지지도 지워지지도 않은 것은 아마도 언어가 직면한 이러한 사정과 무관하지 않을 것이다.

그러니까 김연수의 시선에서 보자면, 언어는 나와 다른 누군가와의 소통을 위한 충실한 도구가 되지 못할 뿐 아니라 심지어 나의 이전과 이후 혹은 기억 속의 나와 상상 속의 나 사이의 소통조차 충분히 열어줄 수 없는 불능의 도구임에 분명하다. 기억해야 할 것은 언어의 불능성을 간곡히 경험하는 이 지점들, 바로 여기서 김연수 소설의 유의미성이 역설적으로 발생한다는 사실이다. 해독되지 않는 것으로 남아 있는 것, 그 기억의 흔적들에 대한 추적의 기록이야말로 김연수의 소설이 기억과 그 흔적에 대해 표할 수 있는 경의의 최대치일 것인데, 이 기록을 통해 김연수의 소설은 해독되지 않는 것들에 가닿으려는 열망과 결국 실패로 끝날 시도들을 통해 가닿을 수 없는 바로 '그것' 에 접근할 수 있는 예기치 못한 방법을 제안해주게 된다.

한국어인 '낙'이 음성적 신호 이상의 의미를 전달할 수 없는 'nak' 으로밖에는 번역될 수 없다고 해도, 바로 그렇기 때문에 그 'nak'은 누군가에게는 두고두고 미안한 마음일 수도 있으며 누군가에게는 이미 죽은 애인의 젖은 몸에 대한 추억일 수도 있다. 그러니까 작가 김연수는 서로 다른 개인들 사이에서 생겨나고 움직이는 '그것'이 결코 서로에게 적확한 의미로 전달될 수는 없지만, 해석불능이라는 그 사실로부터, 즉 그 의미의 주변부를 헤매는 과정을 통해 서로에게 감지되고 이해되며 나누어질 수도 있음을, 그런 순간의 실현 가능성을 매우 역설적인 방식으로 보여주고 있다. 그런 따뜻한 가능성을 열어주면서 그렇게 「케이케이의 이름을 불러봤어」에서 작가 김연수는 수많은 이야기의 얼굴들을 통해 삶이 숨기고 있는 수수께끼의 일면들을 그만의 방식으로 도해해주고 인간에 대한 찬미를 소설로 형식화하고 있는 것이다.

포스트모던 서사시

문단 열고 그날은 첫날이었다 마침표 그녀는 먼 곳으로부터 왔다 마침표 오늘 저녁 식사 때 쉼표 가족들은 물을 것이다 쉼표 따옴표 열고 첫날이 어땠지 물음표 따옴표 닫을 것 적어도 가능한 한 최소의 말을 하기 위해 쉼표 대답은 이럴 것이다 따옴표 열고 한 가지밖에 없어요 마침표 어떤 사람이 있어요 마침표 멀리서 온 마침표 따옴표 닫고
— 차학경, DICTEE

1. '국경'과 '국경' 사이, 네버엔딩 에피소드

눈을 떴을 때 나는 어떤 인신매매업자 앞에 누워 있었어요. 그가 나에게 말했죠. 너는 어떻게 하다가 여기까지 왔니. 나한테 그걸 말해줄 수 있니. 그래야 널 풀어줄 텐데. 그는 옛날얘기를 좋아한다고 했어요. 그래서 나는 매일 밤마다 그에게 얘기를 들려줬어요. 국경을 넘은 얘기, 신발이 터진 얘기. 그는 재미있어했어요. 저는 부탁했죠, 그 남자를 만나게 해달라고. 아직 첫날밤도 치르지 못했다구요. 그랬더니 그가 말했어요. 니가 재밌는 얘기를 많이 해주면 만나게 해주지. 그래서 나는 매일매일 거짓말을 했어요. 첫날밤을 치르기 위해서. (pp. 112~13)

마약과 관광의 도시에서 천막의 여가수가 되었던 '리나'가 고백한다. 매일 '이야기'를 해야만 자유로워질 수 있었고, 매일 '거짓말'을 해야만 자신이 사랑한, 아니 자신을 팔아넘긴 그 사람과 만날 수 있

었다고 말이다. 인신매매업자 앞에서 세헤라자데가 된 '리나'는 매일 밤마다 옛날얘기를 계속한다/해야 한다. 어디까지나 '이야기'이고 '거 짓말'이므로, 그녀의 탈출 여정은 깔끔한 마무리를 위해 변형되거나 왜곡되기도 한다. 이 옛날얘기들의 구체적 내용이 바로 '국경'을 향해 계속되는 '리나'의 여정이다. 그렇다면 '국경'을 넘기 위해 '리나'의 얘기가 진행되어야 하는가 아니면 '리나'의 모험담이 계속되기 위해 '국경'이 요청되어야 하는가. 『리나』 전체의 서사적 개성은, '변형되 고 왜곡되는 이야기 혹은 거짓말'이라는 표현으로 압축될 수 있다.

그래도 리나는 의심하지 않았다. 저만치 앞 허공에 푸른 둑처럼 펼 쳐져 있는 국경은 어느 순간 활짝 열릴 거라고 믿었다. 그 푸른 둑이 이쪽을 향해 파도처럼 몰려와 하늘이 열리듯 저절로 열릴 거라고 믿었 다. 그리고 보이지 않는 손이 나타나 탈출자들을 고스란히 빨아들인 후 안전한 투망 안에 넣어, 마술처럼 국경 너머로 데리고 갈 거라고 믿 었다. (p. 11)

잠시 후 리나는 다시 뒤를 돌아봤다. 스물두 명의 탈출자들은 더 이 상 보이지 않았다. 리나는 또다시 저만치 앞 허공에 푸른 둑처럼 펼쳐 져 있는 국경을 향해 달리기 시작했다. (p. 348)

강영숙의 첫 장편소설 『리나』는 "저만치 앞 허공에 푸른 둑처럼 펼 쳐져 있는 국경" 앞에서 시작되고 끝난다. '국경' 앞에서 시작된 탈출 여정의 끝을 바로 그 '국경' 앞에서 맞이한다는 점에서 『리나』는 탈출 불가능한 실존적 암울함을 우회적으로 암시하는 매우 참담하고 슬픈 소설이다. 그러나 흥미롭게도『리나』자체는 슬픔의 바닥으로 결코 하강하지 않는다. 터져나올 것 같은 삶의 비애를 억지로 가라앉히고 있는 것이 아니다. 멀고도 길었던 '국경'과 '국경' 사이에서 우리가 만나게 되는 것은 숨 쉴 틈 없이 펼쳐지는 사건들과 예기치 않은 반전들 그리고 문득 등장했다가 어느새 사라지는 인간 군상들이다. 절도와 소매치기, 매춘과 강간 심지어 살인과 시체 유기, 인신매매에 이르는 이른바 비윤리적이고 무도덕적인 장면들이 연이어 계속되지만 그럼에도『리나』는 잔혹하거나 무자비하지 않다.

『리나』를 채우는 무수한 에피소드들은 서로 무연(無緣)하다는 점에서 특징적이다. 『리나』를 공연 시간 내내 수만 가지의 에피소드들이 펼쳐지는 풀타임full-time 연극 무대로 비유할 수 있다면, 이 무대에서는 하나의 에피소드가 다음 에피소드에 아무런 여운도 남기지 않는다. 『리나』는 작은 우연을 알리는 '바로 그때'와 '어느 순간,' 이 전환의 첫 단어들로 시작되는 에피소드들로 이루어져 있으며, 피할 수 없는 재난처럼 벌어지는 사건의 다발이라는 점 빼고는 어떤 단일한 의미로도 환원되지 않는다.

그런데 '어느 순간'과 '바로 그때'들로 연결되는 네버엔딩 에피소드의 다발, 바로 여기에 작가만의 서사 운용방식, 그 첫번째 트릭이 숨겨져 있다. 작가는 서사의 수평적 진행과 수직적 전개를 뒤틀고 서로 이질적인 층위들을 접목한다. 『리나』 전체를 관통하는 서사적 힘은 '국경 탈출'이라는 라이트모티프이지만, 『리나』는 '국경 탈출기'라는 말이 반사적으로 연상시키는 뉘앙스, 장면, 정조와는 별다른 관계가 없다. 우리가 충분히 예상할 수 있는 에피소드들, '생존'을 위해 행해지는 매춘, 살인, 강간 등의 에피소드들이 예측불허의 방식으로 잇대어지고, 지구상의 수많은 '가난한' 나라들의 특별한 풍경과 낮익은 풍습들이 무차별적으로 뒤섞인다.

『리나』의 소설 세계는 도시/농촌, 문명/원시, 중심/주변, 인공/자연의 짝패에서 뒤쪽에 해당하는 리얼한 세목들이 차곡차곡 쌓이면서 구축된다. 동시에 그 세계는 리얼한 세목들의 이질적 이미지들이 겹치는 과정에서 구체화된다. 『리나』의 내적 탈출 경로에 따르면, '리나' 일행은 'P국'으로의 탈출을 위해 인접 제3국의 제3국들을 통과한다. 그러면서도 '리나'의 탈출 경로는 소설 내적으로 완결되지 않는다. 동일한 언어를 사용하면서 이념이 다른 인접국으로 탈출하려는 사람들이 사는 곳, 검은 소가 집 주위를 배회하고 광활한 논과 밭이 펼쳐진 농촌, 거대한 자전거의 행렬로 요약되는 도시, 불면 날아갈 것 같은 쌀밥과 씁쓸한 차를 마시는 동네, 공장지대가 펼쳐져 있는 경제자유구역, 외국인에게 얻어맞아 죽은 창녀와 그 주변인들의 풍경 등 소설 세계를 채우는 구체적 세목들에서 독자인 우리는 꽤 많은 소설 바깥의 실제 풍경을 떠올리지 않을 수 없다.

추상적으로 재구성될 수 있는 탈출 경로와 탈출국·경유국들에 대한 실제적 서술이 불러온 이미지가 뒤엉키면서, 『리나』에서는 소설적 현실의 윤곽이 점차 모호해지고 흐릿해진다. 『리나』의 소설 세계가 구축되는 과정은 '~과 ~'이라는 구분, 즉 그 빗금 '/'의 명석판명함에 대한 독자의 의심이 증폭되는 시간과 맞물린다. 변형과 왜곡의 방식, 즉 진부함과 참신함의 '사이'를 관통하는 이런 독특한 방식으로 작가는 낯설고도 낯익은 장면들, 낯선 것도 낯익은 것도 아닌 특이한 영역을 만들어낸다. 이에 따라 『리나』는 인물들이 겪는 사건의 끔찍함에도 불구하고 경쾌한 유랑 혹은 모험담에 가깝게 되고, 국경 탈출

기이자 국경 탈출기가 아닌 특별한 서사 혹은 에피소드의 다발이 된다. 『리나』는 '리나-세헤라자데'의 끝나지 않는 이야기 혹은 거짓말의 다발이기 때문이다.

2. 포스트모던 서사시, 발산하는 과잉의 서사

강영숙의 눈으로 보자면, 삶이란 진부한 세목들로 이루어진 하찮은 것에 불과하다. 그래도 삶에 흥미로운 부분이 남아 있다면 아마도 그건 예측을 벗어나는 아주 작은 우연들 때문일 것이다. 『리나』가 진부하고도 사소한 에피소드들을 통해 한 편의 소설이 되는 것은 그러니까 당연하다. 바로 그렇기 때문에 네버엔딩 에피소드의 다발인 『리나』에서 탈출기 혹은 모험담의 구체적인 내용, 즉 '어떤 모험이 있었는가'는 별로 중요하지 않기도 하다. 『리나』는 우리가 상식적으로 기대하는 픽션의 세계, 그 '거대한 아마도'의 세계에서는 불필요한 세목들, 서사의 잉여들로 가득 채워진 소설이다.

때때로 강영숙의 소설이 의미 포착이 쉽지 않은 난해함으로 다가오는 것은 불필요한 것으로 보이는 이 세목들 때문이기도 한데, 작가만의 소설 운용방식인, 그 두번째 트릭을 발견할 수 있는 곳은 의외의 이 지점이다. 작가 강영숙은 언젠가 "총체적인 삶과 대면하고 있는 인간을 그리고 싶었고, 뜨겁고 격렬한 서사를 가라앉히는 쿨한 문장을 갖고 싶었"(『날마다 축제』, 작가의 말)다고 말한 바 있는데, 여기서 우리는 리얼한 현실을 잡아채는 강영숙 특유의 방식과 만나게 된다. 구체적으로 강영숙은 리얼한 현실에 최대한 밀착하고 틈 없이 다가가는 방식으로 오히려 익숙한 현실을 다른 각도에서 바라보게 한다. 낯익은 세목들을 이어 붙여 실제 현실을 낯선 모습으로 불러들이는 이런 방식은 소설의 플롯에 대한 우리의 감각을 혼돈스럽게 한다. 그리하여 전적으로 새로운 경험이 불가능하고 총체적인 삶과의 대면은 더더욱 불가능한 포스트모던 시대에 기이하게도 우리는 서사 충동이 복원되는 장면과 만나게 된다.

오래되었으며 낡기도 한 서사 충동을 만나는 경험 자체가 귀한 것인데, 이때 주목해야 할 점은 시대와 불화하는 서사 충동이 결국 잡아챈 현실 자체이다. 리얼한 세목들의 아이러니를 통해 확인할 수 있듯이 『리나』가 보여주는 집요한 서사 충동은 오히려 현실의 모든 국면을 불투명하고 모호한 것으로 뒤바꿔버린다. 일관된 탈출 서사를 뽑아내고자 하면 할수록 『리나』가 우리에게 알려주는 것은 어떤 고정된 영원불변한 것도 없다는 매우 단출한 사실 하나이다. 국경의 경우도 예외는 아니다. 소설 『리나』가 국경에서 시작되고 끝난다 해도 『리나』의 국경은 의미화되지 않으면서 미끄러지는 하나의 기호일 뿐이다. 평생 지속될 비루한 생을 단번에 바꿔버릴지도 모르는 것이 국경 혹은 국경 너머의 삶(/삶에 대한 희망)이기도 하지만, 막상 국경은 "그저 퇴로가 없이 사방이 막힌, 비탈지고 조용한 산길의 일부일 뿐"(p. 13)이다. '삐'와 사랑을 나누면서 환각처럼 펼쳐지는 환희의 순간이 국경이기도 하지만, 소설의 말미에서 확인할 수 있는 바 국경은 여전히 저 너머에 펼쳐진 푸른 희망이고, 또 끝없는 우회로를 통해서도 넘을 수 없는 인생의 신기루 같은 환멸이기도 하다.

봉제공장 언니가 엉덩이를 내리고 소변을 보고 있었다. 먹지 못한

두 사람의 엉덩이는 볼품없기로는 서로 뒤질 수 없을 정도였지만 창피함 따위는 없었다. 리나가 먼저 여자의 엉덩이를 꼬집었다. 여자도 리나의 엉덩이를 꼬집었고 둘은 킥킥거렸다. 소변을 다 보고 엉덩이를 터느라 위아래로 몸을 흔드는 순간, 리나는 질구에 풀잎이 살짝 스치는 느낌이 들어 어깨를 떨었다. 얼굴 위로 가는 빗줄기가 떨어질 때의 간질거림 같았고 순간적으로 온몸이 떨렸다. (pp. 21~22)

국경에 대한 어떤 규정도 불가능하다는 것, 아니 매번 규정은 바뀔 수밖에 없다는 것, 이것이 국경에 대한 유일하게 가능한 정의라고 한다면, 이런 방식으로 『리나』는 결국, 작가의 의도와는 무관하게, 분석에 적대적이고 의미화에 저항하는 포스트모던 현실을 적확하게 잡아채게 된다. 인용문을 통해 확인할 수 있듯이 『리나』는 인솔자도 없이, 말도 통하지 않는 운전사가 인도하는, 어딘지 알 수 없는 곳을 향해 가는 불안한 탈출길, 그 와중에도 감춰지지 않는 소녀다운 장난기나 이질적인 몸의 감각을 포착한다. 물론 이런 대목들은 도망자들이 처한 급박한 상황과 매끄럽게 상응하지 않는, 어쩌면 탈출 서사에서는 불필요한 세목들이 아닐 수 없다. 그럼에도 분명한 것은 『리나』에서는 불안한 탈출기와 소녀다운 장난기 사이의 중요도가 미리 결정되어 있지 않으며 무엇보다 끝까지 가치 평가에 열린 형태로 남아 있다는 점이다. 이는 의미와 무의미라는 인식론적 테두리를 벗어나서 의미 자체를 흩어버리는 데리다J. Derrida적인 의미에서의 텍스트 현실의 포착이라 할 만한 사건이다. 여기에는 안과 밖의 우열적 가치를 무화시키는 포스트모던적 해체의 의미까지 내장되어 있다.

'국경'과 '국경' 사이에는 아무것도 없거나 혹은 세계 자체가 있으며, 탈출 서사와 그 곁가지에는 어떤 서열적 우열이 매겨지지 않는다. 『리나』는 서로 이질적인 가치들이 교차되는 지점 혹은 그 연쇄들일 뿐이다. 그러니 일관된 서사를 중심으로 『리나』를 '분석'하려 할 때, 종국에 우리는 그 모험담을 되풀이하는 것에 그치게 된다. 종결되는 의미와 뚜렷한 플롯을 거부하는 『리나』는 '다른' 방식의 독서를 요청하는 이른바 '발산하는' 과잉의 서사이기 때문이다. 『리나』를 통해 강영숙이 우리에게 말하는 바, 모든 것은 의미화되지 않으면서 그저 흘러갈 뿐이다. 이 사실 외에 현실에서 남는 것은 아무것도 없다. 소설 내부는 실제 현실과 별다르지 않으며, 그렇기 때문에 그녀의 소설에서는 소설의 내부와 외부가 뒤엉키듯 모든 것이 뒤섞일 수 있다. 포스트모던 시대의 총체적 현실의 실체가 바로 이것이다.

3. 텅 빈 리나, 밀려나고 방황하는

『리나』는 분명 '리나'에 대한, '리나'를 위한 소설이다. 그러나 『리나』는 '리나'라는 특정 캐릭터와는 전혀 관계없는 소설이기도 하다. '국경'이 의미화를 거부하는 기호인 것처럼 '리나' 또한 불투명한 모호함의 정수를 가리키는 기호에 다름 아니다. 『리나』가 '리나'의 성장 서사로 요약되고, 국경 앞에 선 '리나'가 디아스포라적 문제제기의 시발점이 되려면, '리나'의 모험담은 그녀의 '정체성'에 대한 물음으로 집약되어야 한다. '이미 떠난/아직 정주하지 못한' 불확실하고 모호한 시공간이, 근거를 상실한 존재기반이자 혼동으로 가득 찬 정체성에 대한 질문으로 '리나' 자신에게 되돌려질 때, 무수히 많은 곁가지

의 에피소드들은 '리나'를 중심으로 일목요연한 네트워크를 형성할
수 있게 된다. 그러나『리나』의 도입부에서 제시된 '리나'의 프로필,
"키가 작고 갸름한 얼굴에, 이마에 노란 여드름이 난 여자애"(p. 9)
라거나 "열여섯 살이었고 탄광 지역 노동자인 부모 밑에서 큰딸로 태
어났다"(p. 9)는 서술은 "회색 빨래가 걸려 있는 탄광촌의 비좁은 집
에서 평생 사는 것과 창녀가 되더라도 외국물은 먹어보고 사는 것 중
에서 어떤 것이 더 나쁜지 판단하기가 어려"(p. 10)운, 국경 너머를
꿈꾸는 가난하고 비루한 약한 자들(/소녀들)의 삶의 한 사례일 뿐,
'리나'라는 인물에 대한 아무런 설명도 아니다.

　『리나』에 관한 한, 소설 내부에서는 '리나'의 정체성에 대한 어떤
고민도 발견할 수 없다. 물론 이는 일관되거나 고정되지 않는 '국경'
의 불확정성 그리고『리나』를 채우는 무수한 에피소드들의 무연함 때
문이다. 그러나 보다 근본적인 층위에서 이는 '리나'가 스스로 밀려나
고 분리된, 방황하는 존재라는 점과 연관된다. '나'의 자아 정체성을
봉합하는 과정에서 토해낼 수밖에 없었던 것, 맹렬한 구토와 오열 등
을 통해 크리스테바가 언급한 바 있듯이, 던져진 자·배제된 자를 불
안하게 하는 공간이란 나뉘고 접힌 재앙으로 가득 찬 장소가 아니라
단일하거나 통합된 혹은 동질성을 지닌 장소이다. 때문에 앱젝트the
abject에 점령당한 존재는 스스로를 인식하고 욕망하거나 어딘가에
속한다기보다는 밀려나고 분리된 방황하는 존재에 더 가깝다.[1]

　리나, 그녀는 텅 빈 기호이며, 무엇보다 에피소드를 통해서는 결코
성숙하지 않는 인물이다. 끝없는 모험에도 불구하고 그녀는 어떤 경

---

1) 줄리아 크리스테바,『공포의 권력』, 서민원 옮김, 동문선, 2001, pp. 23~30 참조.

험도 축적하지 않는다. 『리나』에서 앞선 사건의 경험적 추출물이 뒤
이은 사건에 대한 해결책으로 활용되는 예는 거의 없다. '리나'는 탈
출하고 내쫓기며 팔리고 되-팔리는 과정에서 다국적이고 무국적인
자본의 속성을 문자 그대로 '몸소' 체험하지만, 이 과정에서도 그녀는
모든 에피소드를 그저 관통하면서 조금씩 천천히 무뎌져갈 뿐이다.
'리나'는 '나는 누구인가'가 아니라 '나는 어디에 있는가'를 물을 수밖
에 없는, 밀려나서 방황하는 존재이기 때문이다.

　　그렇다면 왜 '리나'인가. 정확하게 말하자면 밀려나서 방황하는 존
재는 왜 '소녀'여야 하는가. 『리나』는 왜 비쩍 마르고 왜소한 '소녀'를
중심으로 한 에피소드로 이루어져야 하는가. '소녀'는 왜 '국경'을 향
한 여행/모험을 계속해야 하는가.

　　　"나는 이쪽에도 저쪽에도 속하고 싶지 않았고 남자도 여자도 아닌
　　　일종의 중간자가 되고 싶었다."[2]

　　자전소설인 「자이언트의 시대」에서 보다 직접적으로 표현한 바 있
거니와 강영숙의 소설은 지금껏 성 정체성을 둘러싼 고정된 관념을
부정하고 그 이분법을 가로지르려는 경향을 보여주었다. 작가 강영숙
이 『리나』의 중심인물로 '소녀'를 선택한 근저에는 이 '가로지르기'의
충동이 깔려 있음이 분명하다.[3] 강영숙의 소설 세계가 초기부터 보여

---

2) 강영숙, 「자이언트의 시대」, 『문학동네』 2004년 여름호, p. 218.
3) '리나'는 들뢰즈적 의미에서의 소녀, 즉 질서들, 행위들, 연령들, 성들 사이에서 미끄러
　　진다는 의미에서, '사이'에 존재하거나 사이를 지나가는 간주곡인 생성의 블록을 연상시
　　킨다. 들뢰즈·가타리 공저, 『천 개의 고원』, 김재인 옮김, 새물결, 2001, p. 524~26.

주었던 자매애나 여성적 동지애에 대한 관심도 이와 무관하지 않은
데, 여기서 우리는 강영숙만의 소설 운용방식, 그 마지막 트릭을 발
견하게 된다. 적어도 '리나'를 '탈출/이동'하게 하는 추동력은 세 겹
이상의 층위로 이루어져 있으며, 이 중첩된 추동력에 의해 『리나』는
선/악, 시/비의 양분 구도에 기댈 수 없는 극단의 지점까지 독자를
밀어붙일 수 있게 된다.

표면적으로 『리나』에서 밀려나서 방황하거나 '탈출하고/이동하는'
존재는 '리나'이며 소설의 시공간은 철저하게 '리나' 일행을 중심으로
움직인다. 그러나 '리나' 일행의 행보를 가능하게 하는 심층, 즉 이들
을 움직이게 하는 근본 지층에는 역설적이게도 돈 혹은 돈으로 상징
되는 교환의 논리가 자리하고 있다. "자기 나라를 떠나 제3국을 향해
가는 탈출자들을 대하는 첫번째 공식"(p. 110), 그것은 돈이며, 특히 돈
의 논리는 물화 현상을 압축적으로 보여주는 인신매매 같은 장면에서
그 선정성을 극단적으로 드러낸다. 레비스트로스C. Lévi-strauss가 지
적했듯이, 근친상간의 금기에 따른 '여성의 교환'은 여성이 상품화되
고 '사물화된' 최초의 교역 형태이며 여성을 물건으로 치환했던 최초
의 교환 논리이다. 그러니 탈출을 돕는 인솔자나 탈출을 막는 군인/
경찰, '프로듀서 김'과 '선교사 장'이 서로 공모할 수밖에 없는 것은
그들의 사적인 이기심이나 무자비함 때문이 아니라 그들이 화폐를 통
해 모든 것을 계량화하고 교환 가능한 것으로 만드는 자본의 논리에
의해 움직이는 존재들이기 때문이다.

물론 이것이 '리나' 일행의 '탈출/이동'을 둘러싼 가장 바깥의 논리
는 아니다. 사실 교환 가능성과 계측 가능성으로서의 자본의 논리란
이미 근대 초기의 소설에서도 심도 깊게 고찰된 바 있다는 점에서 새삼

새로운 발상이 아니다. 그런데 『리나』에서 작가는 이 자본의 논리에 '세상 사는 이치'라는 이름의 인류 보편적인 운명의 논리를 덧붙인다.

"아무리 멍청한 바보도 살아 있는 동안 세 번은 자기 인생을 걸고 도전이라는 걸 하게 된단다. 그 세 번의 도전이 끝날 무렵이면 수명이 다해 죽는 거지." (p. 12)

그리고 '리나'의 먼 친척 할머니가 했던 말, 이 진부한 인용문은 '돈'으로 모든 것이 교환될 수 있는 세계를 '다른' 층위에서 뒤흔들게 된다. 홑겹의 단선 논리들이 각기 다른 층위에서 『리나』를 떠받치면서, 현실을 지탱하는 힘은 무수히 많은 층위로 분산되고 동시에 통합될 수 없는 무의미로 발산한다. 그러니까 '리나'의 캐릭터는 각각의 층위에 완전히 속하지 않지만 여러 겹의 복합 논리 속에서도 온전히 포착되지 않는다. '리나'는 탈출 여정 동안 어디서도 소속감을 보이지 않았다. 때문에 엄밀한 의미에서 『리나』에는 목숨을 건 탈출 같은 것은 없었다고도 말할 수 있다. 헤어졌던 가족과 함께 'P국'으로 갈 수 있는 기회를 스스로 저버렸다는 점에서 그녀의 탈출은 자기의지의 실현임에 분명하지만, 동시에 그녀는 (남자들의) 배신과 속임수에 의해 '팔리는 존재'로서 여정을 이어가며 심지어 자발적으로 팔리는 존재가 되기도 한다. 이 모든 여정을 관통하는 유일한 근간이 있다면, 그것은 자신이 맞이한 어떤 상황에 대해서도 그녀가 모든 것을 있는 그대로 받아들일 자세를 갖추고 있었다는 점이다.

이러한 방식으로 『리나』는 '리나'를 구성하는 낱낱의 인자로서의 현재와 현재의 불안정함과 그 덧없는 본성을 드러내주게 된다.[4] 그리하여 포스트모던 서사 충동의 한 결과물인『리나』에서 우리가 발견하는 것은 소녀 주인공 '리나'만이 아니라 '리나'의 모험담이 환기하는 세계 혹은 요약되지 않는 오늘날의 우리의 현실 자체가 된다. 반복해서 강조하는 바, '리나' 때문에『리나』가 존재하는 것이 아니라 수많은 에피소드와 곁가지들 때문에『리나』는『리나』일 수 있다. 물론 '리나'의 경우도 마찬가지다. 그렇다면 소녀 '리나'가 '아버지-어머니'의 이름으로 상징되는 가부장의 세계를 부정하고 더 앞선 세대인 할머니와 연대하면서 여성-되기의 단계별 논리를 가로지르고, 여성-되기의 전 단계도 성의 비밀을 알지 못하는 순진무구한 존재도 아닌 교란하는 자의 이름으로 '국경' 혹은 금지의 논리를 가로지르며 나아간다고 한들 무엇이 문제이겠는가.

4. 몸의 소설, 무너지는 경계선

『리나』는 몸의 소설이다. 보다 엄밀하게 말하자면 몸에 관한 이야기가 아니라 몸을 통한 이야기이다.『리나』에서 시간의 흐름 혹은 탈출의 여정은 계절의 순환이나 피부가 겪는 날씨 변화 같은 몸의 감각, '엉덩이가 남의 살처럼 둔해지는'(p. 33) 체감의 형태로 감지된다. 길고 먼 탈출 과정보다 오래도록 생생하게 남는 기억은 몸에 새겨진 "소금밭의 통증"(p. 73)이며, 네버엔딩 탈출 여정의 흔적은 "돌덩이처럼 단단해진 허벅지"(p. 82)로 남는다.

---

4) 프랑코 모레티,『세상의 이치』, 성은애 옮김, 문학동네, 2005, pp. 269~70.

삐는 그동안 말로는 통하지 않았던, 하고 싶었던 얘기들을 입술로, 손가락으로, 발가락으로 리나의 몸 위에 그려 넣었다. 리나는 삐의 출생에서부터 화공약품공장에 가기까지의 얘기들을 몸으로 들었고 이해했다. 그러자 머릿속이 환해지면서 비좁은 방 안의 벽들이 다 무너지고 저 먼 하늘로부터 둑처럼 펼쳐진 푸른 국경선이 다가왔다. 푸른 둑이 리나를 향해 파도처럼 몰려오는 순간, 리나의 골반은 한껏 넓어졌고 삐의 입에서 생전 들어본 적 없는 이상한 목소리가 쏟아져 나왔다. (pp. 139~40)

공단으로 돌아오는 길에 네 명의 여자애들은 자동차 뒷좌석에 겹쳐 앉아 모두 다 입을 다문 채 어두운 창밖을 내다봤다. 네 명의 여자애들은 서로에게서 나는 몸 냄새를 맡았고 몸 깊숙한 곳에서 흐르는 흐느끼는 듯한 자신의 숨소리를 들었다. 비록 오래 산 인생들은 아니지만 한밤중에, 그것도 낯설고 이상한 나라의 도로 위에서, 생전 처음 보는 사람들 틈에 끼여 비좁은 자동차 뒷좌석에 앉아 있다는 사실이 슬픔이 되어 밀려왔다. '나는 팔려간다네, 팔려간다네.' 소리는 들리지 않았지만 다들 속으로 합창으로 하고 있었다. 솟구쳐 오르는 짧은 인생의 기억들을 감당하기 어려워 누구도 말은 안 했지만 가슴이 터질 듯 답답했다. "제발 좀 내려줘. 답답해서 미치겠어." 순간 미쌰가 제일 먼저 소리를 질렀다. (p. 245)

말이 통하지 않는 외국인 소년의 사연을 '몸'을 통해 들을 수 있으며, 국경 탈출이 불러오는 암담함과 가스누출 사고의 처참함, 팔려 다니는 신세의 신산함, 그 고통의 심각성도 극렬한 '허기'와 몸 냄새,

흐느끼는 숨소리를 통해 수렴과 발산을 반복하게 된다. "'이젠 나도 배가 부른 거지!'"(p. 244)라는 말로 '리나'가 스스로를 담금질하는 것, '클럽퍼즐'을 여자들 천국으로 만든 후 엄청난 돈을 벌면서도 다 채워지지 않았던 '리나'의 결핍감이 '왠지 자꾸 배가 고픈 허기와 빈 속이 되면 참을 수 없는 쓰라림의 감각'으로 포착되는 것도 이와 무관하지 않다.

요컨대 『리나』에서는 인물들의 내면, 감정 변화, 타인과의 관계 맺음 방식 전부가 몸의 감각을 통해 드러나고 전달된다. 현실을 경험하는 방식뿐만 아니라 인간에 대한 이해의 출발점이 '몸'인 것이다. 사회적인 혹은 인위적인 관계들 이면의 '몸'의 표현들에 주목한다는 점에서, 탈출자를 색출하는 군인들이 탈출자들을 향해 총구를 겨눈다 해도, 그들은 그리 위협적인 존재일 수 없으며 서로 적대적인 관계에 놓일 수도 없다. 그들 역시 "배가 고파 죽겠다는 얼굴"(p. 9)을 숨길 수 없는 존재들이며, 무엇보다 리얼한 삶을 포착하기 위한 작가의 섬세한 시선이 이런 장면들을 날카롭게 포착해내고 있기 때문이다. 그렇지 않고서야 어떻게 '프로듀서 김'과 공모해서 '리나'를 속여 팔아넘긴 '선교사 장'조차 가끔은 '리나'에게 그리움의 대상이 될 수 있겠는가. 그들 역시 "배가 고파 보이긴 마찬가지"(p. 109)가 아니라면 말이다.

사실 『리나』에서 남성들은 이유를 불문하고 여성의 노동을 착취하고 그녀들을 성적으로 학대한다. 인신매매의 주범들은 대체로 젊은 남자들이며, 그렇기 때문인지 『리나』에는 자매애 혹은 여성 동성애/동지애적 취향이 적극적으로 드러나 있기도 하다. '리나'가 계획에도 없던 살인을 하게 된 에피소드(가령 '네모반듯한 남자'와 '클럽퍼즐'의 주인들을 죽인 일 등)를 통해서도 알 수 있듯이, '정조 유린'의 차원에서 남성이 행하는 여성 훼손은 적어도 『리나』의 세계에서는 철저하게 응징되는 편이다. 여기에서라면 분명 남성과 여성은 화해할 수 없는 적대적 전선을 형성하게 된다. 그러나 이 적대적 전선이 『리나』에서 끝까지 관철되지는 않는다. 성 정체성을 둘러싼 문제조차 남성/여성이라는 대립 구도로만 환원되지 않는 것이다. 몸의 감각으로 보자면 그 경계선은 언제든지 무너질 수 있는 유동적인 것일 뿐이다.

　『리나』에서 몸의 감각을 통해 서로 감지되는 고통은 아이러니하게도 개별 인간들을 연결해주는 유일한 연결고리이기도 하다. 그들이 서로의 고통을 공유할 수는 없어도 고통의 '체감'을 공유할 수 있으며, 공유의 방식이 매우 개별적이고 이질적이며 따라서 일시적인 것에 불과하다고 해도, 강영숙에게 그리고 희망 없는 현실을 사는 그녀의 인물들에게는 몸이야말로 위로와 위안을 얻을 수 있는 유일한 통로이기 때문이다. 가령 '허기'와 체취 같은 몸의 감각은 가해자와 피해자 혹은 착취 '하는' 자와 '당하는' 자라는 적대적 이분법을 순식간에 무화시키고 우리의 상식적 인간 이해의 틀을 근간부터 뒤흔든다. 『리나』에서 몸의 감각을 공유하는 것은 남이나 적과의 구별조차 무화시킬 정도로 강력한 의미를 갖는 것이다.

5. "나쁜 창녀촌"은 아니지만 "분명 창녀촌"에서, "한판 난장"

그럼에도 불구하고 『리나』에 따르면 "네모반듯한 남자의 얼굴을 평생 보고, 평생 알아들을 수 없는 두 음절의 단어만 들으며 살다가, 축일에 아이를 낳아 죽이는 게 겨우 삶"(p. 66)이다. 우리들이 살아가는 이 현실은 '시링'처럼 "나쁜 창녀촌"(p. 47)은 아니지만(/아니라고들 생각하지만) "분명 창녀촌"(p. 135)인 어쩔 수 없는 차악(次惡)의 지옥이다. 가족을 뒤로하고 함께 떠난 '삐'와 어떤 행복한 순간을 나눈다고 해도 '리나'가 시간의 흐름에 역행할 수 없다는 것, "어떻게 해도 예전의 흉터 없던 발"(p. 76)로는 다시 돌아갈 수 없다는 것 이것이 또한 현실이다. 수많은 나라를 우회하면서 '리나'가 얻게 된 것은 멀리 떠나 봐도 출발지나 도착지나 다를 게 별로 없으며 결국 어디도 사람 살 데가 못 된다는 비극적 깨달음이다.

재난은 계속되며 최초의 희생자는 언제나 가장 약한 자들 예컨대 아이들, 소녀들, 여자들, 노동자들이다. "여러분, 여러분은 이제 자유의 몸이 되었어요. 얼른 도망가세요"(p. 71)라고 외쳐도 화학약품 공장 노동자들이 움직이기는커녕 더 깊은 잠에 빠지고 마는 것은 어딜 가도 자신들은 피할 수 없는 재난의 희생자일 수밖에 없음을 그들이 더 잘 알고 있기 때문이다. 그들 모두는 아무리 비열한 장면을 만난다 해도 그저 꾹 참기만 해야 한다. "당신들한테 안전한 데가 어딘데?"(p. 20)라는 질문, 국경 탈출을 위한 인솔자가 '리나' 일행에게 던진 이 한마디는 사실 '리나'만이 아니라 약한 자들 모두에게 던져진 물음이기도 하다. 여기서 우리는 정주할 수도 희망을 거부할 수도 없는 냉정하고도 슬픈 현실과 출구 없는 현실을 사는 존재들을 들여다보고 또 마주하게 된다.

『리나』의 미덕은 차가운 현실에 대한 냉철한 인식을 펼쳐 보이면서도 현실에 무조건 비관하거나 탈현실적으로 손쉽게 낙관하지 않는다는 데 있다. 오히려 작가의 관심은 이분법의 분할선과 이 선이 만들어낸 근본적인 금지들을 가로지르면서 매 순간 "한판 난장"(p. 134)을 벌이고, 눈에 보이지 않을 정도로 미묘하고 협소한 그 희망의 가능성을 힘겹게 엿보는 데 있는 듯하다. 그러니 '리나'에게 종종 'p국'으로 가기 위한 '우회'가 단지 우회가 아니라 오히려 목적인 것처럼 여겨지는 것은 정착하지 않는 유랑 속에서만 '날마다 축제'를 경험할 수 있다는 작가 특유의 희망 제시법에 따른 것이라고 해야 한다.

지금껏 몸으로 경험되는 시공간이 강영숙의 소설에서 종종 '축제'로 포착되기도 했거니와, 『리나』에서 '리나'와 탈출 여정을 함께했던─정확하게 말하자면 '리나'가 끝까지 함께하고자 했던─전직 가수 할머니의 공연은 다분히 축제 형식을 띤다.

흥이 난 사람들이 하나 둘 일어나기 시작했다. 누군가는 향을 피워 가수 앞에 갖다 놓았고 누군가는 집에서 가져온 두 줄짜리 악기를 불규칙적으로 연주했다. 또 누군가는 자리에서 일어나 팔을 위로 흔들며 객석을 돌았다. 객석의 반응에 따라 여가수의 목소리는 점점 더 힘이 생겼다. 여가수의 목소리는 들판을 떠도는 바람 소리처럼 불규칙했고 목구멍에서 피라도 쏟아져 나올 것 같았다. 소리의 파동이 커지면서 여가수의 얼굴을 뒤덮은 흰 화장이 땀으로 범벅이 되어 얼룩졌다. 천막 공연장 안의 분위기는 저절로 무르익었다. 머리를 짧게 깎은 남자

가 앞으로 나와 여가수의 무릎을 끌어안고 울기 시작하자 다른 사람들
도 억울한 일이 많다는 듯 덩달아 중얼거렸다. 여가수의 목소리가 더
이상은 올라갈 수 없을 만큼 커진 순간, 사람들은 방향도 없이 아무
데나 대고 상체를 흔들거나 옆사람의 소매 끝을 붙들고 늘어졌다.
(pp. 90~91)

마치 진혼의 한판 굿이자 종교적 카타르시스를 경험하게 하는 공연
처럼 보이는 위의 장면에서 알 수 있듯이, 전직 가수 할머니와 '리나'
의 공연은 (자신들과 타인의) 슬픔과 고통과 회한을 토해내는/토해내
게 할 수 있는 일종의 정화의 장소로 기능한다. 그래서 천막의 여가
수의 자리를 '리나'가 떠맡을 때 그녀는 "중간 템포의 저음 일색"
(p. 90)인 영혼을 달래고 새로운 세계를 감지하는 예지적 감각을 이
어받게 되며, 할머니와 리나의 공연 혹은 리나가 경험하는 다양한 축
제의 구체적 내용은 종종 프러포즈·출산이나 장례·진혼처럼 생과 사
의 갈림길을 가로지르고 새로운 세계를 열어 보이는 것으로 채워지게
된다.

그렇다면 '리나'를 통해 작가 강영숙이 강조하고자 하는 것은 어쩌
면 정착 없이 이어지는 유랑에서의 잠시 휴식, 즉 '현재'에 충실한 태
도와 '순간'을 사는 것의 가치 자체일지도 모른다. 『리나』에서 반복적
으로 강조되는 모티프 가운데 하나인 '신발'에 대한 감각을 빌려 말해
보면 이렇다. 우리의 삶에서는 '순간'에 지나지 않을 몸의 감각을 감
지하는 것이 어두운 미래를 곱씹거나 흘러간 시간을 반추하는 것보다
중요할 수 있다. 가령 탈출을 위해서라면 전혀 무용할 '구슬 달린 슬
리퍼 모양의 조악하고 촌스러운 수제품 신발'도 결코 무용하기만 한

것은 아니다. 발에 맞거나 튼튼하다는 식의 실용성의 논리에서 벗어
나고 보면, 일몰을 보기 위해 어딘가에서 쉴 때나 늙고 고요해졌을
때 바람과 공기를 느끼고 싶은 순간마다 절대적으로 필요한 것이 그
런 신발인지도 모른다. 인간 존재가 결국 벗어날 수 없는 운명으로서
의 탈출을 위한 삶을 산다고 해도, 아니, 끝나지 않는 탈출 외에 다른
길은 전혀 없다고 해도, 언젠가 오게 될지도 모를 그 휴식의 시간을
위해 혹은 그 시간을 꿈꾸는 지금 이 순간의 가치를 위해서라면, 삶에
서 그런 신발 몇 개쯤은 반드시 필요한 것이 아니겠는가.

　물론 작가가 그 '순간'들만이 우리 모두가 정주해야 할 유일무이한
공간이라고 말하고자 하는 것은 분명 아니다. 그럼에도 수많은 상식
선과 금지 그리고 틀을 가로지르면서 자신의 세계 구성법을 체득하고
있는 작가 강영숙은 길고 먼 '리나'의 탈출 여정을 통해 '잠시의 휴
식'과도 같은 시간들, 그 순간들을 몸으로 '느끼면서' 사는 삶의 가치
를 역설하고자 한다. 변화에 대한 두려움도 정착에 대한 열망도 없이
다시 국경 앞에서 선 '리나'들의 입을 빌려 강영숙은 말한다. 가장 중
요한 것은 "지금"이며, "뭐든 타이밍이 좋아야"(p. 345) 한다고 말이
다. 이 통찰의 소중함은 복잡하고 불투명한 현실을 복잡하고 깊이 있
게 파고들려는 작가의 신중한 행보에서 나온다. 포스트모던 시대에도
세계에 대한 총체적 혹은 서사시적 인식이 가능하다면 아마도 이런
형식을 취하게 되지 않을까.

위무의 문학, 믿거나 말거나 식탁 공동체

1. "가만가만"과 "조심조심"

윤성희의 소설[1]은 물밑처럼 조용하다. 그의 소설은 귀 밝은 사람이 아니라면 들을 수 없는 난쟁이들에 관한 이야기로 가득하기 때문이다. 난쟁이들이 사는 그곳은 우리들이 사는 세계와 거의 같지만, 완전히 같지는 않다. 그곳에서도 아이들이 버려지고, 애인이 떠나가며, 생계를 위한 일상이 계속된다. 그들은 여전히 고독하다. 그럼에도 그들이 사는 세계는 비정하지 않다. 상징적이든, 실제적이든, 그곳에는 위반의 대상이자 처벌의 주체인 '아버지'가 없기 때문이다. 난쟁이의 아버지는 고작 자식의 안위를 위해서나 용기를 낼 수 있는(「유턴지점에 보물지도를 묻다」), 난쟁이를 지켜주고 싶은 무능한 난쟁이일 뿐이다. 우리 생에는 보물지도라는 이름의 성공을 위한 안내서가 있기도

---

1) 윤성희, 『거기, 당신?』, 문학동네, 2004.

하지만, 보물지도가 안내하는 인생의 끝에는 텅 빈 공허만 있을 뿐임을 난쟁이들은 이미 알고 있다. 그러므로 그곳에는 갈등도 싸움도 그리고 욕망도 없다. 불행이 일상이고 불운이 정상인 그곳에는 '어쩌다 만 원짜리 복권이라도 당첨되면, 그 행운 끝에 더 큰 불행이 찾아올까 봐 몸부터 움츠러드는'(「고독의 의무」) 그런 사람들로 그득하며, 언제나 직원들의 존경을 받거나(「어린이 암산왕」), 사람들의 쓸쓸한 뒷모습을 눈여겨볼 줄 아는(「봉자네 분식집」) 선량한 사람들만 산다. 그들은 자기 앞에 놓인 불운을 온전히 자기 몫으로 받아들이고 견디고 때로는 이겨내거나 도망가기도 한다. 하지만 윤성희의 소설은 연원을 알 수 없는 그들의 불운을 사회 구조나 제도의 문제로 확대하지 않는다.

근대소설의 진정한 주인공이 주변인이라면, 그들의 이름은 패륜아거나 범죄자나 미치광이일 것이다. 그들은 금기를 위반하고 그 정당성을 물으면서 체제를 뒤흔드는 '문제적' 존재이기 때문이다. 돈키호테로부터 시작된 이들의 계보는 헤아릴 수 없이 많은 목록을 가진다. 그들과 대비해 본다면 윤성희 소설의 인물들은 흥미로운 존재들이 아닐 수 없다. 이들은 너무 희미한 존재감으로, 소설의 주인공조차 될 수 없는 그런 존재들, 굳이 이름을 붙이자면 '주변인의 주변인'이라고 할 수 있을 것이기 때문이다. 이들은 누군가를 닮았거나 어디선가 본 듯한 얼굴을 가진 존재이고, 심지어 그림자도 보이지 않는 유령 같은 존재이다. 그렇다면 '주변인의 주변인'에 대한 이야기는 세속화된 영웅담이나 통속적 로맨스 혹은 주변인을 복원하는 그간의 소설과는 달라야 한다. 윤성희의 소설이 "가만가만," "조심조심"(p. 81) 그들의 삶을 이야기할 수밖에 없는 이유가 여기에 있다.

2. 집단적 사건으로서의 고독, 그 뒷이야기들

윤성희의 소설은 경험이 파괴된 혹은 몰수된 시대를 현시한다. 1933년, 발터 벤야민이 근대를 '경험 빈곤'의 시대로 진단한 바 있지만, 트랙을 따라 도는 듯한 현대인의 일상은 '경험의 빈곤'이라는 현상의 편재를 지시한다. 소소한 사건이 없는 것도 아니건만, 8년째 도서관에서 일하고 있는 「그 남자의 책 198쪽」의 '그녀'의 삶은 대체로 이렇게 요약된다.

> 그녀는 저녁 10시면 잠이 들었다. 퇴근을 하고 집에 돌아오면 아주 오랫동안 샤워를 했다. 한 달에 수도요금이 5만 원 이상 나왔고, 생활비를 줄이기 위해 휴대폰을 정지시켰다. 일 주일에 한 번씩 고향에 있는 어머니에게 전화를 드렸고, 매달 말일에는 고시 공부를 하는 동생에게 50만 원을 온라인으로 송금했다. 〔……〕 앞집에 살던 남자가 이사를 가면서 자전거를 준 뒤로는 자전거를 타고 출퇴근을 했다. 40분이 조금 더 걸렸다. 5시 30분이면 퇴근을 했다. 저녁을 먹고, 일일 드라마를 보고, 뉴스를 보고 나면 어느새 10시가 되었다. 그녀는 벽에 슬기 시작한 곰팡이를 무심하게 쳐다보다가 잠이 들었다. 그리고 다음 날 새벽 5시면 어김없이 눈을 떴다. (「그 남자의 책 198쪽」, pp. 109~10)

시청 공원녹지과에서 7년을 일한 「누군가 문을 두드리다」의 '그'나 여행사에서 5년을 일한 「유턴지점에 보물지도를 묻다」의 '나'의 삶도 별다르지 않다. 그녀는 하루 종일 문장 만들기 놀이를 하거나 책 읽는 사람들의 표정을 읽으면서 삶을 채워가는 존재다. 아마도 이것이 현대인의 평균적인 일상일 것이지만, 여기 어디서도 '경험'이라는 이름으로 번역될 만한 것을 찾을 수 없다. 유쾌하거나 지루한, 특이하거나 평범한, 비참하거나 즐거운 잡다한 일들로 그들의 일과는 피곤하지만, 그 가운데 어떤 것도 그들 개개의 경험이라고 할 만한 것은 없다. 물론 이는 오늘날 경험이 더 이상 존재하지 않는다는 것을 의미하지 않는다. 경험은 그저 개인의 외부에서 일어나고 바깥에서 관찰할 수 있는 어떤 것일 뿐이다.[2]

때때로 윤성희 소설의 인물들이 사진에 집착하는 것은 이 때문이다. 사진이 그들의 직접적 경험을 대신해주기 때문이다. 「그 남자의 책 198쪽」에서 그녀는, 죽은 애인이 남긴 메시지를 찾으려는 남자, 갈매기 씨를 돕기 위해 도서관에서 하룻밤을 보낸다. 그녀의 내면에 혹은 신체에 새겨진 탈일상의 경험은 즉석사진을 통해서 하나의 사건이 되고, 이후 그녀는 즉석사진기로 찍은 사람들의 손으로 방을 채워간다. 그러니 시시때때로 변화하는 서로 다른 이야기들을 담고 있는 일몰과 일출 관련 사진을 모았던 그녀의 애인 W가 경험 불능의 지겨운 일상을 사는 '그녀'를 떠나는 것은 어쩌면 당연했는지도 모른다.

물론 윤성희의 소설에 등장하는 사진 전부가 직접 경험의 대체물인 것은 아니다. 타들어가는 작은 불꽃 안에서 살아 움직이는 사진에 담긴 영상이 「거기, 당신?」의 그에게 소곤댄다. 그 이야기를 듣기 위해 그는 사진을, 쓰레기를, 버려진 고지서들을 태운다. 그가 비록 방화범이기는 하지만, 소소한 물건들에 '작은 불'을 지르는 까닭은 어느

---

2) Giorgio Agamben, *Infancy and History: The Destruction of Experience*, tr. Liz Heron, London: Verso, 1993, pp. 13~19.

날 갑자기 자신을 떠난 부모나 큰 빚을 남기고 도망간 동업자에 대한 분노 때문이 결코 아니다. 어른이 된 성냥팔이 소년인 그는 사진이 담고 있던 자신의 이야기, 그 절망의 이야기를 듣고자 하는 것이다. 여기서 사진은 살아온 삶을 기억하게 해주고, 사적 경험의 망각을 중지시키는 일종의 기념물이 되는 것이다.[3]

사실 윤성희의 소설은 사적 경험을 되살리는 이 같은 작업에 주력한다. 경험에 관한 한, 윤성희 소설의 지향은, 경험을 상실한 시대를 이른바 '있는 그대로' 보여주는 데 있지 않다. 그의 소설은 실험과 측정과 수(數)와 교환 논리에 의해 세계 뒤편으로 추방된 경험들, '이야기'의 형태로 존재하는 그 경험들을 복원한다.

『레고로 만든 집』(민음사, 2001)을 통해 이미 확인한 바, 윤성희의 소설은 궁핍, 고독, 소외, 결핍의 경험을 보고한다. 그러나 이번 소설집에서 강조점은 "아무 곳에도 끼울 데가 없는 나사"(p. 53)와 같은 그들의 고독한 정경이 아니라 그들이 고독하게 된 저간의 사정에 놓여 있다. 「유턴지점에 보물지도를 묻다」의 '나'와 Q, W와 가출 여고생은 서로 다른 이유로 혼자 남게 된 존재들이다. '나'는 어머니와 아버지, 나를 키워준 누룽지 할머니 그리고 쌍둥이 언니가 차례로 죽은 후 혼자가 되었고, 유명한 배우였던 어머니가 배우가 되기 전에 낳은 아이였던 W는 어머니가 유명해질수록 희미한 존재가 되어갔으며, 외할머니의 죽음으로 그녀는 완전한 혼자가 되었다. 그들에게 '홀로 남겨진다는 것'은 그들을 기억하는 혹은 그들이 기억해야 하는 존재가 이 세상에 없음을 의미한다. 이 사실의 확인은 그들에게 죽음

---

3) 존 버거, 『본다는 것의 의미』, 박범수 옮김, 동문선, pp. 74~93.

보다 더한 공포를 환기한다. 그러니, 곗돈을 떼어먹거나 빚을 떠안기고 사라진 사람들은 그들에게 원망의 대상이 아니다. 요컨대, 기억은 하나의 구원 행위이다.

기억과 망각의 메커니즘이 윤성희의 소설이 주조되는 주된 방식 가운데 하나이기는 하지만, 대체로 그의 소설은 그 작동 원리에는 무관심하다. 타인의 기억에서 사라져가는 자신, 자신의 기억에서 사라져가는 누군가를 주목하면서, 그의 소설은 망각이야말로 보다 강력한 소멸이고 폐기이며 상징적 죽음임을 강조한다. 그러나 기억의 화살표는 언제나 어긋나게 마련이다. 고독에 관한 한 우리들 모두가 가해자이고 피해자인 것이다. '이야기'라고도 부를 수 있는 이 기억과 망각의 어긋남의 결과들, 고독한 그들의 숨은 사연 아니 그들의 생 전부가 기억의 내용과 소설 전체를 채운다. 이렇게 해서 윤성희의 소설을 통해 경험이 상실된 시대의 개인의 고독은 집단적 사건으로 복원된다. 이러저러한 주변인 군상들의 수런거림과 아우성 속에서 고독은 이제 사회적, 문화적으로 편재하는 집단적 현상임이 '이야기'된다.

3. 식탁 공동체 혹은 자기연민

윤성희 소설의 인물들은 종종 음식을 계기로 의기투합한다. 그들은 대체로 여자들이고 종종 뚱뚱하다. 보물찾기에 실패한 「유턴지점에 보물지도를 묻다」의 '나'와 Q, W와 가출 여고생이 특제 만두와 쫄면을 만들어 팔면서 모여 산다면, 「길」의 어머니와 나와 다섯 명의 이모들은 넋두리와 함께 음식까지 공유하는 사이이다. 단무지를 실은 트력에 치인 후, 단무지 회사에 취직하게 된 「봉자네 분식집」의 그녀는 P의 상실에 '먹을 것'으로 저항한다. 그리고 급기야 봉자 엄마와 분식집을 차린다. 윤성희의 소설에 다이어트 따위를 하는 사람은 없다. 허기진 마음을 채우기 위해 그들은 "지퍼를 채우자 허벅지가 답답하게 죄어왔고, 버튼을 채우기 위해선 숨을 들이쉬어야"(p. 171) 할 만큼 먹어댄다. 이는 따뜻한 음식을 연상시키는 부엌과, 부엌을 지키는 어머니, 그 온기로 충만한 모성적 세계에 대한 열망일 것이다.

그럼에도 윤성희 소설의 인물들이 자매애sisterhood를 바탕으로 한 새로운 연대를 꿈꾸는지는 불분명하다. 그들 중 상당수가 '가족' 혹은 '집'으로 상징되는 정착적 삶을 거부하는 것은 분명하다. 그들에게 가족은 부양해야 할 의무이거나, "따분"(p. 111)한 생과 일을 팽개치지 못하게 하는 핑계에 불과하다. 부모에게 버려진 아이들을 자식에게 버림받은 옆집 할머니가 키운다. 그들은 '가족'이 환기하는 상실의 기억 때문에 집을 떠나 궤도 이탈적 삶을 산다. 때때로 그들은 24시간 영업을 하는 '찜질방'을 숙소로 삼고, 폭우로 지하실이 물에 잠긴 상황에서 "집을 배 삼아서 전국을 떠돌아 다녀도 좋을 듯 싶"(p. 47)다는 공상에 잠긴다. 그런 그들이 별다른 계기 없이 이합집산을 되풀이하기도 한다.

'주변인의 주변인들의 미래'에 대해서 윤성희의 소설은 아직 모색 중인 듯하다. 의기투합했던 여자들도 「길」의 이모들처럼 야반도주하거나 소리 소문도 없이 사라져버리기도 하기 때문이다. 물론 작가가 반드시 그 모색을 하나 혹은 몇 가지의 해결로 종결할 필요는 없을 것이다. 문제는, 작가의 모색이 자기애와 자기연민에 사로잡혀 있는 등장인물의 협소한 세계 너머로 나아가지 못하고 있다는 점에 있다.

「만년 소년」에는 혈연으로 얽히지 않은 새로운 가족 형태가 등장한다. 하지만 작가는 그것을 오이디푸스적 가족을 극복할 수 있는 대안으로 제시하지 않는다. 「만년 소년」의 '나'를 사로잡는 이미지는 비오는 어느 날 정류장에 버려진 자신이다. 버려진 자신을 데려온 여자는 자신의 진짜 가족과의 만남을 방해한 걸림돌이다.

어른이 된 어린이 암산왕의 비루한 삶을 이야기하는 「어린이 암산왕」에서 현재 임시직 공무원으로 일하고 있는 '남자'의 인생은 어린이 암산왕이 된 순간 완결되고, 바로 그 순간에 고착된다. 이후 금빛으로 번쩍이던 일등 메달이 변색해가듯 그렇게 소진되고 퇴락해가는 그의 생에서 남은 것이 있다면 과거의 그 시간을 상기하려는 강렬한 열망뿐이다. 귀중품만 가지고 대피를 해야 하는 절박한 상황에서 벽에 걸려 있던 메달을 집어 들었던 것도 이 때문이며, 자신에게 '어린이 암산왕'이라는 별명을 붙여주었던 아나운서가 죽자, 검정 넥타이를 매고 애도했던 것도 이 때문이다. 아버지의 실종이나 어머니의 야반도주가 그들에게 심리적 동요를 일으키지 않는 데 반해, 친구의 죽음이 그들의 삶을 송두리째 변화시키는 것도 이 때문이다. 「잘가, 또 보자」의 H와 O, K와 W처럼 그들 각자가 서로에게 거울에 되비친 자신이기 때문이다. 어쩌면 사라지는 것/곳/존재에 대한 연민은 그들의 자기연민의 확장이라고 해야 할지도 모른다.

　누군가 가슴속을 똑똑 하고 두드렸다. 그는 자신의 가슴을 들여다보았다. 지난 30년 동안 자신이 얼마나 외로웠었는지 그는 잊고 있었다.
（「누군가 문을 두드리다」, p. 74)

그는 아무도 대답하지 않는 전화기를 들고 계속 중얼거렸다. 생각해 보니 지금까지 한 번도 행복한 적이 없었다고, 그래서 이제부터라도 행복한 일을 하고 싶다고. (「봉자네 분식집」, p. 161)

그러니, 윤성희 소설의 인물들이 정작 찾아 헤맨 목소리(이야기)는, 다른 누구도 아닌 자신들의 이야기였는지도 모른다. 그들은 타인의 고독을 통해 자신의 고독을 확인한다. 그러나 여기까지이다. 「거기, 당신?」의 그들, 방화범을 위해 전화 고지서 등의 종이를 골목에 버려두는 그녀와, 그것들을 따라가다가 그녀와 만나게 되는 그처럼, 그들은 서로의 고통과 절망에 위무받기도 하지만, 그들의 감정은 낭만적 연애 감정이 아니라, 그저 잠시의 동행인에게 느끼는 동료의식에 가깝다. 그들은 여전히 고독하다. 그의 소설의 누구도 관계를 맺는 타자를 가지지 않는다. 그들은 고독한 그들의 숨은 사연과 절망을 타인들에게 "과거형으로 말하는 것"(p. 170), 그렇게 타인과 만나는 것을 여전히 두려워한다. 자신의 과거에 담긴 슬픔을 쿨하게 추스르기에는 아직 시간이 충분하지 않은 듯하다.

분명, 음식을 계기로 의기투합하는 그들을 식탁 공동체의 탄생으로 선언하기는 아직 이르다. 하지만 그들 각자가 자신의 고독과 절망을 처리하는 방식에는 어떤 변화의 기미가 엿보이는 것도 사실이다. 아마도 작가의 모색이 제시한 하나의 해결책이라고 할 수 있을 것인데, 그 해결책이라는 것이 자못 이채롭다. 그들은 '유머'로 명명할 수 있는 자기-이중화의 힘을 통해 자기연민에 함몰하지 않기 위한 내공을 기른다. 그리고 고독과 절망, 소외와 상실의 경험을 비트는 그들의 경쾌한 반동은 소설 전체에 활기를 불어넣는다.

혼자서 목욕을 할 수 있는 나이가 되면서부터 나는 언제나 내 옷은
내가 빨았고, 내 밥그릇은 내가 닦았다. 덕분에 나는 학교에서 '착한
어린이 상'을 받기도 했다. (「길」, p. 143)

아버지가 아프다는 말을 들은 후부터 동생은 자주 울었다. 나는 코
미디 프로그램을 빠짐없이 보았고, 코미디언들의 우스꽝스런 행동을
흉내내기 시작했다. 하루 종일 말이 없던 동생은 그런 나를 보고 웃었
다. 〔……〕 동생 덕분에 나는 구봉서부터 김형곤까지 모든 코미디언
들의 성대모사를 할 줄 알게 되었고, 학교에서는 언제나 오락부장을
했다. (「고독의 의무」, p. 185)

우유곽에도 잃어버린 아이들의 얼굴이 그려졌다. 그는 하루에 한 잔
씩 우유를 마셨다. 우유를 마시기 전에 곽에 새겨진 아이들의 얼굴을
찬찬히 살폈다. 하지만 자신과 비슷하게 생긴 아이는 없었다. 대신,
키가 자라기 시작했다. 몇 넌이 지나자 또래 중에서 가장 키가 큰 아이
가 되었다. 모두 우유 덕분이었다. (「만년 소년」, pp. 220~01)

주말이면 패러글라이딩을 하러 가는 삶을 원했으나 자전거를 배우
는 삶이 오히려 안전하고 돈이 들지 않는다고 자신을 설득하는(때로
는 기만하는) 「누군가 문을 두드리다」의 '그'처럼, 윤성희 소설의 인
물들 대부분은 자신의 슬픔과 고통을 상대화하는 방식으로 절망을 비
껴간다. 그렇게 그들은 내면의 감정을 객관화하는 자기-이중화의 능
력을 터득하면서 어떤 고귀한 정신적 자세를 획득하게 된다. 이는 자

신을 포함한 대상을 냉정하게 그러나 애정 어린 눈으로 바라봄으로써 얻게 되는 자세다. 이제 그들 각자는 자기이면서도 동시에 타자일 수 있는 힘을 기르고,[4] 자신 안에 타자가 들어설 수 있는 공간을 만들 수 있을 것이다. 자기-이중화의 힘을 동력 삼아 그들은 자신의 탄식과 통곡을 간편하게 봉쇄하거나 애도하지 않으며, 적어도 자신들이 초월할 수 없는 조건들을 음미하고 인식할 수 있게 될 것이다. 난쟁이들만의 적절한 절망 대처법이라 하지 않을 수 없다.

4. 위무의 문학, '믿거나 말거나 세상'

Q는 사이다를 마시고는 트림을 했다. 다른 사람 앞에서 트림을 해본 적이 없다고 내가 말하자 Q는 마시던 사이다를 주면서 말했다. 마셔요. 그리고 한번 해보세요. 나는 사이다를 남김없이 마시고 아주 길게 트림을 했다. 앞자리에 앉은 남자가 뒤돌아보았다. 시원했다. 나는 Q와 친구가 되었다. (「유턴지점에 보물지도를 묻다」, p. 16)

평생 이렇게 지나가버려라!

책을 꽂다 말고 그녀는 웃었다. 아르바이트 학생도 따라 웃었다. 웃다가, 그녀는 경쾌한 자신의 웃음소리가 너무 어색해서 주춤했다. 내 웃음소리가 이랬나? 잠시 이런 생각을 한 다음, 허리를 움켜잡고 더 큰 소리로 웃었다. (「그 남자의 책 198쪽」, p. 121)

---

4) 가라타니 고진, 『유머로서의 유물론』, 이경훈 옮김, 문화과학사, 2002, pp. 125~132 참조.

O는 회사에 전화를 걸어 이렇게 소리를 질렀다. 어디 아픈 것 아니냐고 한 번도 안 물어보냐, 이 인정머리 없는 놈아! 그렇게 해서 O는 7년 동안이나 다녔던 회사를 그만두었다. 전화를 끊고 나서도 O는 수화기를 붙들고 계속 욕을 해댔다. 사람들이 왜 욕을 하는지 알 것 같았다. 명치에 얹혀 있던 묵직한 덩어리가 배꼽 아래로 내려가고 있었다. O는 화장실로 달려가 기분 좋게 똥을 누었다. 10년 이상 O를 따라다니던 만성 소화불량과 변비가 한꺼번에 해결되었다. 배가 고파왔다. 변기에 앉아 O는 주먹을 불끈 쥐었다. 그래, 뭐든 먹어야 해! 〔……〕 결국 O는 눈에 보이는 건물마다 들어가 화장실을 찾아야 했다. 문이 열려 있는 화장실은 없었다. 그때마다 화장실 입구에 침을 뱉으면서 욕을 했다. 문 좀 열어두면 어디 덧나냐! 마침내 문이 열려 있는 화장실을 찾았을 때, O는 너무 기쁜 나머지 노래를 흥얼거렸다. O는 다시 한 번 시원하게 똥을 누었다. 하루에 두 번이나 화장실을 가다니 기적 같은 일이야. O는 손을 닦으면서 중얼거렸다. (「잘 가, 또 보자」, pp. 239~40)

윤성희의 소설이 보여주는 또 하나의 이채로움 가운데 하나는 에티켓이나 예의범절과 같은 일상적 규범으로부터 자유로운 인물들이 출현한다는 점이다. 물론 이들이 바흐친M. Bakhtin 식의 공간적 경계를 모르는 카니발적 자유를 실현하는 것은 아니다. 난쟁이의 세계에는 '아버지'의 이름으로 강제되는 별다른 금기가 없거니와, 깊이 체화된 법과 도덕이라는 이름의 규율은 이들에게는 사적인 범주로 인식될 뿐이다. 그럼에도 이들로 인해 윤성희의 소설은 엄숙함과 경건함의 세계에서 난쟁이의 세계로 한 발 더 가까이 다가가게 된다. 무엇보다 엄숙함으로부터의 탈피 의식은 작가의 글쓰기를 '믿거나 말거나 세상'(p. 71)으로 달리게 한다. 시(市)가 조성한 공원에는 어린잎을 따서 나물로 먹을 수 있거나 열매로 물감을 만들 수 있는 나무들이 무성하고, '숨 쉬는 물건들'이라는 중고품 전문점에는 사연이 새겨진 물건들의 수런거림이 있다(「누군가 문을 두드리다」). 도서관 열람실에는 바닥에 앉거나 누워서 책을 볼 수 있도록 소파와 쿠션이 놓이고, 베란다와 정원에도 책을 읽을 수 있는 의자가 놓인다(「그 남자의 책 198쪽」, p. 129). 『레고로 만든 집』이 보여주었던 그로테스크한 상상력은 이렇게 판타지의 색채로 대치되면서 한결 경쾌해진다.

윤성희의 소설의 궁극적 지향은, 그러므로, 고독한 존재들의 숨은 사연에 귀 기울이고, 자신의 절망을 유머화하는 인물들을 이야기하면서 우리 시대의 '주변인의 주변인,' 그들을 위무하는 데 있다. 「고독의 의무」에서 결혼식이나 돌잔치에 가지 않아도 되는 친구들을 만나고 싶다는 생각에 가입한 인터넷 동호회 '만우절이 생일인 사람들의 모임'의 회원들처럼, 윤성희의 소설은 등장인물들이 서로 위로하고, 그 위로의 온기를 독자에게 감염시키고자 한다. "수많은 거짓말 같은 이야기"가 위무의 수단과 방법이며, 그러므로 "그 이야기들이 진짜인지 가짜인지"(p. 192)는 중요하지 않다. 만우절이 생일인 사람들의 생일이 정말 4월 1일일까? 그러나 "정말이야?"라고 물으면 안 된다. 이는 난쟁이의 세계에 입장하기 위해 "지켜야 할 첫번째 규칙"이기 때문이다(p. 194).

현실의 원리를 살짝 비틀어 만들어낸 난쟁이들의 세계가, 비록 자족적이지만, 리비도적 소망 충족의 상징적 경험을 제공하는 것은 분명하다. 물론 현실 세계를 흉내 내는 난쟁이의 세계가 현실 논리에 균열을 일으키게 된다면 그 경험의 폭발력은 강력해질 것이고, 난쟁이들 세계의 유토피아적 가능성도 보다 증폭될 것이다. 그러나 어쨌든 불행과 불운, 고통과 절망으로 점철된 시대를 박박 기면서 견뎌내는 우리 시대의 '주변인의 주변인들'에게 윤성희의 소설은 "나지막하지만 따뜻"(p. 192)한 울림으로 속삭인다. "배가 부르다고 생각하니 쓸쓸하다는 생각은 조금씩 옅어졌다. 사람들은 그래서 밥을 먹나 봐."(pp. 167~68) 그러니 밥 먹고 기운 내서 다시 살아보자고, 살아보자고……

Ⅳ. 낡은, 새로운

미래가 되는 과거들, 인간 소외의 발생사

1. 기묘하고도 건조한, 은유적 판타지

예외 없이(백분율로는 90% 이상!), 김숨 소설[1]의 개성은 '반복'의 묘미를 살리고 그 효과를 적절히 활용하는 자리에서 마련된다. 특유의 질감인 그로테스크한 건조함도 이 '반복'의 효력을 둘러싸고 생성되며, 그렇기 때문에 김숨의 경우라면 개별 작품들 사이의 차이가 외견상의 체감보다는 미미한 편이다. 물론 김숨의 소설은 좀더 구체적인 현실에 다가가고 때로 무의식적인 꿈의 세계처럼 극단적 환상으로 나아간다. 현실의 구체와 의식의 단면이 보다 선명하게 도드라지는 소설에서(「느림에 대하여」, 「나무화석」, 「트럭」, 『백치들』 등) 모든 것

---

1) 이 글에서 다루어지는 김숨의 작품은 다음과 같다. 『투견』(문학동네, 2005), 『백치들』(랜덤하우스, 2006), 「손님들」(『문학과사회』 2005년 겨울호), 「두번째 서랍」(『세계의 문학』 2005년 겨울호), 「나무화석」(《문장웹진》 2006년 1월호), 「트럭」(『문학사상』 2006년 2월호), 「도축업자들」(『문학수첩』 2006년 봄호), 「409호의 유방」(『문예중앙』 2006년 여름호), 「박의 책상」(『문학 판』 2006년 여름호).

이 불분명한 추상이자 불현듯 드러나는 무의식의 세계인 소설에 이르기까지(「투견」, 「중세의 시간」, 「검은 염소 세 마리」, 「부활」, 「손님들」등), 그 스펙트럼을 둘러보자면 김숨의 소설들 낱낱은 매우 이질적으로 보이기도 한다.

그럼에도 김숨의 소설은 대개 뚜렷한 서사 없는 추상화된 시공간에 캐릭터 없는 인물들을 배치한다. 인물들은 격리된 그곳에서 특정 행위나 이미지를 반복한다. 그 느린 반복의 시간 동안 비(非)-의미의 행위나 이미지는 하나의 상징으로 혹은 그로테스크한 알레고리로 변형된다. 이것이 김숨 소설이 보여주는 '반복' 효과의 기본 얼개이다.[2] 한 편의 소설은 내적으로 특정한 행위나 이미지를 반복하면서 폐쇄적 원환 구조를 이루며, 강조점이 각기 다른 일련의 소설들이 이 공통의 형식 구조를 공유한다. 이런 방식으로 소설 전체는 서로 영향과 간섭 관계에 놓이게 된다. 스스로에게 엄격한 금욕주의적 태도로 작가 김숨은, 모든 소설들을 관통하는 근간, 전통적인 양식 분류법에 따르면 시에 더 적합할 은유적 판타지의 공간을 마련한다. 거추장스러운 허식을 모두 걷어내고 사태의 본질과 사물의 뼈를 드러내고자 하는 작가 의식은 소설을 궁극에는 응결된 이미지로 남게 될 한 편의 시로 향하게 한다.

그러나 포스트-적 상상력에 지나치게 밀착된 것으로 보이는 근자의 소설들과는 달리, 김숨의 모든 소설들은 환유적으로 미끄러지는

---

2) 김숨 소설의 특징으로 '반복'의 효과, 그로테스크한 상상력, 역설적인 현실 환기력 등이 지적된 바 있다. 심진경, 「탈현실의 문법과 상상력에 관한 질문들」, 『문예중앙』 2005년 가을호, pp. 66~75: 소영현, 「낯익은 낯섦, 200년대식 그로테스크」, 『문예중앙』 2005년 겨울호, pp. 64~67(이 책에 재수록).

언어 유희를 즐기지 않으며, 기성세대에 대해서든 소설문법에 대해서든 위반을 위한 위반에 몰두하지도 않는다. 속도의 시대를 사는 현대인뿐만 아니라 우리 시대의 소설가들조차 더는 관심을 두지 않는 문제들, "유행이 지난 오래되고 낡은"(『투견』, p. 206) 실존에 관한 질문들, 시야에서 사라지자 의식에서도 폐기된 존재들, 살아 있는 죽음을 사는 존재들, 작가 김숨은, 그것(/그들)을 사라지게 했던(/하는) 수많은 더께들을 걷어낸 후, 그것(/그들)에 대해서는 까마득히 잊고 있었던 우리에게 조심스럽게 그 앙상한 골조를 내보인다. 폭로하거나 고발하지 않으면서도 우리가 망각한(/하고자 하는) 존재들 혹은 존재 방식들, 화려한 도시가 은폐하고 있는 변두리적 삶, 정물이 되어가는 소외되고 배제된 존재를 그렇게 환기한다. 정전이 된 모더니즘 문학만큼이나 맥 빠진 것이 될 수도 있을 이런 방식, 이른바 김숨이 실재를 다루는 이 고전적인 방식은 문학에 관한 많은 합의들이 붕괴되거나 새롭게 세워지는 이즈음에야말로 좀더 주의 깊게 다루어질 필요가 있다. 문학의 미래에 대한 예견은 새로움을 향한 맹목적 질주 속에서만 가능한 것이 결코 아니다.

2. 인간 소외의 발생사

"한 트럭 분량의 닭들이라고 했다"(「도축업자들」, p. 134). 소설 「도축업자들」에서 김숨은, 도축업자들이 무차별적으로 도축해야 하는 하루분의 정량이 '한 트럭 분량의 닭들'이라고 했다. 도축 대상인 닭들은 철망으로 짠 칸칸마다에 들어 사육되며 비좁은 철망에서 60일이 되는 날 도축장에 도착하고, 닭들이 도축되는 동안 양계장에서는 5천 마리의 수평아리가 비닐 팩에 넣어져 질식되거나 분쇄기에 넣어져 갈리기도 하면서 처분된다고 한다. 동정과 연민 없이 그려내는 소설 속의 닭과 수평아리의 운명은 끔찍하기만 하며, 반복되는 그들의 죽음 앞에서 브로일러 닭처럼 살아가는 현대인의 운명이 연상되는 것도 사실이다. 그렇기는 하지만 소설 「도축업자들」의 유의미함이 도축을 즐기는 도축업자들의 사디즘적 행위나 닭과 수평아리가 살해되는 그로테스크한 장면들을 보여주는 것에 있지는 않다.

엄밀하게 말하자면, 도축될 닭을 기다리는 장면들, 무의미한 도축 행위가 이루어지는 장면들이 반복되는 과정에서, 이 소설은 도축 대상과 행위자 사이의 '관계'의 문제, 무엇보다 '전도'의 문제를 다루게 된다. 한국 국적을 취득하기 위해 철거를 앞둔 아파트에서 물체와 다름없는 남자와 사는 「나무화석」의 '안마사'에게 언젠가 오기로 한 남편의 전-아내의 약속이나 「409호의 유방」에서 "관리인은 오후 2시에 방문할 거라고 했다"(p. 69)는 하나의 문장과 같은 것이 반복적으로 배치되면서 소설 전체와 인물들의 삶을 지탱하게 하는 결정적 지지물이 된다. 이 과정이 곧 '전도'다.

도축업자들이 저수지에서 발견한 병아리들은 날개가 자라고 불그스름한 벼슬이 삐죽삐죽 돋아나 있었다. 병아리들은 닭으로 변화하는 중에 있었다. 도축업자들은 양계장의 철망 칸칸마다에 병아리들을 한 마리씩 집어넣었다. 잘린 병아리의 부리가 가득 들어 있는 자루를 찾아냈다. 부리를 분쇄기에 넣고 갈았다. 아침과 저녁마다 병아리들에게 일용할 양식으로 주었다.

철망에 넣어진 지 정확하게 60일이 되던 날, 닭들은 한 마리도 빠짐 없이 철망에서 꺼내졌다. 닭들은 철망에서 겨우 모가지밖에는 움직일 수 없을 만큼 살과 뼈가 붙어나 있었다. 도축업자들은 닭들을 도축장으로 몰았다. 한 마리도 빠짐없이 도축장에 몰아넣고 철문을 닫았다. 닭들을 살피는 도축업자들의 흰자위가 백야처럼 빛났다. 도축업자들은 붉은 고무장갑을 낀 손으로 닭들의 모가지를 분질러 숨을 끊어놓았다. 고무장화 신은 발로 닭들의 날개를 짓찧었다. 고무장화 밑바닥의 빗살무늬가 닳고 닳을 때까지. (「도축업자들」, p. 153)

이때의 '전도'란 점차 반복적인 행위 자체가 행위자를 지배하게 되는 역전 현상을 의미한다. 가령 「도축업자들」은 도축을 반복적으로 행하던 도축업자들이 도축을 위해 대상을 만들어내는 주객전도의 상황을 보여준다. 그들 도축업자들은 "기도를 드리듯 찬송가를 부르듯" (「도축업자들」, p. 147) 도축을 계속하기 위해 미처 폐기되지 못한 병아리들을 키워서 살려내고 도축해서 죽인다. 아무런 인간적 감정의 개입 없이 죽이기 위해 살리는 일을 무심히 반복하는 이런 장면이 말해주는 것은 이때의 도축업자들이 이미 사물과 다름없는 행위의 대리인이 되어버렸다는 점일 것이다. 그리하여 「도축업자들」에서 도축 행위가 반복되는 동안 그들의 일상을 지속시키는 것은 아이러니하게도 '한 트럭 분량의 닭들'이 된다. 도축 대상이야말로 도축업자들의 존재의 이유가 된 것이다. 가치 전도의 역전이 발생하면서 도축업자들은 도축 행위를 통해서만 존재 가치를 보증 받게 되고, 흐르는 시간을 따라 고무장화 밑바닥에 새겨진 빗살무늬처럼 그저 닳아져가는 존재가 된다.

3. 존재에 관한 피할 수 없는 진실들, 현장검증 혹은 대질심문

소설의 이곳저곳에서 반복적으로 등장하는 '전도'에 관한 에피소드들은 결국 김숨의 소설이 인간 소외의 발생사에 대한 한 편의 현장검증임을 말해준다. 무의미한 일상의 반복이 생을 영위하게 하는 하나의 (성스러운) 의식ritual으로 자리 잡는 이 전도의 순간을 포착하고, 그 장면이 내포하고 있는 광기 어린 강박과 대면하게 하는 방식으로, 김숨은 피하고 싶은 존재의 진실 앞에 우리를 서게 한다. 김숨의 소설은, 존재의 동일성을 획득하기 위해, 가족과 사회의 일원이 되기 위해, 우리가 망각해야 했던 우리의 과거, 라캉J. Lacan 식으로 말해 상징적 동일시가 일어나는 바로 그 장면, 우리의 실체를 외면하는 바로 그 순간, 우리의 파편적이고 그로테스크한 실체 자체를 복원한다. 그리하여 김숨의 소설은 우리에게 가해지는 하나의 대질심문이된다.

이 대면은 우리를 불편하게 한다. 그러나 정확하게 말하자면 우리의 불편함은 이미 익숙하기까지 한 인간소외 혹은 전도된 가치에 대한 각성 자체와는 관계가 없다. 오히려 우리의 불편함은, 주객의 전도와 역전의 순간에 어떤 비밀도 숨겨져 있지 않다는 사실, 이로부터 온다. 「두번째 서랍」의 '그녀'가 무언가 소중한 것이 들어 있다고 생각되는 공간인 '두번째 서랍'에 사로잡히게 되는 전도의 순간도 어느 날 갑자기 계기 없이 찾아온다. 사실 '그녀'의 의식을 잡아끌었던 것은 존재조차 잊힌 찬장의 서랍이 아니라 서랍을 열 수 없게 만드는 자물통과 자물통으로 묶어두고 싶었던 어떤 열망이었을 것이며, 서랍 속에서 '그녀'가 발견하고 싶었던 것은 그때까지의 삶이 혁명처럼 달라지기를 바라는 어떤 염원이었을 것이다. 그러니 자물쇠를 풀어낸 '두번째 서랍'에서 "한 움큼의 텅 빈 공간"(「두번째 서랍」, p. 32)만 들어차 있었다고 해도 그리 놀랄 일만은 아니다. '그녀'의 강박과 집착을 둘러싼 이 모든 일들은 '그녀' 안에서, 의식의 내부에서만 벌어진 일이기 때문이다.

잠겨 있는 서랍 속을 확인하겠다는 강박적 집착은 어찌 보면 뒤틀린 존재 차원의 비명일지도 모른다. 존재에 대한 '그녀'의 질문은 특별한 계기 없이 의식의 수면으로 떠올랐지만, 그러나 떠오르자마자 '서랍'에 대한 집착을 넘어서 '그녀'의 의식 전부를 서랍 내부에 가두고, 급기야 그녀의 일상에서 서랍에 대한 강박 외에 모든 것을 몰아내게 된다. 그리하여 결국 소외와 불안 의식의 객관적 상관물이었던 '서랍'은 마치 "자신의 몸에서 떨어져 나간 손이나 발처럼"(「두번째 서랍」, p. 26) '그녀' 자체가 된다. 아니, '그녀'는 사라지고 그녀의 온 존재가 '서랍' 속의 텅 빈 공허 혹은 '서랍'에 대한 강박이 된다. 우리의 불편은 바로 여기서 시작된다. 이 끔찍한 전도가 그저 우연한 시작의 결과물임을 알게 되는 여기로부터 말이다.

김숨의 인물들이 '검은 금붕어'(「중세의 시간」), '쇠사슬에 묶인 개'(「투견」), '철제 책상'(「박의 책상」) 등의 객관적 상관물과 맺는 '관계'는 대체로 집착과 강박이라기보다 광기에 더 가깝다. 하지만 「두번째 서랍」을 비롯한 일련의 소설들이 우리를 불편함을 넘어서 섬뜩한 두려움에 사로잡히게 만든다면, 그건 인물들이 소외감과 불안의식을 특정 사물에 투여하고 강박적으로 집착하며 사이비 종교의식에 가까운 광기를 드러내기 때문만은 아니다. 인물들이 존재감 없는 사물로 역전되지 않는다 해도, 김숨 소설의 모든 존재들은 이미 광기에 사로잡힌 병든 존재들이다. 그들 모두는 소외와 불안 의식에 잠식당한 자기상실의 상태에 놓여 있지만 소설 속의 그 누구도 서로를 이해하지 못하며 서로의 병증을 알아보지 못한다. 누구에게나 의식의 한 켠에는 자신만의 '두번째 서랍'이 있기 마련이지만, 그러나 그들은 서로의 '서랍,' 즉 가시화될 수 없는 무의식적 욕망들에 무관심한 극심한 소외의 시공간을 산다. 이런 사실들을 새삼 환기하는 김숨의 소설을 통해 우리는 존재를 둘러싼 피할 수 없는 진실들과 대면하면서 스스로가 사물이 되어 있음을 깨닫게 된다. 김숨의 일련의 소설들이 행위 자체가 행위자를 지배하게 되는 권력의 역전 현상을 도해해준다고 할 때, 이 작업은 또 하나의 전도 현상에 대한 진술까지 포함한다. '정신적 상흔이나 결정적 사건 같은 계기 없이도 인간의 정물화는 계속된다.'

4. 정물-화(化), 정물화(畵), 모두가 익명적 타자다

손님들은 세 명이었지만, 여섯 명으로 보이기도 했고 아홉 명으로 보이기도 했다. '단' 한 명으로 보이기도 했다. 물론 세 명으로 보일 때도 있었다. 손님들은 세 명이 분명했다.

그리고 어쩌면.

손님들은 세 명이 아닐 수도 있었다. 손님들이 세 명이어야 할 필요는 없었다. 그렇다고 해서 여섯 명일 필요도, 아홉 명일 필요도 없었다. (「손님들」, p. 106)

「오감도」의 '13인의 아이'가 그러하듯 「손님들」에서 '손님들'은 지금부터 펼쳐질 소설 세계가 꿈이거나 무의식에 가까운 초현실적 공간임을 선언한다. 그러므로 손님들이 몇 명이었는지, 손님들은 누구인지, 과연 손님들은 '그녀'의 집을 방문했는지 등, 이 소설에 관한 한, 서사의 확실성을 전제한 어떤 질문도 무의미하고 부적절하다. 그럼에도 '손님들'의 출현과 그들에 의해 점거되는 '집'의 의미를 따져본다면, 여기서 확인할 수 있는 것은 「검은 염소 세 마리」나 「부활」이 보여주는 것처럼, (내포작가일 수도 화자-인물일 수도 있는) 어떤 존재의 의식(/무의식) 속에서 알 수 없는 낯선 것이 점차 반복되고 급기야 일상의 일부가 되는 과정을 이 소설이 가시화한다는 점이다.

물론 보다 근본적인 차원에서 이 소설들은 소외된 존재의 정물화 과정에 대한 적나라한 확인 작업에 가깝다. '손님들' 자체가 "정물화에 적합한 사물들처럼"(「손님들」, p. 107) 보이기도 하거니와, 그들 '손님들'은 (죽음을 의미할 수도 피할 수 없는 불운을 의미할 수도 있을) '철거단원'의 습격에서 '그녀' 아니 '그녀의 집'을 보호하기 위해서 '그녀의 집'을 방문한다. 손님들이 '그녀의 집'을 '선택'한 것은 사실이지만, 따지고 보면 '손님들'의 "선택은 그저 우연"(p. 117)이며, '그녀의 집'이 철거되지 말아야 할 특별한 이유가 있는 것도 아니다. 그렇게 밤이 지나가고 '손님들'은 '그녀의 집'을 지켜낸다. 그러나 실제로 밤 사이에 '그녀의 집'은 '철거단원'에 의해 철거되지는 않지만 '손님들'에 의해 점거된다. 풍문으로 떠도는 '철거단원'들이란 결국 '손님들'과 다르지 않다. "집은 오래전에 그녀의 '모든 것'이 되었"(「손님들」, p. 116)으므로, '손님들'에 의해 '그녀의 집'이 점거될 때 그녀 자신은 존재로서의 가치를 상실하게 된다. 작가의 시선으로 보면 "집을 잃은 사람들"(「손님들」, p. 112)은 물화되어 '집' 또는 존재 바깥을 떠도는 자기를 잃은 존재들이다.

소파는 사인용이었다. 한 사람이 앉을 만큼의 자리가 남아 있었다. 손님들은 세 명이 분명했다. 그녀는 손님들과 어깨를 나란히 하고 소파에 앉았다. 그녀는 자신도 손님들 중 한 명일지 모르며, 철거로부터 이 집을 지켜내기 위해 '목숨'을 버릴 수도 있다는 각서를 비밀리에 작성했을지도 모른다는 생각이 들었다. ……장롱에서 두터운 외투를 꺼내 입어야 하지 않을까, 손님들처럼. (「손님들」, p. 121)

그렇다면 '그녀'는 알 수 없는 낯선 존재들에게 '집'을 점거당한 것인가. '손님들'과 '철거단원,' '그녀'와 '그녀의 집'의 '관계'를 둘러싼 어떤 진술에도 확실성을 부여할 수는 없지만, 결국 소설이 진행되는 동안 우리가 알게 되는 것은 '그녀' 자신도 '손님'이자 '철거단원'일지 모르며, 이런 점에서 '손님들'과 '철거단원' 그리고 '그녀'는 모두 공히 익명적 타자들일 수밖에 없다는 점이다. 우연히 선택된 누군가에게 '그녀' 또한 불쑥 찾아든 '손님'이자 누군가의 집을 철거하고자 하는 '철거단원'일 수 있으며, 무엇보다 이들 익명적 타자들은 서로에게 그저 사물로만 인식되는 그런 존재들일 뿐이다.

5. 주관적 의식의 독백이 빚어낸, 사회학적 상상력

김숨 소설의 무심하고 건조한 분위기는 인물이 정물로 환치되는 이런 방식과 연관된다. '전도'가 발생하고 인물이 점차 사물에 가까워진다는 것은, 소설 내적으로는 각 인물들에게 매우 제한적인 시선만 허락된다는 것을 뜻한다. 그리하여 그들 사물이 된 인물들은 타인의 내면이나 심리를 엿보지 못하고, 인물들 사이에서 이해나 소통의 가능성도 절멸한다. 그들은 세계와 타인이 제공하는 정보를 보이는 대로 볼 수는 있지만, 통합적으로 읽어내지는 못한다. 김숨의 소설이 대체로 고백이나 독백 형식으로 이루어져 있으면서도 내면을 드러내지 않고, 주관화된 진술로 이루어져 있으면서도 관찰자적 시선만으로 이루어지는 것, 판타지적 요소가 활용되는 것도 이와 무관하지 않다. 주관적 의식에 의존하는 고백(/독백) 형식이나 판타지의 요소를 활용하면서 김숨은 그렇게 존재의 물화를 표현하고 극단적 인간 소외를 표현해낸다.

이와 더불어 김숨의 소설은 정황이나 배경에 해당하는 외부를 깨끗하게 오려내고 격리된 시공간과 그곳에 오롯한 사태Sache 자체만을 내놓는다. 서사도 캐릭터도 없는 격리된 시공간을 무대로 소외와 물화로 명명할 수 있는 그런 사태만을 보여주는 것이다. 실직한 가장을 중심으로 한 가족(『백치들』)이나 철거를 앞둔 아파트를 떠나지 못하는 존재(「나무화석」, 「409호의 유방」), 권고사직을 강요당하는 존재(「박의 책상」), 이들이 처한 사회적 정황을 걷어내면서 작가는 인물의 시선이 포획한 현실, 인물의 의식 반경이 허락하는 현실만을 제시한다. 주관적인 '의식'을 통해 굴절된 현실은 부분적으로 삭제되거나 수정된 것일 수밖에 없을 것이며, 때문에 김숨의 소설이 보여주는 현실은 '우리의 눈에는' 초-현실이거나 비현실인 판타지의 세계이기 쉽다. 그러니까 김숨이 이끌고 들어가는 판타지적 요소들이란 결국 실재와의 대면을 회피하기 위한 인물들의 서글픈 정당방위이며, 사회적 현실의 한복판에서 작동하는 판타지 자체의 무대화이다.

철제책상이 탕비실로 옮겨졌다고 해서 그의 일상이 달라지거나 하지는 않았다. 그는 평일에, 출근시간인 오전 9시 정각에 출근을 했고 퇴근시간인 오후 6시 정각에 퇴근을 했다. 그는 사무실 문을 열고 들어서자마자 곧장 탕비실 문을 향해 걸어갔다. 사무실 문에서 탕비실 문까지는 다섯 발짝이면 충분했다. 간혹은 네 발짝만으로 충분하기도 했다.

달라진 것이 있다면, 그에게 사무실에서 이루어지는 어떠한 업무도 허락되지 않는다는 사실이었다. 업무가 주어지지 않는데도 그는 여전히 사무실 소속 사무원이었고, 그의 통장으로는 다달이 급여가 입금되었다. 업무는 사실상 1년 전부터 급격히 줄어들고 있었다. 석 달 전부터는 아예 단 한 건의 업무도 주어지지 않는 날이 계속되고 있었다.

그는 문득, 철제책상에서 턱을 45도 각도로 든 채로, 근무시간에 철제책상을 지키고 앉아 있는 것이 자신에게 주어진 유일한 업무일지도 모른다는 생각이 들었다. 그는 철제책상을 지키고 앉아 연필을 깎거나 신문을 읽거나 녹 자국을 물끄러미 들여다보며 근무시간을 보냈다. 그는 신문에 인쇄된 글자들을 한 글자도 놓치지 않고 읽었다. 부고란의 까맣게 인쇄된 이름들까지도 그는 빼놓지 않고 읽어 내려갔다. 어찌 되었든, 그의 철제책상은 사무실 탕비실 한구석을 분명하게 차지하고

있었던 것이다. (「박의 책상」, p. 269)

「박의 책상」에서 권고사직을 당한 '박영기'는 12년 동안 사용했던 '철제책상'과 자신의 운명을 동일시하면서 자신이 처한 현실 상황을 외면하고자 한다. 그는 자신의 의식에 등록된 정보들, 책상이 탕비실로 옮겨진 것 말고는 그의 일상에서 달라진 것은 없다는 사실, 1년 전부터 그에게는 어떤 업무도 주어지지 않았다는 사실, 그가 처한 현실적 정황에 관한 다양한 정보들을 제공받으면서도, 정보들을 서로 연관 없는 개별 사실들로 다루고 거기에 어떤 통합적 판단이나 분석도 가하지 않는다. 「박의 책상」에서 그 정보들은 그저 파편 자체로 제공될 뿐이다. 여타의 소설들에서와 마찬가지로, 「박의 책상」에서 화자(인물)의 진술이 어두운 극장 무대를 보여주듯 한 방향으로 고정되어 일면적인 것처럼 보이는 것은 이 때문이다. 극히 제한적인 관점의 독백 형식을 취하고 있기 때문에, 김숨 소설의 화자-인물들을 신뢰하기는 어려우며 그 내면 없는 주관성의 세계에 쉽게 동화되기도 어려운 편이다. 독자인 우리는 소설이 제시하는 현실 외에 그 옆면과 뒷면을 스스로 재구성하거나 예견해야 한다.

따지고 보면 현실적 정황과 사회적 원인을 과감하게 배제하고 사태 자체로 곧장 돌입하는 작가의 이런 작법이 소설을 구조적 단조로움에 사로잡히게 하기도 한다. 하지만 「박의 책상」의 '박영길'이 자신이 처한 현실을 외면한 채 자기만의 일상을 만들어내려는 장면들을 포착할 수 있는 것은 작가 특유의 소설 작법 즉 화자(인물)의 의식에 새겨진 정보를 파편 자체로 제시하는 방식 덕분이다. 화자(인물)와 독자인 우리 사이에 존재하는 정보의 양적 차이로, 김숨의 소설은 현실적 정황을 오려내고도 소설이 배제했던 그것들을 환기할 수 있으며, 소외되고 물화된 식물성의 인물들, 실재와 대면하지 않으려는 그들의 처절한 의식 작용을 날카롭게 단면화할 수 있는 것이다. 자아 내부의 타자를 감지할 때 엄습하는 섬뜩함Das Unheimlich이나 경계를 넘고 엄격하게 분리된 모든 것을 뒤섞는 과잉과 초과 혹은 전복과 위반의 카니발적 상상력과는 거리를 두면서, 작가 김숨은 여기 이곳의 현실에 기반한 작가 특유의 세계를 마련해가는 중이다.

6. 우리의 전사(前史), 식물성 존재들의 계보

엄밀하게 말하자면 김숨의 시선을 붙잡는 인물군이 소외되거나 망각된 혹은 배제된 존재 일반을 의미하는 건 아니다. 그들은 한때 번창했으나 잊힌 도시 변두리(「질병통제」)와 유행이 지난 낡고 오래된 상점(「새」), 철거를 앞둔 낡은 아파트(「나무화석」, 「409호의 유방」)와 발전도 개발도 없는 지방 변두리(『백치들』)를 벗어나지 못한 채 일생을 마치는 존재들이고, 수많은 건물들의 수십 개의 사무실 안에 있는 책상들 가운데서 자신의 책상 한 자리조차 차지하기도 지켜내기도 힘겨워하는 존재들이며(「박의 책상」), 한때 벌어먹고 살기 위해 중동의 사막으로 월남의 전쟁터로 광부가 되어 독일로 떠났어야 했던 해방둥이 아버지들이며, '시다' 소리를 들어가며 청계천의 평화시장에서 청춘을 지불하거나 '식모'나 다름없었던 처녀 시절을 보내고 본드로 혁대를 붙이면서 생을 마감한 어머니들이고, 평생 끝나지 않는 사막 같은 인생을 물기도 활기도 없이 낙타처럼 견뎌야 했던 식물성의 존재

들이다(「트럭」, 『백치들』). 요약컨대, 그들은,

> 유통기한이 지난 옥수수식빵 같은 얼굴을 한 사람들. 도심 공원의 비
> 둘기들처럼 과자 부스러기를 찾아 떼 지어 몰려들고 떼 지어 흩어지는,
> 열성 유전자의 위대한 상속인들. 하수구에서 끓어오르는 냄새처럼 고
> 약한 소문들에 기민하게 반응하는 〔……〕 (「박의 책상」, pp. 273~74)

극도로 심각한 질병과 가난, 고독에 시달렸던 것은 아니지만, 평범
하달 수 있는 일상을 유지하는 것조차 버거웠던 무능하고 무기력한
"선량한 종족들"(「박의 책상」, p. 274)이다. 이들은 소설의 주인공이
되기에도 정치적, 사회학적 관심을 끌기에도 그 존재감이 너무 희박
했으며, 김숨 소설의 주인공들이 되기 전까지는 우리에게 완전히 잊
혔던 존재들이다. "1980년대식 철제책상"(「박의 책상」, p. 260)이 폐
기되듯 그렇게 언제 어디서나 존재 가치를 상실하고 살아 있는 죽음
과 정물화된 삶을 살아가야 했던 존재들, 이들은, "한없이 경멸하며
잊기 위해 노력했"(『백치들』, p. 27)으나 결국 애잔한 비애로 감싸 안
을 수밖에 없었던, 너무 흔해서 망각된 나 자신이자 너무 평범해서
희미해진 가족과 이웃이다.

이와 관련해서 김숨의 소설이 복원하는 1980년대적 분위기에 대해
서는 좀더 주의깊게 들여다볼 필요가 있다. '1980년대'에 대한 정치
한 분석과는 무관하게, '1980년대적'이라는 수사에는 파쇼적 군부 독
재가 극심했으며 그 역반응처럼 민중운동이 활황을 맞이했던 시기라
는 기억, 신도시 아파트들이 신기루처럼 들어서고 대중문화 시대를
이끌었던 컬러텔레비전이 대중적으로 보급되었던 시절이라는 이미지

가 각인되어 있다. 물론 김숨의 소설은 이런 이미지들과는 거리가 멀다. 김숨이 복원하는 1980년대적 분위기가 특별하다고 말할 수 있다면, 그것은 김숨의 세계가 정치·경제·사회학적인 분석과는 다른 지점을 보여주고 있기 때문일 것이다. 김숨의 소설은 대문자 역사가 빠뜨린 시간들과 궁핍과 결여로 점철된 공간들, 생존을 위한 고행길을 감내해온 존재들과 그런 존재들을 담고 있는 잊힌 시간들, 이 모든 것에 대한 헌사이자 현재를 사는 우리들의 전사(前史) 자체이다.

7. 낡은 새로운

　오염된 공기에 대해 그러하듯 인간 소외와 존재의 정물화 경향은 새로운 물질성의 시대라고 할 수 있는 이즈음에는 우리의 심각한 고려 대상은 아닌 듯하다. 일상적 삶의 차원에서 실질적이고도 근본적인 변화가 거의 없고, 자본주의적 물화 현상이 배태한 문제들이 점점 더 극심해진다 해도 말이다. 그런데도 작가 김숨의 전폭적 관심은 가치 전도된 상황과 이로 인해 망각된 존재들로 쏠려 있다. 김숨은 지나치게 일상화되어 생의 표면에서는 망각된 문제들에 건조한 시선을 던진 채 인간 존재에 대한 우리의 둔감해진 감각을 일깨우며, 오래전에 지난 것처럼 보이는 장면들을 통해 오늘날의 문제적 매듭들을 우회적으로 환기한다.

　특히 「트럭」이나 『백치들』, 「박의 책상」과 같은 일련의 소설들에서는 소설의 역사가 축적해온 형식 논리와 다양한 기법들의 무게가 감지된다. 문학사의 축적된 성과들이 곳곳에서 스며 나오는 그의 소설은 형식 자체만으로도 지나간 모든 것들을 무조건 낡은 것으로 분류하는 우리의 부주의함을 새삼 일깨운다. 2000년대 이후 등장한 문학 경향과 일정한 거리를 유지하면서 김숨만의 소설 공간이 만들어지고 있음을 이야기할 수 있는 것은, 김숨의 소설이 고전적 모더니즘 기법을 재활용하면서 여러 겹의 우회를 거쳐 우리가 사는 이곳의 현실을 예기치 않은 방식으로 환기하기 때문이다.

위반과 전복의 상상력이 대세인 이 시대에 문학이 계몽을 위한 도구도 아니지만 나르시시즘적인 자기 현시의 현장도 아니라는 점, 문학은 결국 현실에 대한 하나의 발언이어야 한다는 문학관을 작가 김숨은 여전히 견지한다. 김숨의 소설에 관한 한, 무엇보다 중요한 그만의 특장은 스포트라이트를 받고 있는 문제적인 사건들과 지점들에서 비켜서서 그늘에 놓여 있었던(/지금껏 망각되었던) 인간 존재와 사회 현실의 다기한 문제들에 시선을 둔다는 점이다. 그렇게 우리의 시선을 굴절되고 비틀린 과거의 시간으로 되돌리면서, 김숨은 이런저런 소설들을 통해 끊임없이 반복하고 되풀이해서 강조한다. 한국의 근대화와 도시화가 촉발했으나 해소 불가능했던 문제들, 이런 것들이 우리의 삶에는 여전히 상존하며, 그 문제들이 전 세대에서 다음 세대로, 그 아들과 딸들에게로 그대로 전수되고 있다고. 온순하고 가난하며 무지하고 무능한 수많은 '백치들,' 그들은 하나둘 사라지고 잊히지만, 결코 사라지지 않으며 그저 망각될 뿐이라고. 숙명처럼 부채처럼 그들의 생이 우리의 미래 아니 바로 우리에게로 고스란히 떠넘겨지고 있다고. 지금 이 순간에도 여전히.

메트로폴리스의 나르시시스트 백서

1. 무료하거나 쓸쓸한 무중력의 감수성

　이신조의 소설[1]은 날렵하다. 경쾌하지는 않지만 산뜻하다. 그의 소설에는 "사소하고 우습고 구태의연한 그리고 치명적인"(2:92) 사태들이 감정의 과잉이나 위악적 비틀림 없이 쿨한 감각으로 그려지기 때문이다. 이신조의 내러티브는 종종 도시를 중심으로 진행되지만 화려하거나 소란스러운 곳에서 시들하고 무력한 지방 도시까지, 지하 단칸방에서 최고급 호텔과 주상복합식 아파트까지 그 스펙트럼은 무한히 확장된다. 당연하게도 "거대하고 복잡하고 화려하고 놀랍고 역겹고 어지럽고 아름"(3:13)다운 그 공간들은 쉽게 유형화할 수 없는

---

1) 이후로 인용된 텍스트들은 책에 임의적으로 번호를 붙여 괄호 안에 (책의 약식 번호: 쪽수)로 간략히 표기한다. 1—『기대어 앉은 오후』, 문학동네, 1999; 2—『나의 검정 그물 스타킹』, 문학동네, 2001; 3—『가상도시백서』, 열림원, 2004; 4—『새로운 천사』, 현대문학, 2005.

각기 '다른' 시간을 사는 존재들로 채워져 있다. 무서운 '엄마'를 거부하거나 한순간에 인생의 바닥으로 추락하는 존재들, 불륜 로맨스의 주인공이 되거나 벼락부자가 되는 존재들, 신분상승을 꿈꾸거나 마녀가 되는 존재들, 그들의 다채로운 세계가 거대한 '메트로폴리스'를 이루고 있다.

그럼에도 이신조의 소설은 무중력의 세계처럼 무료하다. 모든 것이 뻔하다고 믿는 그들은 각기 다른 시간에 머물며, 자기만의 방식으로 만들어낸 세계를 무심히 유영할 뿐이다. 그래서일까. 이신조의 소설은 쓸쓸하다. 느리게 흘러가거나 흐르지 않고 흩어지는 시간 속에서 보이고 들리는 모든 것은 서로에게 그저 환청이자 환각이 된다. 누군가를 향해 있음이 분명한 그들의 내레이션은 자신들에게로만 되돌려지고, 그들은 눈치챌 수 없는 만큼 천천히 퇴락하거나 닳아져갈 뿐이다. 그러나 이것이 다가 아니다. 그들은 모든 것이 뻔하다는 믿음이 결코 깨지지 않는다고 믿고 있지만 때때로 뻔한 것의 의외성을 믿는 존재들이며, 후줄근하게 닳아가는 현실에 천천히 적응해가기도 하지만 퇴락해가는 초라한 풍경에 결코 자신을 내맡기지도 않는 존재들이다. 불투명한 내면을 감지하려는 작가 이신조의 예민한 감각에 의하면 그들은 의외로 그렇다.

물론 작가 이신조는 관계 불능의 도시적 삶 속에서 '누군가를 안다는 것,' 어떤 존재 전부를 안다는 것이 불가능에 가깝다는 점, 각기 다른 시간을 사는 존재들에게 뻔한 것이 드러내는 틈은 감지되지 않는다는 점, 무엇보다 존재에 대한 이해의 시도는 목적지에 닿지 못한 오해로 남겨지리라는 점, 그 오해들이 결국 또 다른 자기 세계의 구축으로 귀결되리라는 점을 충분히 잘 알고 있다. 그런데도 이신조는 존재에 대한 이해의 가능성을 포기하지 않고 뻔한 것과 뻔한 것의 의외성 '사이'에서 진동한다. 좀더 가벼워지고 좀더 무심해져야 한다는 시대 감각을 거스르지 않으면서도 존재의 내밀한 영역에 가닿으려고 하는 부질없는 열망을 글쓰기의 동력으로 삼는다는 점, 여기에 이신조 소설의 미덕이 있다. 이신조가 그러하듯, 우리로서는 무엇이 그의 소설과 그가 그려내는 존재들을 무료하거나 쓸쓸하게 만드는지 결코 알지 못할 것이다. 그러므로 이 글은 그저 판본 다른 하나의 오역이라고 해야 할 것이다.

2. 서글픔으로 부풀어 오르는 퇴락의 이미지

이신조의 소설을 채우고 있는 것은 대개 불운한 사건이 아니라 그 사건이 불러온 '결과들'이며, 그 가운데서도 불운이 인물들의 '내면'에 남긴 결과들이다. 물론 불운이 불러온 결과물, 그 감정들은 소설에서 최대한 객관화된 형태로만 포착된다. 이는 오해되지 않는 온전한 감정을 복원하려는 작가의 열망이, 역설적이게도, 감정의 직접적 노출을 최대한 자제하는 형태로 표출된 것이라고 할 수 있다.

마지막으로 회를 먹었던 것은 지난겨울의 일이었다. 누군가는 기름진 음식을 좋아하지 않았다. 또 누군가는 패밀리 레스토랑이 실속 없이 비싸기만 하다며 손을 내저었다. 누나는 회를 좋아했다. 누나의 부모도 마찬가지였다. 누나의 부모의 딸의 하나뿐인 남동생이라고 해서 유전된 식성에서 자유로운 순 없었다. 〔……〕 누나의 부모 중 중년의 여자는 얇게 튀김옷을 입히고 높은 온도에서 빠르게 튀겨낸 일본식 튀김을 좋아했다. 누나의 부모 중 중년의 남자는 얼었다 살짝 녹은 붉은 참치 회를 초장에 찍어 먹었다. 싱싱한 멍게와 고추장 소스를 곁들인 병어구이, 버터를 발라 구운 옥수수와 비리지 않게 삶은 홍게와 분홍색 초절임 생강이 모두 맛있었던 그 횟집은 누나와 누나의 부모와 누나의 부모의 딸의 하나뿐인 남동생인 나의 단골이었다. (「정류장에서 너무 먼 집」, 2:54~55)

인용문은 '나'가 가족의 단골이었던 횟집에서 회를 먹었던 시간, 가족들과 함께했던 지나간 시간들을 회상하는 장면이다. 이 회상은 어떤 의미를 생산하지 않으며, 질척거리지 않는 간결한 정보를 제공해준다. 그런데 인용문의 어딘가로부터 서글픔이 배어나온다. 물론 그는 평온했던 자신의 공간에서 갑작스럽게 내동댕이쳐진 채 초라한 방한 칸에서 누나와 함께 지내게 되었으며, 자신에게 닥쳐온 불행에 적응하지 못한 상황이기는 하다. 그렇다 해도 인용문에서 감지되는 서글픔이 그의 숨겨진 사연에서 비롯된 것만은 아니다. 오히려 그것은 불운의 알맹이와 그것을 말하는 방식 사이의 불일치에서 연유한 것이라고 해야 한다. '엄마와 아빠' 대신 '부모, 중년의 여자나 남자'와 같은 건조하고 중립적인 언어를 선택하고 불운이 불러온 감정을 최대한 객관화하는 방식 자체가 서글픔을 불러온 것이다.

이신조의 소설에서 감정을 절제하는 표현방식이 채택되는 것은 불운을 말하는 통속적 방식을 벗어나려는 작가의 의도와 연관되어 있다. 이신조 소설이 피워올리는 서글픔의 정조는 언어로 만든 집에 깃든 근원적인 비극성에 다름 아니다. 언어는 불운을 말하는 통속적 방

식을 거부하려는 몸짓조차 또 하나의 통속적 틀 속에 가둬버리기 때
문이다. 그의 소설에서 불운한 '사건' 자체가 부차적으로 다루어지는
것도 이와 무관하지 않다. 이신조의 소설에서 무엇이 그러한 '결과
들'을 초래했는지는 중요하지 않다. 중요한 것은 대체로 이런 것들이
다. 고심해서 선별되었으나 의미 없는 껍데기로 떠도는 단어들, 공들
여 만들어졌으나 즉물적인 의미를 발산하지 않는 문장들 그리고 불편
할 정도의 무료함을 불러들이면서 역설적인 긴장감을 유발하는 서술
방식. 문장들의 조합이 만들어내는 불협화음의 불길한 분위기가 소설
전체를 둘러싸며, 종종 '현재형'으로 이루어진 그 결과물의 진액이
'퇴락'의 이미지로 남는다. 관계의 파국이든 정체성의 상실이든 그의
소설을 지배하는 것은 '퇴락'의 이미지이다.

단어와 문장을 주의 깊게 선별하려는 작가의 노력은 존재의 내면에
쉽사리 가닿을 수 없다는 불행한 의식과 맞닿아 있다. 알기도 가닿기
도 어려운 존재의 내밀함이 "미래 쪽으로 무력하게 막무가내로 떠밀
려"(「새로운 천사」, 4:116)가는 듯한 '퇴락'의 이미지를 불러들이게
되는 것이다.

나는 엄마와 아빠를 진심으로 사랑한다. 〔……〕 그러나 엄마와 아
빠는 내가 미교와 멀리 떨어져 살게 된 것에 대해 짐작 이상으로 크게
절망하고 있다는 것을 알지 못한다. 또 몇 년 이런 식으로 공부를 하다
하고 싶은 게 분명히 정해지면 유학을 가고 싶다는 내 말이 거짓말이
라는 것도 알지 못한다. 나는 엄마와 아빠에 대해 불만을 가질 수 없
다. 〔……〕 엄마와 아빠는 오래전 이혼을 했고 함께 살고 있지 않지
만, 나는 우리가 가족이라고 생각한다. (「새로운 천사」, 4:124~25)

「새로운 천사」의 '나'에게는 도시적 쿨한 감성의 소유자들인 변호사 엄마와 작곡가 아빠가 있고, 경제적이고 정신적인 풍요로움이 있다. 대체로 건전하다고 할 수 있는 '관계'에 놓여 있으므로, 그녀는 가족에게 버림받았거나 사회적으로 고립된 존재가 아니다. 인용문을 통해 간명하게 파악할 수 있듯이, 소소한 불만이 없는 것도 아니지만 그녀를 둘러싼 모든 것이 완벽에 가깝게 세팅되어 있다. 그럼에도 「새로운 천사」의 '나'에게 완벽하게 세팅된 조건은 비현실적인 꿈보다 나을 게 없는 시시한 것일 뿐이다. 완벽한 조건과는 무관하게, 작가의 '다른' 감각에 의하면 그녀는 혼자 치르는 성인 세계로의 입사 의식 앞에서 두려움에 떠는 그저 작은 아이일 뿐이다.

어린 소녀에게 첫 생리의 경험이 막연한 두려움을 불러오리라는 것은 자명하다. 그것은 그녀만의 특별한 경험이 아니지만, 상식적인 차원에서 별문제가 아닐 수 있는 것들이 개인의 내면에서 발휘하는 효력은 엄연히 다를 수 있다. 이 소설에 따르면 첫 생리는 '그녀에게는' 누구에게나 말할 수 있지만 결코 아무에게도 말할 수 없는 특별한 경험이다. 그러니 이 소설이 강조하는 것은 첫 생리가 '그녀에게' 의미하는 바, 온전한 '그녀'의 '느낌'이다. 그녀가 경험하는 불안과 공포를 윤택한 메트로폴리스적 삶이 내보인 빈틈이라고 말할 수 있을 것이다. 바로 그 '느낌'을 포착하려고 한다는 점에서, "조금 더 자세히 말할 수도 있"고 "조금 더, 조금 더 자세히 말할 수도 있"(「산책」, 2:121)겠지만, 이신조의 소설 세계는 종종 지극히 내밀하거나 지나치게 표피적인 모습을 띠게 된다. 알 수 없거나 언어로는 파악할 수 없는 세계를 말하려고 하기 때문인지, 그의 소설은 서글픔으로 부풀어 오르는 퇴락의 이미지 자체가 되지만 우리에게 실감으로 다가오지 않기도 한다. 그럼에도 이 지점에서 이신조 소설의 특이성 가운데 하나를 말할 수도 있을 듯하다. 분명한 것은 이신조의 소설이 잡아채려는 것이 "무언가 뜨겁고 슬프고 격하게 물큰한 것이 내 몸을 빠져나가는 기분. 돌이킬 수 없는 기분. 두려움과 불쾌함과 무력함, 그리고 야릇한 현기증과 설명할 수 없는 서러움," 즉 말로 표현할 수 없는 어떤 것이라는 점이다.

3. '시시한' 존재들의 '뻔한' 몰락기?

언어 체계로는 도달할 수 없을지도 모르는 어떤 것, 존재의 내면에서 피어오르는 '느낌'을 잡아채려는 소설이 대개 그렇듯이, 이신조의 소설은 정지의 미학을 지향한다. 1998년 등단 이후 적지 않은 작품으로 자기 세계를 구축하고 있음에도 이신조의 소설들을 시간의 선분 위에 배열할 수 없는 것은 제자리를 맴도는 듯한 정지의 미학 때문이다. 그의 소설에서 시간은 공간 속의 단속적 이미지로 재현되며, "시나브로 흰 칠이 닳아 없어진 자국"이나 "흰 차선을 스러지게 만들며 그 위를 굴러간 삼만팔천오백십구 개쯤의 타이어"(「9$\frac{1}{2}$」, 2:73)로 대치된다. 축적되거나 응집되지 않는 시간은 점차 예언과 추억과 기대의 둔탁한 불연속체로 응결한다.

『가상도시백서』의 신생 연합국인 만토가 그러하듯, 시간이 축적되거나 증식되지 않는 곳에서는 완성과 통합을 상정할 수 있는 미래가 있을 수 없다. 언제나 '순간'과 '현재'가 반복되고 유지될 뿐이며, 모든 것이 미세하게 퇴락해가거나 어느 순간 사라져버릴 뿐이다. 이신조의 인물들은 "어제와는 다른 오늘이 될 것이라는 어떠한 기척도 징후도 변화도"(「거울여자」, 2:97) 발견하지 못한 채 "20년이 지나도, 20년이 지나지 않아도, 같아. 카드는 결코 다른 것으로 바뀌지 않아. 그저 매 순간 쉬지 않고 다른 곳으로 흘러"(「카드의 여왕」, 4:321)간다고 중얼거릴 수 있을 뿐이다. 반복되는 것은 언제나 뻔하다. 그러므로 이신조의 소설은 매번 '시시한' 존재들의 '뻔한 몰락기'일 수밖에 없다. 통속적인 관점에서 보자면 그렇다.

그러나 작가 이신조의 시점에서 그의 소설이 말하는 '시시한' 것들은 '평범하다거나 흔한 혹은 일상적'이라는 표현으로는 다 말할 수 없는 어떤 것이라고 해야 한다. 이신조의 소설이 잡아채려는 한순간 혹은 내밀한 '느낌'은 아무도 눈치챌 수 없으며 막을 수도 없는 미세한 퇴락의 순간들과 겹치지만 완전히 겹치지는 않는다. '어린 시절부터 예뻤고, 그래서 연예인이 되었으나 여러 번의 부주의한 연애로 퇴락해갔으며 자신의 방패막이이자 금기선인 어머니의 죽음으로 생의 바닥까지 추락한다'라는 요약적 진술은 결코 「나의 검정 그물 스타킹」의 그녀에 대한 진술의 전부가 아니다. 오히려 이신조의 소설이 복원하고자 하는 내밀함은 무중력의 공간으로 흩어지는 순간들 가운데서도 가장 본원적인 순간, 존재의 전부를 알게 하는 그런 순간, 순간의 순간의 ……바로 그 순간과 연관된다.

하루에 0.0005도씩 더워지는 지구, 하루에 0.0005센티미터씩 패어나간 나무 도마. 이제는 물을 채워도 고여 있을 만큼 우묵하게 팬 도마. 10년에 2도, 하루에 0.0005도. 티 나지 않게 조금씩 조금씩. 완벽한 공포, 완벽한 위협. 오늘 하루 남극의 어느 거대한 빙하는 귀퉁이가 10센티미터쯤 녹아내렸을 것이다. 아프리카의 어느 사막은 1미터쯤 모래땅을 넓혔을 것이다. 아무도 그것을 눈치 챌 수 없다. 아무도 그것을 막을 수 없다. (1:150)

그러나 그 눈빛이 결코 읽어내지 못할 나의 그녀의 모든 것. 지금 그녀의 목덜미에서 솟아난 땀 한 방울이 그녀의 등, 오른쪽이 아닌 왼쪽 견갑골을 따라 흘러내리고 있다는 사실. G가 함부로 그녀의 어깨에 팔을 둘렀을 때 참을 수 없는 혐오로 떨어져내린 그녀의 세 가닥 질긴 머리칼. 그런 것. 〔……〕 몰이해의 권위가 결코 완전히 장악할 수 없는, 그런 것. 사소하고 유연하고 미세한, 그런 것. 그런 것들은 대세에, 삶이라는 거대한 틀에 아무런 영향도 미치지 못하는 하찮은 것이라고 매도하는 세상 모든 뻣뻣한 자들, 나는 지금 그 뻣뻣한 자들의 얼굴에 한가득 침을 뱉어주고 싶다. (「나의 검정 그물 스타킹」, 2:33)

그 '느낌'은 티 나지 않게 패어나가는 도마와 문득 물이 고일 만큼 패어버린 도마 '사이'에 놓여 있다. '사이'에 대한 이신조의 관심은 시선과 타자에 관한 흥미로운 사유를 이끌어낸다. 이신조의 인물들은 타인을 '보는' 주체이거나 '보는' 행위를 통해 타인을 자신의 내부로 통합하는 '장악하는' 주체가 아니다. 그들은 정반대의 자리에 놓여 있으며, 포섭과 장악의 힘으로 다가오는 주체의 시선을 거부하는 존재들이다. 타자의 자리에 놓인 존재가 스스로 말하게 하는 방식을 통해 이신조의 소설은 폭력적으로 타자를 전유하는 근대적 '시선'을 회의하게 된다. 이신조의 소설이 끝없는 내레이션의 형식을 취하는 것은 이 때문이다. 존재를 삼켜버릴 주체의 시선에 의한 오해를 교정하거나 바로 잡기 위해 이신조의 소설(/인물들)은 끝없이 중얼거릴 수밖에 없는 것이다.

이렇게 본다면 이신조의 소설이 포착하고자 하는 그 '느낌'이야말로 무심히 드러나지만 삶을 갑자기 완전히 달라지게 하는 삶의 '본질'이라고 말할 수 있다. 작가의 말을 빌리자면, 이때가 바로 무언가에 '사로잡히는 순간'이다. 이신조 소설의 인물들은 물과 만날 수 있는 수영(/장)(「기대어 앉은 오후」)과, 길 위를 떠돌게 해줄 자동차(「길의 레슨」)와 존재의 본질을 드러내주는 사랑(「미혹」), 그 밖의 많은 것에 사로잡힌다. 그 순간은 사소하고 미세하며 하찮은 것이지만 타인과는 나눌 수 없는 존재의 내밀함을 언뜻 내비친 시간이다. 언어로는 포착할 수 없는 '절대 교감'의 순간이라는 점에서 그 시간은 시적 합일의 순간이기도 하다. 그러나 도마에 물이 고일 수 있게 한 그런 결정적인 '순간'은 없다. 아무런 말도 설명도 필요 없으며, 서로에 대해 굳이 알려고 노력하지 않아도 교감할 수 있는 그런 '순간'도 그런 '대상'도 사실은 없다. 있다고 해도 그것은 거울에 내비친 자신과의 관계에서나 가능한 어떤 것이다. 실은 작가 이신조 또한 이점을 분명하게 알고 있다. 그럼에도 이신조 소설의 관심은, 통속적 삶의 통속성 자체가 아니라 그 통속성을 비틀리게 하는 하찮은 것에 있다.

때때로 하찮은 것에 대한 관심이 이신조의 소설을 가짜와 진짜 혹은 뻔한 것과 뻔한 것의 의외성이라는 명백한 이분법에 매이게 하기도 한다. 하지만 세계를 재구성하는 작가의 시선은 의심하고 회의하는 냉소의 그것이 아니다. 사귀던 남자와 헤어지기 위해 요일을 선택하고, 예상된 협박과 애원에 시달리고, 이별을 통보받은 남자의 대다수가 원하는 것을 말하고, 그 관계가 어떻게 종결될 것인지 전부 안다고 자부해도, 「미혹」의 그녀는 무료해할 뿐 절망하거나 냉소하지 않는다. 그녀는 자신의 전부를 사용할 수 있고 자신의 태도를 유지할 수 있는 '절대 교감'의 순간 혹은 사로잡힘의 순간이 가능하다고 믿기 때문이다. 아니, 작가의 감각이 포착한 바에 따르면 그렇다. 요컨대, 소설의 곳곳에서 모든 것은 뻔하고 그래서 시시할 뿐임을 반복해서 강조한다고 해도, 그의 소설이 만들어내는 '시시한' 존재들은 '각기 다른 사연의' '각기 다른 모습의' 시시한 존재들, 즉 시시하지 않은 존재들이다. 이렇게 해서 이신조의 소설은 통속적 시선과 그 이면을 보는 시선이 교차하는 복합적 지층을 이루게 된다.

4. 설명 불가능한 것들에 대한 오역들, 거대한 픽션의 세계

물론 진정한 것의 실재를 믿고 모든 것이 뻔하다는 통념을 거부한다고 말하는 것이 진정한 것의 재현 가능성을 믿는다는 것을 뜻하지는 않는다. 오히려 그러한 믿음을 실현하려는 다양한 노력들이 이신조의 소설을 만들어낸다고 해야 할 것이다. 진정한 것은 언어로는 다가갈 수 없는 것이며 '뻔한' 것으로 오해될 수밖에 없는 어떤 것이다. 한순간 '뻔한' 모든 것이 의외의 순간을 보여준다고 해도, 혹은 존재를 사로잡는 뭔가를 만난다 해도, 오래지 않아 그것은 또 다른 '뻔한' 것으로 판명되거나 '뻔한' 것이 될 뿐이다.

꽤 우회하기는 했지만 이렇게 해서 우리는 이신조의 소설 세계를 추동하는 힘의 원천을 잠깐 엿보았다고 말할 수 있을 듯하다. 단일한 범주로 환원될 수 없는 다양한 세계를 만들어내는 힘의 원천을 말로 표현하면, 가령 '보다 진정한 것을 포착하려는 열망'쯤 될 것이다. 그러나 역시 예상대로 언어는 그 힘을 너무 뻔한 것으로 만들고 만다. 게다가 충분히 살펴보았듯이 진정한 것에 대한 작가의 갈급은 아마도 지루하게 반복되는 실패의 연쇄에 갇히게 될 것이다. 그리고 실패가 예기되는 만큼이나 명백하게 설명 불가능한 것들에 대한 오역들의 증식도 계속될 것이다. 물론 충분히 예견되는 실패들은 세계에 대한 번역과 오역들로 이루어진 거대한 '가상'의 세계를 구축하게 된다. 그것은 "각기 다른 여러 개의 우주로 이루어진 하나의 세계다"(「길의 레슨」, 4:165). 좀더 자세하게 설명하자면, 존재의 내면에 새겨진 '느낌'과 그 순간이 작가의 '다른' 감각으로 재구성됨으로써, 그 세계는 내부 순환을 반복하는 철저한 자기-지향적 세계들의 집합체가 된다.

소설 세계를 설명 불가능한 것들에 대한 오역의 공간으로 이해하는 것, 이것이 작가 이신조의 소설관이다. '진정한 순간'의 실재를 믿고 있는 것과는 별개로 작가 이신조는 그 '순간'이 현실에는 없는 것임을, 언어로는 파악 불가능한 것임을, 그럼에도 언어의 세계를 통해서만 접근할 수 있는 것임을 분명하게 알고 있다. 말하자면 이신조에게 소설 세계는 현실과는 무관한, 노골적인 픽션의 세계이다. 물론 픽션의 세계를 구성하는 방식 또한 단일한 원리로 환원되지 않는다. 이신조가 만들어내는 픽션의 세계는 『가상도시백서』처럼 현실과 닮은 또 하나의 현실로 가시화될 수도, 「시간의 정원」과 같은 무의식과 꿈의 공간으로 구성될 수도 있다.

『가상도시백서』는 과거 제국과 공화국이 대치하던 국경지대에 세워진 일종의 계획도시인 '만토시(晩土市)'에 관한 소설이다. 만토시는 실재하지는 않지만 경험적 현실에서 충분히 예견 가능한 시공간이다. 합리적이고 정교하며 흠 없이 산뜻한 도시적 이미지 자체인 도시다. 그럼에도 존재 자체로 합리적이고 균질적이며 매끈한 근대의 잉여임을 증명하기도 한다. 이 점에서『가상도시백서』는 현실에 대한 디스토피아적 상상력이라고도 말할 수 있을 것이다. 그러나 이 소설을 두고 현실과의 유비를 따지는 것은 무의미하다.『가상도시백서』의 세계는 복제만이 가능하며 어떤 변형이나 계통발생적 유전이 불가능한 세계, 즉 오리지널리티가 없는 공간이기 때문이다.

『가상도시백서』는 여섯 남자와 한 여자가 제각기 웅얼거리는 내레이션과 서로에 대한 표피적 관찰로 이루어져 있지만, 어떤 인물도 어떤 에피소드도 특이성과 대표성을 띠지 않는다. 카피본만을 전시하는 만토시의 미술관이 단적으로 예시하듯 만토시의 모든 게 다 카피이고 조작이기 때문이다. 그곳은 모든 게 다 있지만 아무것도 없는, 그래서 아무것도 아닌 세계일 뿐이다. 반대로, 합리적이고 정교하며 통속적이고 뻔한 틀을 벗어나는 것, '진짜'는 그런 것이다. 이는 훈련 평가서에 의하면 그다지 훌륭할 수 없는 직업 군인인 '나윤'이 실전에서 공적을 세우는 것과 같은 이치이다. 그러므로 만토시에서 원본이 갖는 고유한 아우라는 내용물 없는 경주마와 콜걸의 이름으로 남겨질 수밖에 없다. 흥미롭게도 작가는『가상도시백서』라는 소설 세계를 통해 소설 공간이 우리의 경험 현실과는 무관한 것, 즉 카피의 카피임을 표방한다.

"이건 현실이에요. 그걸 잊어선 안 돼요." 〔……〕
"왜 그런지 알아요?"
"……"

“왜 이게 현실인지 알겠냐구요?”〔……〕

“꿈이니까.”

“……?”

“잊지 말아요. 꿈이니까, 현실이에요. 절대로 그걸 잊어선 안 돼요.”
(「시간의 정원」, 4:232~33)

요컨대 이신조의 소설에서는 「시간의 정원」의 아포리즘의 소녀가
말하고 있듯, 꿈만이 현실일 수 있다. 꾸며낸 것 혹은 가상의 세계만
이 원본에 가까운 어떤 것일 수 있는 것이다. 다소 작위적으로 이신
조식 시간의식이 알레고리화되어 있는 「시간의 정원」을 통해 유추해
보면, 이신조의 소설은 꿈이기 때문에 현실이고 현실이기 때문에 꿈
인 순간들, 그 복수(複數)의 시간들이 존재하는 어떤 곳이다. 실제
현실 따위는 아무래도 좋은 것이다. 상식과 통속적 관점만이 통용되
는 실제 현실에서는 잡히지 않는 것, 손가락 사이로 빠져나가는 하찮
은 것들은 가상세계에서만 만날 수 있기 때문이다. 그러므로 상상력
이 발휘되어야 하는 공간이 있다면 그곳은 가상 혹은 픽션의 세계이
다.[2] 환상적 요소와 시적 통찰이 소설 세계 내부로 통합되는 것도 이
때문이다.

세상의 모든 번역은 오역이다, 아니, 모두 같았지만 결코 완전하게
같다고는 할 수 없었습니다. 역시 반대로 모두 달랐지만 또 같다고밖
에 할 수 없었습니다. 제각각인 미궁들, 조금씩 조심스럽게, 어느 것

---

2) 이러한 소설관은 최근 새롭게 등장한 젊은 작가들과 공유하는 것으로 이를 ‘현실과 가상
　의 구분을 무화하고 그러한 구분에 무관심한 태도’로 정리할 수 있다.

은 과감하게, 또 망설이며, 그러나 다시 신중하게, 짐짓 신경질적으로,
분명 같았지만, 어쩔 수 없이 다 다른. 하여 어떻게 해도 옳지 않은.
결국 어디가 어떻게 다른가를 설명하기란 불가능한 것이었습니다.
〔……〕 번역이란 모래구덩이 속에 갇혀서 끝없이 모래를 퍼 올리는
일과 같은 거지. 한마디로 부질없어. 그러나 또 어쩔 수 없는 일이기
도 하지. 보다 분명해지려고 좀더 명확해지려고 함부로 노력하지들 말
게나. 철저하게 애매하고 죽을 듯 막막해보지 않는다면 명확함에 다가
가봤자 소용없는 노릇이니까. 여기 씌어진 대로 어림도 없는 노릇이
지. 끔찍한 결론이랄 수도 있겠지만 어쩌면 헤맴 그 자체에 목적이 있
는지도 모를 일이고. 혹시 이 소설을 읽어본 사람 있나. 아베 코보, 모
래의 여자? (「중매의 즐거움」, 4:275)

이때 「중매의 즐거움」의 배은석이 자신에 대해 서술하면서 인용한
번역에 대한 입장에서 확인할 수 있듯이, 잡을 수 없는 것을 설명하
려는 열망보다 중요한 것은 잡을 수 없는 것의 끝에 다다르려는 부질
없는 노력들, 즉 '헤맴' 자체이다. 그렇다면 이쯤에서 이신조의 소설
이 만들어지는 추동력에 대해 한 가지의 사실을 덧붙일 수 있을 듯하
다. 앞서 지적한 바, '보다 진정한 것에 대한 열망'이라는 표현은 이
신조의 소설이 만들어지는 추동력에 대한 정확한 기술이 아니다. 이
신조에게 실제 현실과 소설 세계는 있는 것과 없는 것으로 구분될 뿐
이다. 그의 소설에서 진짜와 가짜 혹은 뻔한 것과 뻔한 것의 의외성
이라는 이분법이 작동한다고 해도, 그 이분법에는 좋고 나쁨이나 옳
고 그른 것과 같은 윤리적 판단이 전제되지 않는다. 그러므로 진정성
을 말하면서도, 이신조의 소설은 타자를 장악하는 시선의 주체를 중

심으로 한 진정성의 논의와는 다른 것을 말하게 된다. 이신조의 소설이 현실과는 전적으로 다른 공간을 구축하게 되는 이유가 여기에 있다. 그의 소설의 주인공이 주로 여자인 것도 이와 무관하지 않다.

이신조식 가상세계를 구성하는 인물들은 대체로 여자들이다. 그럼에도 이신조의 소설에는 '여성적' 관점의 독해를 요청하는 구석이 별로 없다. 「오징어」나 『기대어 앉은 오후』 등의 소설을 통해 어머니를 마른 오징어나 어두운 그림자로 일렁이는 공포의 대상으로 형상화하고 모성에 대한 철저한 거부의식을 드러내기도 하지만, 그의 소설에서는 여성 억압에 대한 자각이 적극적으로 표출되지 않는다. 그들은 종종 다른 존재로의 변신을 꿈꾸기도 하지만 그것이 가부장적 규범과 친숙함에서의 탈피를 수반하는 여성의 성장 과정으로 형상화되지도 않는다. 이는 그들이 성별의 차이가 가져오는 곤란함보다는 존재의 비의가 불러오는 쓸쓸함에 좀더 깊이 사로잡혀 있기 때문이라고 해야 한다. 요컨대, 이신조의 인물들은 여자이기 이전에 시선에 의해 왜곡되는 타자이자 가닿을 수 없는 내밀함의 소유자인 것이다.

여성을 다루는 이러한 방식이 여성을 둘러싼 논의의 확장인지 부정인지의 여부를 지금 여기에서 확정적으로 말하기는 어려울 듯하다. 분명한 것은 이신조의 소설에서는 그들이 여자라기보다 제각기 다른 공간에서 자신의 시간을 살고 있는 고립된 존재들로 포착된다는 점이다. 그들은 상투적 시선에 의해 끝없이 오해되는 존재들이다. 그들의 사연은 또 다른 오역으로 옮겨갈 수밖에 없으며, 그 오역은 끝없이 증식될 수밖에 없다. 그들이 여자이든 아니든 그들은 서로에게 리아스 식 해안처럼 복잡한 존재일 뿐이다. 때문에 이신조의 소설은 DNA 염기서열 분석만큼이나 어려운 그 미묘한 차이를 사려 깊게 살피는 일에 몰두하고자 하는 것이다(「중매의 즐거움」, 4:259). 이렇게 해서 이신조의 소설들은 전진 없이 맴도는 시간들로 이루어진 '메트로폴리스' 혹은 '발자크적' 세계를 구축하게 된다. 물론 통속적인 눈으로 보면 그 거대한 픽션의 세계는 여전히 각기 다른 나르시시스트의 세계로 이루어진 현실 저편의 작고도 작은 내밀함의 우주이겠지만 말이다.

5. 진공관 속의 변태(變態)하는 나르시시스트들

다시 반복할 필요도 없이 분명한 것은, 이신조의 소설이 뻔해 보이는 표면의 갈피, 그 이면을 포착하려는 시도이자 좌절의 산물이라는 점이다. 기억할 사실은 존재의 내밀함에 가닿으려는 시도가 철저하게 내레이터에 의해서만 이루어진다는 점이다. 등단작인 「오징어」(1998)나 『기대어 앉은 오후』(1999)로부터 『새로운 천사』에 실린 소설에 이르기까지, 그의 소설에는 종종 '다른' 시간이 불러온 미혹에 무심할 수 없거나 전혀 다른 시간에 도달하기를 열망하는 존재들이 등장한다. 그러나 그들은 타인의 시간과 접속하기를 열망하지 않는다. 아니, 열망할 수 없음을 이미 아는 존재들이다. 그러므로 타인의 자리에 서 있는 그들 각자가 '다른' 타인에게로 가닿고자 하는 것처럼 보인다고 해도, 그것은 고립된 자기 세계의 외피를 찢기 위해 자기 세계의 끝, 그 경계에 다다르고자 하는 몸짓일 뿐이다. 말하자면 이신조의 인물들은 '다른' 시간으로 나아갈 수 있는 가능성을 철저하게 자신의 내부에서 찾아야 하는 것이다. 좁고도 내밀한 자기 세계에 몰입해 있든, 그 세계를 거리를 두고 바라보든 이들 모두가 부정할 수 없는 나르시시스트인 것은 이 때문이다. 이것이 바로 이신조 소설이 직면한 딜레마이다. 폭력적인 주체의 시선이 은폐한 타자의 존재를 복원하면서 그의 소설은 나르시시즘의 세계를 불러들이게 된 것이다.

남들의 눈에 내가 어떻게 보이는가 하는 그 시선에 대해 나는 늘 무력감을 느끼며 살아왔어요. 〔……〕 그 모두가 다 나의 모습이기도 했지만, 그 모두는 결코 내가 아니었어요. 그걸 어떻게 증명할 수 있는지 나는 도저히 알 수 없었어요. 그저 그런 모습의 내가 되도록 나를 함부로 방치한 나 자신이 가장 싫고 원망스러웠어요. (「중매의 즐거움」, 4:292)

난 이제 나이지 않은 일은 결코 하고 싶지 않아요. 〔……〕 나도 뭔가 진심으로 바라는 게 있겠죠. 그러나 아직은 잘 모르겠어요. 뭔가 더 많이 더 곰곰이 더 오랫동안 생각해봐야 할 것 같아요. 좀 유난스럽기도 했던 것 같지만, 난 이제 겨우 30년을 조금 넘게 살았을 뿐이니까요. (「중매의 즐거움」, 4:294)

나는 꿈의 모든 순간을 남김없이 기억했다. 꿈속에서 처형을 당하게 되기까지 나는 누명을 쓰고, 궁지에 몰리고, 모함을 받고, 함정에 빠지고, 협박을 당하고, 거짓 자백을 종용받고, 함부로 이해되었다. 거절당하고 배신당하고 외면당하고 차별받고 조롱거리가 되어 쫓겨났다. 그 모든 것이 내가 사랑한, 나를 믿는다고 말했던 사람들에 의해서였음을 나는 똑똑히 기억했다. (「그 여름, 요양소에서 마녀와 나는」, 4:78)

「중매의 즐거움」에서 우연한 계기로 연예계에 들어섰으나 별다른 주목도 받아보지 못하고 초라해져버렸던, 그녀 '엄지현'은 성형과 이혼을 통해 자신이 처한 상황을 적극적으로 바꾼다. 타인의 시선에 무력하던 자신을 객관화할 수 있는 틈을 만들어낸 것이다. 그녀의 행위는 거리와 관계의 깊이가 반비례하는 도시인의 익명적 관계방식을 다루었던 「콜링 유」의 '나'와는 다른 것이다. 표피적인 관계가 오히려 많은 것을 나누게 하고 공유하게 한다는 전도된 관계 의식과 대비해보면 여전히 자신의 미래의 시간에 대한 어떤 구상이나 예감도 가지지 못하고 있다. 그럼에도 '엄지현'의 사례는 자기 세계에 유폐된 존재들이 보여주는 경계 너머로 나아갈 수 있는 가능성의 어떤 예감으로 여겨진다. 적어도 그녀는 변화와 관계가 불가능하다는 뻔한 논리가 결국 자기로부터 비롯된 것임을 알고 있으며, 부질없는 제자리 뛰기를 멈추고자 하는 결단을 실행하고자 한다.

중세 고딕의 분위기를 차용하면서 독특한 가상세계를 보여주는 「그 여름, 요양소에서 마녀와 나는」에서는 적극적으로 뭔가를 낳는 행위를 보여주고 있기도 하다. 사우스 시티South City와 대별되는 북산(北山)의 요양소에서 돌연 시작되는 이 소설에서 '나'는 자신이 어떻게 요양소에 오게 되었는지 분명하게 기억하지 못한다. 그렇지만 그레고르 잠자처럼 자신이 처한 상황을 별다른 동요 없이 받아들여 2주간의 분만 과정 실습을 거친 후 꿈의 주간을 맞이한다. 일주일 동안 그녀는 교형(絞刑), 화형, 팽형(烹刑) 등 일곱 번의 의사-죽음을 경험한다. 인용문이 말해주듯이 꿈이 불러온 시간들은 자신에 관한 수많은 오해가 일어나게 된 경위들을 확인하고 되돌아보는 시간들이다. 「중매의 즐거움」의 '엄지현'과 마찬가지로 자신의 세계를 돌아보고 반추하고 자신에 대한 오해의 내용물들을 되돌아본 그녀는 자신에 관한 오해들이 존재 상실이라는 결과를 초래했음을 확인하게 된다. 이러한 상징적 죽음의 터널을 지나, 그녀는 자신의 고통의 산물인 분신을 낳은 후, 자신이 떠났던 사우스 시티로 돌아간다. 당연하게도 이 과정은 그녀의 재탄생을 위한 제의 의식임에 분명하다. 환상적인 기법을 통해 모호한 형태로 드러내고는 있지만, 이 소설은 진정한 것을 잡아채려는 열망이 자신에 대한 반추의 시간으로부터 나와야 한다고 말하고 있는 것이다.

물론 '다른' 관점에서 보면 '엄지현'은 설명할 수 없는 것, 그 '사이'를 자신의 방식으로 번역해보려는 노력을 멈추고 온전한 나르시시즘의 세계로 더 깊숙이 침잠하는 사례로 보이기도 한다. 뭔가를 낳는 행위를 보여준다고 해도 상황이 크게 달라지지는 않는 것처럼 보이기 때문이다. 이들은 왜 뭔가를 낳는 것일까. "'다른 것'은 동요하게 하고 '닮은 것'은 위안을"(3:199) 주기 때문일까. 뭔가를 낳는다는 것, 그 증식의 상상력이 폐쇄된 자기 세계를 벗어날 수 있는 가능성인 것은 분명하지만, 지금까지의 이신조의 소설 세계가 그 가능성의 밑그림을 분명하게 보여주지는 않는다. 증식의 상상력으로 나르시시즘의 결계를 깨뜨리고자 하는지 분명하지 않으며, 그렇더라도 수탉과 박쥐와 잠자리를 낳는 방식이 자기 세계의 파괴이자 재구축이라고 말하기에는 미흡한 점이 없지 않다. 무엇보다 자기의 분신에 대한 집착이자 끝없는 자기분열의 연쇄를 불러온다는 점에서 이러한 방식은 이전보다 더 극심한 오해와 왜곡을 불러올 수 있다. 아직은, 뭔가를 낳는 행위는 관계의 산물이 아니며, 자신의 상처로부터 나온 변형된 자기, 즉 분신에 대한 집착에 가깝기 때문이다. 그리고 그렇기 때문에 뭔가를 낳는 행위는 타인의 시선이 비껴간 '사이'에서 행해지는 것임에도, 여전히 나르시시즘적 세계 내부에서 이루어지는 것으로 보인다.

이신조의 소설 세계가 오만한 자기애에 기반하거나 동일자를 재생산하는 것은 물론 아니다. 오히려 그 세계는 오해의 시선에 의해 소멸되지 않기 위한 고심참담의 결과물이며, 매우 힘겹게 선택된 절박하고도 비극적인 대안이다. 본래 살던 곳, 그 시선의 지옥으로 돌아가기 위해서 그들은 '마녀'가 되어야 한다. 그리고 그들은 자신을 비상하게 해줄 빗자루와 자신의 고통의 응결체인 잠자리를 짊어지고 스스로 날아올라야 한다. 그렇기 때문에 그들은 아직은 나르시시스트들이며, 이신조의 소설은 여전히 쓸쓸한 것이다. 그들이 살던 곳으로 돌아가면 그들의 삶에서 뭔가가 달라질까. 동화적 세계의 패러디나 판타지적 요소의 도입과 함께 이신조의 최근 소설에서 미묘한 변화가 감지되는 것은 분명하지만 그 소설 세계의 앞길이 어떻게 조정될지 아직은 확답하기 어렵다. '그녀들'의 재탄생을 중심으로 한 거대한 가상세계 구축 프로젝트를 좀더 지켜보아야 할 듯하다.

낯설고 불편한, 새로운 유희의 시작

앎은 인간이 그것을 이생에서 자신을 신격화하는 도구로 삼고자 할 때는 하나의 죄이다. 하지만 무지, 적어도 손쉬운 삶에 안주하라고, 외관으로 드러나는 우리의 한계를 넘어서는 우리 내부의 모든 것을 어둠 속에 묻어두라고 우리에게 권유하는 무지, 그 또한 죄이다. 영원히 탈출하고자 원하는 것은 허영이며 광기다. 하지만 우리에게 우리의 진정한 본성을 드러내주는 신호들을 포착하지 않으려 하는 것은 어리석음이며 비겁함이다.　　　　　—알베르 베갱

1. 숲, 글, 생(生) 그리고 전위avant-garde

최윤의 소설은 하나의 미로다. 한적한 숲 속 오솔길이다. 숲을 통과할 수 있는 수만 갈래의 길이 있으며, 수만 갈래의 길의 숲에서 우리는 종종 길을 잃기도 한다. 미미한 흔적으로만 감지되는, 숲의 안쪽에서 새어 나오는 한 줄기 빛, 그 빛줄기를 따라 우리는 숲 가운데로 들어간다. 그리고 우리는 열망한다. 숲 바깥으로 얼른 나갈 수 있기를, 숲 바깥으로 절대로 나갈 수 없기를. 숲의 바깥을 향한 열망은 숲의 안에서만 불타오른다. 그러므로 미로 속 길 찾기의 열망은 숲에서 길을 잃고 싶은 열망에 의해 조종당하는 것인지도 모른다. 마침내 길을 잃자 우리는 두려운 안도감에 휩싸인다. 이제는 바깥을 무한히 꿈꿀 수 있기 때문이다. 그런데 숲 안쪽에는 정말 빛이 있었을까. 우리가 보았던 것은 정말 빛이었을까.

최윤의 소설 세계를 미로의 숲으로 비유할 수 있다면, 그것은 두

가지 이유에서이다. 그의 소설은 글(/글쓰기)을 사유하고 그 사유가 소설의 몸을 이루는 소설이다. 기성의 소설 문법을 벗어던지고 지금-여기에는 존재하는 않는 미래의 소설을 찾아나서는 최윤의 모색은 출구 없는 미로 속의 길 찾기, 바로 그것이다. 그런데 '메타적'이라고 명명할 수 있는 소설군에 속해 있으면서도, 그의 소설은 글쓰기와 소설의 존재론에 대한 사유를 소설의 표면에서 적나라하게 드러내지 않으며, 소설의 창작 과정을 즉물적으로 소설 자체로 대치하지도 않는다. 그래서인지 소설과 글쓰기에 대한 사유가 소설의 몸을 이루는 과정에서 그의 소설은, 기이하게도, 생의 불가해성이라고 하는, 일상으로서의 현대적 삶의 어두운 심연에 가닿는다. 글쓰기로 향해진 그의 사유는 해명하기 어려운 생의 공동(空洞)과 만나거나 혹은 겹쳐진다. 소설의 섬 '아틀란티스'가 다가가는 만큼 멀어지는 하늘과 땅의 경계선처럼 영원히 닿을 수 없는 곳인 것과 마찬가지로 누구의 생에나 존재하는 어두운 심연은 "아무리 조각을 맞춰봐도"[1] 풀리지 않는, 언제나 계속되는 퍼즐 게임일 뿐이다. 새로운 소설을 찾는 길이든, 생의 본질에 다가가는 길이든, 최윤에게 그것은 미로의 숲을 헤매는 길 찾기인 것이다.

　물론 글쓰기에 대한 사유가 생의 본질에 대한 사유로 귀결된다는 사실 자체가 그리 '기이한' 것은 아니기도 하다. 본래 소설의 다른 한 짝이 현실임을 상기한다면 소설에 대한 사유는 소설과 현실의 관계와 현실 자체에 대한 사유에 다름 아닐 것이기 때문이다. 여전히 소설과 현실의 관계라는 테두리 안에서 소설을 사유하고 있으면서도 최윤의

---

1) 최윤, 「창밖은 푸르름」, 『열세 가지 이름의 꽃향기』, 문학과지성사, 1999, p. 266.

사유와 그 귀결이 기이하다고 할 수 있다면, 그것은 작가의 사유 방식 자체의 '기이함' 때문이다. 글쓰기에 대한 그의 사유는 예술 일반과 소설에 대한 전위적 입장 위에서 진행된다.

문학 언저리를 조금만 돌아보면, 소설이라는 무정형의 폭식 괴물은 어느 시대나 전위적 정신을 표방하는 새로운 소설이었으며, 무한히 확장될 것만 같은 소설의 자가 발전 과정은 그러한 소설적 탐색과 함께한 길이었다. 그럼에도 불구하고 진정한 예술적 전위의 지표를 생과 예술의 경계 지우기인 생의 예술화와 예술적 생에의 열망에서 찾을 수 있다면, 기성의 소설 문법을 깨뜨리고 새로운 소설을 갈망하면서 표피적 생의 이면에 도달하는 최윤의 소설은 전위적이라고 불릴 권리가 있다. 때문에 그의 소설에서 행해지는 시도들은 엄밀한 의미에서 실험이 아니다. 그것은 소설을 향한 그의 진정성의 표출이다. 어쩌면 진정한 소설의 존재방식은 소설의 존재론에 관한 전위적인 탐색의 길 위에 놓여 있는 것인지도 모른다. 그럼에도 소설과 관련된 그의 모든 시도들을 '기이한 것'으로 표현할 수밖에 없는 것은 그의 모색이 한국문학에서는 찾아보기 '매우 드문' 경우에 속하기 때문일 것이다.

2. 역사의 감각화, 불투명성의 성취

최윤 소설의 트레이드마크는 불투명성이다. 그의 소설은 단일하고 고정된 의미로 해석되기를 거부하는 어떤 성향으로서의 모호함을 지향하며, 이러한 성향은 글쓰기에 대한 그의 전위적 탐색과 무관하지 않다. 소설과 현실의 관계와 관련해서, 우리의 현실이 소설 속에서 투명하게 재현될 수 없다는 최윤의 인식은, 그러나 여전히 소설은 현실과의 관련 속에서 존재할 수밖에 없다는 인식으로, 그리고 그 현실 자체가 투명하거나 단순하지도 않다는 인식으로, 그럼에도 소설은 창작 주체로부터도 현실로부터도 독립된 영역에 놓여 있다는 인식으로 다층적으로 확장된다. 그의 개별적인 소설들 가운데 상당수가 유사성 속에서 묶이기보다는 매우 이질적인 것으로 보이는 까닭은 소설에 관한 그의 인식이 무한히 확장되어 개별적인 소설 속에서 세분화된 형태로 드러나고 있기 때문이다. 그러므로 그의 소설 가운데 취사선택된 하나의 소설은 종종 그의 소설 세계로 들어가는 단 하나의 열쇠가 아니라 그것 자체로는 전체의 그림을 그려볼 수 없는 한 개의 퍼즐 조각에 가깝다고 해야 한다.

그럼에도 작가로서의 최윤의 지위를 각인시켰던 등단작 「저기 소리 없이 한 점 꽃잎이 지고」(1988)에서 우리는 그의 소설이 지향하는 불투명성의 성취의 일단(一端)을 확인할 수 있다. 역사적 사건으로서의 광주항쟁을 거대 담론으로서의 역사적 사건 서술과는 다른 각도에서 그러나 어쩌면 더 격렬하게 되살려내는 소설인 「저기 소리 없이 한 점 꽃잎이 지고」에서 이 소설이 품어내는 절제된 격정의 발원지는 불투명성이다. 그것은 '관찰하는 시선'이 만들어내는, 시점과 시제의 잦은 변환과 고백체와 보고식 서술의 교차 진술의 결과물이다. 중심부에서 사건의 본질을 발언하던 권위적인 서술 주체가 서술자의 자리를 내어놓게 되자, 사건을 관찰하는 주변부적 서술자들이 억압된 발언들을 시작하게 된다. 그러므로 이 소설에서 주목해야 할 것은 '무엇을 말하는가'가 아니라 '누가 그리고 어떻게 말하는가'라고 해야 한다.

인간의 존엄성과 가치를 철저하게 파괴하는 폭력의 경험은 이 소설이 추적해가는 미친 소녀의 삶 속에서 오빠와 엄마의 죽음으로 경험되며, '검은 장막'으로 뒤덮여 있는 이 사건은 '관찰하는 시선'의 눈과 귀를 통해 복원된다. 미친 소녀를 둘러싼 세 겹의 '관찰하는 시선,' 즉 광기의 세계로 넘어가버린 소녀를 바라보는 그녀 자신의 시선, 그녀의 몸에 새겨진 폭력의 흔적을 통해 그녀의 고통의 크기를 감지하게 되는 장 씨와 강 씨와 옥포댁의 시선, 이 모든 것을 풍문으로만 접하게 되는 그녀의 오빠의 친구들인 '우리'의 시선 혹은 시선들의 교차점을 관통하면서 역사의 무게를 체감하게 되는 독자의 시선을 통해 미친 소녀의 입 밖으로 말이 되어 나오지 않는 "웅얼거림," 벌레가 되어 그녀를 갉아먹는 그 "낮은 중얼거림"은 "거의 경련에 가까운 요동"으로, "벽에 금을 내고 그 틈으로 홍수처럼 사방으로 터져나가려"는 "함성"[2]으로 메아리치게 된다.

그러나 그녀의 행적을 추적하던 끝에 '우리'가 확인할 수 있는 것은 "머리에 시든 꽃을 꽂고 꽃자주색 치마를 팔랑거리면서 오빠의 있지 않은 무덤 앞에 가볍게 내려앉는 한 소녀의"(p. 289) 흐릿한 '영상'일 뿐이다. 그러므로 그녀의 유랑을 추적한다고 해도, 한 소녀를 "검고 쭈글쭈글 오므라들고 뺨이 다시 팬 괴물로 변"(p. 258)하게 만든 원인에 대해 투명하게 밝힐 수는 없다고 해야 한다. 상상적으로 재구(再構)된 미친 소녀의 고통과 상흔조차 우리에게 감지될 수 있을 뿐, 복원될 수는 없다. 그럼에도 소설 전체를 감싸고 있는 불투명하고 몽환적인 분위기 속에서 역설적으로 강조되는 것이 붉은 피와 푸른 멍

---

2) 최윤, 「저기 소리 없이 한 점 꽃잎이 지고」, 『저기 소리 없이 한 점 꽃잎이 지고』, 문학과지성사, 1992, p. 268.

의 선명한 색채라면, 원색적인 그 색채가 우리에게 전달해주는 것은 한 소녀의 정신과 몸에 상흔으로 남겨진 역사적 비극의 생생함 자체이다.

한 개인의 몸에 새겨진 역사의 상흔을 예리하게 감각화하는 최윤의 작업은 '관찰하는 시선'의 엇갈림을 통해 세 겹의 꽃잎 속에 가리워진 '웅얼거림'을 이끌어내게 된다. 그리하여 복원할 수 없는 어둠의 심연, 그 광기의 영역은 번번이 우리 생의 지층을 뒤흔드는 트라우마적 기억으로 출몰하게 된다. 슬픔의 건전한 마무리인 애도하는 일 Trauerarbeit을 통해, 지나가버린 과거의 기억으로 자리매김 됨으로써 모든 상처와 고통이 치유되고 복원되는 서사적 기억narrative memory과는 달리, 치유되지 않고 반복되는 트라우마적 기억 traumatic memory의 출몰성으로 인해 고통의 생생함은 제한 없이 지속될 수 있는 것이 되며, 우리는 바로 이 고통의 현재성으로 인해 지금도 우리의 곁을 떠도는 미친 소녀의 유랑을 추적하지 않을 수 없게 된다.

물론 개인의 몸에 각인된 고통의 감각을 보다 생생하게 현재화하는 기법으로서의 불투명성의 효과는 불가피하게 역사적 현실을 추상화하는 효과를 불러일으킴으로써 날카롭게 포착한 생생한 고통의 의미를 무화시키는 결과를 낳기도 한다. 월북했던 아버지를 30여 년이 지난 후, 이국땅인 파리에서 상봉하게 되는 아들이 겪게 되는 심리적 고통, 아버지와 아들 사이의 시간과 이념의 간극이 만들어내는 갈등과 화해의 가능성을 드러내는 소설인 「아버지의 감시」(1990)에서 작가는 아버지와 아들 사이의 고통과 갈등에 현미경적 시선을 들이댄다. 그들의 갈등의 원인을 모호함 속에 가두는 것도 그 갈등의 치열함을 부각시키기 위해서인데, 그로 인해 한국의 특수한 역사를 배경으로 하는 부자간의 갈등은 아버지와 아들 사이에서 발생할 수 있는 갈등 일반과 구별되지 않는 보편 차원으로 추상화되어버리기도 한다.

남북문제를 전경(前景)으로 하는 「벙어리 창(唱)」(1989)에서도 역사적 비극의 주인공이라고 할 수 있는 이모의 삶이 조카의 시선에 의해 관찰되면서 그녀의 삶은 창(唱)을 배워서 텔레비전에도 나가는 가수가 되겠다고 하는 희화화된 모습으로 왜곡되어버린다. 이데올로기 때문에 피붙이까지 잃게 된 그녀의 처연한 사연은 "대한민국 시민이라면 이렇게든 저렇게든 한구석쯤 걸려 있게 마련인"(「벙어리 창(唱)」, 『저기 소리 없이 한 점 꽃잎이 지고』, p. 170) 진부한 사연이 되어버리고 마는 것이다. 무엇보다 「아버지의 감시」의 아버지와 「벙어리 창(唱)」의 이모의 '지난 시절'은 아들(「아버지의 감시」)과 조카(「벙어리 창(唱)」)로서는 상상으로밖에는 경험할 수 없는 시간임에 분명한데, 이들 소설에서 관찰의 대상이 된 인물이나 사건과 '관찰하는 시선' 사이의 '거리'가 만들어내는 모호한 분위기는 아들이나 조카가 아버지나 이모의 '지난 시절'에 대한 아무런 정보도 가지고 있지 않다는 명백한 사실(확실성)과 충돌해서, 역사의 그늘로 배제된 개인이 겪는 고통의 생생함을 효과적으로 부각시키지 못하게 된다.

이후 최윤의 소설에는 '관찰하는 시선,' 혹은 '대상'과 관찰하는 '시선' 사이의 거리가 조성하는 불투명성의 효과를 극대화하기 위해서 시간의 문제를 다루는 보다 정교한 장치가 도입된다. 최윤의 소설에 조성된 불투명성은 명료하게 성격선을 그려낼 수 없는 낯선 인물들, 서정적 문체와 메마르고 황량한 분위기의 기묘한 결합이 만들어내는 것이기도 하지만, 무엇보다 최윤의 시간을 다루는 방식과 밀접하게 연관되어 있다. 「회색 눈사람」(1992)은 모호함이 만들어낸 효과와 과거·현재·미래라는 선적인linear 시간을 일그러뜨리는 '회상'이라는 장치의 행복한 만남을 잘 보여준다. 「회색 눈사람」은 가난한 여대생이었던 강하원의 "짧은 시기지만 일생을 두고 영향을 미치는 그러한 시기"[3]에 대한 기억의 보고서이다. 20여 년 전, 강하원은 우연히 당시 금서였던 책 한 권을 계기로 '안'으로 지칭되는 한 남자를 만났고, 그를 따라 지하운동 단체의 인쇄소 일을 한 3개월 정도 도운 적이 있었다. 그러나 그녀는 지하운동 단체의 전모나 그 단체와 그녀와의 관계에 대해서 아무것도 알지 못한다. 심지어 그녀는 지하운동 단체의 인쇄소 일을 도와달라던 '안'의 제안이, 그녀가 가지고 있던 초청장을 염두에 둔, 그 단체의 필요에 의한 것이었는지, 그녀의 가난을 구제하기 위한 '안'의 배려였는지에 대해서조차 분명하게 알지 못한다. 그 시절의 사건 속에서 그녀는 지하운동 단체의 일을 '거리'를 두고 '관찰하는 시선'으로 바라볼 수밖에 없었던, 철저한 '주변인'이었던 것이다.

'관찰하는 시선'에 의한 서술기법과 관련해서 흥미로운 점 가운데 하나는, 최윤 소설의 주인공이 종종 '젊은 여성'인 까닭과 '관찰하는 시선'에 의한 서술기법의 사용이 긴밀하게 연관되어 있다는 점이다. 남성적 역사의 타자이면서 동시에 불투명한 미래에 직면해서 알 수 없는 열정에 휩싸여 있는, 때문에 무언가를 강하게 열망하고 모색할 수밖에 없는 '젊은 여성'은 그의 소설이 필요로 하는, '관찰하는 시선'의 대표성을 충족시키기에 맞춤한 인물형이라고 할 수 있다. 그녀

---

3) 최윤, 「회색 눈사람」, 『저기 소리 없이 한 점 꽃잎이 지고』, p. 33.

들이 지니고 있는 특질들 예컨대, 정처 없이 거리를 헤매는 성벽과 같은 것도 무언가를 열망하고 모색하는 '젊은 여성'의 이미지와 절묘하게 부합한다.

어쨌든, '그 시절'을 재구성해내는 이 소설이 아련한 불투명성의 효과를 통해 역설적으로 역사가 한 개인에게 미친 영향을 예리하게 포착할 수 있었다면, 그것을 가능하게 해준 것은, 우선적으로는 강하원이라는 인물이 차지하고 있는 기묘한 지위 때문이다. 「아버지의 감시」나 「벙어리 창(唱)」에서와는 달리, '그 시절, 그 사건' 속에서의 그녀는 '주변인'임에 분명하지만 동시에 그녀는 '그 시절'에 관한 기억을 회고하는 주체라는 점에서 이 소설을 이끌어가는 중심점이기도 하다. 소설의 주체이자 주변인인 강하원의 위치를 자연스럽게 연결시켜주는 매개가 바로 과거의 기억을 되살리는 '회상'이라는 장치이다. '회상'이라는 장치를 통해 과거·현재·미래로 이어지는 시간의 순차성이 깨어지고, 모든 시간은 서로 다른 공간처럼 병치된다. 시간의 공간화 메커니즘으로, 강하원의 기묘한 위치는 과거의 시간을 그때의 생생함 그대로 현재의 시간에 되살릴 수 있는 특별한 위치로 격상되는 것이다. 기억의 풍화작용 혹은 강력한 제동 장치로 필터 처리된 개별 사실들 사이로는 서로 다른 진위성과 명료성이 만들어내는 굴곡이 생겨난다. 기묘하게 병치된 서로 다른 부피의 시간들은 소설 전체를 아련한 분위기로 밀어 넣지만, 그럼에도 그 굴곡들은 '관찰하는 시선'으로 역사에 개입했던 한 개인의 의식 혹은 무의식에 남겨진 생생한 생채기의 다른 얼굴임에 분명하다.

소설과 현실에 관한 최윤의 사유, 우리의 현실이 소설 속에서 투명하게 재현될 수 없다는 인식, 그러나 여전히 소설은 현실과의 관련 속에서 존재할 수밖에 없다는 인식, 그럼에도 그 현실 자체가 투명하거나 단순하지도 않다는 인식에 기반한 최윤의 소설은, 파악할 수 없는 대상을 '관찰하는 시선'으로, 사라져버린 과거의 시간을 현재의 눈으로 호출하는 방식으로 현실과 관련 맺고자 한다. 그러나 '관찰하는 시선'과 '회상'을 통해 구축되는 모든 것은 언제나 재현될 수 없는, 모호함 속으로 사라진다. 저 멀리 아스라하게 사라지는 모든 것들의 형체를 압도하는 선명한 이미지의 감각만을 남겨둔 채로.

3. 모호함으로의 여행, 글쓰기의 시간

　기억을 재구성해내는 '회상'의 과정은 따지고 보면 낱낱의 사실에 대한 이러저러한 선별 작업이다. 그리고 선별된 사실은 이미지화될 때 기억으로 지속될 수 있다. 『저기 소리 없이 한 점 꽃잎이 지고』에서도 간간이 시도되었던 '기억으로 떠나는 여행'은, 작가의 관심이 내면화된 역사로서의 일상으로 침투해 들어가면서 마련된, 글쓰기의 과정이자 종착지 자체라고 해야 한다. "왜곡된 미로의 시작"[4]인 기억으로의 여행, 그 모호함으로의 여행의 끝에서 우리가 확인할 수 있는 것은 기억의 발원지에는 아무것도 없다는 사실, 회상의 길에서 우리가 보고 들었던 모든 것은, 출장을 떠나던 날, 의문의 여인과 함께 교통사고로 죽은 남편의 얼굴, 그 얼굴에 지펴져 있던 미소(「당신의 물제비」)처럼, 어쩌면 환각이거나 보고 듣고 느끼고자 하는 우리의 열

---

4) 최윤, 「당신의 물제비」, 『저기 소리 없이 한 점 꽃잎이 지고』, p. 30.

망이 만들어낸 망상일 수도 있다는 사실이다. 그러므로 기억의 발원지에 무언가가 설령 있었다고 해도 우리는 그 존재증명에 실패할 수밖에 없다. 도달할 수 없는 그곳을 향한 열망, 대답될 수 없는 의문에 매달리는 일, 그것은 무수히 많은 서로 다른 시나리오를 작성하는 과정이자, 작가 최윤에게는 소설이 만들어지는 과정이라고 해야 한다. 최윤에게서 '회상'의 과정은 소설 쓰기와 뗄 수 없이 한몸을 이루고 있는 것이다.

최윤의 소설에서 기억으로의 여행이 시작되는 것은 종종 어떤 예감과 함께 시작되는 '어느 날'이다. 그러니까 「워싱톤 광장」(1993)에서 '나'에게 하나의 이중창이 떠오르는 것도 예기치 못했던 '어느 날'이다. '어느 날' 갑자기 머릿속을 가득 채운 이중창은 그 순간 즉각적으로 저 먼 우주를 뒤덮으며 출렁이고, 황량하고도 퇴락한 음색으로 매끄러운 일상의 표피를 기습한다. 현재의 삶을 결정해버린 9살 무렵의 한 사건, 한 소녀에 대한 연정과 그녀의 도망자인 아버지를 고발했다는 오해를 샀던 사건, 사소하다고도 할 수 있는 어린 시절의 그 사건은 주인공의 삶에 어두운 그림자를 드리운다. 그런데 그 사건이 그에게 남긴 것, 갚아야 할 빚으로 남아 있는 그 불편한 '그림자'는 "해명할 기회를 박탈당한 오해"[5)가 불러들이는 트라우마적 기억이 되어 매번 그에게로 다시 돌아온다. 해소되지 않은 부채감은 그에게 기억을 되새김질하게 만들지만, 역설적이게도 그 불편한 부채감은 그를 살게 하는 힘이 되기도 한다. 평범하고 전망 없는 한 이류 악단의 연주자일 뿐인 그가 꾸는 몽상, "어른이 되면, 그 아이와 같이 슬프고 각질

5) 최윤, 「워싱톤 광장」, 『속삭임, 속삭임』, 민음사, 1994, p. 27.

화된 모든 얼굴에 웃음을 되돌려 주리"(p. 27)라는 그의 꿈은 헤어날
길 없는 일상의 늪에서 그를 구원하는 빛이 되는 것이다.

　그러므로 그는 이중창과 관련해서 거짓을 말했다고 해야 한다. 그
의 이중창은 '어느 날' 갑자기가 아니라 삶의 피곤한 모퉁이에서마다
그를 찾아왔다. 아니, 자신을 충만한 시간으로 이끄는 사이렌의 노랫
가락을 그는 하염없이 기다렸던 것이다. 그에게 어느 날 불현듯 찾아
오는 이중창은, 「하나코는 없다」(1999)의 '하나코'가 탈주 욕망의 상
징적 출구인 것과 마찬가지로, 현재의 자신을 구속하는 관습과 통념
에서 벗어나고자 하는 인간 본연의 자유에 대한 갈망의 상징이다. 물
론 자유에 대한 갈망은, 일상으로부터의 완전한 탈주가 망상에 불과
하다는 절망적인 조건 속에서 더욱 농밀해진다. 따라서 최윤의 소설
에서 매번 반복되는 기억 여행은 한참을 걸어왔다고 생각해도 언제나
그 자리를 맴돌 뿐인, 출구 없는 우리의 생을 견딜 수 있게 해주는 유
일한 위안물일지도 모른다.

　언제나 기억의 뒷걸음이 도달하는 그곳, 아니 영원히 도달할 수 없
는 기억의 발원지, 그곳을 향한 열망에 대한 최윤의 보다 본격적인
사유는 『겨울, 아틀란티스』(문학동네, 1997)에서 이루어진다. 기억
여행을 소설에 대한 사유의 전개 과정과 일치시키는 극단적인 그러나
매우 흥미로운 시도를 감행한 『겨울, 아틀란티스』의 표면적인 이야기
는 소중한 사람을 잃고 그 고통을 극복하기 위해 스스로에게 던진,
해답이 없는 질문의 해답을 찾아가는 두 여인(이학과 한진영)에 관한
것이다. 이학은 어느 날 아무런 기미도 없이 사라져버린 Z의 행적을
추적하다가 한진영을 미행하는 일을 맡게 되고 점차 그녀의 삶에 개
입해 들어간다. 한진영은 어떻게 사라졌는지조차 알지 못하는 자신의

남자인 고진을 찾아 헤맨다. 소설가 장기영이 자신의 삶을 훔쳐서 소설로 쓰고 있다고 주장하는 그녀는 언제나 우리 생의 파편들로 구성되어 있게 마련인 (장기영의) 소설에서 풀리지 않는 의문으로 남아 있는 자신의 기억의 파편들을 발견한다.

이러한 표면적인 이야기의 이면에는 소설의 존재론에 관한 사유가 또 하나의 이야기로 숨겨져 있다. "오래전에 해저에 잠겨 사라졌다는 섬이나 도시" 같은 "그런 데 대한 자료를 찾아서 상상한 여행기를 쓰는"[6] 것이야말로 이학이 찾고자 하는 바로 그것이기도 했던 것이다. 그리하여 그 두 개의 이야기는 자신의 꼬리를 삼키는 우로보로스의 뱀처럼 안과 밖이 맞물려 하나의 소설을 이루게 된다. 이학과 한진영이 관계를 맺어가는 과정은 소설의 형성 과정에서의 창작 주체와 질료에 대한 다양한 모색으로 환치될 수 있다. 이학은 한진영에게 다가가기 위해서 수많은 계획을 수립하고 허물어뜨리는 과정을 반복하는데, 그 과정은 이학이 한진영의 삶을 이해하고 그 삶에 개입할 수 있는 제대로 된 방법을 발견해가는 과정이자 동시에 이학이 알고 있던 수많은 관습적 방법을 깨부수는 과정이기도 했다. 예컨대, 이학이 미행 연습을 시작하면서 가졌던 미행에 관한 그녀의 사전 지식, 즉 미행이 목표물의 표면을 시선으로 쫓는 방식이라는 견해는 곧바로 미행에 성공하기 위해서는 가차없이 버려야 할 통념임이 밝혀진다. 그녀는 성공적인 미행이 "약간의 직감과 목표물의 성향과 발걸음의 리듬을 파악하고 거기에 다소간 농축된 심리적인 추정을 섞"(p. 77)는 것, 즉 목표물의 내면 심리를 상상하면서 목표물의 표피가 아니라 내면과

---

6) 최윤, 『겨울, 아틀란티스』, p. 56.

일치해갈 때 가능한 것임을 알게 된다. 그러나 느리고 규칙적인 걸음으로 일직선의 길을 걸어갈 뿐인 한진영 뒤에서 이학은 연습을 통해 획득되었던 미행에 관한 모든 지식들을 전부 버려야 할 처지에 놓이게 된다.

결국 이학은 미행하는 일이란 상상하는 일임을 알게 된다. 미행을 하기 위해 목표물과의 거리가 유지되는 동안에는 결코 밝혀질 수 없는 의문에 사로잡히게 된 이학은 자신이 던진 질문에 상상의 답을 찾아간다. 그러나 한진영이 걷는 목적이라거나 걸어간 길에 부여된 의미를 밝히려는 이학의 시도는 곧바로 아무것도 아닌 것으로 판명된다. 그런 방식에 의해 밝혀질 수 있는 것들은 사실 전혀 중요하지 않은 것들이기도 하거니와 이 모든 것은 이학의 상상의 작용일 뿐이기 때문이다. 미행의 방식으로는 한진영과 아무런 관계도 맺을 수 없음을 확인한 이학은 결국 한진영에게로 직접 다가간다. 이학이 한진영의 삶에 개입하기 시작하는 것은 여기서부터이다. 그리고 창작 주체와 질료의 관계 맺음은 이런 방식으로 육화되어 소설 자체를 이루게 된다.

장기영의 소설에서 한진영이 밑줄 그어놓은 부분을 따라 이학은 한진영과 고진의 이야기를 만들어낸다. "조각조각 모아 얼굴을 그려내고, 머리에 몸을 붙이고 사건의 편린을 조합해 성격과 인격을 만들고 그들에게 과거를 되돌려주고 현재를 상상하는 일, 그들의 이야기에 마침내 피와 숨결을 부어넣는 일"(p. 209), 그것은 삭제되었거나 존재하지 않는 과거를 지금-여기에 재현하는 작업이며, 확인할 수 없는 기억의 공백을 상상적인 이야기로 만들어내는 과정이다. 그럼에도 백지로 남겨진 장기영의 마지막 소설은 결국 출간되지 못하며, 이학이 만들어낸 이야기를 통해서 한진영은 아무것도 확인할 수 없게 된다. 그리하여 실존하지 않는 고진의 그림자는 이제 이학이 탄생시킨 새로운 소설 속에만 존재하게 된다. 같은 공간에서 서로 다른 시간을 사는 한진영의 쌍생아 이학은 한진영의 길, 즉 그녀가 걸어 다녔던 길과 고진을 찾아 헤맸던 장기영의 소설 속에 난 길을 시간차를 두고 되밟게 되는 것이다.

소설의 창작이 기억 여행이거나 한낮의 몽상이라면 소설의 독서도 일종의 깨어 있는 꿈이며, 소설을 대상으로 한 새로운 소설의 창작이다. 독자와 소설이 만나는 시간 속에는 언제나 그 소설과 현실의 만남, 창작 주체와 현실의 만남의 시간들이 배어 있게 마련이기 때문이다. 『겨울, 아틀란티스』에서 우리는 소설과 창작자와 독자와 현실의 관계에 대한 이론 혹은 내적 성찰이 소설의 몸으로 변태하는 경로를 저속 화면으로 만나게 된다. 이렇게 해서 길 위의 글쓰기, 어느 하나도 같지 않고 매 순간 또 다른 그런 길 떠나기인 글쓰기는 한편의 소설이자 우리의 생 자체가 된다.

4. 입 속의 말, 생은 다른 곳에

기억에서 삶까지의 거리 혹은 시간, 무수히 변주되는 기억이 교통정리 되는 과정, 그것이 우리의 생이다. 기억은 현재 속에서 주체의 상상을 통해 재구성될 때 생이 된다. 그러므로 기억에서 생까지의 거리는 글쓰기의 시간이다. 기억과 우리의 생 사이에는 입 밖의 말이 되지 못한 채 갇혀 있는 무수한 말들이 있다. 최윤의 글쓰기는 그 입

속의 말들을 우리의 눈앞에 펼쳐놓는 과정이다. 그의 소설은 입속의 말을 품어 안고 억압된 삶을 살아온 수많은 타자들, 그들의 몸에 새겨진 고통과 비통함을 보듬어 안으면서 그들의 생과 그 생의 증인인 우리의 생을 재구성한다. 그러나 생은 언제나 다른 곳에 있다. 최윤이 보듬어 안은 혹은 우리가 재구성한 생의 모든 것은 기억 속에서만 살아 있다. 아니, 그 기억을 짜맞추는 회상의 어느 순간이나 영원히 오지 않을 상상의 시간 속에서만 살아 있다. 우리의 생은 언제나 집행유예 상태인 기억인 것이다. 필터 처리된 기억을 짜맞출 수 있는 경우의 수는 무한대이며, 기억의 상상적 구성물인 소설의 판본도 무한대이다. 미셸 뷔토르Michel Butor의 말을 빌려서 반대로 말하자면 이렇다. 소설은 "현실이 우리에게 어떤 방식으로 나타나며 또 나타나야 하는지 연구할 수 있는 더할 나위 없이 훌륭한 장소"[7]이다. 그러므로 현실의 존재 가능성도 무한대이다. 따라서 소설 혹은 우리의 생은 모든 불확정적인 것들의 순간적인 조합일 뿐이다.

「속삭임, 속삭임」의 주인공 화자는 '빚진 사랑'으로 남아 있는 아재비와의 추억을 두고두고 회상하지만, 그녀는 여전히 과수원의 이야기와 아재비의 이야기를 어떻게 말해야 하는지 망설인다. 아재비에 대한 상념이 끝나도 여전히 그녀의 입속에는 수많은 말들이 갇혀 있기 때문이다. 아재비에 관한 트라우마적 기억이 출몰하는 까닭은 아마도 그 시절의 아재비가 겪었던 비통한 삶을 그녀로서는 위로할 길 없었다는 속수무책의 당혹스러움 때문일 것이다. 우리의 생에는 "어른의 현명함"[8]으로도 위로되지 않는 슬픔이 있다. 그러니까 그녀의 속삭임

---

7) 미셸 뷔토르, 『새로운 소설을 찾아서』, 김치수 옮김, 문학과지성사, 1996, p. 9.

이 끝내 입 밖의 말이 되어 나오지 못하는 것은 누구의 생에나 해소될 수 없는 어두운 동공(洞空)이 존재하고 있음에 대한 그녀의 깨달음 때문일 것이다.

최윤이 감지했던 이러한 생의 어두운 심연은 『열세 가지 이름의 꽃향기』에 이르면 무료하고 변함없는 일상의 곳곳에 편재하는 짙은 어둠, 즉 공포가 된다. 특히 '전쟁들'이라는 표제로 묶여 있는 세 작품, 「그늘 속 여인의 목선」(1996), 「집을 무서워하는 아이」(1996), 「숲 속의 빈터」(1996)에서 매끄러운 일상은 한순간 광기로 얼룩진 공포의 도가니가 된다. 「그늘 속 여인의 목선」과 「집을 무서워하는 아이」에서는 누군가가 일상의 궤도를 이탈한 후 공포가 되어버린 남겨진 자들의 일상이 그려진다면, 「숲 속의 빈터」에서는 궤도를 이탈한다고 해도 아무것도 달라지지 않는 견고한 일상 자체가 공포를 불러온다. 이들 소설에도 '관찰하는 시선'인 주인공-화자들이 존재하고, 원인을 알 수 없는 우리 생을 찾아오는 예기치 못한 불안감이나 그런 불안감이 야기하는 돌연한 사라짐, 그리고 이러한 문제들이 던지는 의문을 풀기 위한 기억으로의 여행이 있다. 그러나 이제 중요한 것은 풀 수 없는 생의 비밀의 존재 여부가 아니라 우리 생이 해명되지 않는 어두운 심연으로 가득하다는 사실 자체가 된다. 그러니까 '생의 도처에 심연이 있는가,' '그것은 과연 심연인가'는 더 이상 질문되지 않는 것이다.

전쟁의 광기는 일상에 편재한다. 이것을 제외하고 이 불확실한 세계에 대해 우리가 확언할 수 있는 것은 아무것도 없다. 우리가 의식

---

8) 최윤, 「속삭임, 속삭임」, 『속삭임, 속삭임』, p. 121.

하지 못하고 있는 순간에도 저 멀리 이국땅에서는 전쟁이 끊이지 않고 있으며, 그 전쟁으로 어떤 이는 부자가 되기도 하고 어떤 이는 승산 없는 불구자가 되기도 한다. 언제나 군인 한 명쯤 탈영을 하고 누군가는 군인인 남자 친구의 면회를 가야 하며, 새로운 생명의 탄생을 준비하는 불임시술조차 이곳에서 벌어지는 또 하나의 전쟁일 뿐이다. 일상에 스며 있는 전쟁의 그림자는 누구도 피할 수 없다. 그러므로 그들은 헤어날 수 없는 절망감을 부여안고 일상을 떠나기도 한다. 그러나 '단순하고 행복하게' 살기 위해 시골 마을로 이사를 간「숲 속의 빈터」의 인물들을 통해 확인할 수 있는 것은 모든 삶이 자신들이 떠났던 그곳에서와 마찬가지가 된다는 절망 혹은 피할 수 없는 공포 자체다.

아무도 꼼꼼히 되돌아보고 싶지도 않으며, 더욱이 인정하기 싫은 취기 속에서 일어난, 많은 사실들을 숨기고 있었던 작은 실수. 이렇게 별명으로 불러야 마음이 편한 상대를 누구나 한 명쯤 숨겨가지고 있다면 그들에게 이 대상은 하나코였다. (「하나코는 없다」, 『열세 가지 이름의 꽃향기』 p. 14)

나는 결혼 2년 후 아내를 잃었다. 내 나이 스물아홉인데, 이건 분명 아내를 잃기에는 너무 이른 나이다. 그렇지만 누구나 나이를 정해놓고 아내를 잃지는 않을 것이다. (「물방울 음악」, 『열세 가지 이름의 꽃향기』, p. 120)

그러므로 이제 한 개인의 특수하고 개별적인 고통은 누구에게나 일어날 수 있는 보편적인 것이 된다. 「하나코는 없다」에서 '하나코'가 우리들 모두에게 은폐되어 있는 탈일상적 욕망의 상징이듯이, 「물방울 음악」의 등장인물이 경험하는 상실의 고통도 상실을 경험하는 사람이 겪는 고통 일반의 한 사례일 뿐이다. 따라서 이유를 알 수 없는 아내의 죽음으로 생의 막막함 앞에 놓인 한 인간의 이야기인 「물방울 음악」에서, 소설 내에서는 밝혀지지 않는 모든 것들, 아내의 죽음의 원인, 아내를 잃은 후 그의 심리 상태에 대한 해명은 그다지 중요한 문제가 아니다. 우리가 주목해야 할 것은 한 인간이 직면한, 누군가를 잃었다고 하는 상황 자체인 것이다. 개별적인 상황을 보편적인 차원, 즉 인간 존재에 대한 본원적인 질문으로 다루는 이러한 방식과 관련해서 흥미로운 점 가운데 하나는, 역사를 배경으로 하는 작품에서 소설을 추상화했던 불투명성의 효과가 생의 어두운 심연을 들여다보고자 하는 이 소설들에서는 인간 존재의 본질을 탐색하는 데 효과적인 기능소의 역할을 하게 된다는 사실이다. 일상의 공포스러운 이면을 드러내고자 하는 이들 소설에서 사건의 원인에 대한 인과적인 해명이 이루어지지 않음으로써 조성되는 불투명하고 모호한 분위기는 개별 인간들이 겪는 고통을 인간 일반의 보편적인 것으로 만들어주게 된다. 그러나 결국 그들의 삶을 통해 우리가 확인할 수 있는 것은 절망스럽게도 이런 것이다. "비행사 같은 것이 되고 싶었지만 어찌어찌 하다 보니 간호사로 일하게" 되는 것, "높은 망루에 갇혀 별이나 관찰하며 세상에 대해 명상하는 고독한 철학자가 되고 싶었"으나 "제약 회사의 사보 만드는 일을 하"[9]게 되는 것, 그런 것이 생이

---

9) 최윤, 「숲속의 빈터」, 『열세 가지 이름의 꽃향기』, p. 191.

다. 때문에 우리는 다른 생을 꿈꾸지 않을 수 없으며, 어디론가 떠나기를 꿈꾸거나, 꿈꾸기 위해 어디론가 떠날 수밖에 없다. 그러한 탈출이 늘 같은 곳을 맴도는 제자리 뛰기일지라도.

5. 새로운 독자를 찾는 소설

최윤 소설과의 만남은 언제나 낯설고 불편하게 시작된다. 그 시작에서만큼은 그렇다. 이완된 자세로 그저 소설의 흐름에 자신을 내맡길 수 있을 만한 선 굵은 인물도 사건도 없다. 그의 소설에는 밑줄을 긋기 위해 들고 있어야 할 펜과 딱딱한 의자가 더 어울린다. 추리의 기법이 종종 사용되기도 하지만 작가나 화자 인물이 던진 질문을 따라가다가는 낭패를 보기 쉽다. 소설의 어디에서도 질문에 대한 해답은 밝혀지지 않고 언제나 독자인 우리에게 또 다른 질문만 던져지기 때문이다. 게다가 소설의 곳곳에는 새로운 소설을 지향하는 그의 섬세한 시도들이, 주의 깊게 살펴보지 않으면 쉽사리 발견할 수 없는 트릭으로 숨겨져 있다. 누보로망nouveau roman의 소설가인 로브그리예A. Robbe-Grillet가 말하고 있듯이, 틀에 박힌 궤도에서 벗어나서 새로운 소설을 지향하는 이러한 소설들이 대중의 환호와 조우하기는 쉽지 않다. 그런데 편안한 독서를 방해하는 이와 같은 악조건 속에서도 최윤의 소설이 폭넓은 독자층을 확보하고 있는 까닭은 새로운 소설을 향한 그의 다양한 모험들이 우리 생의 어두운 심연에 가닿고 있기 때문이다. 예컨대, '관찰하는 시선'의 빈번한 사용이나 불투명하고 모호한 분위기의 조성, 해명되지 않는 과거의 어떤 사건이나 사물을 회상하는 기법, 이 모든 것을 글쓰기 자체에 대한 성찰 속에 용해시키려는 시도들이, 인물과 사건이 있는 소설의 몸이 되는 과정에서 생의 비의를 드러내는 적절한 기법으로 기능하게 되는 것이다.

　다르게 말할 수도 있을 것이다. 최윤의 소설은 모색한다. 지나온 시간과 그 시간이 남긴 상흔과 지금 흔들리는 우리의 삶과 이 모든 것을 위한 새로운 시작의 길을, 글쓰기를 통해서. 그러므로 최윤의 소설을 읽는 독자인 우리는, 아니 나는 그의 소설을 통해서 나의 소설을 쓰기 시작한다. 나는 생의 비의를 파악하고 불가해한 세계를 이해하고자 그의 소설을 읽는다, 아니 쓴다. 그의 소설은 이렇게 나를, 아니 우리를 그의 소설 속으로 이끈다. 독자의 능동적 참여를 요구하는 이러한 독서가 시작되면, 소설이 만들어내는 환각에서 깨어난 우리 앞에는 새로운 지적 놀이가 펼쳐진다. 지적 유희에 서서히 중독되는 우리는 각자의 새로운 소설을 창조하기 시작한다. 물론 새롭게 써가는 우리의 소설은 최윤의 소설과 마찬가지로 생의 비의에 접근해가는 수많은 판본 가운데 하나일 뿐이다. 우리 생의 어두운 심연은 언제나 새롭게 창조되는, 움직이는 것이기 때문이다.

기억, 응시 그리고 아포리아

1. '하성란'이라는 문턱

　문제적인 소설은 그간의 문학사를 '갑자기' 열어젖힌다. 하성란의 소설[1]은 소비자본주의 사회의 중심에서 밀려난 주변인의 고독, 퇴락해가는 그들의 일상을 물기 없이 포착한다. 물론 거대한 이야기에 의문부호를 던지고, 발 디디고 있던 대지의 실존을 의심하는 작업은 하성란만의 고유한 작업도, 문학사를 다시 쓰는 새로운 문도 아니다. 하성란 소설의 미덕은 공전하는 일상에 유폐된 현대인의 삶의 내용, 그 소통불능의 절망을 '보여주기showing'의 방식으로 포착한다는 데

---

[1] 이 글의 주된 논의 대상은 다음과 같다.『루빈의 술잔』(문학동네, 1997) ;『식사의 즐거움』(현대문학, 1998) ;『옆집 여자』(창작과비평사, 1999) ;『삿뽀로 여인숙』(이룸, 2000) ;『내 영화의 주인공』(작가정신, 2001) ;『눈물의 이중주』(하늘연못, 2001) ;『푸른 수염의 첫 번째 아내』(창작과비평사, 2002) ;「그것은 인생」(『실천문학』 2003년 봄호) ;「극지(極地)호텔」(『파라 21』 2003년 봄호) ;『강의 백일몽』(2004 제11회 이수문학상 수상작품집, 삶과꿈, 2004) ;「단추」(『문학동네』 2004년 가을호).

있다. 그의 소설은 내용이 형식으로 대치되는 아방가르드적 실천을 통해, 말 그대로, 상투적인 현실 인식을 낯설게 한다. 하성란 소설의 문제적인 지점은 '보여주기' 방식이 다다르게 되는 극단을 '보여주는,' 그 낯선 실험에 있다. '하성란'이라는 문턱을 넘어서면서 문학사는 이제 진정한 의미에서 '무엇'이 아니라 '어떻게'를 문제 삼아야 하는 시대를 맞이하게 된 것이다. '보여주는 혹은 보이는' 것에 따르면, 하성란의 소설은 토막 난 이미지와 기억들이 뒤엉킨 브리콜라주 bricolage이다. 연상과 우연으로 진행되는 텍스트의 내부에는 인과 관계로 설명될 수 있는 핵심 서사도, 공감을 불러일으키는 뚜렷한 캐릭터도 없다. 그러므로 소설에서 유기적인 전체 상(像)이나 저주받은 창조주의 '메시지'를 기대하는 독자라면, 하성란의 소설이라는 난독(難讀)의 괴물 앞에서 우두망찰하게 될 것이다. 문제적인 소설은 문학을 재규정하고 새로운 독자를 창조한다.

2. 기억한다, 그러므로 존재한다

하성란의 소설은 불연속적인 시간으로 누벼 짠 정교한 직조물이다. 소설의 표면이 꼼꼼하고 세밀한 묘사를 통해 지루하게 계속되는 일상을 환기한다면, 변하지 않을 것 같은 그 일상은 눈치챌 수 없을 만큼 느리게 닳고 썩고 망가지고 쇠락해가는 인간 존재와 대비를 이룬다. 세계 국가와 수도의 이름을 외워가면서 악성 건망증을 치유해보려는 주부(「옆집 여자」), 화분 분갈이로 세월의 흐름을 확인하는 사무원 (「지구와 가까운 소행성과의 랑데부」), 4년째 대기발령 상태인 은행원

(「풀」), 소명감이나 생명의 경이 따위로 관철된 10년이 나일론 가운 위의 얼룩처럼 하잘것없다고 생각하는 간호사(『식사의 즐거움』), 이들은 모든 것을 퇴락하게 하는 시간의 힘을 그저 견디는 존재들이다.

가끔은 그들도 원심력을 감당하지 못한 세탁기가 베란다 창을 뚫듯이 일상을 벗어나 튕겨나가거나 이제는 흔적도 없이 사라져버린 것들을 찾아 헤매기도 한다. 아버지가 찾아냈던 물길인 우물을 찾아 헤매는 여자가 있고(「두 개의 다우징」), 서커스단을 따라 복숭아가 났던 곳을 전전하는 남자가 있다(「그것은 인생」). 그들이 찾아 헤매는 것은 '아버지'이다. 물론 이때의 '아버지'는 상징적 권위로 환원되는, 삶의 실체에 대해서 아무것도 알지 못하는 그 아버지는 아니다. 상징적 질서에 진입하기 위해 그들이 희생했던 것을 소유한 자로서의 아버지인 것이다. 가족도 연인도 없으며 만원버스를 타고 가는 출퇴근길에 대형 광고판 속의 여자와 불가능한 연애나 꿈꾸는 단조로운 일상의 소유자인 자동차 세일즈맨이 어느 날 갑자기 전신주에 옷을 차례로 벗어 걸어놓고 사라졌을 때(「깃발」), 그것은 촛농날개를 달고 만유인력을 거부하면서 하늘을 날고자 했던 「촛농날개」의 '너'와 동일한 절망이 부른 사태라고 해야 할 것이다. 그것은 주체로 살기 위해 폐기해야 했던 잉여, 즉 자기만의 이름으로 불리고 싶었던 익명적 현대인의 절망적 몸짓인 것이다.[2]

물론 그간의 하성란의 소설이 보여준 바에 따르면, 이미지로 포착

---

2) 그들의 탈출은 성공할 수 있을까. 몇몇을 제외한 하성란 소설의 인물들은 대체로 선배들의 혹독한 기합 때문에 기숙사를 이탈한 농구선수들이나, 꿈꾸던 무단결근이 자신이 속한 세계에 아무런 변화도 일으킬 수 없다는 비극적 사실을 확인하는 『삿뽀로 여인숙』의 '미스 최'처럼, 아무 일도 없었던 것처럼 조용히 일상에 복귀하곤 한다.

된 일상은 공포로 점철된 악몽일 뿐이거나 혹은 상처를 두려워하는 현대인의 안식처이다. 일상은, 대개는, '부표' 바깥에 깊고 짙은 바다가 음험하게 입을 벌리고 있음을 경고하는 금기이거나 동시에 부표 너머를 꿈꾸게 하는 유혹자다.

가게 바닥은 땅콩 알과 담배꽁초, 침 자국으로 점점 더러워졌어. 새벽 서너 시쯤 거리로 나온 뒤에도 귀는 먹먹했어. H와 나는 고함을 쳤지. 치맛자락은 잔뜩 구김이 지고 술이나 안주 얼룩이 묻어 시큼한 냄새가 났어. 우린 서로의 얼굴을 자세히 들여다보지 않았어. 피곤 때문에 10년은 더 늙어 보였거든. 거리를 꽉 채웠던 사람들은 온데간데없고 가게들은 셔터를 내리고 간판의 불을 껐어. 금요일 밤은 지났고 이미 토요일이 시작된 거야. 〔……〕 길가는 음식점에서 내다버린 쓰레기들로 가득 찼어. 검은 비닐봉지는 안에 든 것이 비실비실 새어나올 듯 꽉 차 있었지. 고양이 발톱이 지나간 봉투에서 새어나온 오물이 길바닥에 널렸어. 참외 껍질과 닭뼈가 썩는 내가 고약했지. 전봇대 밑은 토사물로 번들거렸어. 보도블록에 머리를 괴고 잠든 남자의 허벅지를 밟은 적도 있었어. (「단추」, 『문학동네』, p. 337)

그러나 포스트모던 시대의 이미지가 강요하는 '극사실주의'적 일상은 실재계의 메스꺼움을 일깨운다. 이 탈현실화의 이면은 현실을 상처받을 수 있는 어떤 것으로 감지하는 극도로 예민한 감수성이다.[3] 그렇기 때문에 일상이라는 이름의 현실 지배 논리에 관한 한, 작가는

---

3) 슬라보예 지젝, 『당신의 징후를 즐겨라!』, 주은우 옮김, 한나래, 1997, pp. 220~21.

수돗물에 익숙해진 자라는 바다로 나아가지 못한다(「내 가슴 속의 부표」)는 사실을 강조하고자 한다. 우리는 언제 어디서 뺑소니 사고를 당한 채 강물로 던져질지 모른다(「개망초」). 목수가 되려고 은행을 그만두는 인생은 그저 궤도를 이탈한 삶으로 비칠 뿐이므로, "너무 고단해서 꿈 따윈 생각할 겨를이 없"(「고요한 밤」, 『푸른 수염의 첫 번째 아내』, p. 237)다 해도 어쩔 수 없다. 일상은 계속 되어야 한다. 부표 너머의 삶, 움켜쥐고 싶거나 망각하고 싶었던 그 시간들을 가슴에 품은 채, 존재에 대한 물음에 침묵하면서, 일상을 넘어서는 꿈을 꾸면서, 그저 이 생을 견뎌내야 하는 것이다.

업둥이 콤플렉스에 사로잡혀 독자적인 환상 체계를 수립하는 『식사의 즐거움』의 '나'처럼 말이다. 『식사의 즐거움』의 '나'는 '폭력적이고 속물적 아버지와 무기력한 알코올중독자인 어머니'와 뒤바뀐, 자신의 '진짜' 부모를 기억한다. '나'는 '담장을 넘어 집 안으로 뛰어 들어가 거기 피아노 앞에 왕자옷을 입고 있는 거지를 향해, 왕자는 바로 나' (p. 117)라고 외치고 싶어 한다. 그러나 뱀이 쥐를 통째로 삼키듯, 엄지와 집게손가락으로 총각무를 통째로 집어 삼키는 아버지의 모습은 그 욕망을 좌절시키는 공포 자체다. 이 공포감 앞에서 그는 바퀴벌레 방제 일을 하는 아버지로부터 벗어날 수 없는 자신을 바퀴벌레와 동일시하면서 절망한다. 이처럼 그는 욕망과 공포와 절망이 뒤엉킨 일상과 대면하려 하지 않는다. 현실과의 대면은 그의 분신인 '홍재경'의 경우처럼 죽음이라는 결과를 초래할 것임을 이미 알고 있기 때문이다. 그러므로 '깨진 백미러 속으로 보이던 두 다리'에 대한 선명한 그림을 기억 저편으로 밀어버리고, '미라보 관광호텔'을 떠올리는 「당신의 백미러」의 남자처럼, 그는 탄생의 비밀에 관한 기억을 움

켜쥐고, 현실에 등을 돌린 채, '진짜' 부모를 중심으로 한 상상 이야
기를 만들어내는 쪽을 선택한다.

하성란 소설의 인물들이 끊임없이 자신의 과거를 되돌아보는 까닭
이 여기에 있다. 이미지의 뒤엉킨 틈 사이에는 철저하게 망각하고 싶
었던 혹은 그들이 움켜쥐고 싶었던 바로 그 시간들이 있다. 경험의
축적을 통해 정체성을 확보할 수 없는 현대인은 세계에 대한 공포와
내면의 불안에 맞서기 위해 과거의 시간에 몰두한다. 알라이다 아스
만Aleida Assmann에 따르면, 기념비화하는 작업은 하나의 사건을
심미적으로 구체화하고 고양해서 기억에 효과적으로 각인시키는 일
이다. 그때마다의 감정과 동기가 기억과 망각의 파수꾼이며 주권자이
므로,[4] 기억은 잃어버린 과거를 회상하거나 환기하는 것이 아니라 욕
망이나 요구에 맞춰 새롭게 구축한 현재인 것이다. 감각적으로 체화
된 기억이 이미지의 형식을 취하게 되고, 그 기억이 (정체성을 완결
짓든 해체하든), 정체성과 관련되는 것은 이 때문이다. 교통사고로 쌍
둥이 동생을 잃은 『삿뽀로 여인숙』의 '진명'이 심장이 터져버리기를
바라며 전력질주를 해야 했다면, 그것은 망각하고 싶은 그 시간으로
부터 멀어지고 싶었던 욕망 때문이다. 살아 있기 때문에 벗어날 수
없는 죄의식이 자신의 이름도 신체도 잊어버린 다른 존재를 꿈꾸게
하는 것이다. 그러나 그 모든 것이 "마하로 달린다 해도 다 잊혀지는
건 아"(「루빈의 술잔」, p. 30)니다. 기억의 정치학에 몰두해 있는 동
안, 하성란 소설의 인물들은 기억의 퍼즐을 맞추면서 자신의 과거를
돌아보는 일을 멈출 수 없으며, 일상으로의 회귀를 반복하지 않을 수

---

4) 알라이다 아스만, 『기억의 공간』, 변학수·백설자·채연숙 옮김, 경북대출판부, 2003, 1부
   참조.

없다.

3. 비가시(非可視)의 세계를 여는 문, '시선'

그러므로 다시 문제는 시선이다. 어느 날 갑자기 한 여인(K)이 사라졌다. 그녀의 최후의 목격자였던 「내가 사랑한 것은 그녀의 등허리였을까」의 남자는 의무감과 부채감으로 그녀를 찾아 나선다. 그녀는 왜, 어디로 갔을까, 남자는 왜, 어떻게 찾아야 할까.

현관턱에 앉아 워커의 끈을 차례로 풀고 거실로 올라서던 남자는 잠깐 동안 그 자리에 우두커니 서 있다. 〔……〕 싱크대 위에는 커피 메이커가 놓여 있다. 유리 포트 바닥에 조금 남은 커피 위로 푸른 곰팡이가 떠 있다. 핸드백을 거꾸로 들어 바닥에 쏟는다. 자잘한 물건들이 후두둑 떨어져 바닥 여기저기에 널브러진다. 다이어리와 모나미 만년필, 뚜껑이 달아난 입생로랑 립스틱, 38호색의 코티 분통, 눈썹 그리는 연필, 옷핀 한 개, 슈퍼마켓 영수증 한 장. 1월 29일, 풋고추 1,000, 라면 3×360 1,080, 참기름 4,200, 콜라 페트 900, 합계 7,180, 예수금 10,000, 거스름 2810. 남자는 슈퍼마켓 영수증을 들여다본다. 〔……〕 꼭지를 뗀 고추는 식탁 모퉁이 쪽으로 밀려 있고 아직 꼭지가 달린 고추가 그 맞은편에 놓여 있다. 봉긋한 두 개의 풋고추 더미 사이, 보이지 않는 경계선에 걸쳐 꼭지가 달린 풋고추 두 개가 떨어져 있다. (「내가 사랑한 것은 그녀의 등허리였을까」, 『루빈의 술잔』, pp. 146~47)

극사실적 묘사를 자랑하는 하성란의 소설답게, 이 작품에서도 작가는 슈퍼마켓 영수증, 다듬던 풋고추 더미 사이로 드러나는 신문기사까지 놓치지 않는다. 근대적 주체는 본질적인 의미에서 관찰자 observer이다. 관찰을 가능하게 하는 거리가 세계와 자신을 탈육체화하는 것이다. 관찰의 의지를 문체로 관철하고자 하는 내포작가는 모든 현상이 말을 한다고 믿으며, 사건을 해결해가는 콜롬보와 같은 태도로 사건의 전개를 보여준다. 그러나 하성란 소설의 내포작가를 무턱대고 신뢰해서는 안 된다. 이 소설이 보여주는 것은 사라진 K의 흔적이나 K를 찾아 헤매는 남자의 뒷모습이 아니라, K의 흔적이 환기하는 남자의 기억의 집적이다. K의 원피스에 묻은 세 줄의 녹색 선은 남자와 K가 동물원에 함께 갔던 그 시간을 환기할 뿐이다.

사실, 시선 자체는 본래적으로 사물의 내면과 본질에 가닿을 수 없는, 가장 추상적이고 속기 쉬운 감각이며, 언제나 다른 물체들, 욕망들, 벡터들과 중첩된 다중체로 존재한다. 쇼핑몰에서 '보조 백미러' 역할을 하는 남자가 감시 카메라의 사각지대까지 포착할 수 있다 해도, 자신이 사랑한 최순애/최루나가 남성이었음(「당신의 백미러」)을 알 수는 없다. 카메라의 시선으로 세계를 남김없이 재현하려는 시도는 「곰팡이꽃」의 남자가 15평 아파트에 사는 90가구의 쓰레기를 헤집으며 수집한 정보가 말해주는 바처럼, 사회학적 통계로나 쓰일 법한 것들, 즉 인간 존재를 등질적이고 계량화된 정보로 환원해버리는 물화된 세계의 단면만을 펼쳐 보일 뿐이다. 하성란 소설의 인물들이 꿈꾸는 시선의 유토피아는 결국 시선의 지옥일 뿐이다.

결과적으로, 관찰의 의지로 충만한 하성란의 소설은 '보여주기' 방식의 극단에서 (내포작가와 등장인물의) 시선의 무능을 폭로하게 된

다. 때때로 하성란의 소설에서 시선의 무능에 대한 폭로는 소통을 갈
망하는 현대인에게 좌절을 예기하거나 소통불능이라는 실존적 상황
으로 변주되기도 한다. 상품으로서의 소임을 마치고 버려진 폐기물이
지만, 한때 인간의 삶의 일부를 이루었던 쓰레기를 통해 쓰레기의 주
인과 소통하고자 하는 「곰팡이꽃」의 남자는, 그럼에도 불구하고 타인
과 소통할 수 없다. 관찰의 방식을 포기하지 않는 한, 관찰자와 대상
의 거리가 좁혀지지 않는 것과 마찬가지로, 쓰레기를 통해 수집한 정
보가 타인과의 '거리'를 좁혀주지는 않기 때문이다.

여자는 남자로부터 등을 돌리고 앉아 있다. 〔……〕 오늘 저녁 강낭
콩 밥을 지으시게요? 남자는 여자에게 넌지시 말을 건다. 하지만 여자
는 대답하지 않는다. 여자에게까지 남자의 목소리는 가닿지 않는다.
그 맛을 어떻게 잊겠어요? 이 사이에서 아삭아삭 씹히는 맛이 일품이
죠. 저에게도 좀 나눠주시겠어요? 남자는 베란다 창가에 선 채 계속
입술을 달싹거린다. (「옆집 여자」, 『옆집 여자』, p. 169)

소통의 욕망에 달뜬 남자는 기껏해야 어두운 방에 숨어 자신의 존
재를 숨긴 채 쓰레기의 주인을 관찰하거나 그들에게는 들리지도 않을
대화를 청하면서 혼자 중얼거릴 수 있을 뿐이다. 「곰팡이꽃」을 통해
확인할 수 있듯이, 익명의 현대인은 서로에게 호기심 아니면 공포의
대상일 뿐이며, 현대 사회에서 소통의 가능성을 포기하지 않는 순정
한 열망은 주체를 기이하거나 비정상적인 괴물로 변모시킬 뿐이다.
현란한 이미지와 극사실주의적 묘사로 문단의 주목을 이끌었던 하
성란의 소설은, 이후 관점에 따라 혹은 곤충의 겹눈과 같은 다중 시

선에 의해 대상과 현실이 다르게 보일 수 있다는 점에 착목해왔다. 이를, 치밀한 묘사와 서사 충동의 기묘한 결합을 실험하는 변전의 과정으로 요약할 수 있을 것이다. 동화에서 소재를 차용하거나(「푸른 수염의 첫 번째 아내」, 「저 푸른 초원 위에」)나 우순경 총기사건이나 씨랜드 화재 사건과 같은 신문기사를 서사화하는(「파리」, 「별 모양의 얼룩」) 등의 작업은 그러한 시도의 한 극단을 이룬다고 하겠다. 때때로 하성란의 장편소설이 입증하듯, 서사 충동이 적절하게 처리되지 못할 때 작품은 일관성을 잃고 완결성을 획득하지 못하기도 한다.

그럼에도 시선의 무능이 폭로되는 극단의 지점과 관련해서 하성란의 소설이 보여주는 흥미로운 점은, 작가의 이러한 실험들이 역설적으로 시선의 '부표'를 넘어서는 비가시의 세계를 포착한다는 점이다. 시선에 갇혀 있던 비가시의 세계가 범람한다. 과잉 정보가 넘쳐 흘러, 가까이서 보면 모네의 그림처럼 덕지덕지 유성물감을 덧칠해놓은 얼룩으로(『삿뽀로 여인숙』) 보이는 하성란의 소설이, 우리의 시선이 잡을 수 없는, 그래서 빈 공간과도 같은 우리 삶의 다른 면들을 보여주게 된다. 예컨대, 자동차 사고 현장의 참혹함을 가감 없이 묘사하는 것으로 시작하는 「양파」는 이후 예상과는 전혀 다른 사고 발생의 경위를 이야기한다. 한 컷의 이미지로 포착된 현실이 결코 신뢰할 수 없는 것일 뿐 아니라 오류투성이임을 플래시백 방식으로 보여줌으로써, 하성란의 소설은 보이는 것을 통해 구축된 세계가 그저 하나의 짐작일 뿐이라고 말하고자 하는 것이다.

비가시의 세계는 우리를 둘러싼 모든 것을 불투명한 것으로 만드는, 정체를 확인할 수 없는 안개(「파리」)와도 같은 것이며, 우리의 상상이나 짐작들로 채워진 어떤 것이고, 가닿을 수 없는 타자 혹은

'우리를 보는 자'를 보지 못하게 하는 판옵티콘적 우주다. 우리가 끝내 질문하지 못하는 검은 구멍, 하성란의 소설은 이 구멍을 우리 앞에 펼쳐놓는다. 이 검은 구멍은, 우리의 삶을 둘러싸고 있는, 일상이라는 이름의 허위와 오류들과 대면하게 하는 우리 삶의 얼룩이다.[5] 그러므로 이제 하성란의 소설에는 그의 소설과 관련해서 신뢰할 수 있는 것이 아무것도 없다고 해야 한다. 내포작가의 시선도, 소설 속의 인물의 시선도, 시선에 포획된 수많은 정보들도 삶의 검은 구멍으로 안내하는 표지판일 뿐인 것이다.

삶에 활기를 불어넣었던 개를 잃어버렸다가 우여곡절 끝에 찾기까지의 과정을 이야기하는 「저 푸른 초원 위에」에서 확인할 수 있는 것처럼, 개를 찾는다고 해서 그들이 상실한 것을 되찾을 수는 없다. 그들의 삶을 위협했던 것, 그들이 회복하고자 했던 것은 불구의 아이로 인해 사라진 삶의 활기이다. 아이의 실종은, 그들의 삶을 송두리째 삼킬 수 있는 검은 구멍이다. 이 소설이 역설하는 바에 따르면, 소설이 제공하는 단서들을 통해 하나의 이야기(개의 실종)의 실마리가 풀린다 해도, 그것은 또 다른 수수께끼(아이의 실종)를 은폐하는 운무(雲霧)로 기능할 뿐이다. 서로 다른 두 개의 실종 사건에 대한 분석과 해결을 담고 있는 이 소설에서 실제 이야기real story는 공허하고 텅 빈 것으로 남게 되지만, 이 공허는 이야기의 층위를 넘어서는 어떤 것을 지시하게 된다. 이 소설이 다시 시작하는 또 다른 이야기들은 불구의 아이가 만들어낸 그들의 삶의 조건, 즉 운명처럼 주어지는 삶의 아포리아 자체에 관한 것이다. 15년 전 네 남자들 사이에 벌어

---

5) 미란 보조비치, 『암흑지점』, 이성민 옮김, 도서출판 b, 2004, 6장 참조.

졌던 그 사건이 반복된다 해도 「기쁘다 구주 오셨네」의 '나'의 임신
경위나 아이의 아버지에 대한 이야기의 전모는 알 수 없는 것으로 남
겨질 뿐이다. 요컨대, 하성란의 최근 소설은 가시적인 세계의 한계를
명료하게 드러냄으로써, 서사화되지 않는 우리 삶의 아포리아를 깨닫
게 하는, 일종의 반성적 혹은 메타-텍스트해도 좋을 것이다.[6]

4. 시간을 응시하는 시선

　최근작인 「강의 백일몽」에는 일상, 보다 정확하게는 일상을 퇴락하
게 하는 시간을 정면으로 응시하는 여자, 하성란의 소설에 또 한 번
의 변전을 예기하는 흥미로운 존재가 등장한다. 등단작인 「풀」이나
「두 개의 다우징」에서도 충분히 확인할 수 있듯이, 내포작가의 카메
라적 시선이 가두고 싶어 하는 것은 카메라 앞에 놓인 현실이 아니라
인물들의 과거이자 일상적 주체가 되기 위해 자신이 폐기한 잉여이
다. 「두 개의 다우징」의 여자는 카메라를 통해 물길을 찾는 신부님의
모습 뒤로 우물의 물길을 잡아내던 아버지를 보고, 육교를 건너는 아
이의 모습 너머로 엄마에게 이끌려가던 언니의 모습을 포착한다. 이
때 카메라가 포착한 세계는 있는 그대로의 현실이 아니며, 그녀의 상
상의 산물에 더 가깝다. 아니 그녀는 자신이 상상하고자 하는 것을
본다. 이미지의 파편들 사이로 15년 전에 소식이 끊긴 아버지와 여전
히 그를 기다리는 어머니, 그리고 이복언니와 나의 건조한 삶이 그

---

6) Fredric Jameson, *The Political Unconscious: Narrative as a Socially Symbolic Act*,
　　Ithaca: Cornell University Press, 1981, 5장 참조.

전모를 드러낸다. 카메라를 통해 그녀가 부동(不動)의 시간으로 만들고 싶었던 장면은 그들의 퇴락이 시작된 15년 전의 바로 그 순간인 것이다. 「강의 백일몽」이 잡아채는 장면 또한 그때는 알 수 없었던, 그녀의 쇠락이 시작되던 바로 그 지점이다. 그러나 생이 언제나 그러하듯, 그녀가 정작 기억해내고 움켜쥐고 싶었던 Y의 모습은 사진의 어디에도 없다. 폐허로 남은 극지호텔이 입증하는 바처럼, 세상의 끝〔極地〕으로 도망간들 서서히 그러나 하나도 남김없이 모든 것을 망가뜨리는 시간의 힘을 피할 수 없는 것이다(「극지(極地)호텔」).

사진 한 장에 담기에는 현판식에 참석한 사람이 너무 많았다. 70명 남짓한 사람들 가운데 3분의 1가량은 머리 뒤통수가 찍혔다. 얼굴이 나온 사람들 가운데도 대여섯 명은 눈을 감았다. 한두 명은 현판식을 시작하는 줄 모르고 늑장을 부리다가 뒤늦게 공장 출입구 쪽으로 부랴부랴 뛰어오고 있다. 열심히 박수를 치는 사람들의 손은 지우개로 지운 것처럼 뭉개져 보이고 어떤 사람은 기도하는 것처럼 두 손을 맞잡고 있다. 게다가 사진 오른쪽 하단부에 거무스름한 잔상이 끼어들었다. 어디선가 난데없이 뛰어든 검정개 한 마리였다. 그곳은 유난히 개들이 많았다. 하지만 정작 사진을 망친 것은 개가 아니라 여자였다.

여자는 이사로부터 세 사람 건너뛴 곳에서 본사 여직원들과 나란히 서 있다. 줄곧 카메라를 의식하고 있었는지 여자의 눈은 현판을 걸고 있는 이사와 공장장 쪽이 아닌 사진 속에서는 보이지 않는 사진 밖의 풍경을 향하고 있다. 바로 그 두 눈에 빨간 빛이 맺혔다. 훨씬 나중에야 『사진 촬영의 기초』라는 책에서 적목 현상이 왜 생기는가에 대해 알게 되었다. 쉽게 설명하자면 카메라의 플래시 불빛과 여자의 두 눈이 정확히 눈을 맞춘 것이다. 여자가 Y를 보고 있을 때 Y도 뷰파인더를 통해 여자를 보고 있었던 것이다. 사진 속 어디에도 Y의 모습은 없다. Y는 카메라를 들고 일행들로부터 5미터쯤 떨어진 곳에서 카메라 셔터를 누르고 있다. (『강의 백일몽』, pp. 28~29)

현판식을 했던 20여 년 전 어느 날, 그날이 담긴 사진 한 장에 관한 이야기로 이루어진 「강의 백일몽」은 사진 속의 그날에 대한 서로 다른 기억의 조각들을 통해, 두 눈에 빨간 빛이 맺혔던 바로 그 순간 여자가 보았던 것이 무엇인가를 보여주는 데로 나아간다. 현판식을 했던 그날 이후로, 마도로스처럼 보이는 이 대리는 사장을 배신하고, 왼손 손가락이 네 개뿐이던 공장장은 두 개의 손가락을 더 잃는다. 압축파일이 풀리듯, 기념사진은 그녀에게 현판식 날의 풍경과 이 대리와 양키스 모자를 쓴 A를 연쇄적으로 떠올리게 하며, 그녀의 핏줄 속으로 '개의 타액'이 흐르기 시작했던 그 시절의 사건으로 돌아가게 한다. 그리고 그녀는 알게 된다. 자신이, 퇴락이 시작되기 직전의 자신의 모습, 피할 수 없는 운명 앞에 노출된 연약한 존재의 아름다움을 보고 있다는 것, 혹은 개한테 손목을 물리고, Y와 불화하게 될 자신의 미래, "20년 후의 자신의 모습"(p. 51)을 예견하고 있었다는 것을 말이다. 그러나 보다 정확하게 말한다면 그녀가 카메라 뷰파인더를 통해 응시하는 것은 운명이라고도 시간이라고도 명명할 수 있는 우리 삶의 검은 구멍과 그 구멍이 삼켜버린 삶의 실체다. 사진 속의 빨간 눈을 통해 자신이 보았던 장면을 재추적하면서 그녀는, 자신이 상실한 욕망의 나머지를 확인하게 된다. 과거의 시간으로 걸어 들어가는 그녀의 행위는 욕망으로 지탱되는 일상과 그 일상으로 회귀하는 무한 루프loop를 절단하는 상징적 행위인 것이다. 그러니 그녀가 카메라 혹은 사진을 통해 대면하는 것은 인간 존재를 소외시키면서 일상을 재생산해내는 메커니즘, 즉 현실 자체일지도 모른다.

이렇게 해서, 아무것도 없는 텅 빈 공간을 주시하면서, 시간의 힘에 응시로 대응하는 '그녀'를 통해 하성란의 소설은 유령과 같은 현대인이 어떻게 출현하는가, 아니 아무것도 아닌 존재가 출몰할 수 있는 공간은 어떻게 구성되는가를 보여주게 된다. 이제 하성란 소설의 인물들은 더 이상 과거를 뒤돌아보거나 일상으로 회귀하지 않아도 될 듯하다. 그렇다면 이제, 그들의 시선은 어디를 향할 것인가.

냉소는 활기찼다

상식적인 말이지만, 한결같이 한자리를 맴돌면서 깊어지는 작가가 있다면, 전방위적 모험을 떠나면서 자기 지도를 그리는 작가가 있다. 김영하에 관해서라면 물을 것도 없다. 김영하의 소설은 늘 새롭기 때문이다. 『나는 나를 파괴할 권리가 있다』(1996)로부터 『검은꽃』(2003)에 이르는 그의 소설 행보는 문학을 둘러싼 암묵적 원칙들을 가로지르고, 이제는 딱딱해진 장르 관습에 도발하는 항해의 연속이었다. 본래적이거나 고정된 것/곳으로 향하는 그의 의문부호는 대상에 무차별적이기 때문에, 심지어 그의 소설은 스스로 구축한 세계마저 조롱하면서 미지의 어딘가로 내달린다. 그리고 찾는다. 잡을 수 없이 흘러가버리는 우연한 것들을. 우리는 그것을 타자라 부르기도 한다. 소비자본주의 사회에서 유니크한 의미를 상실하고 사용가치로 전락하는 비천한 존재들, 김영하의 소설에 의해 새 생명을 부여받는 그 존재들. 『아랑은 왜』(2001)의 귀신인 '아랑'이나, 역사가 거머쥘 수 없었던 『검은꽃』의 인물들을 떠올려보시라. 그들의 이름은 분명 타자다. 그러므로 당연하다. 그들을 찾고 또 뒤쫓기 위해 김영하의 소설은 달려야 한다.

김영하의 소설집 『오빠가 돌아왔다』(2004)는 이야기를 풀어가는 거칠 것 없는 힘으로 우리에게 달려왔다. 고독한 독신의 내면에서 이름뿐인 가족의 삶까지, 자칭 날건달인 삼류 영화감독의 로맨스에서 시대착오적 열정에 사로잡힌 민족주의자의 알쏭달쏭 사기극까지, 김영하가 풀어놓는 이야기는 지칠 줄 모르고 종횡무진이다. 김영하의 소설을 만날 때마다 우리는 롤러코스터의 속도로 그 세계에 몰입하게 된다. 아마도 그것은 불필요한 묘사를 걷어낸 스피디한 문체와 매끄럽고 탄력 있는 이야기 교직의 인력 때문일 것이다. 최근 들어, 이러한 경향은 대화를 따옴표에서 풀어버리고 서술자의 역할을 보다 자유롭게 하는 적극적인 기술에 힘입어 더욱 강화되는 추세이다. 무엇보다 『오빠가 돌아왔다』에 실린 몇몇 소설들은 이제까지의 소설 세계 전체를 되돌아보려는 몸짓을 보여준다.

이미 등단작인 「거울에 대한 명상」에서 확인한 바 있듯이, 김영하에 따르면, 일상의 이면을 관류하는 삶의 진실이나 가치라는 것은 참가자들이 알면서 눈감고 있는 룰일 뿐이다. 그것은 텅 빈 공허이므로, 공허한 빈터를 확인하면 남는 것은 환멸뿐이다. 「크리스마스 캐럴」에서 문제는 지나가버린 과거이자 봉합된 사건, 그 사건의 핵인 진숙이 독일에서 돌아오면서 발생한다. 과거의 어느 땐가 영수, 정식, 중권은 진숙을 성적(性的)으로 공유했던 시절이 있었다. 실제의 성관계는 계속되지만 아무도 그것을 입 밖으로 내지 않는다는 룰을 지키며, 그들은 그녀와의 관계와 그녀의 존재를 지워버리고, 그녀를 살아 있는 시체인 "유령"(p. 83)으로 취급했었다. 그러므로 귀환한 진숙은 그들에게 상상으로든 실제로든 제거해야 할 공포스러운 대상인 셈이다. 그녀의 존재 자체가 그들의 추악한 행위에 대한 증명이며, "애 낳고 집 사고 주말이면 이마트에 다니"(p. 88)면서 유지하는 행복, 그 매끄러운 거짓 현실의 위선에 대한 폭로이기 때문이다.

그러므로 고통과 상처와 환멸을 피하기 위한 암묵적 약속, 그 룰이 깨지면 모든 것이 무너지게 된다. 성과 돈으로 압축되는 욕망의 논리를 철저하게 비즈니스로 번역할 수 있는, 현대 사회에 가장 적합한 유형인 「너의 의미」의 '나'조차도 예외가 될 수는 없다. 여성은 남성의 징후라고 했던가. 퇴폐적인 섹스까지도 일종의 거래로 여길 줄 아는 '나'에게 조윤숙이 던진 '사랑한다'는 말은 룰을 깨는 말이다. 여성에 의해(이때 그녀는 사랑이라는 가장 강력한 자기-환각에 사로잡힌 여성이다) '결계'가 깨지자, 남성은 허위로 구성된 자신의 얼굴과 대면하게 된다. 이제 그는 스스로를 삼류 쓰레기로 분류하는 정도의 자기 정체성조차 유지할 수 없게 된다.

조금은 진부하지만, 이것이 봉인을 깨뜨리면 안 되는 이유다. 익히 알다시피, 흘러넘친 추악한 욕망 앞에 남는 것은 환멸뿐이기 때문이다. 그러나 사실 깨뜨릴 것도 없다. 삶이 성욕과 돈이라는 욕망의 선을 따라 유지된다는 것은 「오빠가 돌아왔다」의 중학교 1학년짜리 소녀인 '나'도 아는 뻔한 사실이기 때문이다. 더 이상 가족이라는 이름으로 지켜야 할 룰 같은 것은 없으므로, 룰이 깨질까 봐 두려워할 필요도 없다. 아무도 룰 따위에는 관심이 없다. 룰이 가둘 수 있다고 믿었던 추악한 욕망, 그것은 더 이상 낯설 것도 치욕스러울 것도 공포스러울 것도 없는 편재하는 것일 뿐이다. 그러므로 오빠가 돌아왔다

한들, 그 오빠는 시대의 표상이자 계몽의 주자였던 그 오빠도 아니고, 얼굴 바꾼 가부장은 더더욱 아니다. 이것이 '리얼 패밀리'의 실체다. 이제 가족을 유지하기 위한 인간적인 혹은 윤리적인 룰 따위는 냉소하면서, 그저 눈앞에 전개되는 우연의 향연을 즐기면 된다. '단조로운 일상만 반복될 것 같은 곳에서도 가끔은 이상한 일'(p. 98)이 벌어지기도 한다. 앞으로 무엇이 벌어질지 모르는 삶이 활기차지 않을 이유가 무엇이겠는가.

돌이켜 보건대, 김영하의 소설에는 의미의 무게와 중심의 실체에 대한 의심이 배어 있다. '룰'에 대한 냉소는, 그의 소설이 큰 이야기의 허위를 폭로하던 1990년대적 정신의 육체화임을 입증하는 지표 가운데 하나이다. 세대적 감수성의 신(新)혁명기를 이끌 수 있었던 동력 또한 큰 이야기에 실려 있는 무게에 대한 의심과 진지함에 대한 냉소임에 분명하다. '룰'의 중력에서 벗어난 그림자 없는 존재들에 대한 관심 덕분에, 김영하의 소설은 충분히 가볍다. 몸놀림이 가볍지 않고서야 어떻게 매번 우리의 진부한 상상력을 뛰어넘을 수 있겠는가. 그렇다고 혼동해서는 안 된다. 우리의 예상과는 달리, 무게와 깊이는 종종 서로 무관한 것이기 쉽다. 김영하가 풀어놓는 가벼운 이야기들은 날카롭게 삶의 갈피를 들추고 재빠르게 그 핵을 찌른다. 요컨대, 그의 소설은 심각하지 않은 표정의 급진주의다.

'룰'과 '무게'를 의심하고 가볍게 달리기 위해서는 삶이나 대상과 철저하게 '거리'를 유지해야 한다. 그런데 매우 흥미롭게도 소설가를 주인공으로 하는 「그림자를 판 사나이」는 그의 항해 전체를 되돌아보려는 몸짓을 보여준다. 냉소로 무장하고 진부함에 도발하기 위해서는 포기할 수 없는 대상과의 '거리,' 성당 주일학교에서 시작된 관계인, 세실리아(미경)와 바오로, 그리고 나를 둘러싼 이야기인 「그림자를 판 사나이」는 이 '거리'를 문제 삼고 있다. 언제나 비밀이나 활기가 피어오르는 그들, 미경과 바오로의 관계가 있었고, 그것을 외부자의 시선으로 바라보는 '나'가 있었다. 그러나 그는 지금 '그림자'를 꿈꾼다. 그가 누군가와 함께 생활하며 "그렇게 누군가와 옥닥복닥 부대끼며 지내다 보면, 어쩌면 자신에게도 그림자가 생길지 모른"(p. 38)다고 생각하기 시작한다. 광원이 있어야 그림자가 생긴다. 반대로, 그림자가 광원과 그림자 사이의 어떤 존재를 입증하기도 한다. 아마도 그림자에 대한 그의 갈망은 자신이 관계를 욕망하는 존재임을 인정하겠다는 다짐이며, 그림자를 낳는 관계로 진입하겠다는 선언일 것이다.

물론 소설가인 '나'는 여전히 혼자 준비하고 혼자 맞이하는 밥상에 익숙해지지 않으면서도 몇 년 만에 걸려온 친구의 전화에 선뜻 응하지 못하는 고독한 독신의 삶을 산다. 그러므로 '나'가 꿈꾸는 관계맺음이란 매우 소극적인 의미일 것이다. 그럼에도 누군가와 관계를 맺고자 한다는 것의 속뜻은, 부정할 수도 끊어지지도 않는 '인연'을 인정한다는 것이며, 서로 만난 듯 스쳐가지만, 동시에 비껴갈 수밖에 없는 안타까움까지 끌어안겠다는 것이기도 하다. 이렇게 본다면 이 소설은 의심하며 냉소하고 달리면서 찾고자 했던 작가 자신의 그간의 작업이 안전선을 넘지 않는 골방 작업이었음을 반성하는 몸짓으로도 보인다. 즉, 작가와 삶의 관계를 반성하는 소설로 읽힐 수 있는 것이다. 『오빠가 돌아왔다』에 실린 상당수의 소설이 가족을 단위로 이야기되는 점이 이 변화의 기미와 무관하지만은 않은 것 같다. 이제 작가는 세련된 댄디적 감각을 유지하기 위해 필요했던 '거리,' 고통과 상처의 안전선인 그 '거리'를 넘어 사람들 사이로 들어가고자 하는 것이다.

영혼에 그림자를 드리우는 것이 '관계'라고 한다면, 관계가 만든 그림자 가운데 하나로 작가는 '모멸'을 든다. 「호출」의 잘 짜인 구성 방식을 떠올리게 하는 「너를 사랑하고도」에서 작가는 박영수와 정인숙이라는 인물이 맺고 있는 관계를 엿보고, 이를 통해 모멸이 사람을 살게 하는 힘이라고 말한다. 겉으로는, 모든 '관계'에는 힘의 논리가 작용한다는 것, 거의 매번 그 힘의 불균형이 관계를 변화시킨다는 것, 그러므로 관계를 맺는다는 것이 실상 서로에게 모욕을 가하는 것과 다를 바 없는 것이라고 말하고 있기도 하다. 그렇지만 하나의 모욕은 다른 모욕을 견디게 해주고 동시에 다른 관계로 나아가게도 한다. 박영수의 모욕과 아주머니의 기묘한 몸의 관계가 그러하듯, 정인숙이 보잘것없는 보좌관의 정치적 결단 때문에 받은 모욕, 그 모욕에 그녀가 무너지지 않았던 것은, 사표를 들고 의원을 만났으나 정치적 결단을 밝힐 기회도 얻지 못한 채 잘리고 만 그 보좌관이 받은 모욕 때문이다.

물론 이것이 다는 아니다. '말로는 설명할 수 없는 그 무엇'(p. 98), 환멸의 끝에 남는 것, 그것은 여전히 알 수 없는 어떤 것으로 남겨져 있다. '모멸'의 흐름만이 슬프다고도 우습다고도 할 수 없는 '관계'의 전부는 아닌 것이다. 그러나 우리의 삶이 계속되는 것은 이 알 수 없는 '관계'의 '나머지들' 때문이기도 하다. 그 미지의 나머지 때문에 우리는 「너를 사랑하고도」의 박영수처럼 시간이 흐르면 "뭔가 나아질까"(p. 125)라는 확신 없는 질문을 스스로에게 던질 수 있는 것이다.

그러니 김영하는 이제 냉소의 진정한 활기를 찾고 있는지도 모른다.
새로운 질문의 시작을 김영하 소설이 떠나는 '다른' 모험의 신호탄으
로 보아도 좋으리라. 그의 소설은 어디로 떠나고 있는가. 그 항해 일
지를 기다려본다.